내가 읽은 책

200권의 책, 200가지 평
내가 읽은 책

지은이 | 배태만 외 46명

발행 | 2021년 12월 20일

펴낸이 | 신중현
펴낸곳 | 도서출판 학이사
출판등록 | 제25100-2005-28호

대구광역시 달서구 문화회관11안길 22-1(장동)
전화_(053) 554-3431, 3432 팩시밀리_(053) 554-3433
홈페이지_http://www.학이사.kr
이메일_hes3431@naver.com

ISBN_979-11-5854-338-9 03810

200권의 책, 200가지 평

내가 읽은 책

배태만 외 46명

學而思 학이사

책과 노니는 사람들이 전하는 희망의 글들

순간적인 재미가 넘쳐나는 요즘이다. 종이책을 읽고 생각을 깊게 하며 토론을 한다는 건 흔치 않은 기쁨이 되었다. 독서 토론 모임 '책으로 노는 사람들'은 꾸준히 책을 읽고 함께 활동하고 있다. 매월 동서양 고전을 번갈아 읽고 소통하며 6년째 인문학 독서 토론을 이어가고 있다.

'책으로 노는 사람들'은 다른 독서토론회와 달리 책을 읽고 토론하는 것에 그치지 않는다. 읽은 책을 완전히 자신의 것으로 만들기 위해 서평 형태의 글쓰기를 공부한다. 그렇게 하는 것은 내가 읽은 책을 더 많은 사람들에게 읽기를 권하여 그들이 행복하게 살게 되기를 바라기 때문이다.

우리는 여기에 소개하는 책 200권이 지역 사회에서 새로운 책 2,000권을 읽는 계기가 되리라 믿는다. 회원들이 쓴 서평에는 다양한 시각으로 바라본 책에 대한 애정이 담겨있다. 좋은 글은 결국 타인과 구별되는 자기만의 독특한 생각을 펼치는 것이다.

에드먼드 버크는 '사색 없는 독서는 소화되지 않은 식사와 같다'고 했다. 사색 없는 글쓰기는 영양분 없는 요리와 같다. 좋은 글을 쓰려면 독서와 사색으로 자신만의 생각을 우선 정립하는 것이 필요하다. 이렇게 본다면 매달 꾸준히 책을 읽고 함께 토론하는 것은 글쓰기 영양분을 섭취하는 것과 같다.

우리나라는 모든 문화가 수도권에 집적되어 있다. 독서 활동과 물적 기반도 마찬가지다. 그래서 수도권에는 유명한 인문학 단체가 꽤 많다. 자생하는 독서 모임은 물론 유료 회원 위주인 독서 모임도 활발하게 운영된다고 한다. 여기에 비해 지역에서는 독서 활성화를 위한 문화적 인프라가 매우 취약하다.

이와 같은 문제들은 누구를 탓해서만 해결될 문제는 아니다. 우리가 책으로 즐기고, 책으로 자신을 찾다 보면 분명히 지금과는 달라질 것이다. 나 자신은 물론 우리의 지역이 바뀔 것이다. 그래서 우리는 함께 읽기를 멈추지 않을 것이다. 지금처럼 책으로 지역에서 함께 읽고 함께 생각한다면 살기 좋은 도시 대구, 문화도시 대구가 되는 건 당연한 일이라고 믿기 때문이다.

책으로 노는 사람들을 대표하여
배태만 씀

책으로 노는 이야기

이 책은 '학이사독서아카데미' 서평 강좌 수료생들이 쓴 서평을 모은 책이다. 〈매일신문〉이 책 읽는 사람들을 격려하기 위해 주 1회 귀한 지면을 할애해 주어 작지만 큰 일이 이루어질 수 있게 되었다. 한 권의 책이지만 200권 책의 내용이 압축되어 있고, 이 책을 읽은 사람의 생각이 들어있어 더 많이 생각하게 한다. 이런 책을 출간할 수 있도록 노력해 온 '책으로 노는 사람들' 회원 여러분들께 축하의 박수를 보낸다.

학이사독서아카데미가 내세운 원훈院訓, '유책심아遊册尋我' 의 실천기이며, '책으로 노는 사람들' 이 책으로 노는 방법을 보여주는 것이다. 무조건 많이 읽어야 한다고 받은 교육과 휘발성 독서에 반기를 드는 것이다. 무조건 많이 읽는 것에서 벗어나 한 권이라도 제대로 읽는 것, 읽어도 남는 게 하나도 없는 휘발성 독서를 지양하고 기억으로 살아오는 진정한 독서의 가치를 체험한 것이며, 책 읽기의 바른 길을 찾은 이야기다.

제대로 읽기 위해 월 1회 가진 독서토론, 남는 독서를 위해 힘들게 쓴 서평, 그 땀이 모여 이런 결실을 얻었으니 작은 것의 실천이 보여주는 큰 결실을 느꼈으리라 믿는다. 성취감도 맛보았을 것이다. 그러나 여기서 만족해서는 안 된다. 이만큼의 활동으로도 적지 않은 자신감을 얻었겠지만 땀을 더 흘려야 한다. 내가 없던 삶에서 희미하게나마 내 모습이 보이기 시작할 것이다. 그래서 다시 또 새로움을 위해 주먹 한번 불끈 쥐어야 할 것이다.

이 책 발간을 통해 얻은 자신감과 성취감으로 책 읽고, 토론하고, 생각하고, 서평 써서, 읽은 책의 내용을 실천하는 독서의 완성을 향해 차분히 걸어가길 바란다. 결코 서둘 일은 아니지만 포기해서는 안 된다. 천천히 가길 권한다. 한 권을 읽고 나면 한 권만큼 품격이 높아질 것이며, 공동체에 미치는 영향이 책의 두께만큼 높아질 것이다. '책으로 노는 사람들'의 '책으로 노는 이야기', 거듭 축하하며, 여러 모로 큰 도움을 주는 학이사에 감사드린다.

학이사독서아카데미 원장 문무학

나날이 시가 되고
노래가 되는

2017년 5월~2018년 4월

현실과 이상 사이

『달과 6펜스』, 서머싯 몸, 문학동네

남지민

온 세상이 초록빛으로 환하다. 봄꽃이 피고 지니, 녹음이 짙어졌다. 봄은 이렇듯 모두에게 축복을 내리는 계절이다. 야외로 나가 자연을 가슴에 담다 보면 그동안 쌓인 정신적, 육체적 피로가 사라지는 기쁨을 맛볼수 있다. 그럴 수 없다면 젊은 시절 읽었던 고전을 책장 깊숙이에서 꺼내 다시 한 번 읽어보는 것도 봄을 즐기는 하나의 좋은 방법일 것이다.

'달과 6펜스'. 제목만으로는 소설의 내용을 예견하기 어렵다. 다만 달의 서정적 감성과 동전의 현실성이 제목 속에 녹아있음을 눈치챌 수 있다. 달빛과 동전은 둥근 것이라는 점에서 비슷하다. 그렇지만 달빛과 동전 6펜스가 대비되어 그 의미는 이상과 현실의 차이만큼 크게 느껴진다. 삶의 안락함을 버리고 예술혼을 따라 고난과 야생의 삶에 몸을 던져, 예술로 승화시킨 스트릭랜드의 모습이 달과 6펜스 사이에서 교차되기도 한다.

예술과 현실은 상생할 수 없는 동전의 양면 같은 것인가? 폴 고갱의 삶을 모델로 한 이 소설은 서머싯 몸의 예술론과 사랑, 양심에 대한 작가의 관점이 서술로 혹은 대화로 나타나 있다. 의사였다가 예술가가 된 서머싯 몸의 현실과 이상 사이에서의 고민이 진하게 투영되었음을 짐작케 한다.

서머싯 몸은 제1차 세계대전 때 군의관으로 근무하다가 첩보부원이 되어 혁명하의 러시아에 잠입, 활약했다. 그런 다양한 경험이 녹아 있는 그의 작품에는 세기말의 가치관과 철학이 묻어 있다. 그뿐만 아니라 인간 존재에 대한 날카로운 해석과 비판, 세속사회의 속물성과 위선이 풍자되기도 한다.

정상적인, 혹은 지극히 평범한 삶을 살다가 가난함을 감수하고 기이한 예술인의 삶을 감행한 찰스 스트릭랜드. 여름휴가를 다녀온 어느 날 편지 한 장만을 가족에게 남기고 파리로 떠난다. 가정을 버리고, 친구 부인의 사랑을 외면하고, 죽음에 이르게 한 일 등은 '예술은 삶의 안녕 위에 펼쳐질 수 없는 것인가?' 에 대한 독자들의 의문을 일으키기에 충분하다.

스트릭랜드가 인간의 예의와 양심, 의무를 포기하고 다다른 인생과 예술의 종착지는 타히티다. 그곳에서 그린 그림은, 작가에 대한 많은 사람들의 호기심을 불러일으켰으며, 그는 사후에 천재 화가라는 평가를 받는다. 현실에서 버림받은 스트릭랜드 부인은 삶의 흔적을 찾는 비평가들의 방문을 받고, 스트릭랜드의 삶을 조금은 미화하여 증언한다.

현실적 삶이 먼저냐, 예술이 먼저냐에 대한 문제는 예술인 개개인의 철학이며 선택이다. 예술인과 모든 사람들은 항상 '달과 6펜스' 를 가슴에 안고 선택의 순간순간을 살아야 하는 운명의 굴레 속에 있는지도 모른다. 이 소설을 읽으면 예술과 이상이 현실이 되고, 현실이 예술과 이상이 되는 삶을 늘 고민하며 추구하는 인간의 또 하나의 본성을 발견하게 된다.

웃음과 눈물의 '한밤의 뜀박질'

『웬만해선 아무렇지 않다』, 이기호, 마음산책

서미지

내 안에도 그럴 듯한 이야기가 한 편쯤은 있다고 믿었다. 이런 터무니없는 생각이 언제 시작되었는지 기억나지 않지만, 그 끝은 슬금슬금 가까워 보인다. 쓰기보다는 읽기가 편해서 읽기만 하고, 읽은 것을 안다고 착각해 헛수다만 늘었다. 작가는커녕 제대로 된 독자 되는 공부나 하는 것이 제 격이다. 그래도 아직 거덜 내지 않은 밑천은 있다. 읽고 싶은 책을 만나면, 밤을 새워 읽는 열정의 불씨만큼은 채 꺼뜨리지 않았다.

내 안의 이야기를 꿈틀거리게 만든 책 한 권이 있다. 단편『버니』(1999년)로 등단한 이기호 작가의 『웬만해선 아무렇지 않다』이다. 2014년 1월부터 2년 동안 모 일간지에 연재한 이야기 중에서 엄선한 40편을 3개의 장으로 나눠 엮은 책이다. 처음 제안 받았을 때는 에세이 형태였으나 '본인이 잘 할 수 있는 일과 매체 특성을 고려해 짧은 소설'로 연재하였다고 한다.

'한밤의 뜀박질'은 1302호의 초인종을 누르는 민수의 웅얼거림으로 시작된다. 두 달 전부터 밤 11시면 1302호의 쿵쾅거리는 소리 때문에 막 백일이 된 딸아이가 자지러지게 울어댄다. '남자가 어쩜 그리 담이 약할까?' 아내가 하도 눈을 흘겨대기에, 오늘은 용기를 내어 가장 노릇을 하러 온 것이다. 막상 문이 열렸을 때, 1302호 남자가 민수에게 집 안을 보여준다.

그곳에서 민수는 희한한 광경을 두 눈으로 보게 되었다. 파자마를 입은 할머니 한 분이, 교복을 입은 학생 한 명을 잡으려고 거실과 부엌, 방과 방 사이를 뛰어다니고 있었다. "제 어머니와 제 아들입니다. …어머니가 치매기가 좀 있으신데… 가끔 우리 아들을 돌아가신 아버지로 착각을 해요. …처음엔 그냥 말렸는데… 지금은 그냥 냅두는 처지입니다. 우리 아들이 그렇게 하자고 해서요… 저렇게 쫓아다니시고 나면 잠도 잘 주무시거든요."

민수는 할머니를 위해 최선을 다해 도망치는 학생의 지친 기색 없이 밝은 얼굴을 보며, 자신의 딸도 1302호 남자의 아들처럼 자라나길 속으로 바란다. 이처럼 이기호의 짧은 소설들은 웃음과 눈물이 버무려진 작품들이다. '책을 접할 여유가 없었던 현대인이 위로를 받았으면 좋겠다'는 작가의 의도대로 순수 서사에 힘을 주기보다는 콩트에 가까운 작품들이다.

2000년대 문학이 선사하는 작품 가운데 가장 개념 있는 유쾌함으로 평가 받는 이기호 작가의 소설 '웬만해선 아무렇지 않다'를 읽고, 어떻게 살아남을 것인가를 고민하는 이들이 한바탕 시원하게 웃기를 바란다. 차라리 비극일지언정 폭력적이거나 냉혹하지 않아서 좋고, 밝고 긍정적이면서도 가볍지만 않아서 좋다. 웬만해선 아무렇지 않은데…, 내 안의 이야기들이 다시 꿈틀거릴 정도라서 더 좋다!

시간으로부터 자유로워지는 경험

『나는, 오늘도 걷다』, 미셸 퓌에슈, 문학동네

서강

걷는다는 것은 건강유지에 꼭 필요한 몸의 기본적 활동 중 하나다. 명사가 아닌 동사로서의 '걷다'가 책의 주제가 되고, 그 글을 읽는 것만으로도 몸이 움직여질 것 같은 느낌이 든다. 인생 백세시대라는 반생을 살아온 기념일까? 휘어진 등이 안쓰러운 내 모습, 햇살을 마주하고 걷는다. 길모퉁이 앞서 걷던 누군가의 등이 계절을 잊고 불끈 솟아있다.

'걷다'는 파리 소르본 대학 철학 교수인 미셸 퓌에슈의 '나는, 오늘도' 시리즈 중 하나다. 저자는 '하루에 나의 행동 딱 하나만, 깊이 생각해보기'를 통해 '매일 자신이 되기'를 철학적으로 풀어준다. 철학적 사고의 개념화를 위한 그는 2000년 '어린이용 철학서' 시리즈 출간에 이어 2010년 '나는 오늘도' 시리즈를 집필하기 시작했다. 그의 이런 노력은 실제 사람의 몸과 마음을 움직여 삶의 변화를 이끌어 내고 있다.

걷는다는 것도 저자와 함께 하는 한, 독자에게 단순한 '걷기'가 아니다. 진정한 자기 보살핌이며, 뛰어난 철학적 경험으로 걷는 것에 집중시킨다. 삶 속에서 스스로 필요한 일을 모두 해결할 수 없는 벽에 부딪힐 때마다 단순한 것들에 대한 감각 찾기, 즉 낙심하지 않고 처음 걸음마부터 새로 시작해 보라는 것이다. "사실 걷는다는 것은 한 다리를 내밀어 몸이 앞으로 기우뚱 쏠리는 순간, 다른 쪽 다리를 내밀어 다시 균형을 잡는 과정의 연속"(17쪽)이다.

"어떤 곳을 걷는다는 것은 그곳을 길들이는 것이다. 그저 집 주위를 가볍게 산책하기만 해도 더 편안한 느낌이 들고 진짜 주변 환경이 있는 진짜 장소에 살고 있다는 것을 느낄 수 있다."(51쪽) "이동하는 시간을 낭비라 생각하여 줄이려는 노력을 하는 대신, 제대로 활용하는 방법이 얼마든지 있다. 어디론가 가기 위해 시간을 들여 두 발로 걸어가다 보면, 공간뿐만 아니라 시간 또한 되찾게 된다."(62쪽)고 저자는 일러준다.

뚜렷한 목적을 가진 산책, 다만 그 목적이 자유로워지는 경험과 어슬렁거리는 것에 그치는 경우라도, 정말 나의 시간이 되어 돌아올까? 자연과의 접촉을 상실한 나, 인간의 본성을 되찾게 하는 걷기가 주변의 자연과 다시 만나게 해줄 것이라 믿게 한다. 그 리듬과 공간, 시간 안으로 들어갈 때 가장 뛰어난 감정적, 지적 능력을 되찾게 될 것 같기도 하다.

자연과 자주 만나지 못하는 도시인들에게도 걷기는 유용하다. 모르는 사람과의 만남, 마주치는 사람들, 벤치에 앉은 연인들, 스쳐가는 자질구레한 생활의 소음, 등도 걷지 않고 어떻게 보고 들을 것인가. 걷기란 보물창고의 열쇠로 보물찾기를 하는 것, 느리지만 건강한 방식으로 멀리 가는 방법을 알고 싶은가? 이 책을 만나라. 그리고 지금 바로 일어나 가벼운 산책 또는 서성임을 시작하라, 그렇게 천천히 걸어가는 것이 기쁨으로 가득 찰 어느 순간을 믿으며….

답 찾기가 어려운 질문

『문학이란 무엇인가?』, 장폴 사르트르, 정명환 옮김, 민음사

정화섭

　장폴 사르트르(1905~1980)는 최초의 노벨문학상 거부자이며, 소설 '구
토'를 통해서 세계적으로 유명해졌다. 제2차 세계대전을 겪으며 지식인
의 역할과 문학의 기능을 새로운 관점에서 생각하게 하였고, 종전 후 잡
지 '현대'를 창간하며 문학은 사회 변혁에 적극적으로 참여해야 한다고
주장했다. 이러한 주장과 관련해서, 지식인들의 강한 반발에 부딪힌 사
르트르는 자신의 논지를 뒷받침하고자 1947년에 '문학이란 무엇인가'
를 발표했다.

　1장 쓴다는 것은 무엇인가?/ 2장 무엇을 위한 글쓰기인가?/ 3장 누구
를 위하여 쓰는가?/ 4장 1947년 작가의 상황/을 통해서 논의한다. 우리
에게 글쓰기란 하나의 기도企圖이며, 문학이 정치적 참여를 어떻게 했는
지, 왜 독자의 참여가 필요한지, 그리고 지배 계층에 의존할 수밖에 없
었던 그 모순을 통해서, 문학이 인간을 구원하고 세계를 변혁할 수 있다
고 믿었던 1947년 프랑스 작가들이 처한 상황의 지론을 펼친다.

　현시대의 독자로서 텍스트가 제시한 의문의 답을 찾아가면, 관계의
복잡함과 혼란 속에 등불처럼 따라오는 구절이 있다.

　"작가는 죽기에 앞서 살아 있는 인간이다. 우리는 책을 통해서 정당성
을 밝혀야 한다고 생각한다." (48쪽)

"글쓰기는 자유를 희구하는 한 방식이다. 따라서 일단 글쓰기를 시작한 이상에야, 당신은 좋건 싫건 간에 참여하고 있는 것이다." (92쪽)

"예술 작품 그 자체로서는 생산 활동이 될 수도 없고 또 그렇게 되기를 바라지도 않지만, 그 대신 생산하는 사회의 자유로운 의식이 되고자 한다." (310쪽)

자유란 시대에 따라서 항상 새롭게 시작된다. 우리나라도 정부가 바뀌고 새 출발을 하고 있는 시점이다. 어떤 개체이든 홀로는 독존할 수 없으며 세상은 맞물려 돌아가게 마련이다. 한 작품이 겨냥하는 것이 독자의 이미지를 간직하듯, 새 정부도 일상 속에 묻혀 있는 개개인의 진실을 굽어볼 수 있다면 또 다른 비상이 되지 않을까? "라이프니츠는 찬란한 햇빛을 위해서는 어둠이 필요하다"고 했다. 만신창이가 된 과거의 흐름 속에서, 이제는 밝아 올 것 같은 현실을 비추어도 본다.

장폴 사르트르의 '문학이란 무엇인가?'에서 그가 던진 질문의 답을 얼른 알아차리기는 쉽지 않다. 그러나 독자가 그 질문을 생각해보게 하는 매력을 갖고 있다. 그야말로 아는 만큼 보일 뿐이다. 인간은 매일 새롭게 만들어지는 창의적인 존재로서, 미래를 향한 투기(投企, 사르트르의 철학 용어 '꾀하다'란 의미)로의 의미를 부여하면서 말이다. 그 의미가 영원히 답 찾기가 쉽지 않다고 해도, 우리네 삶은 결과가 아니라 살아가는 여정이기에 이 책은 오래오래 빛을 발하리라 믿는다.

나날이 시가 되고 노래가 되는

『밥이나 한번 먹자고 할 때』, 문성해 지음, 문학동네

김남이

눈길 주는 곳마다 신록이다. 푸름이 짙어 가는 만큼 날씨도 무더워진다. 빙과류가 수시로 생각나는 계절이 오고 있는 것이다. '설레임'이라는, 짜서 먹는 얼음과자가 있다. 그 이름 때문에 마트 냉장고의 많은 빙과류 중에 사람들 눈에 쉽게 잡히는 이 '설레임'과, 그것에 시선을 뺏기고 마는 사람들의 마음 저변을 지나치지 못하는 시인이 있다. 『밥이나 한번 먹자고 할 때』의 저자 문성해 시인이다.

"… 이토록 차고 투명한 것/ 이내 손바닥이 얼얼해서/ 금세 놓아주어야 하는 것// 얼얼한 심장 한쪽이/ 설레는 무게는 딱 이만하고/ 그것을 한 덩이로 얼리면 딱 요만하고// 너는/ 여름을 최초에 얼린 이처럼/ 열로 들뜬 나의 손안에/ 한 덩이 두근거림을 쥐어주고/ 쓰레기통에는/ 설렘을 다 짜낸 튜브 같은 심장들/ 함부로 구겨져 버려져 있다." (69쪽 「설레임」 부분)

위 시집에 실린 이 시는 시인 내면의 웅얼거림도 아니고, 가슴 찢는 포효도 아니다. 현학적이거나 몇 겹씩 꼬인 수수께끼 같은 구절도 없다. 빙과 '설레임'에 감정 '설렘'을 잘 투영하여, 하나의 시제로 경계 없이 끌고 갈 뿐이다. 빙과 '설레임'을 보던 독자들은 자기도 모르는 사이,

한때 두근거림을 쥐여주던 그 감정이 자신에게도 있었음을 더듬게 된다. 이제는 그 감정을 다 짜낸 튜브 같은 자기 심장을 생각하게 된다.

이처럼 생활 주변에서 누구나 만날 수 있는 일들을 깊고 세밀한 시선으로 길어 올린, 이런 시편들로 빼곡한 이 책은 문성해 시인의 네 번째 시집이다. 1998년과 2003년에 각각 매일신문과 경향신문 신춘문예를 통해 등단한 시인은 일상의 소외된 것들을 따스하게 그려낸다는 평을 들어온바, 이 시집에서도 이를 잘 보여준다. 사소한 것들에 눈길 주고 마음 보태어 옆 사람에게 말 건네듯 조곤조곤 읊조린다.

언젠가부터 우리 사회는 잘 벌고, 잘 먹고, 잘 나가는(해외로) 이야기로 넘쳐난다. 돈과 무관한 일에 몸과 마음을 기울이면 무능한 현실 부적응자로 치부되기 일쑤인 이런 분위기 속에서 시인은 '대책 없이 막 사는 인간'(「사나운 노후」)이 된다. 그럼에도 문성해 시인은 자신만의 시선과 언어로 세상을 보고 해석하는 일에 무엇보다 힘을 쏟는다. 그가 들려주는 노래에서 독자들은 생각지 못한 무언가를 만날지도 모른다.

초여름과 새 지도자의 열기가 대지를 달구는 이즈음, 나날이 시가 되고 노래가 되어도, 먹고사는 일에 아등바등하지 않아도 뒤처진 인간이 되지 않는 사회를 꿈꿔 본다. 함께 꿈꾸고 싶은 이들이 이 시인의 감성과 사유를 맛보는 즐거움도 함께하면 좋겠다. '빨갛고 뾰족한 끝이 먼 어둠을 뚫고 횡단한 드릴'(「조그만 예의」)인 고구마나, '빙하기도 산사태도 지나며 돌이 짓는 옷'(「돌이 짓는 옷」)에 대한 숙연함도 만날 것이다.

내 빈터에 무엇을 채워야 하나?

『공터에서』, 김훈, 해냄

이다안

백화점 문고에서 김훈의 '공터에서'를 만났다. 책 제목을 보면서 유년시절을 떠올렸다. 나는 어린 시절 역 주변에 살았다. 역 청사를 경계로 한쪽은 화려한 불빛의 도시였고, 반대쪽은 어둠 짙은 공터였다. 당시 그 공터는 나와 내 친구들의 놀이터였다. 공터와 놀이터, 공간이라는 면에서는 같지만 의미는 다르다. 공터는 빈 땅이고, 놀이터는 놀이를 하는 곳이기 때문이다. 공터에서 놀이를 하면 그 공터가 놀이터가 되고, 놀이터에 노는 사람이 없으면 공터가 되기도 하지만….

"아버지는 거점이 없었어. 발 디딜 곳 말이야. 형은 그런 아버지가 싫어서 형 자신의 거점을 없앤 거야."(197쪽)

"어머니는 망각된 기억의 핵심부를 살려내기도 했고, 지치면 혼자서 울었다. 마른 울음소리가 목구멍에 걸렸고 눈물은 나오지 않았다."(243쪽)

이 문장들이 소설 전체의 분위기를 암시한다. '공터에서'는 20세기 한국 현대사를 살아낸 아버지와 그 아들들의 비극적 삶을 담아내고 있다. 김훈은 산문 미학의 진경을 보여주는 작가다. 산문집으로 『자전거 여행』, 『밥벌이의 지겨움』, 『라면을 끓이며』 등이 있고, 소설집으로는

『칼의 노래』, 『현의 노래』, 『남한산성』, 『내 젊은 날의 숲』 등이 있으며, 신작 『공터에서』는 그의 아홉 번째 소설로 지난 2월 3일 출간되었다.

소설은 아버지 마동수의 이야기로 시작된다.

서울에서 태어나 소년기를 보냈고 만주와 상해를 떠돌다가 해방 후 서울로 돌아와 6·25전쟁과 이승만, 박정희 대통령의 시대를 살았다. 배우자 이도순은 홍남항에서 미군의 수송선을 타고 부산으로 피란왔다. 그들은 낙동강에서 만나 가정을 꾸리게 되었고, 마장세와 마차세를 낳았다. 장남 마장세는 맹호부대 전투원으로 베트남에 파병되었다가 현지에서 제대해 괌으로 갔다. 그 후 한국으로 오지 않았다. 차남 마차세는 동부전선 GOP에서 근무했다.

마동수는 사회에서도 가정에서도 발붙일 근거지를 마련하지 못했다. 삶의 안쪽으로 들어오지 못한 이방인이었다. 이도순은 홍남항에서 같이 배를 타지 못한 젖먹이 딸을 잊지 못했다. 마장세에게 한국이란 땅은 두려운 곳이었다. 베트남 전투에서 어쩔 수 없이 사살했던 전우가 묻혀 있고 아버지가 헤매는 나라이기 때문이다. 제대 후 가정을 꾸린 마차세는 잡지사 기자로 근무하다 3개월 만에 해직되어, 물류회사 배달기사로 종횡무진 오토바이를 타고 거리를 달린다. 세상은 무섭고 달아날 수 없는 곳이었기에….

한 가족의 슬픈 삶의 역사다. 우리 할아버지의 삶이었고 아버지 이야기였고, 내 이웃 그 누구의 현실일 수도 있다. 마 씨 집안사람들은 자기들의 공터에 집을 짓고, 밭을 일구고, 나무도 심어 뿌리를 내리고 싶었다. 그러나 그들은 빈 땅에 일상의 작은 것들을 채우지 못했다. 그래서 어둡고 쓸쓸하다. 그러나 공터는 언제나 무엇으로든 채울 수 있는 가능성의 공간, 어둠을 넘고 쓸쓸함을 건너 내 빈터엔 무엇을 채워야 하나? 물어보게 만든다. 그래서 의미 있다.

고상한 삶의 태도가 광적인 것으로

『또한 즐겁지 아니한가』, 변미영, 에쎄

손인선

어느 분의 서재에서 '유산수' 한 점을 보았다. 목판과 서양화를 접목시킨 독특한 기법에 산과 물, 새, 꽃이 조화를 이룬 산수화였다. 화려하지는 않지만 깊이가 느껴지고 작품에 들인 공이 느껴져 자꾸만 쳐다보게 되는 작품이어서 '어떤 분일까? 하고 보는 내내 궁금했었다.

30년 동안 그림만 그렸다는 저자가 낸 이 책은 자신의 그림과 옛 선조들의 그림을 분류하여 감상하기에 좋다. 특히 그림에 얽힌 이야기를 곁들여 재미를 더했다. 어떤 이는 한길만 가기도 벅차다는데 저자는 자신의 분야인 그림 이외에도 글을 맛깔나게 썼다. 유遊 山水, 휴休 山水, 화花 山水, 락樂 山水로 총 4장으로 분류한 이 책은 바쁜 현대를 사는 독자들이 책 안에서나마 山水와 놀고, 쉬고, 꽃놀이를 하고, 즐기라는 배려인 듯하다.

"청광淸狂은 마음이 깨끗하고 청아한 맛이 있되, 그 하는 짓이 일상 규범에 어긋난다는 뜻이다. 고상한 삶의 태도가 광적인 것으로 나타난다는 말이다. 이런 청광들의 행동은 일반인들의 눈에는 약간 미친 것처럼 보인다." 이런 광적인 화가로 자신의 귀를 자른 고흐를 비롯해, 중국의 화가 서위, 조선 후기 산수화와 인물화에 능했던 최북 등이 있었다. 책에서 언급하지 않았지만 '살바도르 달리' 또한 빼놓을 수 없는 광기를 지닌 천재 화가였다고 알려져 있다. 저자는 또한 청광을 인간의 자유의

지를 대변해준다고 확대해석하고 있다. 뭔가를 제대로 해보려면 미쳐야 한다는 말이 있다. 대부분의 사람들은 궁색한 변명처럼 게을러서 또는 바빠서라고 하지만 진정 미친 듯이 빠지지 않고는 뭔가를 제대로 하기는 힘들다는 것을 옛사람의 작품을 통해서도 말해주고 있다.

이 책에서는 화가로서의 어려움에 대해서도 토로하고 있는데 "예술 행위는 여성이라서 하는 것이 아니요, 남성이라서 하는 것도 아니다. 예술은 인간으로서 근원적인 질문의 답을 찾기 위한 노력의 수단이다"이라고 말한다. 예술 활동 중에 부딪히는 경제적인 부분이나 남녀 성차별적인 시선들에 대해서 이야기했다. 어떤 이는 이런 발언을 자기 홍보 수단으로 삼고 어떤 이는 아무 생각 없이 뱉어내기도 하는데 작품 활동 이전에 내면을 먼저 다스려야 하겠다. "예술가들은 대쪽 같은 치열한 삶을 스스로 선택해야 한다. 이것이 바로 치명적인 아름다움이다." 여기서 소개한 최북, 모딜리아니, 장승업, 미켈란젤로, 마르셀 뒤샹, 보헤미안에게서 예술하는 사람들의 자존심이 무엇인지를 엿본다. '그림=돈' 이라는 등식에서 벗어나 이 책을 읽을 수 있을 것이다.

산수를 현대적 기법으로 그려내 자신의 화풍을 이어가는 저자의 그림 한 점을 두고 이 책에서 소개한 방법으로 잠깐이나마 완상(玩賞-어떤 대상을 취미로 즐기며 구경함)도 하고 와유(臥遊-산수화를 감상하다)도 했다. 그러다 그림에 대한 소유욕이 생길 즈음 연암 박지원의 목소리를 듣는다. "감상할 줄 모르고 단지 수장만 하는 자는 부유하지만 그 귀만 믿는 자이고, 감상은 잘하되 수장을 못하는 자는 가난하지만 그 안목을 저버리지 않는 자다." 그리하여 나는 누구나 부담 없이 즐기고 감상하는 山水에 자족하기로 한다.

숲에서 듣는 "나를 기억해 줘" 살아있는 기억

『상실의 시대』, 무라카미 하루키, 유유정 옮김, 문학사상사

최지혜

"내 나이가 어때서~ 사랑하기 딱 좋은 나인데~." "맴은 늙도 않는데, 세월만 이자뿌고."

길을 가다가 뒤에서 들리는 난데없는 노랫소리에 돌아보았다. 화장이 땀과 뒤엉킨 두 여인의 얼굴에 주름살이 깊다. 주거니 받거니 노래 부르는 여인들의 얼굴에 노을이 물들어 꽃 같다. 잃어버린 세월의 서글픔은 노을 너머 사라진 모습이다. 앞질러가는 그녀들의 뒷모습을 물끄러미 보는 내 눈시울이 뜨거워진다. 지난 세월 동안 난 무엇을 상실했는가? 어느 순간부터 상실한 것을 되뇌고 사는 건 상실한 것보다 얻은 게 많은 자의 여유로운 푸념이라 생각했다. 무엇이 되었건 얻기 위해 앞만 보며 살았다. 뒤돌아 허연 내 머리카락처럼 빛바랜 책 한 권을 꺼냈다. 책장을 넘기자 후두둑 몇 장이 떨어진다. 오랜 세월을 견디기 힘들었나 보다. '상실의 시대' 첫 장을 펼치며 내 기억의 빗장을 열었다.

『상실의 시대』는 원제목이 '노르웨이 숲'인 일본 무라카미 하루키의 1987년 장편소설이다. 청춘들의 필독서라 할 만큼 젊은이들에게 인기가 많았다. 작가는 1979년 '바람의 노래를 들어라'로 데뷔하였다. 작가의 작품 속 주제는 연인, 친구, 아내가 많다. 소설, 에세이, 논픽션 등 다양한 작품활동을 하는 그의 작품은 세계적인 보편성으로 평가되고 있다.

비 내리는 공항의 음울한 모습을 담담하게 쓴 첫 장을 읽으면 작가의

26

성향이 짐작된다. 비틀즈의 '노르웨이 숲'이 흐르는 책장을 한 장 두 장 넘기면 자못 자폐적인 주인공 '나' 와타나베를 만난다. 와타나베는 열일곱, 오월에 하나뿐인 친구를 자살로 잃는다. "죽음은 삶의 반대편 극단에 있는 것이 아니라, 그 일부로서 존재하고 있다."(49쪽) 죽음에 대한 고뇌와 우울함, 상실감에 오는 고독함이 작품 속에 담담히 스며 있다. 와타나베, 나오코, 미도리 셋의 관계. 와타나베, 나가사와, 하쓰미 셋의 관계. 와타나베, 나오코, 레이코 셋의 관계 속에서 일어난 슬프고 아름다운 사랑과 우정이 감미롭다. 관능적인 묘사가 꽤 있는데 외설스럽지가 않다. 마치 누드화를 보는 것처럼.

"반딧불이가 사라져 버린 후에도 그 빛의 궤적은 내 안에 오래오래 머물러 있었다. 눈을 감은 두터운 어둠 속을, 그 보잘것없는 엷은 빛은, 마치 갈 곳을 잃은 영혼처럼 언제까지나 언제까지나 헤매고 있었다."(84쪽)

"나를 기억해줘." 깊은 우물이 있는 가을 숲을 사각사각 걸으며 말하는 나오코의 목소리가 들리는 듯하다. 누군가가 잊지 않고 기억해 준다는 건 참 행복하다. 나오코는 많은 사람들에게 기억될 것이다.

"내버려둬도 만사는 흘러갈 방향으로 흘러가고, 아무리 최선을 다해도 사람은 상처 입을 땐 어쩔 수 없이 상처를 입게 마련이지, 인생이란 그런 거야."(407쪽)

정면으로 마주하고 싶지 않던 기억들을 꺼내어 보았다. 지난 세월의 상실감과 회한이 불쑥 솟구치곤 하던 마음이 잠잠해진다. 아마 온전히 과거로부터 자유로운 인생은 없을 것이다. 가슴에 쌓인 무겁고 아픈 과거를 덜어내고 싶은 날, 노르웨이 숲으로 천천히 걸어가 나를 만나자.

얼어붙은 바다, 그 바다를 깨기 위한 발버둥

『책은 도끼다』, 박웅현, 북하우스

신호철

단호하다. 호기심을 자극하는 제목에 홀려 책을 펼친다.

"우리가 읽는 책이 우리 머리를 주먹으로 한 대 쳐서 우리를 잠에서 깨우지 않는다면 도대체 왜 우리가 그 책을 읽는 거지? 책이란 무릇 우리 안에 있는 꽁꽁 얼어버린 바다를 깨뜨려버리는 도끼가 아니면 안 되는 거야." (카프카, 「변신」 중에서)

멋있다. 이 한 구절이 가슴을 뛰게 한다. 서둘러 책을 펼쳐본다. 저자가 강의를 준비하고 있다. 그 강의의 주제가 되는 책들. 어디선가 본 익숙한 책들이다. 책을 좋아하는 사람들이라면 책장에 한 권쯤은 꽂혀 있을 법한 책들이다. 하지만 이 책을 읽고 있노라면 나는 지금까지 책을 제대로 읽은 것인가 하는 회의감이 든다.

저자 박웅현은 광고인이다. 그는 독서의 양이 아닌 오직 깊이 읽기를 추구할 뿐이다. 남들이 쉽게 지나치는 단어 하나조차 예사로 지나치지 않는다. 책에 밑줄을 긋고, 옮겨 적으며, 되새긴다. 그로 인해 발생한 작은 파동이 점차 퍼져가며 크나큰 파도가 되어 마음속을 울린다.

"무시로 해외여행을 다닐 수 있고, 매일 로열 캐리비언 크루즈를 탈

수 있고, 루브르 박물관에 가면 '야 빨리빨리 와, 찍어, 가자' 하는 사람. 그리고 십 년 동안 돈을 모아 간 5박 6일간의 파리 여행에서 휘슬러의 '화가의 어머니'라는 그림 앞에서 얼어붙어 사십 분간 발을 떼지 못한 채 소름이 돋은 사람. 이 두 사람 중 누가 더 풍요롭게 생을 마감할까요? 중요한 것은, 휘슬러의 '화가의 어머니'를 보면서 소름이 돋으려면 훈련이 필요하다는 겁니다. 『나의 문화유산 답사기』의 저자 유홍준은 '문화미와 예술미는 훈련한 만큼 보인다'라고 이야기했습니다."(47쪽)

이 문장에 이 책이 말하고자 하는 모든 것이 들어 있다.

아는 만큼 보인다고 했으니 보기 위해 알 필요가 있다. 저자는 약간의 훈련만 한다면 보기 위한 지식을 쌓을 수 있다고 한다. 그 지식은 어떻게 쌓을까. 어떤 분야든 그 분야에서 도끼로 자신의 얼어붙은 바다를 깬 사람들이 있다. 그 사람의 책을 읽으며 훈련을 하다 보면 보기 위한 지식을 쌓을 수 있다고 말한다.

저자는 자신의 풍요로움을 자랑한다. 김훈 소설가가 쓴 문장의 힘을 들여다보고, 알랭 드 보통의 사랑에 대한 통찰에 감탄하며 고은 시인의 시를 곱씹으며 취한다. 같은 장면을 바라보는 나와는 차원이 다른 너울을 만들어 낸다. 그 너울 위에서 풍요로움을 만끽하며 둥둥 떠다닌다. 그 너울에 몸을 실어본다. 그를 따라 들여다보고, 감탄하며, 취해본다. 내 마음속에서 시작된 풍요로움이 아님에도 삶이 풍요롭게 느껴진다.

이 책은 풍요로움이 책 속에 있음을 깨우쳐준다. 돈이 많고 적음에 따라 기뻐하거나 절망하는 삶이 얼마나 어리석은 것인가를 깨우쳐 준다. 풍요의 바다에서 마음을 울리는 너울을 타고 떠다니길 원하는 사람, 그들에게는 이 책이 얼어붙은 바다를 깰 수 있는 도끼가 될 것이다. 분명 그럴 것이다.

명사名士의 서재를 훔쳐보다

『책가도』, 임수식, 카모마일북스

이웅현

"똑똑똑, 실례합니다. 선생님 서재를 좀 찍어도 되겠습니까?"

임수식은 바느질하는 사진작가이다. 개인전에 자신의 책장을 옮겨놓고 싶다는 생각에서 사진으로 만드는 책가도를 완성하였다. 조선 후기 회화 양식인 책가도를 사진으로 재해석하여 개인전 12회와 단체전 50여 회를 가졌다. 중앙대학교 사진학과를 졸업하고 동대학원을 마쳤으며 제1회 수림문화상을 수상하였다.

문학, 예술, 인문, 공간 등 4부로 되어 있으며 해당 분야의 명사 43명과 공간 14곳의 서재를 찍어 완성한 책가도와 설명으로 되어 있다. 책가도를 아는 이라면 '오 이렇게도 책가도가 만들어질 수 있네' 라고 할 것이고 책가도가 무엇인지 모르는 이라면 당장 책가도가 무엇인지부터 찾게 될 것이다.

책가도는 조선 후기 정조 때 궁중에서 유행하던 회화 양식이다. 책가도, 책거리로 불리고 있지만 책장의 형태로 있는 것을 책가도, 책장의 형태가 아닌 것을 책거리로 구분한다. 당시에는 서책이 귀하여 그림으로 책장을 대신하여 벽에 걸었던 것이다.

책가도 작업은 여러 과정을 거쳐 완성된다. 누구의 서재를 촬영할 것인가를 고민해야 했고, 그렇게 촬영한 여러 장의 사진을 한지에 조각보 형태로 출력해서 한 땀 한 땀 손수 바느질해서 완성했다. 40여 일을 꼬박 바느질한 작품도 있다.

"책가도 작업을 하면서 기록에 대한 생각을 많이 합니다. 처음에는 예술작품으로서의 고민이 많았습니다. 하지만 작업을 하면서 기록에 대한 고민이 많아졌습니다. 사진으로 작업된 작품이기 때문입니다.(중략) 계획했던 1천 개의 책가도가 완성될 때 고민의 해답을 찾을 수 있을 것 같습니다."

첫 책가도가 완성되기까지 작가의 수많은 고민과 시행착오가 눈에 보이는 듯하였다.

책을 좋아하고 읽기를 즐기는 사람이라면 누구나가 '자신이 좋아하는 작가의 서재는 어떻게 생겼을까? 그 작가는 어떤 책을 읽을까? 작가니까 책이 정말 많겠지?' 하는 생각들을 가져보았을 것이다.

문학 편 첫 장을 넘기는데 반가운 책장이 눈앞에 펼쳐졌다. 이외수 작가의 책장이었다. 몇 년 전 화천에 있는 이외수 문학관에 들렀을 때 마주했던 그 책장이었다. 당시 내가 느꼈던 감정을 작가도 느꼈던 것 같다. 책장을 보면 책장 주인의 삶이 보이는 것 같다고 했다. 내 책장에서도 내 삶이 보일까?

기라성 같은 작가들과 예술가, 학자, 그리고 책이 있는 공간을 찾아 촬영하면서 가졌을 행복감이 얼마나 컸을까? 마지막 장을 덮으면서, 작가에 대한 부러움은 이루 헤아릴 수 없었다. 또 실제 작품을 보고 싶다는 생각이 강하게 들었다.

사진을 좋아하는 이가 보면 사진에 대한 새로움이 보일 것이고, 책읽기를 좋아하는 이가 본다면 수많은 작가들의 서재를 한눈에 보는 즐거움을 만끽할 수 있을 것이다.

진정한 리더는 어떤 사람인가

『키루스의 교육』, 크세노폰, 이동수 옮김, 한길사

정수안

'키로파에디아'로도 불리는 '키루스의 교육'은 페르시아 제국의 건국자 키루스대왕에 관한 책이다. 현대경영학의 대가 피터 드러커는 이 책을 최고의 리더십 교본이라고 격찬한 바 있다. 키루스대왕은 자기 당대에 세계제국을 건설했다. 피정복민으로부터도 존경받을 만큼 위대한 리더십을 가진 인물로 평가받고 있다. 구약성서에 바빌론에서 포로 생활을 하던 유대인들을 해방시킨 이가 바로 그 키루스다.

이 책의 저자는 페르시아의 적국인 그리스 사람 크세노폰이다. 크세노폰은 언젠가는 자기 조국 그리스에도 키루스 같은 영웅이 나타나기를 바라면서 쓴 것으로 보인다. 실제로 얼마 뒤에 그의 간절한 여망처럼 소국 그리스를 세계제국으로 만든 알렉산더대왕이 출현하게 된다.

키루스에 대한 전기라기보다 역사소설에 가까운 이 책은 8권으로 구성되어 있다. 1권은 키루스의 성장과정과 교육을, 2권은 키루스가 원정군 사령관으로 임명되면서 군대를 재편성하는 과정을 그리고 있다. 3권에서 7권까지는 아르메니아, 리디아, 바빌로니아, 메디아를 정복하고 통합하는 과정을, 8권에서는 키루스가 구축한 세계제국 페르시아의 통치시스템과 키루스의 유훈을 기록한다.

세계제국 페르시아를 당대에 건국한 키루스대왕의 리더십은 과연 어디에서 나왔으며 그 비결은 무엇인가. 진정한 리더란 과연 어떤 사람인가? 이 책에서는 먼저 리더는 정의의 수호자라는 점을 강조한다. 키루스의 어머니는 키루스에게 지도자는 폭정보다는 왕정을 추구해야 한다고 가르친다. 군주는 많은 사람들에게 권리의 평등을 보장하는 정의의 수호자가 되라는 것이다.

리더는 비전을 제시하는 사람이다. 키루스의 아버지는 원정군 사령관으로 출정하는 아들 키루스에게 교훈을 준다. "리더십은 오직 자발적 복종으로부터 시작되며, 리더의 결정에 따르는 것이 자기에게 도움이 될 때 사람들은 복종하게 된다." 결국 리더는 지혜로워야 하며 끊임없이 공부하고 솔선수범해야 한다는 것이다.

리더는 누구에게나 친절해야 한다. 키루스는 전쟁 중에도 수시로 병사들과 함께 식사하며 대화하기를 즐겨했다. 정복당한 나라의 왕과 백성들을 공정하게 처우하여 적들로부터도 심복을 받고 있다. 키루스는 임종을 맞이하여 아들 캄비세스에게 "제국을 유지하는 것은 황금으로 된 왕의 홀이 아니라 충직한 친구들이다."는 유훈을 남길 정도로 친절과 인적 네트워크를 강조하고 있다.

오늘날 리더십은 누구에게나 절실한 문제다. 타인의 협력을 받지 않고 할 수 있는 일이 거의 없기 때문이다. 사람들과 협력하고 소통하여 생산적인 삶을 살고자 하는 사람들에게 키루스는 지혜를 줄 것이다. 작은 것에서 출발하여 큰 것을 이루고자 하는 사람에게도 키루스는 용기를 줄 것이다. 약소국을 강대국으로 만들고자 하는 우국지사에게 키루스는 통찰력을 제공할 것이다. 리더가 되고 싶은 그 누구도 외면해서는 안 될 책이다.

말에도 맵시가 있다

『자장면이 아니고 짜장면이다』, 민송기, 학이사

추필숙

연일 폭염이다. 늦은 저녁, 자장면을 시켜놓고 책을 펼쳤다. 표지에는 '민 선생의 우리말 이야기' 라는 부제가 붙어 있다. 저자인 민송기는 실제로 국어선생이다. 선생님이 들려주는 우리말이라고 하니, 먼저 표준말, 바른말, 고운 말이 떠오른다. 이런 여타의 책들에 대한 선입견을 버리게 만든 건 제목이었다. 자장면이 아니고 짜장면이라고 했으니, 말을 만든 사람보다 말을 쓰는 사람을 배려하고 있다.

저자는 머리말에서, "이 책은 쉽고, 가볍게 우리말에 담겨 있는 삶을 '생각해' 보는 책이다. 독자들이 우리말을 통해 지식과 세상에 대한 시야를 넓히는데 조금이나마 도움이 되었으면 한다."라고 소개했다. 정말로 어려운 주제도 쉽게 읽혔다. 하고 싶은 말에 집중하고 적확한 예시를 제시했기 때문이다. 단숨에 1부를 읽었다. 아차, 싶었다. 삶을 '생각해' 보는 책에 대한 예의가 아닌 것 같아, 2부는 의도적으로 쉬어가며 읽었다. 듣기만 하려고 해도 어느새 우리말을 가운데 두고 저자와 독자는 대화를 나누게 된다. 더 천천히 읽었다.

이 책은 4부로 나뉘어 있다. 1부에서는 바른말 고운 말에 대한 고정관념을 짚어준다. 사람들이 왜 '짜장면' 이라는 말을 더 즐겨 쓰는지, 저우룬파를 주윤발이라고 부르는지, '수고하세요' 라고 말하면서 가책을 느껴야 하는지, '너무 좋다' 는 댓글을 달면서 틀린 답안을 뻔뻔하게 내미는 것처럼 불편해하는지, 명확하게 떠올리게 한다. 한마디로 '국어선생도 헷갈리는' 말이 있음을 당당하게 밝히고 있다.

2부는 논리적으로 생각해 보아야 할 말을 소개해 준다. 1부보다 조금 더 깊이 생각할 거리를 던져놓고, 전문가의 시선으로 사회적인 문제를 두루두루 언급하고 있다. 수능에서 '가장 적절한 것을 찾는 문제는 있지만, 가장 적절하지 않은 것을 찾는' 유형은 없다는 것, 빌린 사람과 빌려준 사람을 모두 빚쟁이라 부르는 것, 논리에 맞지만 덜 쓰는 말과 논리에는 안 맞지만 두루뭉술하게 계속 쓰는 말이 있다. 특히 '남침'과 '불혹'에 대한 저자의 생각이 인상 깊었고, 자장면으로 쓰고 짜장면으로 읽는 이유도 명쾌하다. 무릎을 치게 만든다.

3부의 소제목은 '문학 읽기의 즐거움'이다. 말 그대로 말의 즐거움을 문학에서 찾고 있다. 시와 고전을 읽고 "독자들은 타당한 해석과 자신만의 기발한 해석 사이를 오가며 작품을 즐긴다."(178쪽)고 한 저자의 말에 깊이 공감한다. 당연하다고 믿었던 타당한 해설에 딴죽걸면서 기발한 해석을 해보는 즐거움을 누려 보리라. 4부에서는 한글과 훈민정음에 대한 이야기가 많다. 그리고 국어 공부 잘하는 법을 묻기 전에 "노력이 고민을 해결한다."(209쪽)는 어느 야구선수의 말을 전해준다. 그 외에 고3의 받아쓰기 시간에 대한 일화가 짤막하면서도 묵직하게 소개되어 있다.

말은 곧 삶이다. 삶을 '생각해' 보자고 한 것은 바로 말을 생각해 보는 것과 같다. 말 한마디가 생사를 가르기도 하고 그 사람의 본 모습을 드러내기도 하기 때문이다. 그래서 말 많은 사람이 아니라, 말 잘하는 사람이 되려고 스스로 자신의 입말을 자주 살피는 것이다. 말에도 맵시가 있다는 것을 이 책이 알려주고 있다. 폭염에도, 폭우에도, 읽기 좋은 책이다.

우리도 용감한 사자왕 칼처럼

『사자왕 형제의 모험』, 아스트리드 린드그렌, 김경희 옮김, 창비

정순희

대학 졸업 후 직장생활을 시작한 청춘이 왜 사람들은 비굴하고 용감하지 못한지를 물었다. 딱히 대답할 말을 찾지 못한 나는 "사회생활을 하다 보면 어쩔 수 없단다. 너도 곧 적응하게 될 거야."라고 얼버무린 적이 있다. 그 말에 청춘은 소리 내어 울었다. 저도 그런 사람이 될 수밖에 없다면 그게 더 슬픈 일이라고. 나는 어쩔 수 없다는 말에 힘주어 대답한 것이 미안하고 부끄러웠다. 옳지 않음을 보고도 눈감아주고, 내 일이 아니면 방관하는 일에 익숙해져 버린 어느 날 '사자왕 형제의 모험'이 찾아왔다.

스웨덴을 대표하는 동화작가 아스트리드 린드그렌(1907~2002)은 만년에도 손수 집안일을 하고, 어린이 독서클럽을 돌보며 동화까지 썼다. 아흔다섯 살로 지구별을 떠날 때까지 삐삐 시리즈를 비롯한 수많은 작품을 남겼다. '사자왕 형제의 모험'은 긴박한 스토리와 악에 대결하는 사자왕 요나탄과 스코르판 형제의 모험을 다룬 이야기다.

기사의 농장 벽난로 앞에 앉아 편안히 살면 안 될 까닭이 뭐란 말입니까? 그러나 형은 아무리 위험해도 반드시 해내야 되는 일이 있다고 말했습니다.

"어째서 그래?" 내가 다그쳤습니다.

"사람답게 살고 싶어서지. 그렇지 않으면 쓰레기와 다를 게 없으니

까."(78쪽)

그렇다. 가장 근원적이면서도 진실한 말, 사람답게 사는 것. 지도자답게, 국민답게, 어른답게, 젊은이답게, 선생답게, 학생답게, 부모답게, 자식답게…. 답게 사는 것이 우리 모두에게 참된 내일을 열어준다는 것을 어린 요나탄은 익히 알았다.

형 요나탄이 죽음을 통과하여 낭기열라로 간 뒤 병약했던 동생 스코르판도 형을 뒤따라가 눈물의 해후를 한다. 평화롭고 아름다운 낭기열라에서 형제는 행복한 나날을 보낸다. 그러나 독재자 텡일의 등장으로 낭기열라는 억압과 약탈로 피폐해지고 자유를 잃은 사람들이 텡일에 맞서 저항하지만 무시무시한 악마 '카틀라'를 등에 업은 텡일의 폭력을 당해내지 못한다. 하지만 사자왕 형제는 소피아, 마티아스 할아버지, 오르바르 등과 함께 용감하게 텡일 일당을 쓰러뜨린다.

"나는 정말 그럴 용기가 없었습니다. 그러나 만일 해내지 못한다면 나는 하잘 것 없는 쓰레기에 지나지 않을 것입니다. …굳세고 언제나 착한 일만 해 온 형과 함께라면 걱정할 게 없을 것 같았습니다."(319쪽)

스코르판은 약하고 겁이 많은 아이였다. 텡일에 맞서는 형을 부러워하면서도 정작 자신은 아무것도 하지 못해 좌절한다. 그의 모습을 볼 때마다 마치 우리 자신을 마주한 듯 안타깝다. 불의를 거부하고 사람다움을 지킴으로써 마침내 낭기열라를 평화의 안식처로 만들었던 사자왕 요나탄, 그를 바라보며 스코르판은 매 순간 자신을 채찍질한다. 마침내 스코르판도 사자왕 칼로 거듭나며 형 요나탄과 함께 낭길리마의 햇살을 맞이한다. 우리는 여전히 세상을 바꿀 힘도 없고, 하루하루 살아내는 것조차 버거운 스코르판에 머물러 있다. 이제 용감한 사자왕 칼을 꿈꾼다. 우리 사는 이곳에 낭기열라의 빛이 가득할 때까지.

어떻게 살아야 할까

『세일즈맨의 죽음』, 아서 밀러, 민음사

우남희

　오랜만에 지인을 만났다. 이런저런 안부를 묻다가 딸이 대학원에 진학할 거라는 말이 생각나 잘 다니고 있느냐고 하니 취업준비 중이란다. 담담하게 말을 하지만 지켜보는 마음이 얼마나 무거울지 짐작된다. 대학을 졸업하더라도 취업하지 못해 졸업 연기를 신청하는 젊은이들이 수두룩한 현실이다. 정치인들이 일자리 창출을 캐치프레이즈로 내세우는 까닭도 여기에 있다.

　1948년에 발표된 『세일즈맨의 죽음』은 21세기 이런 자본주의 사회의 문제점을 다룬 희곡 작품으로 삶의 무게가 녹록지 않은 그래서 한없이 마음을 무겁게 하는 책이다.

　윌리 로먼은 성실하고 인기만 있으면 잘 될 거라는 신념을 가지고 35년 동안 새로운 지역을 개척해 회사의 노른자로 만들지만 늙었다는 이유로 봉급을 받지 못하고 해고당한다.

　마지막 한 번만 넣으면 25년 동안 넣던 주택할부금이 끝나는데 엎친 데 덮친 격이랄까, 할부가 끝나니 차는 폐차 직전에 이르고, 냉장고, 세탁기, 진공청소기, 지붕수리 등등 돈이 들어가야 할 곳들이 늘어난다. 생활비 마련이 요원한 윌리는 찰리에게 돈을 빌려 봉급이라고 내놓는다.

　윌리는 외지를 떠돌다가 집에 온 아들 비프에게 젊은 날을 낭비한다고 불만을 드러낸다. 비프는 학창시절 미식축구 선수로 이름을 날려 여러 학교에서 러브콜이 들어오자 자만심으로 공부에 소홀해 낙제를 받는다. 아버지에게 낙제를 면하게 해달라고 부탁하러 갔다가 다른 여자와 불륜 관계를 맺는 것을 보고 아버지에 대한 믿음이 깨진다. 그 후, 의욕 상실로 하는 일마다 되지 않고 절도죄로 복역까지 하기에 이른다. 둘째 아들인 해피 역시 듬직한 아들이 아니라 거짓말을 밥 먹듯이 하는 바람둥이다. 아버지의 짐을 덜어줄 나이가 되었음에도 불구하고 두 아들 모두 제 앞가림마저 하지 못하니 삶의 무게에 짓눌려 지친 아버지는 자신의 과거를 회상하며 죽은 형인 벤의 허상과 자주 대화를 한다. 그런 아버지의 중얼거림을 듣고 염려하는 비프에게 어머니인 린다는

"아버지가 훌륭한 분이라고는 하지 않겠다. 세상에서 가장 훌륭한 인품을 가진 것도 아니야. 그렇지만 한 인간이야. 그러니 관심을 기울여 주어야 해" 라고 말한다.

삼부자는 새 출발을 위해 각오를 다진다. 비프는 과거의 직장 상사를 찾아가 자금을 융통해 사업을 성공시키겠다고, 윌리는 뉴욕 본사근무를 요청하겠다고, 해피는 결혼을 통해 안정된 생활을 하겠다고 한다. 하지만 그것은 어디까지나 그들의 희망사항일 뿐 현실은 그들의 편이 아니다.

결국 윌리는 마지막 할부금과 자신의 생명보험금을 비프에게 주기 위해 죽음이라는 막다른 선택을 하게 된다.

"오늘 주택 할부금을 다 갚았어요. 그런데 이제 집에는 아무도 없어요. 이제 우리는 빚진 것도 없이 자유롭다고요."

린다의 말이 텅 빈 하늘에 울려 퍼진다.

'어떻게 살아야 할까?' '어떻게 살고 싶은가?'

이 책을 읽으면 스스로 답을 낼 수 있지 않을까 싶다.

참된 자유인의 상징

『그리스인 조르바』, 니코스 카잔차키스, 이윤기 옮김, 열린책들

우은희

　1999년 역자 이윤기는 일행과 함께 크레타섬에 있는 저자의 무덤을 찾아 묘소에 참배한다. 역자는 묵념으로 부족하다 싶어 구두를 벗고 절을 했는데, 여행객을 안내했던 크레타인은 머나먼 동양에서 온 사람들이 자기네 고향이 사랑하는 작가에게 경의를 표하자 눈물을 흘렸다고 한다. 역자의 저자에 대한 존경과 조르바에 대한 애정이 어떠한지 말하지 않아도 알 수 있다. 조르바는 현대 그리스 문학을 대표하는 작가 니코스 카잔차키스를 세계적인 작가의 반열에 올려놓은 소설 '그리스인 조르바'의 주인공이자 실존 인물이다.

　소설은 탄광사업을 위해 '나'가 크레타섬으로 가는 배를 기다리며 항구에서 조르바를 만나는 것으로 시작된다. 60대의 노인은 다짜고짜 자신을 데려가지 않겠느냐고 묻고, 나는 옆구리에 산투르 보따리를 낀 조르바의 냉소적이면서도 강렬한 시선이 마음에 들어 뱃사람 신드바드를 떠올리며 승낙한다. 나는 대지라는 모태에서 아직 탯줄이 떨어지지 않은 순수한 야성의 조르바와 생활하면서 세상이 가진 비밀을 알게 된다. 하느님과 악마, 육체와 영혼, 물질과 정신, 사색과 행동, 이 모순되고 상반되는 두 가지는 둘이 아니라 하나임을 깨닫는다.

　배고픔을 크게 못 느끼며 육체의 쾌락을 업신여기는 나에게 조르바는 설득한다. "육체에는 영혼이란 게 있습니다. 뭘 좀 먹이셔야지. 육체란

짐을 진 짐승과 같아요, 육체를 먹이지 않으면 언젠가는 길바닥에다 영혼을 팽개치고 말 거라고요." 모든 사물을 매일 처음 보는 듯이 대하는 조르바는 아침에 일어나 바다를 보면서 이 기적이 무엇인지 이 신비가 무엇인지 도대체 당신이 보는 책에는 뭐라고 적혀 있는지 나에게 반문한다. "언제면 우리 귀가 뚫려 돌, 비, 꽃이 하는 말을 알아들을 수 있을까?" 세상이 더 조용해지는 날에는 들을 수 있지 않을까. 혼자 가는 자유를 거부하며 함께 가지 않으면 안 가겠다는 롤라를 보며 인간만이 자유를 원하는데 자유가 싫다는 여자도 인간일까요? 묻는다. 독립운동을 하면서 수많은 터키인을 죽이고 나니 벼락이 아닌 자유가 주어지는 것을 보면서는 하느님을 이해할 수 없었다.

사업이 실패로 돌아간 날 조르바는 춤출 줄 모르는 나와 함께 바닷가에서 춤을 춘다. 세계를 온몸으로 부딪혀 알아 버린 조르바의 몸은 물질이 변하여 숭고한 정신이 되는 순간을 아는 것일까. 세 살짜리 아들을 잃었던 날도 그는 슬픔을 어떻게 할 수 없어 춤을 출 수밖에 없었다. 나는 조르바와 헤어지고 꿈에서 그를 본 어느 날 까닭 없이 눈물을 흘리며 그가 나의 '마음에다 뿌렸던 말, 절규, 몸짓, 눈물, 춤을 모아 보존하고 싶다는 욕망을 주체할 수 없어' 그리스인 조르바를 쓴다.

소설가 이윤기를 처음 알게 된 것은 스무 살경 조르바를 통해서였다. 그때는 조르바 이 건달 같은 남정네가 어찌 자유인의 상징일까? 의구심도 있었다. 역자는 훌륭한 소설가임에도 번역가로 또 신화학자로 더 잘 알려져 있다. '조르바를 춤추게 하는 글쓰기'에서 그에게 쓰고 옮긴다는 일이 무엇인지를 볼 수 있다. 작품이 버젓이 살아 있기에 그의 죽음을 실감하지 못한다. 2010년 8월 27일 그 여름의 끝에서부터 지금까지, 필자에겐 꿈만 같았던 잠을 그는 아직까지 자고 있다. 할마시라는 말을 차지게 쓰는 경상도 남자, 자유인 조르바를 남긴 채.

가치 있는 삶이란

『꽃들에게 희망을』, 트리나 폴러스, 시공주니어

배태만

학창시절 읽었을 때 잘 이해되지 않던 동화가 사회생활을 어느 정도 하고 난 뒤 이해가 되는 경우가 더러 있다. 『꽃들에게 희망을』이 바로 그런 책이다. 처음 접했을 때 내용을 표현하는 그림이 함께 있어 편하게 읽을 수 있을 거라 기대했지만 결코 단순한 내용의 책은 아니라고 느꼈던 기억이 있다.

저자인 트리나 폴러스는 "이 책은 온갖 어려움을 겪으면서도 진정한 자아를 찾아나선 한 애벌레의 이야기입니다. 그 애벌레는 나 자신, 그리고 우리 모두를 닮았습니다."라고 머리말에서 밝히고 있다.

이 책의 주인공인 호랑 애벌레는 알을 깨고 세상에 나온 후 햇빛이 밝게 빛나는 멋진 세상에 기뻐하며 배고프면 주위에 있는 초록빛 나뭇잎을 갉아먹고 몸집을 키우며 하루하루 보냈다. 그러던 어느 날 애벌레는 먹는 것을 멈추고 이런 생각을 하게 된다.

"그저 먹고 자라는 것만이 삶의 전부는 아닐 거야. 이런 삶과는 다른 무언가가 있을 게 분명해."(4쪽)

애벌레 무리에 흥분해 뛰어들었지만 애벌레들로 이루어진 기둥을 오르다가 가끔 저 꼭대기에는 무엇이 있는지 궁금해서 물었다. 그때 주위 애벌레들의 대답은 이런 식이었다.

"그건 아무도 몰라. 하지만 모두 저기에 가려고 서두르는 걸 보면 아

주 멋진 곳인가 봐. 나도 빨리 가 봐야겠어! 잘 가." (21쪽)

호랑 애벌레가 기둥 속에 본격적으로 들어간 후 얼마간은 새로운 충격의 연속이었다.

그것은 '밟고 올라가느냐, 아니면 발밑에 깔리느냐'의 치열한 경쟁이었다. 꼭대기에 무엇이 있는지 알지도 못하고 또 알려고 생각하지도 않은 채 주위 애벌레를 밟고 올라가는 모습은 현재 우리 사회의 경쟁적인 모습과도 많이 닮아 있다.

호랑 애벌레는 기둥 속에서 만난 노랑 애벌레에게 사랑을 느끼고 노랑 애벌레의 이런 말에 위로 올라가는 일을 잠시 잊기도 했다.

"우린 멋진 보금자리가 있고, 서로 사랑하잖아. 그걸로 충분해. 꼭대기를 향해 기어오르는 저 외로운 애들보다는 우리 생활이 훨씬 나아." (52쪽)

그러나 위로 올라가는 일에 대한 호랑 애벌레의 미련은 점점 더 심해져서 결국 다시 기둥으로 떠나게 된다. 호랑 애벌레는 '마음을 굳게 다잡은' 정도가 아니라 무자비할 정도로 기어오른다. 결국 꼭대기 근처에 다다른 후 알게 된 진실은 바로 이런 것이었다.

"이곳에는 아무것도 없잖아!" (94쪽)

노랑 애벌레가 고치가 되는 힘든 과정을 거친 후 눈부신 노랑 날개를 가진 나비가 되어 나타났을 때 호랑 애벌레에게도 마음에 변화가 일어났다.

"나는 나비를 보았어. 삶에는 뭔가 보다 나은 것이 있을 거야." (120쪽)

흔히 우리들은 주위의 다른 사람들이 몰두하는 일을 당연히 해야 할 것으로 여기고 별 의문 없이 함께 빠져드는 경우가 많다. 과연 그것이 진실로 내가 원하는 모습인지, 진정 가치 있는 것인지 다시 한 번 생각해 볼 필요가 있지 않을까?

스승이라는 말이 잘 어울리는 사람

『모리와 함께한 화요일』, 미치 앨봄, 세종서적

김민정

기억에 남는 스승이 있는가?

옛날에는 '스승의 그림자도 밟지 말라'는 말이 있을 만큼 스승은 높고 큰 사람이었다. 물론 지금도 존경받는 스승이 많고 하나라도 더 가르치기 위해, 한 명이라도 바른길로 인도하기 위해 애쓰시는 분들이 많다.

"죽음은 생명을 끝내지만 관계까지 끝내는 건 아니다."

이 말은 '모리와 함께한 화요일'의 주인공인 모리 슈워츠 교수가 그의 제자에게 가르쳐 주고자 한 모든 것을 함축한 말이다. 제자 미치가 모리 교수를 찾아가면서 이야기가 시작된다. 매주 화요일에 14주간을 만나면서 삶과 사랑, 가족, 세상, 죽음에 관한 주제로 대화를 나누며 기록했다. 그들의 대화는 살아있는 우리가 알아야 할 것들이다. 그의 제자 미치 앨봄은 모리 교수의 가르침을 세상 사람들에게 전달했다. 1997년의 일이다. 지금부터 20년 전이었다.

세계적인 베스트셀러 작가이며 에미상을 수상한 방송인, 인기 칼럼니스트인 미치 앨봄은 고난과 역경을 견뎌내고 삶의 의미를 깨달아가는 우리의 이웃들의 이야기를 잔잔한 감동으로 풀어낸다. 그리하여 삶과 죽음을 끌어안는 최고의 휴머니스트라는 극찬을 받았다. 『모리와 함께한 화요일』, 『단 하루만 더』 등의 책은 많은 독자들에게 용기와 희망을 주었다. 이 책의 주인공이자 저자의 스승인 모리 슈워츠 교수와의 만남

44

은 저자뿐만 아니라 오늘을 살아가는 우리들 모두에게 우리가 잃어버린 것들을 찾아가는 과정을 알려준다.

모리 교수는 마지막까지 스승으로서 자신의 일에 최선을 다하고, 모든 이에게 사랑을 베풀고 돌아가셨다. 루게릭병이라는 불치병으로 죽음을 앞두었지만 이를 긍정적인 시각으로 보려고 노력했다. 심지어 가장 두려워했던 타인이 자신의 엉덩이를 닦아줘야 한다는 사실까지도 즐기려 했다. '피할 수 없으면 즐겨라' 라는 유명한 책의 말처럼 그는 한 번더 아기가 되는 것이라 생각하며 과정을 무서워하거나 슬퍼하지 않고 상황을 받아들였다.

"사실 내 안에는 모든 나이가 다 있네. 난 세 살이기도 하고, 다섯 살이기도 하고, 서른일곱 살이기도 하고, 쉰 살이기도 해. 그 세월들을 다 거쳐 왔으니까, 그때가 어떤지 알지.(중략) 어떤 나이든 될 수 있다는 것을 생각해보라구! 지금 이 나이에 이르기까지 모든 나이가 다 내 안에 있어." (170쪽)

"이런데 자네가 있는 그 자리가 어떻게 부러울 수 있겠나. 내가 다 거쳐 온 시절인데?" (171쪽)

각자의 삶에서 큰 울림을 주는 스승이 있었는지 생각해 보자. 과거의 시간을 떠올려 봄으로써 행복했던 한때가 갑자기 '훅' 하고 다가올지도 모른다. 이 책은 독자가 정해져 있지 않다. 학생부터 어른까지 위로가 필요한 사람들이면 모두 모리와 제자의 대화에 초대하고 싶다. 그러면 내면에서 발견한 새로운 즐거움과 감사가 우리를 행복하게 해줄 것이다. 그들로부터 받은 위로면 앞으로 살아갈 날에 충분한 힘이 될 것이다.

세계의 변화를 보여주다

『필립 코틀러의 마켓 4.0』, 필립 코틀러, 허마원 카타자야,
이완 세티아완, 이지원 옮김, 더퀘스트

최진혁

　현대 사회를 살아가는 사람들은 예전과 달리 평생직장을 갖기가 어렵다. 평생직장이라는 말이 존재하지 않는다고 해도 지나치지 않다. 현대인들은 교육을 위하여 몇 번이나 이사를 하기도 한다. 자신에게 맞는 적성이나 여건으로 여러 번 직업을 바꾸기도 해야 한다. 이러한 변화에 폭넓은 정보는 앞으로의 삶에서 매우 중요한 역할을 하지 않을 수 없다.

　'마켓 4.0'은 '마케팅의 아버지'라 불리고 월스트리트 저널에서 세계적으로 영향력 있는 비즈니스 사상가 6인에 포함된 필립 코틀러, 인도네시아 마케팅 컨설팅 회사 마크플러스의 창업자이며 '마케팅의 미래에 영향을 준 50인의 구루'로 선정된 허마원 카타자야, 온라인 마케팅 잡지인 '마케티어스'의 편집장인 이완 세티아완 세 사람이 쓴 책이다.

　1부 4차 산업혁명이 변화시킨 새로운 마켓 트렌드, 2부 디지털 시대에 비즈니스를 성공으로 이끌 새로운 전략, 3부 디지털 시대에 마케팅의 전략적 활용 방법 등, 총 3부 11장으로 구성되었다. 1부는 세계에 대한 관찰의 결과를, 2부는 무엇을 해야 하는지를, 3부는 우리들이 앞으로 살아가는 시대에 필요한 전술에 대하여 설명하고 있다.

　"이것이 미래 소비자의 자화상이다. 그들은 연결되어 있지만 산만하다…. 인간이 주의를 지속하는 시간이 2000년에는 평균 12초였지만

2013년에는 8초로 줄었다고 밝혔다…. 모바일 기기가 끊임없이 쏟아져 나오면서 즉각적인 관심을 요구하는 메시지가 어마어마해졌기 때문이다."

이 글에서 알 수 있듯이 변화하는 사회뿐만 아니라 사람들의 변화도 볼 수 있다. 단순히 마케팅에만 해당하는 것이 아니다. 사람들의 일상생활에서 흔하게 접하는 내용이다. 길을 걸어가다가 고개를 들어보라. 주변보다 휴대폰에 시선을 집중하는 사람을 쉽게 찾을 것이다.

"마케팅 역사에서 가장 중요한 게임 체인저(어떤 일에서 결과나 흐름의 판도를 바꿔 놓을 만큼 중요한 역할을 하는 인물이나 사건-옮긴이)는 연결성이다." 이처럼 마케팅 용어에 대해 전혀 모르는 사람들을 위하여 옮긴이가 용어들을 설명해주고 있어 막힘 없이 읽어 내려갈 수 있다.

프랑스의 동화작가인 다니엘 페나크가 '독자의 권리'를 밝힌 적이 있다. 그중에서 책을 건너뛰며 읽을 권리, 군데군데 골라 읽을 권리가 있다. 그 권리를 찾으라는 듯 각 장의 끝마다 요약이 있다. 독서에 시간투자가 힘들면 요약 부분을 읽고, 이론을 정리한 그림만 보더라도 얻을 것이 많다. 또 요약 뒤의 '생각해 볼 질문들'을 통하여 스스로 접근할 수 있다.

이 책은 그렇게 질문을 던지는 책이다. 변화해가는 세상을 보여주고 그런 세상에 살아야 하는 우리들에게 어떻게 살아갈 것인지 질문하는 책이다. 앞으로 우리는 살아가면서 많은 질문에 부딪히게 될 것이다. 그 질문의 답을 이 책이 준비하게 한다.

계절을 입은 나무

『나목』, 박완서, 세계사

김서윤

부끄러운 계절에는 나무도 옷을 벗는가. 전쟁이 설움이요 가난이 죄이던 시절이었다. 6.25라는 이름으로 찾아온 민족의 비극을 한 여인의 사연으로 풀어 마음자리를 더듬어나간 박완서의 처녀작 『나목』(1970년 〈여성동아〉 여류 장편소설에 당선하며 등단)은 그렇게 헐벗고 앙상한 첫인상으로 우리에게 다가온다. 잎이 다 지고 가지만 남은 처연한 나무를 우리는 기억한다. 박수근 화백의 '나무와 여인'에서 보았던 바로 그 이미지다.

1.4후퇴 후의 서울에서, 그 빈 들에서 살아내었던 한 예술가의 삶의 모습을 '증언'하고 싶었다고 작가의 말은 밝히고 있다. 박수근 화백의 모습 속에서 그렇게 옥희도 씨(소설 속 화백)라는 인물은 탄생했던 것이다. 그렇다면 이 이야기의 흐름을 주도하는 경아는 누구인가. 전쟁의 참상을 겪었던 작가 자신의 거울鏡인가. 혹은 전쟁을 겪은 그 시대의 젊은이를 대표하는 인물인가? 그러나 필자는 상상할 수도 없다. 포탄을 맞아 피 범벅된 붉은 홑청 위에 해체된 형제의 몸. 끈적한 여름의 공포처럼 잔혹한 그 경험 속에서 경아는 어떻게 살아남았을까.

"죽고 싶다. 죽고 싶다. 그렇지만 은행나무는 너무도 곱게 물들었고 하늘은 어쩌면 저렇게 푸르고 이 마당의 공기는 샘물처럼 청량하기만 한 것일까. 살고 싶다. 죽고 싶다. 살고 싶다. 죽고 싶다." (304쪽)

전쟁과 가족의 죽음이 주는 극한의 충격 속에서 생사의 줄타기를 하고 있는 경아의 아슬아슬한 마음을 보라. 보이지 않는가? 아직도 전쟁을 '쉬고 있는' 이 나라는 무엇을 할지 고민할 게 아니라 분열과 갈등을 극복하기 위해 '무엇이든 해내야' 한다는 절박함이.

PX 초상화부에서 일하는 경아와 초상화부에 새로 온 화가 옥희도 씨의 꿈길 같은 짧은 만남은 노오란 은행잎처럼 찬란하지는 못했다. 갓 스무 살의 순수한 경아에게 아내와 다섯 아이를 거느린 옥희도 씨는 행복을 꽃피우기에 버거운 상대였을 테니까. 그들의 동행은 장난감 가게의 인형만큼이나 슬프다. 이렇게 작가는 겨울 속 여름과 노오란 은행나무의 가을로 이 이야기를 이어가다가 홀쩍 세월을 뛰어넘어 두 아이의 엄마가 된 경아와 마주한다. 경아는 남편과 함께 옥희도 씨 유작전을 찾아 한 그루의 커다란 나목 앞에 선다.

"내가 지난날, 어두운 단칸방에서 본 한발 속의 고목枯木, 그러나 지금의 나에겐 웬일인지 그게 고목이 아니라 나목이었다. 그것은 비슷하면서도 아주 달랐다.(중략) 여인들의 눈앞엔 겨울이 있고, 나목에겐 아직 멀지만 봄에의 믿음이 있다. 봄에의 믿음. 나목을 저리도 의연하게 함이 바로 봄에의 믿음이리라." (376쪽)

필자는 얼마 전 이모의 화실에서 한 그루 커다란 나무를 보았다. 굵다란 나무둥치 위에 막 돋아나듯 잎사귀가 한 잎 한 잎 그려지고 있었다. 박완서가 보았던, 그리고 자신의 필치로 다시 그려낸 나목에는 이제 잎이 돋기 시작한다. 이 시대의 작가는 봄을 확신하고 확신한다. 암울했던 시기에 꿈꾸었던 그 봄을 이제는 두 팔을 펼쳐 맞이하고자 함이다.

책 속으로 떠나는 가을여행

『자전거 여행』, 김훈, 문학동네

강종진

가을 햇살이 눈부시다. 하늘은 파랗고 벼는 누렇게 익어간다. 제각기 위치한 자리에서 사는 사람들의 삶을 살피며 시골길을 달린다. 그것도 자동차가 아닌 자전거를 타고. 생각만으로도 얼마나 낭만적인가. 실제로 자전거를 타고 우리나라 산하를 누비듯 생생히 보여주는 책이 있다. 바로 김훈의 『자전거 여행 1』이다. 여러 여건상 떠나지 못하는 사람들에게 주는 멋진 가을 선물이 될 책이다.

『칼의 노래』, 『현의 노래』, 『남한산성』 등으로 우리에게 잘 알려진 작가 김훈은 소설가이자 문학평론가이며 자전거 라이더이다. 신문기자 시절 〈한국일보〉에 「문학기행」이라는 평론을 연재했으며 《문학동네》 창간호에 「빗살무늬 토기의 추억」으로 데뷔했다. 이때 그의 나이 47세였다.

이 책은 작가 김훈의 산문작품 정수다. 작가가 밝혔듯이 '나는 사실만을 가지런히 챙기는 문장이 마음에 듭니다' 라는 말처럼, 그의 아름다운 언어를 책 전체에서 읽을 수 있다. 미사여구나 군더더기 없이 정확한 사실만을 구사하는 문장의 아름다움 때문에 글쓰기를 공부하는 사람들의 텍스트가 되기도 한다.

작가가 자전거를 타고 다니면서 본 사실만을 그대로 실은 책 속에는 우리 모두의 삶이 녹아있다. 바닷가에서는 물고기를 고르는 법을 어부에게 배우고, 그들이 권하는 '도다리', '오징어 피데기', '멸치회'를 선보인다. 좋은 소금을 채취하는 방법도 일러준다. 농촌에서는 농사일을 배우는 소의 애환을, 산골에서는 소박한 아이들의 생활을 그림처럼 보여준다. 중부전선 태풍전망대에서 넓은 시계 안이 산과 강으로 가득 차서 출렁거리는 산하의 모습, 수평의 삶을 수직의 삶으로 바꾸어 놓는 일산 신도시, 폐허 속의 여주 고달사, 하늘재 고갯길에서 보는 고려 초기의 불상과 탑들을 통해 산골과 도시, 과거와 현재를 함께 보여준다. 또 도산서당에서는 퇴계의 삶의 모습과 태도를 집약하고, 하회마을에서는 우리들의 감추어진 삶과 드러나는 삶의 꿈을 동시에 구현할 수 있게 한다. 가평의 설악면 산골에서 자연의 유순한 보편성 속으로 바퀴를 굴려 설악면을 다 돌 때까지도 작가의 자전거는 지치지 않는다.

"몸의 힘은 체인을 따라 흐르고, 기어는 땅의 저항을 나누고 또 합쳐서 허벅지에 전한다. 몸의 힘이 흐르는 체인의 마디에서 봄빛은 빛나고, 몸을 지나온 6시간이 바퀴로 퍼져서 흙속으로 스민다. 허벅지의 힘이 흙속으로 깊이 스밀 때, 자전거를 밀어주는 흙의 힘은 몸속에 가득찬다."
(11~12쪽)

자전거 여행의 동력이 생산되는 과정을 보여준다. 이처럼 전편의 글이 우리 삶의 진지한 성찰을 보여준다. 전편이 몸과 마음의 상호 작용 속에서 나온 글이기에 더욱 애착이 간다. 우리의 산하를 두루 섭렵하면서 민중들의 삶과 문화답사, 역사적인 면을 설명하고 작가 특유의 간결하면서도 시적인 문체로서 글 속에 푹 빠지게 하는 매력이 있다. 독자들 특히 여행하는 이에게 권하고 싶다.

조나단에게 배우다

『갈매기의 꿈』, 리처드 바크, 공경희 옮김, 현문미디어

장창수

갈매기가 돌아왔다. 모든 이의 내면에 깃든 진정한 갈매기 조나단이 세 번째로 내게 날아들었다. 리처드 바크의 '갈매기의 꿈'을 한두 번 읽어 보지 않은 이는 별로 없을 것이다. '갈매기의 꿈'은 비행으로 꿈을 이루고자 하는 한 갈매기의 이야기이다. 획일화된 전체 속에서 자기 생각을 가진 개인이 마침내 자유와 사랑을 찾아가는 스토리이기도 하다. 1970년 처음 출간되었으니 갈매기 조나단은 무려 48년째 하늘을 날고 있다. 앞으로 몇 년이나 더 독자들의 내면을 날아다닐지.

"가장 높이 나는 새가 가장 멀리 본다."

명언이 되어 버린 장려한 문구가 띠지에 인쇄되어 있다. 블루 커버에는 하얀색 갈매기가 날고, 한복 속치마 같은 뽀얀 속표지엔 은색으로 날고 있다. 그 밑에 그의 이름이 은박으로 박혔다. Jonathan Livingston Seagull. 아마 역대 '갈매기의 꿈' 중에서 가장 아름다운 디자인이 아닐까.

시간이 많이 흘렀다. 조나단이 첫 비행을 한 이후 우리 사회도 많은 변화를 겪었다. 어느덧 다양성의 시대로 접어들었으며 독창적인 개인의 생각들도 존중받기 시작했다. 비상시에는 전체의 규약을 깨며 주관적 행동을 해도, 때에 따라서는 더 나은 결과가 나올 수 있다는 것도 경험했다.

리처드 바크는 어떤 연유에서였는지 2015년 판에 이전에 없던 4장을 덧붙였다. 그리고 완결판이라고 이름 붙였다. 30대에 쓴 우화소설에 70대에 가필을 한다는 것. 예전에 쓴 원고를 찾아 덧댄다고는 했지만 아무래도 아쉽다. 거장의 원고를 조금 더 맛본다는 즐거움은 크지만, 명작은 이미 공공재가 되어 버린 것을.

"유선형의 고속 낙하를 하면 수심 3미터 깊이에 몰려 있는 맛 좋은 물고기들을 찾을 수 있다는 것을 알았다. 이제 낚싯배와 상한 빵 부스러기에 의지해 연명할 필요가 없었다.(중략) 다른 갈매기들은 땅바닥에 서 있었다. 조나단은 강풍을 타고 육지 깊이 들어가 그곳에서 맛 좋은 벌레들을 먹었다."(37~38쪽)

무릎을 탁 쳤다. 예전에는 이 내용을 왜 읽지 못했을까? 명작은 보는 만큼 보인다고 하더니. 이 대목의 발견으로 '갈매기의 꿈'을 세 번째 읽은 보람을 찾았다. 이 책에 대한 해석과 이해는 편향되었는지도 모른다. 전체와 다른 개인의 잘잘못과 먹이와 비행이라는 이분법적 어젠다에 과하게 매몰되었던 것은 아닐까.

조나단은 실은 책의 앞부분에서 이미 먹이 문제를 해결해 두고 있었다. 사람들이 현실과 이상의 괴리에 천착해 있는 동안, 조나단은 잉여 생산의 문제는 가볍게 초월했는지도 모른다. 만약 조나단이 비행 기술을 밥벌이에 적용했다면 어떻게 되었을까? 아마 엄청난 양의 밥을 벌었을 것이다. 하지만 갈매기는 잉여 생산을 하지 않는다.

우리는 이상과 현실이 조화하며 살기를 원한다. 어느 쪽으로 날아갈 것인가? 진로 문제는 청소년들만의 문제라고 생각하기 쉽지만 그렇지 않다. 어른들도 사실 늘 길을 찾고 있다. 두렵고 불안하지만 쉬이 내색도 못한다. 바로 이럴 때 '갈매기의 꿈'을 다시 읽어 보자. 갈매기 조나단에게 배우는 마음, 그것이 어른의 지혜 아닐까.

상상으로 창조하기

『생각의 탄생』, 로버트 루트번스타인·미셸 루트번스타인,
박종성 옮김, 에코의 서재

김준현

'책과 양심은 얇을수록 좋다'는 신념(?)을 가진 독자라면, 잠시 신념을 흔들어 보자. 두껍고 '흥미진진'과도 180도 방향이지만, 상상력에 약이 되는 책이 있다.

원제목 'SPARK OF GENIUS'를 '생각의 탄생'으로 다소 거창하게 번역했으나, 내용을 고려하면 '창의성이 번뜩이는 순간'으로 의역할 수 있다. 부제목 '다빈치에서 파인먼까지 창조성을 빛낸 사람들의 13가지 생각도구'에서 드러나듯, 창조성을 이끌고 상상력을 학습하는 생각도구가 책 알맹이다. '도구'라는 용어로 봐서 '관찰, 형상화, 추상화, 패턴인식, 패턴형성, 유추, 몸으로 생각하기, 감정이입, 차원적 사고, 모형 만들기, 놀이, 변형, 통합'은 독자들이 다루어야 할 연장이다.

저자는 무용, 체스, 물리학, 군사작전 등 세부 분야 30여 곳에서 자료를 수집했고, 이를 근거로 각 분야 전문가들이 상상력으로 창조성을 탁월하게 발휘한 이유와 그 바탕에 있는 생각도구를 탐색한다. 도구 중 하나를 보자. 유전학 분야에서 노벨상을 받은 바버라 매클린턱은 옥수수 염색체를 연구할 때 '옥수수 체계의 일부'로 존재하려고 노력했다. 자신이 탐구하는 대상이 되어 상상하기, 감정이입이다.

매클린턱은 뛰어난 발견을 어떻게 떠올렸을까? "과학적 방법으로 일을 한다는 것은 내가 직관적으로 알아낸 어떤 것을 과학의 틀 속으로 집

어넣는 것이다." 흔히들 과학이라면 논리를 이루는 사고와 실험을 떠올리지만, 매클린턱은 먼저 직관으로 느끼고 이것을 해당 분야 기호 체계로 표현했다. '생각하는 사람'을 창작한 오귀스트 로댕 역시 점토로 형을 뜨기 전에 대상을 여러 번 그리면서 눈으로 보는 것을 손이 어느 정도까지 느끼는가를 측정했다. 이처럼 거장들은 생각도구를 활용하기에 앞서 대상을 직관으로 받아들이거나 느끼는 과정을 거친다.

책의 또 다른 축은 '통합적 이해력'이다. 감각과 이성, 실제와 상상, 여러 생각도구를 통합해서 이해하고 적용하는 능력을 갖춘 사람을 '상상력이 풍부한 만능인generalist'으로 본다. 지식과 학문이 파편화되고, 공부와 실제 생활이 동떨어질수록 이 능력은 절실히 요구된다.

무엇을 생각하는가에서 '무엇으로' 생각하는가로 관점을 전환할 때다. 상상하고 창조하기 위해 생각도구가 필요하다. "존재하지 않는 것을 상상할 수 없다면 새로운 것을 만들어 낼 수도 없으며, 자신만의 세계를 창조하지 못하면 다른 사람이 묘사한 세계에 머무를 수밖에 없다"는 폴 호건의 말에 필자도 공감! 상상하면 창조한다.

함께 읽기 좋은 책으로 '열정과 기질'(하워드 가드너), '상상력에 엔진을 달아라'(임헌우)를 소개한다. '생각의 탄생'이 여러 분야를 폭넓게 조망한다면, '열정과 기질'은 창조성을 뛰어나게 발휘한 일곱 명(프로이트, 아인슈타인, 피카소, 스트라빈스키, 엘리엇, 그레이엄, 간디)을 삶의 궤적에 따라 조명한다. '상상력에 엔진을 달아라'는 제목처럼 상상력으로 기발한 아이디어를 창안하는 데 힌트를 준다.

코스모스가 품은 별

『예술과 중력가속도』, 배명훈, 북하우스

최유정

가을이다. 코스모스가 흐드러지게 핀 풍경을 바라보며 너나없이 '예쁘다' 라는 감탄사를 자아낸다. 코스모스! 그 얼마나 멋진 이름인가. 우주를 의미하는 코스모스cosmos와 같은 이름을 가진 꽃이라니! 이름 때문에 그 가늘어 보이는 꽃이 숭고해 보이기까지 한다. 꽃의 한가운데에 별모양(★)의 꽃들이 빼곡히 들어선 것을 보면 그 이름이 더욱 신비롭다. 신이 처음으로 만들었다는 이 꽃에 우주를 담았던 것일까.

코스모스를 보며 우주를 떠올리게 된 것은 순전히 '배명훈' 이라는 작가 때문이다. 과학소설(SF) 작가인 배명훈은 2005년 '스마트 D' 로 '과학기술창작문예 단편 부분' 에 당선되어 활동을 시작하여 연작소설, 중·장편 소설 등 다채롭고 실험적인 작품들로 평단의 관심을 끌고 있다.

데뷔작 「스마트 D」가 실린 그의 세 번째 소설집 『예술과 중력가속도』는 2005년부터 2015년까지 집필했던 단편들 중 10편을 묶어낸 책이다. '스마트 D' 는 자살을 하려 했던 한 남자가 스마트 D 때문에 죽지 못해 일어나는 사건들, '티켓팅&타겟팅' 은 핵잠수함에 탄 사람들이 콘서트 표를 티켓팅하기 위해 벌어지는 사건들, 표제작인 '예술과 중력가속도' 는 달에서 온 무용수가 지구에 돌아와 무중력 공연을 벌이며 생기는 웃지 못할 해프닝을 다뤘다.

각각의 단편 속 가상세계는 하나같이 낯설고 참신하며 작가 특유의 유머가 담겼다. 하지만 무엇이든 낯선 것은 거부반응을 동반하기 마련인데 그는 자연스럽게 독자를 자신의 세계로 초대한다. 심지어 '진짜 이런 게 있나?' 하고 생각될 정도로 섬세한 작업이다.

"조개들은 말이야. 딱 한마디 말만 해. 태어나서 평생 죽을 때까지 딱 한마디만 하는 거야. 여기 봐. 조개껍데기를 보면 이 안쪽에서부터 점점 몸집이 커지면서 자라온 흔적이 보이지? 나이테같이 생긴 이거.(중략) 어렸을 때 한 번 '파랗다'고 말하기로 마음을 먹고 그렇게 말하기 시작하면 죽는 순간까지 다른 말은 못 해."(82쪽)

흔히 SF 하면 큰 스케일의 우주전쟁이나 외계인의 지구 침공쯤을 떠올린다. 그러나 배명훈은 대체로 평범한 개인과 일상을 가져와 우리가 사는 현실과 가상세계의 경계를 모호하게 만든다. 소속된 세계만 다를 뿐, 우리와 다를 바 없는 삶을 살고 있는 그들. 그래서일까. 단지 허무맹랑한 이야기가 아닌 지금 어딘가에서 일어나고 있을 것 같은 현실감을 가져다준다.

이야기의 생생함은 작가가 가진 세계를 해석하는 다양한 도구도 한몫했다. '유물위성'에는 고고학, '스마트 D'에는 언어학, '예언자의 겨울'과 '조개를 읽어요'에는 해양생물학, '티켓팅&타겟팅'과 '예술과 중력가속도'에는 대중음악과 무용에 대한 지식이 녹아 있어 가짜를 더 진짜처럼 착각하게 만든다.

현실과 가상이 헷갈릴 수도 있으니 유의하자. 이런 그를 만나고 나면 현실의 작은 꽃에서 심오한 우주를 탐색하는 것쯤은 아주 흔한 일이 되어버릴지도 모르겠다. 또 한 가지. 그가 익살스럽게 한 이야기들 속에서 던진 날카로운 사회비판과 질문들 또한 머릿속을 떠나지 않는다.

나비야, 나비야

『큐피드 아홉 개의 성물』, 방지언, 학이사

강여울

어디서 왔을까?

벌초를 하는 아버지 산소에 배추흰나비가 날아왔다. 이십 대에 죽은 얼굴도 모르는 아버지가 나비 날개에 어른거린다. 우화羽化의 고된 여정으로 얻은 20여 일의 생生인데도 나비의 몸짓은 참 고요히 여유롭다. 수많은 갈등 속에서 이제는 거의 100년의 세월을 어지러이 사는 인간도 신의 눈에는 저 나비와 다르지 않을 것이다.

나는 어디서 왔는가? 이 물음 끝에 신이 있다. 절박한 순간마다 신을 찾는 인간의 본성엔 신이 있는 게 분명한 것 같다. 인간으로 태어나기 이전에 있었을 세계에 대한 아득한 그리움 같은 상상에 신화는 현재진행형이다. 그래서 신과 인간의 사랑은 흥미롭다. 대구 출신인 방지언 작가의 장편소설 '큐피드 아홉 개의 성물'을 단숨에 읽게 되는 이유다.

방지언은 휴먼판타지 장르에 뛰어난 작가로 평가받고 있다. 서울예대 극작과 재학 중에 대중가요 작사가로 데뷔했고, 현재 드라마 작가로 활동 중이다. 2017년 초에 발행된 이 책을 봄에 읽고, 이 가을에 다시 읽는 데도 재미있다. 고미술품을 둘러싼 판타지 미스터리로 인간 세상으로 쫓겨난 큐피드가 신들이 준 아홉 가지 미션을 완수해 가는 이야기다.

소설의 주인공은 서울에서 태어난 스물아홉 살의 현이경으로 여덟 번째로 환생한 사랑의 신 큐피드다. 그는 성물을 찾는 미션 수행 과정에 피할 수 없는 위험에 직면하게 되고, 위기의 찰나에 괴한의 정체를 스캔하며 오로라에 감싸져 안전한 곳으로 이동된다. 이렇듯 신의 보호를 받으며 이경이 다섯 번째 성물을 찾는 장면에서 이야기는 시작된다.

　현이경은 여섯 번째 성물을 찾기 위해 떠난 파리에서 가이드 윤승지를 만난다. 이후 이경은 인간에 대한 심적 변화를 경험한다. 신神이지만 인간관계의 인간적인 고뇌를 어쩌지 못한다. 또, 승지라는 나비 한 마리가 날아와 천상으로의 귀환을 앞둔 이경의 꿈을 흔든다. "이제 선택을 해야 한다. 소멸이냐, 영원이냐. 다른 경우의 수는 없었다."(403쪽)

　인간은 영원히 살 수 없다. 인간으로 살고 있기에 "이경은 슬펐다. 자신이 살고 있는 이 세계가 슬펐다."(252쪽) "완전한 소멸은 그만큼의 추억을 필요로 한다."(253쪽) 마지막 미션을 완수해야 하는 인간 삶의 마지막 밤, 이경은 신의 위엄과 인간의 사랑 사이에서 갈등한다. 인간에 대한 예의와 사랑을 상기시키는 이경의 선택에 가슴이 뻐근해진다.

　"네가 겪고 있는 모든 고통은 너로부터 발아되었고 너로부터 날개를 달았어."(296쪽) 고개를 끄덕인다. 내 인생은 나의 의식意識이 엮어 간다. 소설의 끝, 하늘로 아득히 솟구쳐가는 나비를 바라보던 모자母子를 떠올리며 산소에서 사라진 나비를 찾아 두리번거렸다. 나비야, 나비야. 이 책은 잠자는 상상력을 깨운다. 아득히 높은 가을 하늘을 보게 한다.

대지라고 읽고, 생명·어머니라고 부르다

『대지』, 펄 벅, 안정효 옮김, 문예출판사

남지민

얼마 전 어머니가 하늘나라로 떠나셨다. 어머니에 대한 그리움으로 '엄마, 엄마, 엄마' 라고 땅 저편으로, 하늘 높이 외쳐 부르면 더 큰 그리움이 저만치서 돌아오는 날들이다. 자식과 가족을 위한 희생을 감내하며 사셨던 어머니는 나에게 바르게, 잘 살아야 하는 이유이자 목표였다. 그리고 돌아가신 후에도 어머니라면 이렇게 했을 것이라는 짐작 속에 그녀의 삶의 궤적을 따라 살아가고 있다. 나에게 어머니란 하늘이자 땅이자 세상이자 우주였다.

이런 까닭에 『대지』를 왕룽의 삶보다 그의 부인 오란의 삶에 더 집중해서 읽게 되었다. 노예에서 못생겼다는 이유로 처녀로 남아 농부 왕룽의 아내가 되고 여자로서보다 농부의 아내로서 땅과 노동에 매달리는 그녀에게서 우리 어머니 세대를 연상하게 된다.

왕룽과 오란의 땅에 대한 사랑과 애착은 가치의 불변함에서 오는 믿음에서 기인한 것이다. 오란이 왕룽과 함께 생산을 했다면 작은 아버지네와 렌화, 그녀를 돌보는 토츄엔, 그의 자식들은 노동을 하지 않고 왕룽의 재산과 곡식을 축내는 인물들이자 땅의 의미를 왜곡하는 인물들로 여러 갈등을 빚어내고 있다. 그의 아들 세대는 땅의 소중함을 저버리고 사치와 환락으로 허물어진 황부자 집의 전철을 밟아간다.

청나라 말기부터 중국 공산정권이 들어서기 전까지 농부의 삶을 그린

『대지』는 자연과 여러 역경을 딛고 대지주가 된 왕룽의 땅에 대한 애착이 담긴 작품이다. 중국 공산정권이 들어서기 전까지 노예 제도, 여성의 지위, 처첩 제도 등 가족 제도, 사회 제도와 변발, 전족, 시장 풍경, 인력거 등 중국의 일상이 잘 드러나 있다. 오란을 통해 또 전통사회에서 여성들이 겪은 고난과 인내의 삶을 드러내고 있기도 하다.

지은이 펄 벅(1892~1973)은 미국 여성 최초로 노벨 문학상을 수상했다. 장로회 선교사인 부모를 따라 중국에서 열여덟 살까지 보냈고 1930년 초까지 중국에 살면서 동서양 문명의 갈등을 다룬 작품들을 발표했다. 펄 벅 재단을 통해 전쟁고아 혼혈 사생아를 위한 봉사활동을 펼치기도 했다. 유한양행 창업주 유일한과의 인연으로 한국을 방문하고 박진주라는 이름도 갖고 있는 그녀는 여러 봉사활동으로 한국에 대한 애정을 보이기도 했다.

왕룽의 일대기이기도 한 『대지』는 성실, 고난, 풍요, 자식에 대한 사랑, 욕심, 만족, 욕망, 질투, 체념 등 인간이 살아가면서 느끼는 '희로애락애오욕'의 모든 감정이 잘 버무려져 있다. 사상을 덧입지 않은 중국인다운 인물들, 중국의 시장과 들판 풍경, 생계를 이어가는 서민들의 보편적 삶을 읽어낼 수 있는 생활사 소설이기도 하다.

대지는 어머니이자 생명이다. 반면 제도와 정치가 서민에게 밥을 먹여주고 행복을 가져다줄 수 있는가에 의문을 가져본다. 변하지 않고 생산하는 땅의 의미가 재산으로서의, 부동산으로서의 가치만 부각되고 있는 현실이 안타깝다. 땅을 일구고 가꾸는 노동과 그 보답으로서 생산의 소중함과 땅의 가치가 그 자체로 오롯이 인정되었으면 하는 바람이다. 가을볕 아래 익어가는 벼 향기를 맡을 수 있는 들판 사이를 걸으며 엄마 품을 느껴본다.

우리는 왜 여행을 떠나는가?

『여행의 기술』, 알랭 드 보통, 정영목 옮김, 이레

민영주

날이 좋아서, 날이 좋지 않아서, 날이 적당해서 어디로든 떠나고 싶은 가을이다. 하늘 높이 두둥실 떠 있는 뭉게구름이 어디건, 어디로건 나를 데려다 줄 것만 같다. 가을을 타는 것일까? 사실 여행은 계절을 가리지 않는데 말이다.

떠나는 것은 일상화가 되어 있고, 마음만 먹으면 어디라도 쉽게 갈 수 있는 요즘, 우리의 마음속 저 깊숙한 곳에 자리 잡기만 하고 밖으로는 잘 내비치지 않던 질문을 하나 던져보게 된다. "우리는 왜 여행을 떠나는가?" 여행의 동기 내지 이유야 저마다 다 다르겠지만, 여행을 생각하고, 실행하고, 다시 현실로 돌아오는데 거치는 여러 과정은 그리 간단하지 않다.

영국 소설가 알랭 드 보통의 『여행의 기술』은 왜 여행을 떠나는지에 대해 생각해보게 한다. 그는 크게 다섯 가지 주제로 그 물음에 대한 답을 찾아보기를 권한다. 그가 사랑하는 '윌리엄 워즈워스, 빈센트 반 고흐, 존 러스킨' 등의 예술가를 안내자로 등장시켜 여행의 출발에서 동기, 풍경, 예술, 귀환의 각 주제를 안내하고 있다. 우리가 생각해 봄 직한 것들, 하지만 깊게 생각하지 못하고 지나쳤던 생각의 조각들을 하나씩 하나씩 풀어간다.

"우리가 여행할 장소에 대한 조언은 어디에나 널려 있지만, 우리가 가야 하는 이유와 방법에 대한 이야기는 찾기 힘들다. 하지만 실제로 여행의 기술은 그렇게 간단하지도 않고 그렇게 사소하지도 않은 수많은 문제들과 자연스럽게 연결된다."(18쪽) "늘 제기되는 한 가지 문제는 여행에 대한 기대와 그 현실 사이의 관계이다."(19쪽) 알랭 드 보통은 그 관계의 틈을 최소화시킬 수 있는 방법을 심리적인 것에서 찾고 있다. 즉 마음먹기에 달려 있다는 것이다.

우리는 왜 여행을 떠나게 되는 것일까? 특히 여행을 떠나는 동기에 대해 알랭 드 보통은 접해보지 못했던 시각적인 요소, 즉 '이국적인 것'이라는 관념과 사물에 대한 호기심이 우리를 떠나게 만드는 중요한 동기라고 보고 있다. 이국적인 풍경과 그 풍경을 이루는 것들에 대한 호기심이 의문을 갖게 하고 그 의문의 답을 찾는 과정으로 보고 있는 것이다.

우리는 여행 중에 흔히 인간에 의해 만들어진 구조물이건 자연이 만들어놓은 웅장함이건 그것만이 지닌 아름다움을 마주할 때 그 인상이 오랜 시간 동안 깊은 감동으로 자리 잡게 된다. 이러한 경험을 워즈워스는 "시간의 점"(210쪽)이라 불렀다. 하지만 어느 정도 시간이 지나고 나면 여행의 기억들은 '시간의 점'을 제외한 대부분을 잊게 된다.

그 잊힘이 아쉬워서인지 우리는 그 감동을 소유하기 위해 카메라에 담고 그 지역에서만 구할 수 있는 기념품을 산다. 하지만 이 책에선 그 아름다움을 소유하는 방법으로 존 러스킨의 '말 그림' 그리기를 권한다. 피상적인 인상을 글로 정리하다 보면 그 아름다움의 실체를 좀 더 명확하게 인식하고 오랜 시간 동안 소유할 수 있기 때문일 것이다.

깊어가는 가을 알랭 드 보통의 『여행의 기술』을 나침판 삼아 어디로든 떠나보자. 떠날 때는 펜과 수첩도 함께 준비해서 운 좋게 '시간의 점'과 조우할 땐 말로 그림을 그려보자. 그 아름다운 순간이 오롯이 내 것이 될 때까지….

서점 없는 동네는 동네도 아니다

『섬에 있는 서점』, 개브리얼 제빈, 엄일녀 옮김, 문학동네

김승각

전 세계에 점포를 둔 맥도날드의 빅맥 가격을 통하여 각 국가의 물가 수준을 비교하는 '빅맥지수'가 있듯이 한국에는 '버거지수'가 있다. 프랜차이즈 햄버거 업체인 버거킹, 맥도날드, KFC 매장을 합친 수를 롯데리아 매장 수로 나누어 높은 수치가 나오는 만큼 발전된 도시라는 것을 보여주는 지표다. '버거지수'처럼 동네의 발전된 문화를 보여주는 '서점지수' 혹은 '책방지수'를 만들면 어떨까.

한 캐나다 언론이 '소설의 힘에 관한 강력한 소설'이라 칭한 「섬에 있는 서점」은 아직 국내 독자들에게는 익숙하지 않은 개브리얼 제빈의 여덟 번째 소설이다. 1977년 뉴욕에서 태어나 하버드대학에서 영문학을 전공한 그녀는 전 세계 베스트셀러 작가이자 독립영화제에서 최우수 각본상을 수상한 시나리오 작가이다. 어린 독자들을 위해 쓴 책이 미국도서관협회의 주목할 만한 아동도서에 선정되기도 하고, 음악평론가로도 활동하며 다양한 재능을 뽐내고 있다.

앨리스 섬의 유일무이한 순문학 공급처 '아일랜드 서점'. 17평 크기의 이 작은 서점은 주인공 에이제이의 삶의 터전이다. 하지만 21개월 전 인생의 동반자이자 서점 공동운영자인 아내를 잃은 후 서점은 뒷전이다. 그럼에도 불구하고 피서객이 몰리는 여름 휴가철마다 섬 안에 있는 단 하나의 서점이라는 환경적 요인으로 자연스럽게 매출을 올리고 있

다. 아내에 대한 그리움, 홀로된 외로움으로 외딴 섬처럼 살고 있는 그가 애지중지 아끼던 보물을 도난당하고, 또 새로운 보물을 얻게 되면서 점점 변하기 시작한다.

"인간은 홀로 된 섬이 아니다. 아니 적어도, 인간은 홀로 된 섬으로 있는 게 최상은 아니다."(296쪽)

『섬에 있는 서점』은 책과 관련된 다양한 사람들이 한데 어우러져 있다. 서점을 배경으로 쓴 소설답게 책이 나오고 그것이 모두를 연결한다. 또한, 소설의 목차이자 에이제이가 마야에게 전하는 단편소설 목록은 독자인 내가 다시 한 번 찾아봄으로써 소설을 넘어 현실에서 개브리얼 제빈과 만나게 해준다.

그러나 빠르게 발전하는 세상 속에서 섬과 육지를, 사람과 사람을 이어주는 다리인 '책'은 그 기능을 다른 것들에 넘겨주고 있다. 지식을 저장하고 습득하는 중요한 자리에서도 이제 더 이상 첫 번째가 아니다. 서점주인 에이제이(교양서가 아닌 소설만 취급하긴 하지만)조차 책이 아닌 인터넷 '구글'로 정보를 얻을 정도로 점점 밀려나고 있다.

그래서일까? 책의 위기를 극복하기 위해 작가는 다시 에이제이를 통해 책의 중요함을 강조한다.

"우리는 혼자가 아니라는 걸 알기 위해 책을 읽는다. 우리는 혼자라서 책을 읽는다. 책을 읽으면 우리는 혼자가 아니다. 우리는 혼자가 아니다."(301쪽)

'아일랜드 서점'처럼 오래도록 이어져오며 책의 발견성 향상을 위해 노력하는 책방이 많아지고 이와 함께 출판사도 다양하고 유용한 책을 발간하면 좋겠다. 각박한 세상 속에서 독자들이 서로 공감하고 더불어 살아가는 세상으로 이어질 수 있도록.

뇌를 알면 감정이 보인다

『감정조절』, 권혜경, 을유문화사

이영옥

살아가면서 누구나 한 번쯤은 크게 화를 내고 분노하여 후회한 경험이 있을 것이다. 화를 내고 다시 관계를 회복하게 되면 다행이지만, 때로는 자신이 넘지 말아야 할 선을 넘어 분노가 행동으로 나타나기도 한다. 이렇게 되면 서로 영혼에 상처를 남기게 되며, 갈등을 초래, 불안을 느끼게 된다. 『감정조절』은 일상에서 화내고, 긴장하고, 싸우고, 움츠러드는 감정 상태를 이해하도록 돕고 그 해결책을 제시하는 책이다.

작가는 현재 뉴욕대학교 임상 외래교수 및 임상감독가로 활동하며, 맨해튼과 뉴저지에서 심리 치료 클리닉을 운영하며 특히 트라우마 치료에 관심을 가지고 있다. 이 책을 통하여 감정적으로 격해져서 싸움을 하거나 또는 회피해버리는 경우에도 우리가 자신의 감정 상태를 알아차리고, 그 해결방법을 적용하여 균형 잡힌 삶을 살아갈 수 있기를 희망하고 있다.

5장으로 구성된 이 책의, 1장에서는 감정조절의 개념을 설명하며 감정조절의 필수 조건으로 안전감을 들고 있다. 안전감은 누군가에 의해 감정조절이 된 초기경험에서 시작하여 관계 안에 믿음으로 발전되어 간다고 주장한다.

"내가 감당할 수 없는 불편한 상태에서 엄마의 도움으로 편안한 상태로 가는 것을 반복적으로 경험하면서, 서서히 엄마의 기능이 아이에게

내재화되고 스스로 자신의 감정을 조절할 수 있는 기반이 생긴다."(46쪽)

2장에서는 우리가 안전하지 않을 때 뇌에서 일어나는 일들을 뇌 과학 연구를 통해 안내한다. 뇌 속에 있는 뇌간, 변연계, 대뇌피질이 서로 어떻게 상호작용하는지 알려주고, 3장에서는 편도체의 오작동을 일으키게 되는 성격 발전을 유아기 부모의 양육환경과 관련지어 설명한다.

4장에서는 한국의 역사적 사건들이 한국인들의 감정조절에 미친 영향을 알아보고, 개인이 담아 낼 수 없는 경험은 국가나 사회기관이 경험, 감정, 고통의 역사를 담아내는 수용기 역할을 해줘야 한다고 주장한다. 5장은 일상에서 쉽게 적용할 수 있는 감정조절의 해결책을 구체적으로 제시하고 있다.

갓난아이들도 자신이 어딘가 불편하면 편안한 상태를 위해 울듯이, 인간은 스스로 안전한 상태를 유지하기 위하여 끊임없이 노력한다. 화내고 공격하는 사람들도 궁극적으로는 안전감을 갖기 위한 그들만의 최선의 선택방식이다. 그러나 잘못된 선택으로 마음의 지옥을 경험하기도 한다.

" '나쁜 사람' 이 내 앞에 있으면 우리도 마찬가지로 방어기제가 발동해 그 사람과 싸우거나 도망가겠지만, '아픈 사람' 이 내 앞에 있으면 연민이 생겨 그 사람에 대한 마음이 열리고 이해하고 또 도와주고 싶은 마음이 생긴다."(72쪽)

이 책을 통하여 감정적으로 불안정한 상태를 뇌 과학적으로 이해한다면, 나와 타인에 대하여 좀 더 넓은 수용의 터전을 마련할 수 있을 것 같다. 이 책은 감정조절 방법을 습득하여 감정에 압도되지 않고 균형 잡힌 삶을 살기를 원하는 사람들과 남을 보살피는 입장에 있는 부모와 교사 및 치료사들이 읽으면 세상을 따뜻하게 하는 데 큰 도움을 얻을 수 있을 것 같다.

독립운동·한국전쟁 이토록 따뜻한 시선

『살아있는 갈대The Living Reed』, 펄벅, 동문사

서강

이 소설은 대한제국의 마지막을 함께하고, 경술국치로부터 인천상륙작전까지를 살았던 한국인 가족 4대의 이야기다. 한국을 소재로 한 이 책을 쓴 작가 펄벅은 1930년에 소설 『동풍 서풍』으로 데뷔하였으며, 1938년 『대지』 3부작으로 미국에서 여성으로는 최초로 노벨문학상을 수상했다.

작가가 한국에 왔을 때, 경주를 여행하는 차 안에서 가을 녘 시골집 마당의 감나무 끝에 달린 감 여남은 개를 보고는 "따기 힘들어 그냥 두는 거냐?"고 물었다. 동행한 기자가 "까치밥이라고 해서 겨울새들을 위해 남겨두는 것"이라고 하자 "바로 그거예요, 내가 한국에서 보고자 한 것은 고적이나 왕릉이 아니었어요, 이것만으로도 나는 한국에 잘 왔다고 생각해요"라며 탄성을 질렀다는 일화가 있다.

작가는 서문에서 제2차 세계대전 직후 미군이 인천에 상륙하던 날 일어난 일들까지 모두 사실이며, 미국과 한국을 포함하여 모든 외교상의 인물은 실제의 인물들을 구상하였다고 밝혔다. 조선시대와 전쟁기의 세대 갈등, 농민의 성장 등을 따뜻한 시선으로 묘사하였다. 주인공 일한은 '그는 민족의 역사를 새로 공부하면서, 날마다 그 전날 자신이 공부한 내용을 간추려 아이들에게 가르쳤다'.

작가는 시대를 날카롭게 비판한다. 남녀 불평등을 꾸짖고 개선 방향

을 제시하기도 하며, 소작료를 올려주고자 하는 일한의 결심에서 다가올 농지개혁의 시작을 엿볼 수 있다. 일한은 양반이나 당시의 당쟁에 지쳐가고 오직 바른 정치를 갈구하는 실천적인 성장을 거듭한다. 전반부를 이끄는 일한이 현재의 스스로를 되돌아보고자 떠올린 아버지의 말씀은 작가의 충고이다. 그 시대뿐 아니라 오늘날의 우리에게도 필요한 지적이다.

"현재를 이해하고 흔들림 없이 미래를 맞으려면 과거에 있었던 일을 충분히 알아두어야 하느니라." 시간의 흐름에 따라 일한도 성장한다. 고향에서 아이들을 가르치는 모습은 당대의 지식인을 대변한다. 산수와 역사, 문학, 유교경전 등을 가르치기 위해 배우고 익힌 것을 가르치는 반복 속에서 일한이 영어를 익히는 장면에서는 급박함도 느껴진다.

아들 연춘은 '살아있는 갈대' 라는 전설적인 인물이 되고, 중국과 만주를 종횡무진 누비며 독립운동을 계속한다. 조국 독립을 위해 투쟁하며 살아가는 인물로 성장한다. 연춘은 미군이 인천에 상륙할 때 일본 경찰의 손에 죽고, 끝내 북으로 떠나는 연춘의 아들 사샤와 미국인 병원에서 의사가 되어 서울에 남는 연환의 아들 양이 남긴 여운은 21세기의 후손들에게 민족정신을 되새겨보게 한다.

우리 역사서 중 이 시기를 이만큼 따뜻한 눈으로 바라본 책이 또 있을까? 흔하지 않을 것이다. 옛 기억 속, 보석 같은 나라의 소중한 사람들은 등장인물로 남아 그 나라 사랑의 정신을 듬뿍 보내준다. 받아 안고 보니 새삼 이 나라에 태어나 행복하다.

내면으로의 침잠

『여행의 책』, 베르나르 베르베르, 열린책들

정화섭

늦가을은 우리네 마음을 조급하게 한다. 거리에 뒹구는 낙엽들, 이 또한 우리네 삶과 무관하지 않은 것 같아 달력에 눈이 자꾸 간다. 그래서 불안한 마음을 털어내듯 스스로 자꾸만 위로한다. 두꺼운 옷을 찾아 입듯 삶도 바꿔줘야 할 것 같은, 감정의 슬픈 무질서 안에서 방황하게 된다.

1961년 프랑스 툴루즈에서 태어난 베르베르는 일곱 살 때부터 단편소설을 쓰기 시작했다고 한다. 1991년 120여 회의 개작을 거친 『개미』를 발표함으로써 전 세계 독자들을 사로잡았다. 『여행의 책』은 새로운 자기 내면으로 안내하는 한 권의 벗이다. '공기의 세계, 흙의 세계, 불의 세계, 물의 세계'가 조급하고 메마른 세상을 걷는 우리에게 생각의 길을 열어준다. '공기의 세계'에서 우리는 투명한 신천옹信天翁으로 당당히 날개를 펴고 내가 가고 싶은 곳으로 어디든지 갈 수도 있다. 여러 가지 형태로 변하는 구름의 언어를 읽으며, 굴곡을 따라 흐르는 삽상한 공기를 마시며 온갖 재주를 부리면 된다.

"그대의 길은 이 세상에 하나밖에 없는 길이고, 그 길로 그대를 이끌수 있는 사람은 오직 그대뿐이기 때문에."(58쪽)

정신만으로도 행복할 수 있는 여행의 자유를 느낄 수 있다.

'흙의 세계'는 각자의 상상과 재능으로 집을 지으면 된다. 무거운 분위기를 만드는 것이 있으면 스스로 없애 버리고 잠시 눈만 감기를 원한다. 사소한 것을 버릴 줄 알게 됨으로써 먼지 낀 창문을 닦아내듯, 자기 생각의 주인이 된다는 것을 알 수 있기 때문이다.

"뭔가 잘 안 되는 일이 있을 때는 그대의 상징을 불러내어 그대의 심장 속에서 다시 빛을 발하게 하라."(73쪽)

한겨울에도 내면에 움트는 신비로움을 불러오면 된다.

'불의 세계'에서는 마음속의 온갖 두려움과 싸워야 한다. 주어진 싸움터에서 어떻게 싸워야 하는지, 다양한 방법을 예시한다. 투쟁에 대한 두려움을 이기기 위한 싸움, 개인적인 적과 싸우기, 체제나 조직에 맞서 싸우기, 질병과 싸우기, 불운과 싸우기, 죽음과 싸우기, 자신과 싸우기 등등 숨 가쁘게 달려와 멈춘다. 그러면 '죽음보다 강한 해학을 잡고' 멈춰선 자리를 북돋우고 있는 자신을 발견한다.

물의 세계에서는 숨을 깊이 들이마시면 허파 속에서 살랑대는 물결을 느낄 수 있다. 하나의 시공간 속에서 새로운 탐사로 인해 숨결이 넉넉해진다. 가슴 밑바닥에 숨어 있는 고요와 신비를 맛보면 된다.

"생명은 우주의 모든 차원을 아우르는 위대한 힘이다. 그대 안에서 꿈틀대는 생명의 충동을 느껴보라."(149쪽)

좋은 꿈을 꾸고 있는 것처럼 타임머신을 타고 왔다 갔다 하며 나를 위해 쓰인 문장을 품어도 좋으리라.

여행의 책과 작별한 지금, 늦가을 비가 웅얼웅얼 겨울로 가는 길목을 쓰다듬는다. 이것 또한 잿빛 단조로움을 넓게 퍼뜨리는 열애라는 것을 안다. 그대! 한 해를 마무리하면서, 깊숙이 빠져버린 내면의 침잠 속에서 풍요롭기를….

현대사회에서 위협받는 에로스, 어떻게 지킬 것인가

『에로스의 종말』, 한병철, 김태환 옮김, 문학과 지성사

김남이

"참 이상하지? 당신을 생각하면 밤새워 일을 해도 잠을 못 자도 안 피곤해"라는 말, 혹은 비슷한 말을 영화나 드라마에서 어렵지 않게 들었을 것이다. 누군가에게 직접 들었거나 해본 말일 수도 있다. 사랑의 힘을 아주 쉽게, 아주 일상적으로 설명해 주는 말이 아닐까? '에로스의 종말'은 이러한 위력을 가진 사랑이 오늘날 여러 요소로 인해 위협받고 있음을 설파해 놓은 책이다.

'피로사회'로 잘 알려진 저자 한병철은 한국에서 금속공학을 전공한 뒤 독일로 건너가 현재 베를린 예술대학 교수로 재직 중이다. 독일에서 철학과 문학, 신학을 공부했으며, 2010년과 2012년에 각각 출간한 '피로사회'와 '투명사회'가 독일 사회에 큰 반향을 일으키며 가장 주목받는 문화비평가로 떠오른 그가 '에로스의 종말'을 일곱 개의 장으로 나누어 진단했다.

1장에서 저자는 에로스와 우울증의 대립적 관계를 꿰뚫는다. 에로스는 자신의 주체를 타자를 향해 내던지는 반면, 우울증은 자기 속으로 주체를 추락하게 만든다는 것이다. 라스 폰 트리에의 영화 '멜랑콜리아'를 예로 들며, "에로스는 우울증을 제압한다"(22쪽)고 규정한다. 주체를 깨뜨리는 완전한 타자의 침입이라는 파국적 재난이 뜻하지 않은 구원으로 연결됨을 말한다.

2장과 3장에서는 자본과 생산성이 무엇보다 중시되는 사회에서 에로스를 품지 못하는 현대인을 느낄 수 있다. "할 수 있음이 지배하는 성과사회, 모든 것이 가능한 사회, 주도권과 프로젝트가 전부인 사회는 상처와 고뇌로서의 사랑에 접근하지 못하"(44쪽)고, "벌거벗은 삶을 지키려는 경향은 더욱 첨예화되어 건강의 절대화와 물신화로 치닫고 있"(53쪽)다고 파악하고 있다.

4장과 5장은 "그저 따뜻함, 친밀함, 안락한 자극을 넘어서지 않는 오늘의 사랑은 신성한 에로티즘이 파괴"(71쪽)된 포르노이며, 너무 많이 보여주는 과다한 정보로 인해 환상이 없다고 토로한다. 타자에 대한 환상이 사라지므로 에로스도 소멸한다는 것이다.

6장 '에로스의 정치' 는 "실천과 참여로 점철된 삶과 사랑 특유의 강렬함"(84쪽)이 만나는 접점이 용기라고 언급한다.

7장은 엄청난 데이터의 활용으로 이론적 모델이 불필요하게 될 것이라는 크리스 앤더슨의 '이론의 종말' 에 대한 반박이다. 데이터가 동력인 사유란 존재하지 않고, 플라톤의 '대화편' 에서 소크라테스가 펼치는 담론은 그 자체가 에로틱한 유혹이라 한다. "에로스의 힘을 동반하지 못하는 로고스는 무기력하다"(96쪽)는 말로 에로스가 사유에 미치는 절대적 영향력을 피력한다.

철학서는 어렵다. 그러나 익숙하던 인식의 겉가죽을 한 꺼풀 들추어보는 것은 한 해의 끝자락에서 해볼 만한 의미 있는 일일 것이다. 이 책에 실린 저명한 프랑스 철학자 알랭 바디우의 서문을 보탠다. 그는 '한병철의 주목할 만한 에세이를 읽는 것은 고도의 지적 경험이며, 그것은 사랑의 수호, 혹은 사랑의 재발명을 위한 투쟁에 명확한 의식으로 참여할 수 있게 해줄 것' 이라 했다.

글자가 악보가 되다

『녹턴』, 가즈오 이시구로, 김남주 번역, 민음사

이다안

내 삶에 음악이 얼마나 많은 부분을 차지할까. 음악으로 위로를 받은 적이 있는지 생각해본다. 분명 위로를 받았고 지금도 받는다. 음악은 어떤 장르를 망라하고 희로애락을 담고 있다. 영화에서도 배경 음악이 장면을 오래도록 기억하게 하고 영화의 맛과 멋을 살린다.

2017년 노벨문학상을 받은 가즈오 이시구로는 일본계 영국인으로 1982년 첫 소설 '창백한 언덕 풍경' 으로 글을 쓰기 시작했다. 그의 작품으로는 『부유하는 세상의 예술가』, 『남아있는 나날』, 『우리가 고아였을 때』, 『나를 보내지 마』, 『녹턴』 등이 있다. 그는 영미권 문학의 거장으로 불리는데 노벨문학상을 수상함으로써 그의 작품에 관심이 쏠린다.

그의 작품집 중 『녹턴』을 선물로 받아 읽게 되었다. 『녹턴』은 음악과 황혼에 대한 다섯 가지 이야기를 묶은 단편 소설집이다. 첫 번째 이야기 '크루너' 는 베네치아의 어느 운하 곤돌라에서 한물간 크루너 가수 토니 가드너가 아내 린디 가드너를 위해 여행과 작별에 대한 세레나데를 부르는 내용이다. 화려했던 지위와 재산, 사랑했던 것들도 많은 변화에 대처해야 하고 현재의 존재방식을 바꿔야 한다는 것을 시사한다.

두 번째 이야기 '비가 오나 해가 뜨나' 는 에밀리, 찰리, 레이먼드 세 사람의 이야기다. 영어 강사 레이먼드는 동창 커플 집에 휴가를 간다. 그를 맞아줄 찰리는 바쁘게 출장을 떠나고 에밀리 역시 바쁜 일로 회사에 가버린다. 두 친구 사이의 부부갈등이 다소 억지스럽게 묘사되었지만, 사람의 관계에서 감성과 이성이 어떻게 맞물려야 하는지를 보여준다.

세 번째 이야기 '말번힐스'에서는 성공을 꿈꾸는 기타리스트이자 싱어 송 라이터가 주인공이다. 그는 누나의 카페에서 일을 도와주며 뮤지션을 꿈꾼다. 거기서 만난 프로 뮤지션 부부에게 자신이 만든 음악을 들려주며 그들과 음악, 인생에 관한 이야기를 나눈다. 자신만의 음악 세계를 갖고 있는 그들에게서 같은 상황이지만 관점에 따라 삶이 달라질 수 있다는 것을 알게 된다.

네 번째 이야기 '녹턴'은 표제작이다. 재능은 있지만 외모 때문에 성공하지 못하는 색소폰 연주자의 이야기다. 노력하며 꿈꾸는 사람들에게 정말로 성공이 기다리고 있을까? 라는 여운을 되씹게 한다. 녹턴 멜로디가 이 단편을 읽는 내내 귓전을 울리는 것 같다. 다섯 번째 이야기 '첼리스트'는 천재성에 대해서 이야기하고 있다. 스스로 첼로의 대가라 여기는 미국인 여성 엘로이즈를 만나 특별한 첼로 교습을 받았던 티보르가 지난 일을 회상하는 이야기로 구성되어 있다.

소설이 특별히 긴장감을 주는 것은 아니다. 하지만 잔잔하게, 그리고 묘한 매력으로 읽힌다. 아마도 작품마다 음악이 있기 때문일 것이다. 음악이 소설이 되는 특이한 재미를 만난다. 글자가 악보가 되는 듯한 소설을 통해 클래식을 알게 된 것도 작지만 유쾌한 수확이다. 쇼팽의 '녹턴'을 들으며 『녹턴』을 읽으면 이 겨울이 조금은 더 따뜻해질지도 모른다.

삶이란 자신만의 원피스를 찾아가는 길

『나의 슈퍼 히어로 뽑기맨』, 우광훈, 문학동네

손인선

낯설지 않은 책 한 권을 만났다. 실업자가 넘쳐나는 시대, 눈에 익은 동네 등이 이 책이 낯설지 않은 이유다. 뽑기 기계라는 일상의 물건과 우리 사회에서 한창 문제시되는 실직자를 결부시킨 이 책은 심각한 이야기를 심각하지 않게 풀어냈다. 수성대학교 앞과 효목굴다리 쪽으로 가면 왠지 아빠와 진서가 뽑기 기계 앞에 있을 것만 같다.

이 책은 제7회 문학동네청소년문학상 대상을 수상한 작품이다. 저자는 대구 출생으로 『샤넬에게』, 『목구멍 깊숙이』 등 다수의 소설책을 펴냈다. 『플리머스에서의 즐거운 건맨 생활』로 제23회 오늘의 작가상을 수상했다.

실직자로 나오는 진서 아빠는 허리가 아파 직장을 그만둔 가장이다. 우연히 접한 뽑기 기계 앞에서 딸에게 말한다. "말만 해, 아빠가 다 뽑아 줄 테니까." 딸 앞에서 허세를 부린다. 원피스에 등장하는 쵸파 피게, 고무인간 루피를 시작으로 뽑기에 중독된 아빠의 삶은 뽑기 이외에 아무것도 들어오지 않는다. 뽑기 기계 앞에서 만난 아디다스 로고가 새겨진 빨간색 산티아고 손목시계를 찬 영감을 만나 뽑기에 관한 조언을 들으며 친구처럼 우정을 나눈다. 허리가 아프면서도 뽑기만은 포기하지 않는 아빠에게 뽑기는 현실 도피의 한 방법이다.

뽑기에 빠진 아빠에게 딸이 묻는다. "뽑기가 그렇게도 좋아?" "응."

(119쪽) 실직에 따른 여러 가지 이유로 가정이 해체되는 경우도 종종 봐왔다. 엄마와 아빠 사이에서 뽑기에 빠진 아빠를 걱정하는 진서의 눈에는 엄마가 아빠에게 무관심하다고 느낀다. "엄만? 아빠 왜 안 도와줘?" "나, 난…… 그냥 지켜볼 거야." "아빠가 힘들어하는 걸 알면서도?" "응." 하고 엄마가 담담한 어조로 말했어. "아빠 스스로 일어설 때까지." (152쪽) 순간, 난 확신할 수 있었어. 그래, 그동안 엄마는 아빠에게 무관심한 게 아니었어. 엄마는 엄마의 방법으로 아빠를 사랑하고 있었던 거야.(153쪽)

"참, 자네도 이제 방황은 여기서 끝내고 자네만의 원피스를 찾게. 적어도 가족이 소중하다면 말이야."(177쪽) 영감이 아빠에게 하는 이 말은 저자가 독자에게 해주고 싶은 말일 것이다. 지금 방황하고 있는 이가 있다면 이제 그만 방황을 끝내고 자신만의 길을 가라는 말을 돌려서 말하는 게 아닐까? 이 책을 읽는 동안 제일 밑줄 긋고 싶은 문장이었다.

이 책에서는 뽑기에 빠진 아빠 뒤로 보이는 것들이 여러 가지 있다. 그중 하나가 남자 삼대가 사는 풍경이다. 칠십 대 노인이 구십 대 노인을 부양하며 장애를 가진 아들과 사는 풍경이다, 또 하나는 황달수 영감과 김옥분 할머니의 믿지 않은 황혼 연애를 통해 노인 문제를 드러냈다. 우리나라도 고령화사회로 접어든 지 한참이 지났다. 젊었을 때 열심히 일해 나이 들어 편히 살면 좋겠지만 그런 형편이 안 되는 사람이 훨씬 많은 세상이다. 이 책을 읽고 같이 고민해 보면 답이 나올지도 모르겠다.

사람들은 자신만의 원피스를 찾기 위해 바쁘게들 산다. 그런데 우리 집에도 뽑기 기계에서 뽑았을 법한 인형이 하나씩 늘기 시작한다. 넌지시 물어보고 싶다.

아들들아! 무슨 고민 있니?

여행에서 만난 자유

『카르멘』, 프로스페르 메르메, 변광배 옮김, 부북스

최지혜

타성적인 나날의 연속이란 생각에 몸서리가 나던 날, 자리를 박차고 일어났다. 울타리 안에서는 도저히 내가 누구인지 보이지 않았다. 폭염으로 끓던 여름이 움츠러든 9월 어느 날, 여행을 떠났다. 스페인 바르셀로나는 가을빛으로 물들고 있었다. 소설『카르멘』속 카르멘이 춘 춤을 볼 수 있다는 설렘은 자유로워진 마음을 한껏 부풀렸다.

『카르멘』은 프랑스의 고고학자이며 미술에도 조예가 깊은 작가 메르메가 스페인을 여행한 경험을 바탕으로 쓴 소설이다. 소설이 발표되고 30년 후, 조르주 비제가 카르멘 오페라를 작곡하였다. 이후 카르멘은 소설보다 오페라로 유명해졌고 영화나 발레, 연극 등으로 재창조되고 있다.

소설은 4장으로 나뉘어 있다. 1장과 2장은 화자인 고고학자가 돈 호세와 카르멘을 만나는 장면을, 3장은 사형을 앞둔 탈영병 돈 호세가 다시 만난 고고학자에게 자신의 이야기를 털어놓는 내용으로 이루어져 있다. 4장은 집시들의 성향과 삶의 형태, 스페인 문화를 엿볼 수 있다. 소설 카르멘이 비제의 오페라로 작곡되고 널리 알려진 데는 3장 순진한 돈 호세와 치명적인 여인 카르멘과의 파국적인 사랑 이야기 때문이다.

돈 호세와 카르멘 생각이 머릿속을 떠나지 않는 날, 바르셀로나 중심지 카탈루냐 광장과 람블란스 거리에 갔다. 세비야 성당 가는 길에서 점치는 집시 여인들을 만났다. 드디어 그날 밤, 플라멩코 공연장에서 캐스터네츠를 흔들며 영혼을 다해 방랑자의 한이 서린 춤을 추는 무희들을 보았다. 그들의 춤사위에 손님들이 넋을 잃고 보는 모습은 마치 카르멘의 춤사위에 빠진 돈 호세와 같았다.

"제발 정신 차려. 잘 들어! 과거는 모두 잊을 거야. 하지만 너도 알다시피 네가 나를 망쳤어. 내가 도적이 되고 살인자가 된 것은 모두 너 때문이었어. 카르멘! 나의 카르멘! 내가 너를 구하게 해. 그리고 너와 함께 나를 구하게 해다오."(103쪽)

돈 호세가 투우사 루카스와 밤을 보내고 온 카르멘에게 스페인을 떠나 미국에서 새 출발 하자고 애원한 끝에 부르짖는 말에 나는 생뚱맞게도 '화병'이라는 단어가 떠올랐다. 가부장적인 문화인 우리나라 여성들이 마음속 울분을 억제해서 생긴다는 화병을 돈 호세도 앓고 있는 것처럼 느껴졌다. 아닌 걸 알면서도 사랑의 덫에 점점 빠지는 돈 호세의 화병은 결국 카르멘을 살인하는 것으로 폭발한다.

"난 구속당하는 것은 물론이거니와 특히 명령을 받는 것을 싫어해요. 내가 하고 싶은 것을 자유롭게 하는 거예요. 나를 벼랑으로 떠밀지 말아요."(94쪽)

사회의 질서와 도덕적인 관념을 무시하는 방랑적인 집시의 정체성 속에 갇혀 살았던 카르멘은 영원한 자유를 갈망했으리라. 돈 호세와 카르멘에게 지난 삶은 독이 되었지만 나에겐 약이 되었다.

긴 인생길에서 넘어지고 상처 나면서도 삶의 지향점을 향해 계속 갈 수 있는 건, 인생길 곳곳에 여행이라는 쉼터를 두었기 때문이리라. 책은 이렇게 삶의 아름다운 길을 열어준다. 2018년, 아름답게 살고 싶다면 책 속으로 여행을 떠나면 될 것이다.

한타가 그랬던 것처럼…

『너무 시끄러운 고독』, 보후밀 흐라발, 문학동네

권영희

쫓기듯 앞을 향해 전력질주를 하면서도 우리는 늘 누군가보다 못하다고 느낀다. 순간순간을 고군분투하며 현재를 살아가고 있는 보통의 우리들. 그렇게 우리는 살고 있다. 진정으로 원했던 삶은 까맣게 잊은 채…. 자신이 추구하는 진정한 삶을 살기 위한 처절하지만 아름다운 이야기. 이것이 바로 『너무 시끄러운 고독』이다. 그리고 작가 보후밀 흐라발의 삶 자체이기도 하다.

체코의 작가 보후밀 흐라발은 2차 세계대전, 공산주의 치하에 살면서 자유롭게 글을 쓸 수 없는 처지였지만 끝까지 체코어로 글을 쓰며 체코를 지켰다. 그 시대의 많은 체코 작가들이 고국을 떠나버렸으나 그는 묵묵히 자신의 자리를 지키려 애썼다. 그 이유로 인해 그의 작품은 세월이 갈수록 더욱더 빛을 발하고 있다. '너무 시끄러운 고독'이란 제목을 대하는 순간 고독해지기 시작했다. 나 자신이 주인공이 될 준비를 마친 후 읽기 시작한 책에서 난 고독의 심연에 빠졌다. 시끄럽게 말이다.

"삼십오 년째 나는 폐지 더미 속에서 일하고 있다."(9, 21, 35쪽)

8장으로 이루어진 이 소설은 대부분 이렇게 시작하고 있다. 이 문장 안에 주인공 한타가 어떻게 살아왔는지 고스란히 들어 있다. 늘 고독한 주인공 한타는 오랜 세월 젖어온 시 같은 문장과 아름다운 글귀들의 소란스러움을 고스란히 안고 고독을 즐기고 있다. 작가가 자신의 이야기를 하듯 담담하게 써내려 간 이야기는 길진 않지만 담담하게 가슴속에 새겨지는 아주 긴 이야기였다.

오랜 시간 책을 압축하는 일을 하면서 그는 아름다운 문장이 담긴 책을 차마 버릴 수 없었다. 그는 그 아름다운 책들을 하나하나 모아 자신만의 세계를 만들어가고 있었다. 그가 모은 아름다운 문장 속에서만은 그는 외롭지도 고독하지도 않았을 것이다. 그것은 오롯이 그만을 위해 펼쳐진 또 다른 세상이었다. "가치 있는 무언가가 담긴 책이라면 분서의 화염 속에서도 조용한 웃음소리가 들려온다."(11쪽)

하지만 그가 받아들이기 어려운 새로운 세상이 다가왔다. 그가 삼십오 년째 하고 있으며 앞으로도 평생을 함께하려 한 그 일이 기계화에 밀려 더 이상 지속할 수 없게 되었다. 그는 자신이 살아온 삶과 앞으로의 삶이 허무하게 무너지는 걸 느꼈다. 어쩌면 그가 다가올 세상에 절망했던 것은 아닐 것이다. 그가 이루어놓은 세상에 온전히 혼자 남고 싶었는지도 모른다. 이제는 그 누구도 그와 책을 떼어 놓을 수 없었다. 그는 영원히 그 아름다운 문장과 오래된 책들과 함께할 수 있었다. "근사한 문장을 통째로 빨아 먹고, 작은 잔에 든 리큐어처럼 홀짝대며 음미한다."(10쪽)

한타만큼 강렬히 책을 사랑할 수 있을까? 지금 이 순간에도 세상은 쏜살같이 앞을 향해 나아가고 있다. 우리들은 늘 초조해하며 그 세상을 바라보고 있다. 그 삶 속에서 우리의 선택은 어떠한가? 맞서기도 하고, 비판하기도 하고 또한 즐기기도 한다. 하지만 어느 순간 우리는 내가 추구했던 삶과는 다른 삶에 동조하지 못하는 합리성을 찾아내고 만다.

하지만 한타를 만나고 난 뒤의 내 삶은 바뀌리라. 진정으로 내가 추구하는 삶을 위해 내 온몸을 바치리라. 오롯이 내 삶을 사랑하리라. 한타가 그랬던 것처럼….

30년이 지나도 정의 앞에서는 영원한 친구

『동급생』, 프레드 울만, 열린책들

정순희

누군가를 안다고 할 때 그것이 편협한 시선 안에서 재단된 실수일 때가 있다. 슈바르츠와 콘라딘의 관계도 그랬다. 슈바르츠와 콘라딘의 순수한 우정에 끼어든 역사의 소용돌이는 그들의 아름다운 우정을 무너지게 했다. 결국 부모들의 이념을 따라 각각 그들의 세상으로 간 슈바르츠와 콘라딘의 삶은 모두의 기대와는 달랐다. 어릴 적 상처를 끌어안은 채 평생을 낯선 이국땅에서 살아야 했던 슈바르츠에게 콘라딘은 끊을 수 없는 애증의 실체였다.

저자 프레드 울만은 1901년 독일 슈투트가르트의 유대계 가정에서 태어나 법학을 전공했으나 히틀러가 집권한 후 1933년 프랑스로 망명하여 그림을 그리며 생계를 유지했다. 그 후 스페인과 영국을 전전하며 마지막엔 런던에서 생을 마감했다. 평생 동안 자신이 태어난 낭만적인 고향을 잊지 못하여 그의 작품『동급생』에 녹여 놓았다. 처음『동급생』이 영어로 세상에 나왔을 때는 크게 주목을 받지 못했으나 아서 케스틀러의 서문과 함께 1977년 재출간되면서 큰 반향을 일으켰다. 청소년이 꼭 읽어야 할 걸작으로 꼽히고 있다.

슈바르츠의 아버지는 유대계 독일인으로 평범하고도 완벽한 독일인으로 살아왔다. 슈바르츠도 아버지의 안정된 그늘에서 순탄한 소년기를 맞이한다. 전통적인 독일 귀족 백작의 아들인 콘라딘과는 순수한 열정을 가지고 우정을 쌓아갔다. 어느 날 독일 사회에 새로운 세상을 열어 준다는 나치의 등장은 평범한 소시민의 의무를 충실히 하며 살아가던 슈바르츠 부모님의 삶을 송두리째 빼앗아버렸다. 독일인이 되고자 신명을 바쳐 살아온 그동안의 삶이 배신당하자 슈바르츠의 부모님은 결국 목숨을 끊고 슈바르츠는 미국으로 보내진다.

30년이 지난 후, 미국 생활에 성공한 슈바르츠는 우연히 자신을 유대인이라는 이유로 그렇게 내몰았던 알렉산더 김나지움으로부터 2차 세계대전에서 목숨을 잃은 동창들을 위한 추모비 건립에 기부를 해 달라는 호소문을 받게 된다.

슈바르츠는 그 호소문과 인명부를 쓰레기통에 던져버린다. 자신의 삶에서 잘라내 버리고 싶었던 17년의 흔적들을 마주하고 싶지 않았던 것이다. 그러나 슈바르츠는 호소문을 다시 꺼내 읽어 내려갔다. 자기가 알고 지냈던 친구들, 혹은 관심 밖의 친구들 이름이 하나둘 나타나자 두려움에 휩싸인다. 콘라딘, 잊지 못할 그 아이의 이름이 있는 페이지는 차마 확인하고 싶지가 않았다.

"작은 남자지만 그의 말을 듣는 순간 사람들은 그의 확신에서 오는 순수한 힘과 강철 같은 의지, 천재적인 강렬함, 예언자적인 통찰에 휩쓸려 들고 말아. 어머니는 신께서 저분을 우리에게 보내주셨어. 그리고 독일에는 너를 위한 자리가 없을 것."

푸르렀던 그들의 우정은 역시 아름다웠다. 정의 앞에서 진실되고 명백한 의지를 가진 콘라딘은 슈바르츠의 영원한 친구였던 것이다.

과거의 기억에서 확신하고 있는 사실들이 그것으로 멈추어 있지 않고 마침내 살아서 정의로 기운다는 것을 콘라딘을 통해 보여준다. 슈바르츠를 떠나보낸 후 겪었을 콘라딘의 아픔은 오랫동안 가슴을 아리게 한다.

품위 있는 사람은 사랑하는 사람이다

『높고 푸른 사다리』, 공지영, 한겨레출판

김정숙

작가는 10여 년 전, 송봉모 신부의 책을 읽고 있었다. 그 책에서 100자도 안 되는 문장이 작가의 가슴을 두드렸다. 이 책에 나오는 마리너스 수사와 성 베네딕도회 왜관 남자수도원의 신비로운 만남에 대한 글이었다. 한국전쟁 중 1950년 12월 20일 흥남철수 때, 1만4천 명의 한국인을 구조한 빅토리아러디스호의 선장 마리너스의 소설보다 더한 실제 이야기를, 허구의 한 청년 수도자와 엮어서 능숙한 솜씨로 서사를 창조한다. 장편소설인 『높고 푸른 사다리』는 신부 서품을 앞둔 베네딕도회 수사의 사랑과 이별, 죽음과 상실의 순례이자 성장 소설이다. 소설은 정요한 신부가 한때, 신보다 사랑했던 소희가 임종을 앞두고 있다는 소식을 아빠로부터 전해 듣는 것으로 시작된다.

작가는 이 소설에서 '대체, 왜?'라는 짧고 높은 외침으로 독자의 심장을 파고든다. '대체, 왜?'라는 질문은 삶과 죽음, 운명에 대해서만이 아니라는 것이다. 가난과 불의, 정의와 제도에 대해서라는 것, 인간의 영역에서 신과 씨름해야 한다는 걸 세상에 외친다. 신의 멱살을 붙들고 "지금 여기서! 잘 살도록 축복을 내려달라"고 한 야곱처럼 반항했고 싸웠다. 야곱은 세속의 일에 매달렸으므로 하늘로부터 내려온 사다리를 타고 훌쩍 올랐다. 어처구니없는 자연재해 앞에서, 불치병으로 고통받는 갓난아이 앞에서만이 아니라, 불의한 권력자 앞에서(308-309쪽), 정의로운 사람들이 함부로 짓밟히는 현장 앞에서, '대체, 왜?'라고 신에게 끈질기게 질문하기를 독려하고 있다. 진정한 세속이야말로 진정한 천상일지도 모르니까.

작가는 섬세한 통찰력과 흡인력 있는 문장으로 독자의 감정이입을 사냥한다. 공지영의 소설은 사랑이라는 달콤한 성분으로 당의정을 입힌다. 독자가 단맛을 느낄 즈음, 이내 몸 전체에 퍼지는 약리 작용, 바로 한 사발의 보약 세례이다. 작가는 사회문제라는 단단한 공감대 위에 사유의 구조물을 세운다. 현실의 부조리와 모순에 당당히 맞서는 문자의 시위이다. 동시대 사람들과 함께 호흡하며 민감하고 부드러운 촉수로 독자의 뜨거운 호응을 얻어낸 작품들을 발표해 온 작가이다.

공지영의 『높고 푸른 사다리』는 한 번 읽고 덮어두는 소설이 아니다. 크리스천만을 위한 책은 더욱 아니다. '오늘은 나, 내일은 너'(HODIE MIHI–CRAS TIBI). 인간이 어떤 시련과 맞닥뜨렸을 때 '여기에도 의미가 있을 것'으로 생각하면 시련을 품위 있게 넘길 수 있다. 품위 있는 사람은 사랑하는 사람이다. 어려움을 잘 견디는 사람이다. 마리너스 수사의 말이다. "하느님은 우리에게 절대 미리 모든 것을 가르쳐주지 않으십니다. 그러나 한 가지만은 가르쳐 주셨습니다. 반드시, 반드시 고통을 통해서만 우리는 성장한다는 것을요."(355쪽) "서로 돕는 배는 난관을 이겨냅니다. 우리 모두는 약하고 모자라니까요."(345~346쪽) 그 누구도 부정할 수 없는 이 한마디를 가슴에 품고 또 누군가에게 전해주고 싶다.

일생을 통해 배워야 하는 것

『아우구스티누스에게 삶의 길을 묻다』, 박승찬, 가톨릭출판사

신복순

"왜 지금 '아우구스티누스' 인가?"로 이 책은 시작한다. 저자는 다시 묻는다. "지금 행복하냐?"고. 중세 철학자인 저자는 철학과 교수인데 생각하는 힘을 키워 주는 강의로 유명한 분이다. 그의 '중세 철학사' 강의는 2012년 11월에 SBS와 대학교육협의회에서 공동으로 주관하는 '대학 100대 명강의'로 선정되었다. 이 책은 방송에서 강의한 내용을 책으로 엮은 것인데 각 강의가 끝날 때마다 질의응답을 넣고 인물, 사건에 대한 용어 설명을 따로 해놓아 이해하기가 쉽다.

그리스도교 최고의 스승이며 위대한 사상가인, 1600년 전의 성인 아우구스티누스는 많은 책을 남겼다. 그중에서 가장 유명한 책은 『고백록』인데 우리나라에서만 무려 40번이나 번역되었다.

아우구스티누스가 신학적인 이론만 연구했거나 특별하게만 살았다면 우리가 이해하기 어려웠을지 모르지만 어렸을 때부터 성인이 될 때까지 많은 방황을 한 인간적이었던 분이다. 아우구스티누스는 명예욕, 출세욕, 성욕 등 일반 사람들이 느끼는 고민을 하기도 했지만 회심하여 삶을 아주 깊게 성찰하고 신과 영혼에 대해 평생을 바친, 교부 철학자이자 위대한 사상가였다.

이 책은 스토리텔링 화법으로 되어 있어 편하게 읽힌다. 현대인들이 안고 있는 다양한 고민들, 나는 누구인지, 공부는 왜 해야 하는지, 행복,

악, 절망, 불행, 죽음, 정의와 평화 등을 아우구스티누스의 사상과 함께 답을 구하는 형식으로 되어 있다. 쉽지 않은 내용이지만 주위에서 흔히 접하는, 쉬운 비유를 들며 아주 쉽고 재미있게 풀어나간다. 친절하고 감사한 책이다. 현대 신학자 헨리 채드윅은 아우구스티누스를 '최초의 현대인'이라고 표현했다. 아우구스티누스가 오늘날 사람들이 관심을 가지는 인간의 감정, 교육, 행복의 추구 등을 1600년 전에 보여 주었기 때문이다.

아우구스티누스는 우리가 내면에서 진리와 지혜를 소유하게 되었을 때 진정한 의미에서 행복하고, 아무리 많은 부와 명예를 가지고 있다고 해도, 지혜를 가지지 못해 올바로 사용하지 못하는 사람들은 결코 행복감을 느낄 수 없다고 했다.

아우구스티누스가 좋아했던 로마 철학자 중 한 명인 세네카는 다음과 같이 이야기했다.

"사는 방법은 일생을 통해서 배워야만 한다. 그리고 불가사의하게 여겨지겠지만, 아마도 사는 것 이상으로 평생을 통해서 배워야 할 것은 죽는 일이다. 우리가 타고난 인생이 짧은 것이 아니라 우리가 그것을 짧게 만드는 것이다. 우리에게는 인생이 부족한 것이 아니라 우리가 인생을 낭비하는 것이다. 우리의 일생도 알맞게 잘 쓰는 사람에게 그 폭이 두드러지게 넓어지는 법이다." (262쪽)

평생을 통해 고민하고 통찰하여 얻은 답변에서 1600년이 지난 지금도 우리는 삶의 의미를 이해하고 올바르게 살아가는 데 도움을 얻는다. 아우구스티누스에게서 행복의 열차를 타는 티켓을 받을 수 있을 것 같다.

내가 원한 대로!

『딥스』, 버지니아 M. 액슬린, 주정일 외 옮김, 샘터

하승미

문을 닫는다, 어둠이 짙어질수록 더 필사적으로. 더 큰 내가, 나를 구해줄 때까지!

버지니아 M. 액슬린은 아동심리학자로 심리적, 정서적 장애를 가진 아이들을 위한 놀이치료 분야의 세계적 권위자다. 과도한 반복이나 강요가 아닌 아이의 입장에서, 아이가 원하는 방식대로 치료를 진행한다. 그는 정신적 아픔이 있는 아이를 먼저 치료하면 그 부모들의 정신건강도 치료될 수 있다고 본다. 이는 기존의 사고방식과 상반되는 기조다. 이 책은 버지니아의 놀이치료 아동 중 한 명인 딥스가 치료를 통해 자아를 찾아가는 과정을 담고 있다.

잠근 문을 싫어하는 딥스는 부모로부터 상처받은 다섯 살배기다. 아빠는 유능한 과학자이고 엄마는 의사다. 출산 계획이 없던 부모는 딥스를 정서적으로 거부하고 딥스에게 지적 우수성만을 요구한다. 사랑보다 억압에서 자라는 딥스는 자신만의 단단한 껍질 속으로 들어가 침묵, 관계의 단절, 공격성, 퇴행 등 다양한 이상 행동을 보인다. 또래 친구들과 많이 다른 딥스는 유치원 선생님의 소개로 버지니아와 놀이치료를 하게 된다.

버지니아는 딥스에게 무엇을 생각하고 있는지 얘기해달라고 재촉하지도, 묻지도 않는다. 여러 장난감과 도구들을 스스로 선택하고 만져보

고 무언가를 시도해봄으로써 스스로 많은 경험을 하도록 한다. 특히 칭찬을 하거나, 제안 또는 질문을 해서 내면의 소리가 아닌 외부의 자극에 따라 한쪽으로 치우치지 않도록 한다. 또 부모와 경험한 수동적이고 무기력한 관계가 아닌 대인관계에서 스스로를 능력 있고 책임감 있는 사람으로 여길 수 있도록 치료를 진행한다.

딥스는 서서히 버지니아를 신뢰하게 된다. 버지니아와의 일대일 놀이 치료가 가장 행복한 시간이 되면서 딥스는 버지니아에게 먼저 말을 걸기 시작한다. 딥스가 웃고, 인사를 하고, 마음을 표현하고, 스스로를 사랑하고, 자신이 원하는 대로 살아갈 수 있음을 알기 시작하면서 회색빛 엄마도 미소를 짓고, 실수를 용납하지 않던 아빠도 유연해진다. 아이의 정신적 결함을 인정하면서도 넘치는 물질만 제공했던 모순된 부모는 딥스의 문제가 능력 부족이 아님을 어쩌면 익히 알고 있었으리라.

"버지니아는 딥스가 자기 자신보다 더 자신의 내적 세계를 잘 아는 사람은 없으며 책임감 있는 자유 의식은 그 사람의 내면에서 자라고 발달한다는 것"(87쪽)을 알아가도록 그저 믿고 기다려준 것이다. "세상 어떤 것도 안정될 수 없고 자기 마음대로 조종할 수도 없기에, 외부 상황은 통제할 수 없지만 내면의 힘을 이용한다면 편안해질 수 있다는 것"(91쪽)을 다섯 살의 딥스는 스스로 알아냈다. 두려운 세계로부터 자신을 방어하며 고립시켰던 작은 딥스가 아닌 큰 딥스가 된 것이다.

우린 때로 딥스였고, 지금도 딥스일 수 있다. 걷잡을 수 없이 변하기만 하는 세상을 헤쳐나갈 능력을 상실한 채 홀로 웅크리고 있는 사람들에게 이 책을 전하고 싶다. 특히 누군가의 교사라면, 누군가의 부모라면 읽지 않으면 안 될 책이다.

"세상 모든 딥스를 위해! 내가 원한 대로, 당신이 원한 대로, 우리가 원한 대로…."(299쪽)

어디로 가는지 말고 어디서 오는지 물어라

『느림의 중요성을 깨달은 달팽이』, 루이스 세풀베다, 열린책들

서미지

　이름은 '반항아'. 나는 이름이 갖고 싶었고, 왜 느린지에 대해서도 궁금했었어. 애타게 느린 종족이라는 것과 달처럼 둥글다는 뜻의 '달팽이' 들은 '왜 저러는지 모르겠네. 사는 데 전혀 지장이 없으니 행복한 것 아냐' 며 다들 시큰둥했지. 외톨이가 되자 세 그루 너도밤나무 근처 가장 아는 것이 많다는 수리부엉이를 찾아갔어. 그는 내가 느린 이유는 너무 무거운 짐을 지고 있기 때문이며, 내가 알고 싶어 하는 것들은 스스로 찾아야 한다고 말해 주었지. 관습에 얽매여 그날그날 살아가는 달팽이 들은 내 존재가 참을 수 없었던 모양이야. 터무니없는 질문에 지친 할아 버지 달팽이가 쪼아 버리겠다고 윽박질렀을 때 납매나무를 떠나기로 결심했지.

　달팽이들이 왜 느린지 이유를 알게 되고, 이름을 갖게 되면 돌아오겠다며 떠난 여행길에서 만난 거북이 '기억' 이 나의 이름을 지어주었어. 그는 누군가에게 어디로 가는 건지 묻는 것은 잘못이고, '어디서 오는 길인지' 물어야 한다고 가르쳐 주었어. 자신이 인간의 망각으로부터 오는 길이며, 인간들은 자라면서 다 잊어버리는 종족이란 것을 알려 주었지. 거북한 질문이 많은 사람을 '반항아' 라고 부른다고 했어. '기억' 은 나에게 중요한 것을 보여주었지. 인간들이 만드는 집들과 금속 심장이 달린 빠른 쇠 동물들을 보았을 때 두려움이라는 감정을 느꼈어.

또 진정한 용기는 두려움을 이기는 것이며, 맞서 싸워야 이겨 낼 수 있다는 것을 배웠지.

"달팽이 네게도 좋은 점이 얼마나 많은데. 이렇게 느리다고 한탄만 하고 있어야 되겠니? 내가 '반항아'라는 이름의 달팽이를 알게 된 것도 따지고 보면 네가 몇 걸음 가다가 뒤에서 누가 쫓아오는지 보려고 고개를 돌리는 거북이처럼 느린 덕분 아니겠니. 넌 코앞에 닥친 위험을 다른 이들에게 알려서 이들을 구하려고 애를 쓰는 용감한 달팽이란다. 그러니 반항아야. 절대 포기해서는 안 된다. 여기서 빠져나갈 수 있도록 내가 도와줄 테니 다시 한 번 용기를 내봐."

'기억'과 헤어지고 난 뒤, 나는 납매나무로 돌아와 언제 닥칠지 모르는 인간들의 침입을 설명했지. 인간들이 곧 검은 길을 내려고 들판을 가로질러 올 것이란 '기억'의 말을 전했어. 처음에는 쉽게 믿으려 하지 않았지만, 나중에는 위험을 알려준 나를 존경과 믿음으로 바라봐 주었어. 새로운 민들레의 나라를 찾을 수 있을지 그 누구도 알 수 없었지만, 단 하나 확실한 것은 우리가 가야 할 곳이 앞에 있지 뒤에 있지 않다는 믿음이었지.

달팽이들의 여행 이야기는 여기까지야. 지금 안전하다고 생각하는 곳이 영원한 안식처는 아니라는 것을 알려주고 싶었어. 지금처럼 계속 길과 집을 만들고, 땅을 깊게 파헤친다면, 우리처럼 '민들레의 나라'로 떠나야 할지도 모른다는 거야. '기억'이 말한 대로, 너희가 '자라면서 모든 것을 잊는 종족'이라고 해도 나 같은 반항아 인간이 한 명쯤은 있을 테지. 제발 그의 말을 들어줘. '반항아' 달팽이가 하는 말을 들어준 것처럼!

한 줄의 시, 유언처럼

『백만 광년의 고독 속에서 한 줄의 시를 읽다』, 류시화, 연금술사

추필숙

1초에 지구를 7바퀴 반만큼 도는 빛, 그 빛이 진공 속에서 1년 동안 나아가는 거리가 1광년이다. 그렇다면 이 책의 제목처럼 백만 광년의 고독이라는 것은 도대체 어떻게 받아들여야 할까? 그 속에서 읽는 한 줄의 시는 틀림없이 우리의 삶을 비추는 섬광으로 다가오리라는 기대를 품고 표지를 넘겼다.

책날개에는 '세상에서 가장 짧은 시로 일컫는 하이쿠를, 류시화 시인의 해설로 읽는다.'는 요지의 글이 적혀 있다.

하이쿠는 450여 년 전 일본에서 시작된 정형시이다. 여기에는 세 가지 규칙이 있다. 5·7·5의 열일곱 자 음수율을 지키고, 시가 짧은 만큼 한 번에 읽어 내려가는 것을 막고 여운을 주기 위해 중간에 '끊는 말'을 넣어야 한다. 마지막으로 계절을 나타내는 단어를 포함해야 한다. 그러나 이러한 형식을 우선하는 것이 있는데, 바로 문학성이다.

"단순히 촌철살인의 재치나 언어유희로 대중의 인기를 얻으려는 것이 아니라 문학적인 은유와 상징을 통해 삶에서 얻은 깨달음, 인간 존재의 허무와 고독, 자연과 계절에 대한 느낌, 그리고 해학을 표현한다. 이 한 줄 시를 공통적으로 '하이쿠'라 부른다."(589쪽)라는 대목을 보면 정형시에서 출발한 하이쿠가 한 줄 시라는 포괄적인 형식으로 유지, 확장되고 있음을 알 수 있다.

"모심는 여자/ 자식 우는 쪽으로/ 모가 굽는다(잇사), 꽃잎이 떨어지네
/ 어, 다시 올라가네/ 나비였네(모리타케), 새는 아직/ 입도 풀리지 않았는
데/ 첫 벚꽃(오니쓰라), 잡으러 오는 이에게/ 불빛을 비춰주는/ 반딧불이
(오에마루), 시원함이여/ 종에서 떠나가는/ 종소리(부손)…."

밑줄은 점점 늘어난다. 어느 순간, 밑줄을 아껴야지, 다짐하고 만다.
펜 잡은 손을 가슴에 얹고 잠시 호흡에만 몰두하면서, 읽기에 공을 들였
다. 공감이 주는 감동을 실컷 맛보았다고 할까? 책이 책답다. 시의 진정
성이 충분히 와 닿았다. 백 마디 말보다 이름 한번 불러주거나 손 한번
잡아주거나 눈 한번 맞추는 것처럼 그렇게 다가왔다. 우리 삶을 통틀어
통째로 보는 것이 아니라 매 순간순간의 단면을 낱낱이 본 느낌이 든다.
본질적인 고독과 서툰 삶, 그 삶의 부조리 속에서 결국 사라지는 것은
우리 자신이라는 것을 깨닫게 해 준다.

진정성과는 또 다른 방향에서 압축을 풀어내고 생략을 읽어 내는 '미
학'에 대해 생각하게 된다. 명쾌한 해석의 영역을 넘어 가슴을 울리는
작품들이 수두룩했음을 고백하는 것이다. 시 해석은 백인백색이다. 읽
는 이의 깊이에 의해 재탄생되는 것이 시다. 문학이다. 그런 의미에서
이 책은 나의 읽기와 남(류시화)의 읽기를 서로 견주어 볼 수 있다. 마음
은 뒤에 감추고 모습을 보여 주라던 바쇼의 말과는 반대로, 하이쿠를 읽
는 우리는 모습 뒤에 감추어 둔 시인의 마음을 내 마음속으로 옮겨오면
되는 것이다.

한 줄도 길고, 백 줄도 짧을 수 있다. 그러나 딱 한 줄로 백만 광년의
고독을 말할 수 있는 책은 이 책뿐이다. 유언처럼, 한 줄 시의 힘이 참 세
다.

모든 결과에는 배경과 원인이 있다

『폴트라인』, 라구람 G. 라잔, 김민주·송희령 엮음, 에코리브르

최진혁

지구에서 대륙판들이 접촉하거나 부딪힐 때, 끝쪽이 부서지거나 꺾이면서 엄청난 압력이 발생한다. 그것이 지진이고, 지진이 발생하는 그 판의 접촉면을 폴트라인이라고 부른다. 이를 책의 제목으로 활용하여 현실 경제 상황을 빗대어서 표현한 것이다.

저자 라구람 G. 라잔은 국제통화기금 수석 경제학자를 역임하고 현재 시카고 대학교에서 교수로 재직하고 있으며, 2010년 피셔 블랙상을 받았다.

이 책은 논문에 가까운 형태를 가지고 있다. 먼저 문제를 찾는다. 그 문제가 어떤 이유에서 일어나는지 밝힌다. 그러면서 그 이유가 일어난 원인을 밝히고, 그에 대한 해결 방안을 조언한다.

여기서 한 발짝 더 나아간다는 것이다. 단순히 범인을 지목하는 것이 아니라, 문제의 범인이 문제를 일으킨 배경 원인을 이야기해주고, 더 나아가 그 배경 원인이 일어난 이유를 분석한다. 하나의 사건이 일어난 인과 관계가 완전히 분절적으로 일어나는 것이 아님을 보여준다.

"…우리 모두가 집단적으로 미쳤거나 무슨 병에 걸려서 그런 행동을 한 것은 아니다. 놀라운 사실은 우리 각자는 그저 우리에게 주어진 인센티브를 최대한 활용하려는 생각으로 그런 행동을 한 것뿐이다."

"어떤 사건이 발생하면, 우리는 보통 그 장소에서 가장 가까운 곳에

있던 사람을 범인으로 지목한다. 그렇게 하는 것이 아무래도 편하기 때문이다."

인용구에서 보듯이 이 책은 경제를 다루고 있지만, 인간 본질에 대해서도 보여주고 있다. 직접적으로 다루고 있는 것은 아니다. 단순히 수치를 이론에 대입하여 답을 추출하는 것이 아니라 인간의 사고도 계산에 의해 말하고 있다.

"이해관계가 얽힌 너무도 많은 사람이 현상 유지를 선호하고 있어 변화는 쉽지 않다."

경제를 다루고 있으며, 인간의 본질을 말한다고 하니 어려운 책이라고 느껴질지도 모른다. 하지만 멋진 머리말을 가지고 있어 그런 걱정을 덜어준다. 모든 내용을 설명하고 있는 것은 아니지만 많은 것을 이해할 수 있게 도움을 주는 머리말이다. 그리고 문제들을 설명함에 있어 그 문제들과 직접적으로 연관되는 사람들의 사례를 들어 이해를 돕고 있다.

아쉬운 점이 있다면, 미국을 중심으로 적혀 있다는 점이다. 하지만 그로 인하여 무서운 사실을 드러내고 있다.

"심각한 문제는 경기가 회복기로 접어들었음에도 불구하고 실업이 계속 제자리걸음을 했다는 점이다. 우리는 이것을 흔히 '고용 없는 회복 (jobless recovery)'이라고 부른다."

인터넷 뉴스를 조금만 찾아본다면 저런 내용을 발견할 수 있다. 미국의 뉴스가 아니라 한국의 뉴스에서이다. 이 책은 무언가 예언서나 바보 같은 소문을 수집해서 만든 책이 아니다. 믿을 수 있는 경제학자가 그의 동료들의 도움으로 만들어낸 책이다. 논리적인 수치를 바탕으로 만들어진 것이다. 우리가 애써 외면하던 무서운 현실을 일깨워 주고 있다.

마리아가 사랑한 첫문장

『11분』, 파울로 코엘료, 문학동네

우은희

'옛날 옛적에 마리아라는 창녀가 있었다.'

소설가는 첫 문장을 쓰기 위해 밤을 지새우고, 독자는 첫 문장을 읽는 순간 밤잠을 설친다고 했다. '모든 창녀가 그렇듯, 그녀 역시 순결한 동정녀로 태어났다.' 설마 코엘료가 그분(!)의 어머니인 그분(!)을 대상으로 소설을 쓰려는 것인가. 아직 마음의 준비를 하지 못했다. 그렇다고 읽기를 멈출 수도 없다. 아니지. 코엘료라면 그럴 '만두' 하지. '…브라질 동북부에 있는 그녀의 고향 도시는…' 동명이인이다. 코엘료는 그런 도발은 하지 않았다.

소설은 브라질에 사는 마리아라는 여자의 성장을 통해 성과 사랑 그리고 뜻하지 않게, 롤러코스터와 같이 격렬했던 한 해의 삶을 이야기한다.

직물가게에서 일하던 평범하기 짝이 없던 이 아가씨는 모험과 돈, 혹은 남편감을 찾아 지구 반대편인 유럽의 스위스로 날아간다. 처음엔 삼바 춤을 추는 무희로, 다음엔 창녀라는 생각지도 못한 직업을 가지게 된다.

세상에는 두 종류의 불행이 있다. 하나는 가지고 싶은 것을 못 가지게 되는 불행, 또 하나는 가지고 싶지 않은 것을 가지게 되는 불행.

'나는 세상의 제물일 수도 있고, 자신의 보물을 찾아 떠난 모험가일 수도 있다. 문제는, 내가 어떤 시선으로 내 삶을 바라볼 것인지에 달려 있다.' 스스로 절대 불행해지지 않겠다는 다짐인지도 모른다. 그러나 자신이 이 일을 하는 진짜 이유를 찾기란 쉽지 않다.

저자는 돈벌이의 수단인 '직업'을 통해 언제부터 성이 세속화되었는지 말함으로써, 그 민낯과 함께 본질까지 파헤친다. 여기서 '직업'은 한나 아렌트가 '인간의 조건'에서 말한 세 가지(노동, 작업, 행위) 활동 영역 중 마땅히 노동을 일컫는다. 그런데 유독 성을 행위 한다고 말하는 이유는 무엇일까. 아렌트가 정의한 '행위'와 완전히 일치하는 것은 아니지만 성행위는 본질적으로 혼자 할 수 있는 작업이 아니기 때문은 아닐까.

인류, 우리 인간은 누구나 성적 경험의 산물이다. 그럼에도 저자는 누구도 성행위에 대해 관심 있게 책을 쓰지 않았다고 말한다. 물론 그분(!)은 아니었지만, 마리아의 이야기를 토대로 쓰인 책은 성에 대한 코엘료의 과감한 도발을 목격할 수 있는 책이다. 혹시, 성에 대해 낯가림이 심하다면 얼굴이 붉어질 수도 있다.

브라질행 비행기 표를 예약하던 날, 마리아는 모든 사람이 신뢰하는 돈 때문에 결국 자신이 돌아가기를 망설인다는 사실을 깨닫고 산더미처럼 쌓인 돈을 들고 스위스 은행을 찾는다.

"이 돈으로 내 인생의 몇 시간을 살 수 있을까요?"

무슨 말을 어떻게 들었는지 모르지만 은행 직원은 자신들은 팔지는 않고 사기만 한다고 대답한다. 그래, 세상 사람들은 모두 자신의 시간을 팔기만 한다. 소중한 육체와 영혼을 담고 있는 자신의 시간을.

3월, 어쩌면 새로운 한 해를 시작하는 첫 문장이 될 시간이다. 올 한해 우리는 각자 어떤 '사람책'이 될까? 첫 문장이 자못 궁금하다.

글씨와 그림의 경계를 허물다

『조선의 글씨를 천하에 세운 김정희』, 조정욱, 아이세움

우남희

　'그림으로 만난 세계의 미술가들'은 외국 편과 한국 편으로 나누어 시리즈로 출간되고 있다. 한국 편은 김홍도, 이중섭, 장승업, 정선, 다섯 번째로 추사 김정희 선생을 소개했다. 미술가들을 다룬 책에 '조선의 글씨를 천하에 세운 인물 김정희'라고 소개한 것이 뜨악하다. 글씨가 아니더라도 적지 않은 그림이 있기 때문이다.

　그런데도 왜 제목을 '조선의 글씨를 세운 김정희'라고 했을까. 호암미술관에 소장된 글씨에서 그 의문을 풀 수 있다. 그 글씨는, 그림이 곧 글씨고 글씨가 곧 그림임을 보여준다. "김정희에게 글씨와 그림을 구분하는 것은 무의미하다. 그림을 그릴 때도 글씨를 쓰듯이 그렸고, 글씨를 쓸 때도 그림을 보듯 시각적인 효과를 충분히 한 후에 붓을 들었다"고 작가는 말한다. 그럼에도 불구하고 필자는 선생의 그림에 포커스를 맞추고자 한다.

　'세한도'는 '신유사옥'에 연루되어 죄인으로 제주도에 유배된 자신의 처지가 적나라하게 나타난다. 권력을 누릴 땐 찾아오는 사람들이 많았지만 죄인의 신분으로 전락하니 찾는 사람이 없었다. 그런 가운데 한겨울의 소나무처럼 변하지 않는 이가 있었으니 바로 제자 이상적이다. 그는 역관으로 중국을 갈 때마다 선생이 부탁한 책을 구해다 준다. 조선에서뿐만 아니라 중국에서도 구하기 힘든 '만학집', '대운산방문고',

'황조경세문편' 등을 기꺼이 구해주었으니 선생으로서는 고맙기 그지 없었다. 그 고마운 마음을 편지로 쓰다가 영감이 떠올라 그린 것이 세한 도다.

'세한도' 우측에 '우선시상藕船是賞'이라고 적혀 있다. 우선은 이상적 의 호로 '우선, 먼저 이것을 감상해 보라'는 뜻이다. 그림 속에는 소나 무와 잣나무가 있고 집이 한 채 있다. '날씨가 추워진 뒤에야 소나무와 잣나무가 늦게 시드는 것을 안다'는 공자의 말을 편지에 인용하다 추운 바람 속에 서 있는 자신의 처지를 늙은 소나무에, 어린 소나무는 이상적 의 마음을, 황량하고 쓸쓸한 처지를 집 한 채에 담았음이다.

이상적은 선생으로부터 받은 세한도를 중국으로 가져가 중국 학자들 의 시와 조선 학자들의 시를 덧붙이는데 그 길이가 1천388센티미터로 우리나라에서 가장 긴 그림이다. 선생의 그림을 말할 때 '세한도'뿐만 아니라 '불이선란' 또한 빼놓을 수 없는 작품이다. 이 그림은 과천에 살 때 그의 곁에서 공부하며 시중을 들던 달준이를 위해 그려준 것으로 '난 맹첩' 이후 20년 만의 작품으로 글씨와 그림이 하나가 되는 경지를 추구 했다.

한 분야의 전문가가 되기 위해 한시도 쉬지 않고 끊임없이 정진하는 선생의 생활 태도가 오늘을 살아가는 우리들에게 필요하다. 열 개의 벼 루와 천 개의 붓을 사용할 정도는 아니더라도 나는 내가 원하는 것을 위 해 얼마만큼 노력하고 있는지 자문해본다.

따뜻한 봄날이다. 책이랑을 걸어 나와 옥산서원, 은해사, 백흥암으로 떠나자. 그곳에 가면 추사 선생의 그림은 아니더라도 기품 있는 글씨를 만나볼 수 있을 테니까.

메멘토 모리!

『이반 일리치의 죽음』, 톨스토이, 창비

배태만

　우리는 가끔 타인의 장례식에 가긴 하지만 정작 죽음이 자신의 실존적 영역 깊숙이 다가와 있다는 것은 잘 느끼지 못한다. 여전히 그것은 단지 남의 일인 것이다. 얼마 전에 아버지를 갑작스럽게 떠나보내며 비로소 죽음이 내 삶에 깊이 들어와 있음을 절감하게 되었다.

　고대 로마에서는 전쟁에서 승리하고 돌아온 개선장군이 시가행진을 할 때 노예를 시켜 '죽음을 기억하라'는 뜻인 '메멘토 모리Memento mori'를 외치게 했다고 한다. 그것은 한순간 승리에 도취한 장군들이 자만심에 빠지지 않고 겸손하도록 경계하기 위함이었다. 우리의 삶에도 이런 외침이 필요하다. 세상에서 물질적으로 성공하고 남부럽지 않은 사회적 지위에 있더라도 죽음은 늘 우리 곁에 있다는 겸손한 자각이 필요하다. 이런 깨달음을 주는 소설이 바로 『이반 일리치의 죽음』이다.

　1886년에 발표한 이 소설은 삶과 죽음의 의미에 대해 생각하게 만드는 '죽음문학'의 고전이다. 평소 죽음은 나의 현재와 관계없는, 결코 오지 않을 먼 미래의 사건으로만 여기며 살아온 중년의 성공한 법률가 이반 일리치가 갑작스럽고 알 수 없는 병으로 죽음을 마주하며 느끼는 감정을 자세히 서술하고 있다. 그 과정에서 이반 일리치의 감정을 헤아리지 못하는 가족과 의사들의 태도가 그에게 심한 존재적 고독감을 느끼게 한다. 이 책의 분량은 생각보다 적지만 전하고 있는 내용의 무게는 생각보다 크다.

이 소설은 이반 일리치의 동료들이 갑작스러운 그의 부고를 신문을 통해 접하고 나누는 대화로부터 시작한다. 그들은 죽은 자에 대한 애도보다는 그의 죽음으로 인해 발생할 자신과 관계된 승진을 먼저 떠올렸고 죽은 게 자신이 아니라는 점에 안도감을 느낀다. 이반 일리치 역시 살아 있었더라면 똑같은 모습을 보였을 것으로 여겨진다.

그는 자신에게 죽음이 다가오는 힘든 과정에서 가까운 사람들의 거짓과 위선에 좌절한다. 반면에 자신을 돌봐주는 하인 게라심의 진실된 마음과 행동에는 고마움을 느낀다. 게라심은 '우린 모두 언젠가는 죽습니다요'라며 죽음을 향해가는 삶에 대한 진지한 태도를 보여준다.

이반 일리치는 판사로서 사회적 성공을 이루었고 그가 속한 사회의 일반적인 관행을 의심 없이 답습하며 살아가는 명예욕과 자만심이 강한 인물로 그려진다. 삶에 대한 이런 태도는 죽음을 앞두고 그에게 많은 반성적인 기회를 제공한다. 그때까지는 살아온 이기적인 방식에 대해 전혀 문제의식을 느끼지 못했지만, 삶의 마지막 순간에는 성찰적 자세로 삶의 진정한 의미와 가치를 깨닫는다.

"만약에 정말로 내가 살아온 모든 삶이, 내 생각과 행동이 내가 옳다고 생각했던 바로 '그런 것'이 아니라면 어떻게 하지? 하는 의심이 들면서부터 시작되었다."(111쪽)

'살아있는 우리 모두는 죽는다'는 불편한 진실을 받아들이고 남아있는 삶을 나 자신의 성숙뿐만 아니라 타인을 향한 이해와 공감의 시간으로 채워가도록 톨스토이는 죽어가는 이반 일리치를 통해서 말하고 싶었으리라.

끝없이 사모함으로

『내가 사모하는 일에 무슨 끝이 있나요』, 문태준, 문학동네

김서윤

춘곤春困인가? 소생과 시작의 계절이 되면 왠지 따라오는 피로감도 짙어진다. 볼륨감 있는 책이 어쩐지 부담스럽다. 이럴 때는 말라깽이 시집을 한 권 들어본다. 가볍다. 소파에 깊숙이 몸을 파묻고 가벼움의 무중력 상태로 이끌려 들어간다. 시인은 청량감 있는 긍정의 운을 띄운다. '시가 누군가에게 가서 질문하고 또 구하는 일이 있다면 새벽의 신성과 벽 같은 고독과 높은 기다림과 꽃의 입맞춤과 자애의 넓음과 내일의 약속을 나누는 일이 아닐까 한다.'

2018년 2월 문태준은 새 시집에 계절과 사랑과 어머니를 곱게 담아 정성스레 내어놓았다. 3년을 숙성시킨 일곱 번째 작품집이다. 그는 1994년 문예중앙 신인문학상을 통해 등단한 이래 시집『수런거리는 뒤란』,『맨발』,『가재미』,『그늘의 발달』,『먼 곳』,『우리들의 마지막 얼굴』을 출간했다.

이 시집들에 수록된 작품들로 유심작품상, 미당문학상, 소월시문학상, 서정시학작품상, 애지문학상 등을 수상하며 한국 현대 시단에 유의미한 시인으로 자리매김하고 있다. 금년에 나온『내가 사모하는 일에 무슨 끝이 있나요』에는 '일륜월륜一輪月輪-전혁림의 그림에 부쳐' 부터 '산중에 옹달샘이 하나 있어' 까지 63편의 시가 분홍빛 책자 안에 석류알처럼 알알이 박혀 있다. 신작을 통해 만나본 그의 시 세계는 애잔하고 포

근하고 아름답다.

"오늘 감꽃 필 때 만났으니/ 감꽃 질 때 다시 만나요// 그사이에 무슨 일이 있겠어요"(「그사이에」 중에서)

만남과 헤어짐 그리고 재회의 사이에 감꽃이 마르는 반나절은 마애불이 닳아 없어질 억겁의 시간과 이어지고 소통한다. 작가는 모 뉴스와의 인터뷰에서 '관계에 대한 사유, 존재와 존재 사이의 주고받음에 대한 생각을 넘어 너와 나란 분별, 경계를 무너뜨렸다'고 설명하고 있다. 일념 즉시무량겁이라 했던가. 찰나의 생각이 영원과 하나가 되는 그사이에 무수한 일들이 일어나지만, 우리는 기가 막히는 삶의 연속에서 기나긴 기다림을 무료한 일상으로 바꾸고 아무 일 없다는 듯이 다시 만나기를 기약한다. '앓는 나를 들쳐 업고 소낙비처럼 뛰던'(에서) 어머니를 기다리듯이, 마주 보고 있어도 그리운 연인을 기다리듯이, 혹은 언젠가 반드시 다시 만날 잃어버린 자식을 기다리듯이 그렇게 우리는 잔잔한 시간 사이를 유영한다.

"오솔길을 걸어가 끝에서 보았네/ 조그마한 샘이 있고 샘물이 두근거리며 계속 솟아나오는 것을/ 뒤섞이는 수풀 속에서도 이 오솔길이 사라지지 않는 이유를 알 수 있었네"(「오솔길」 중에서)

애상哀想이 아름다운 것은 슬픔 속에 희망이 있기 때문이다. 희망은 오솔길 끝에서 만나는 샘물처럼 우리의 삶을 이어가게 하는 원동력이다. 너와 나의 분별을 허물고 생사의 경계를 무너뜨릴 때 자연은 우주적으로 다가온다. 우리는 그 속에서 끝없이 사모함으로 모든 것을 마음에 모실 수 있게 된다. 사모의 정이 있는 누구에게나 이 가벼운 우주를 권하고 싶다.

확실한 표현은 독이 아니라 악마다

『일언력』, 가와카미 데쓰야, 안혜은 옮김, 쌤앤파커스

김민정

'말 한마디로 천 냥 빚을 갚는다'는 속담이 있다. 자본주의 사회에서 좀체 믿어지지 않는 말이지만, 말 한마디의 가치는 불가능한 상황을 역전시키거나, 떠나려는 마음을 붙잡아 주기도 하며, 이미지를 전환하는 등 작아도 엄청난 힘을 발휘할 때가 있다.

저자 가와카미 데쓰야는 일본 최고의 카피라이터이자 브랜딩 전문가다. 도요타, 산토리, KDDI 등 유수 기업들의 광고 캠페인을 크게 히트시켜 '가와카미 광고'라는 새로운 장르를 만들어냈다. 그는 '이야기의 힘'을 마케팅에 도입해 '스토리 브랜딩' 분야를 개척하였다. 이로 인해 '마음을 움직이는 데에는 그를 따라올 사람이 없다'고 업계에 알려졌고 그는 업계의 전설이 되었다.

일언력을 요약력, 단언력, 발문력, 단답력, 명명력, 비유력, 기치력 등 7가지로 나누어 독자들이 알기 쉽게 설명했다. 요즘같이 언어유희가 넘쳐나는 언어 비만의 상태에서 자기만의 언어로 의견을 표현하지 못하고 요약하지 못하는 사람들이 넘쳐나는 것은 결국 자기 PR의 실패로 연결될 개연성이 아주 높아진다.

요약력은 결론이다. 곧 다음으로 넘어가기 쉽게 하기 위한 것으로 구체적 요약과 추상적 요약이 있다. 단언력은 애매한 어미를 사용하지 말고, 압축시켜야 말의 의미가 분명히 전달된다는 사실을 말해준다. 일상

생활에서 거절이 두려워 애매한 표현을 주로 사용한 경험이 있는데, 반성해야 할 일이다. 책에서는 확실한 표현은 독이 아니라 약이라고 말한다.

발문력은 사람들에게 무언가 각인시켜야 할 때 허를 찌르기에 좋은 기법이며, 단답력은 순발력 있게 코멘트하는 능력이다. 명명력에서는 좋은 이름은 망한 상품의 가치도 다시 살린다며 네이밍의 중요성을 세세히 알려준다. 비유력은 긴 설명이 필요한 내용을 깔끔히 정리해 한번에 이해시켜주는 것을 말한다.

무하마드 알리, 복싱 스타일인 "나비처럼 날아서 벌처럼 쏜다"(218쪽)는 무하마드 알리를 모르는 사람이라도 한 번쯤은 들어봤을 말이다. 이 한 문장으로 그를 완벽하게 설명했다고 봐도 과언이 아니다.

마지막으로 기치력은 행동 목표로 내거는 이념 주의로 주장에 힘을 싣기 위해 짧게 요약한 문장 또는 표어를 구사하는 능력이다. 이런 능력은 앞서 말한 요약력이 바탕이 되어야 가능한 일이다.

이처럼 말의 기술은 다양하며 세분화되어 있다. 저자의 앞선 소개처럼 교육과정에서도 글짓기와 감상문 쓰기 외에 본질을 한마디로 표현하는 연습을 해나가야 한다는 것에 동의한다. 빠르게 변하는 시간 동안 장황한 글보다 요약되어 깔끔이 정리된다면 의견을 표현하고 받아들이기에 더 쉽고 편리해질 것이다.

말을 장황하게 하며, 핵심을 요약하지 못하는 분들과 함께 읽고 싶다. 읽고 끝낼 것이 아니라 반복 연습을 하며 생각하는 시간을 늘리면 이 책에서 말하는 일언력을 누구나 가지게 될 것이다.

딸의 연인

『저 환한 어둠』, 서하, 시와표현

강여울

벚꽃잎 날린다. 녹지 않는 꽃눈은 한 땀, 한 땀 검은 포도鋪道에 수를 놓는다. 한 남자가 어린 아이를 나무 아래 세우고 사진을 찍는다. 아이의 포즈가 다채롭다. 하늘하늘 날리는 꽃잎 사이로 보이는 하늘이 뿌옇다. 미세먼지 탓만은 아니다. 내 기억 속에 아버지는 방학 때마다 자전거 뒤에 나를 태우고 강으로 가셨다. 아버지는 고기를 잡고 나는 다슬기를 잡았다. 바람이 분다. 그때마다 꽃잎이 앉을 자릴 찾는다.

아이를 안는 남자처럼 맨 처음 나를 안았을 생부生父에 대한 기억은 없다. 다만 개울물에 신발을 뺏기고 울고 있는 계집애의 모습이 스치곤 한다. 갈대보다 내가 더 흔들린다. '일 배, 일 배는 참 잘 드는 가위', '지평선 위에 덩그러니 걸린 낮달에서도/ 째깍째깍 자라는 갈대,// 갈 때맞추어 갈 데, 어디일까?' - 「갈대」. 첫 시부터 나를 흔들기 시작한『저 환한 어둠』은 경북 영천이 태실인 서하 시인의 두 번째 시집이다. 오래된 서재 냄새와 오늘의 디지털 바람이 섞여 누구나 상처의 칩 몇 개쯤 가슴에 꽂고 산다는 걸 일깨운다.

오래 먹먹하다. 가벼운 시집이지만 가슴 저 밑바닥부터 묵직해진다. 시인의 심중에 우뚝한 아버지, 어머니를 본다. 오래전 나를 두고 서로 내 색시라고 우기던 아들과 남편의 실랑이가 떠오른다. 딸은 또 아빠랑 결혼한다고 했던가. 이 세상 거의 모든 아이들의 첫 연인은 부모일 것이다. 가족이므로 싫거나 미워도 닮을 수밖에 없다. 「저 환한 어둠 축, 해 심상금」(84쪽)에 시인의 부친 친필 메모 사진이 나온다. 어쩌면 시인의 시 절반은 그녀의 아버지가 쓴 것일지 모른다는 생각을 하게 된다. 고개 가 절로 끄덕여진다.

'살얼음 낀 개울가/ 일곱 살짜리 아이가 아픈 엄마 대신해/ 동생의 똥 기저귀를/ 바락바락 문질러 헹' 구는 아픈 풍경도 '오늘은 어제가 눈 똥' 하고 명랑한 소리를 낸다. '팔공산 갓바위에 오른 촛불들' 은 '뭉근 한 눈빛' 을 보낸다. 불전에 절을 하며 '똥자루 같은 몸 한 자루 접어요' 한다. 섬세한 관찰력으로 물아일치에 이르는 강하면서도 넉넉하고 따뜻 한 시인의 심성을 만난다. 어둠을 타박하지 않고, 가만가만 쓰다듬고 안 아준다. 시인은 자신의 상처를 아버지의 팔팔한 '끗발' 과 '저 환한 어 둠' 으로 꽃피웠다.

'아주 먼 옛날 날 안고 잔 남자다/ …/ -생각해 보이 니 공부 덜 시킨 거 순전히 내 미쑤다, 미쑤!/ …/ 내 오랜 서러움이 요즘 하염없이 안고 자는 이 남자, 서현수' -「저 환한 어둠-서현수 씨」.

누구라도 어렵지 않고, 친근하게 안을 수 있는 책이다. 아픔 없는 인생 도 있으랴! 능숙하고 능청스러운 위트, 해맑은 동심으로 착 달라붙는 위 무의 손길이 있다. 「밤이 꾹 눌러 짜낸 아침처럼」「시끄러운 고사리」 「재채기하는 바다」 등 파닥이는 제목들과 짧지만 긴 서사의 '저 환한 어 둠 '들이 어깨동무를 한다. 독자의 마음을 낚는 힘이 막강하다. 부모는 어둠마저도 환하게 하는 딸의 첫 연인이 분명하다. 벚나무 시키먼 몸뚱 이가 커든 환한 꽃불, 나풀나풀 꽃잎 하나 머리에 앉는다. 아버지!

'다름'에 접속하기

『단속사회』, 엄기호, 창비

김준현

식당에서 가끔 보는 풍경이다. 부모는 밥을 먹고 있는데, 먼저 먹은 자녀는 스마트폰에 함몰되어 있다. 커피숍에서도 흔히 본다. 대여섯 명이 테이블을 둘러싸고 있지만, 그중 한두 명은 대화에 관심이 없고 SNS에 힐끗힐끗 접속한다. 같은 공간에 있어도 상대방과 단절한 상태다. 상대가 부모이든 친구이든.

『단속사회』는 '관계 단절'의 정체를 밝힌 책이다. '곁'을 중시하는 저자 엄기호가 21세기 한국사회의 단면을 사회학 관점으로 관찰했다. 제목에서 '단속'은 남으로부터 자신을 보호하기 위해 철저히 자기를 단속團束한다는 뜻과 끊임없이 차단하고 쉴 새 없이 접속하는 단속斷續의 뜻, 두 가지를 의미한다. 저자가 말하는 단속사회란 개인과 개인이 서로 소통하지 못해 관계가 끊긴 사회이다.

엄기호는 자신의 강의 후일담, 해직당한 김정수 씨 이야기, 밀양 고압 송전탑 설치문제 등 현실 곳곳에서 소재를 가져왔다. 이들 사례에서 타인의 현실을 외면하고 빗장을 건 사냥꾼 사회, 한국사회를 통찰한다. 여기에 지그문트 바우만, 김영민, 존 듀이 같은 사회학, 철학, 교육학 전문가들의 견해로 현상을 설명한다.

책이 말하는 한국사회는 어떤 사회인가? '고통'과 '자기 이야기'가 넘쳐 나지만, 내가 남의 아픔과 경험을 외면하기 때문에 남도 내 이야기

를 들어주지 않는다. 그 결과 사람과 사람, 경험과 경험, 과거와 현재가
단절된다. 경험을 전승하지 못 하는 연속성 없는 사회, 단속사회 한국의
모습이다. 여기에서 개인은 고립되고, 그래서 외롭다. 개인과 사회 모두
성장도 불가능하다.

내가 받는 고통을 남들도 받는다면 이 고통은 사적인 문제가 아니라
공적인 문제이다. 그러나 '말 걸기'에 익숙하지 않은 개인은 고통을 공
유하지 못하고, 자신의 문제를 공적 이슈로 만들 능력도 없다. 폭로하고
매장하는 문화가 사회 전반에 흐를 뿐, 공적 문제를 '공론장'에서 해결
하지 못한다. 저자가 밝히는 단속사회의 또 다른 문제다.

그렇다면 어떤 사회가 존속하고 성장하는가? '연속성' 있는 사회는
성장한다고 책은 강조한다. 그 기본은 경청이다. 타인의 말을 경청할 때
서로의 경험이 서로에게 '참조점'이 되며 경험을 전승할 수 있다. 이런
사회에서 개인은 파편화된 에피소드가 아니라 연속하는 서사로서의 자
기 삶을 가지고, 더 나아가 삶을 예측하고 기획한다. 사회도 존속하고
성장한다.

취향 공동체나 문화 공동체에서 소비하는 '함'에 지친 독자에게 『단
속사회』를 추천한다. 책장이 술술 넘어가지 않고, 하루 굳은 백설기처럼
문체가 좀 딱딱하다는 것은 미리 밝힌다. 두루두루 사람을 만나 이야기
를 나누고 배우기 좋아하는 저자의 마음은 문장 하나하나 부드럽게 다
가올 것이다.

과잉 차단하며 '나'와 무관하다 여겼던 타자성에 접속해서, 진정성으
로 그들의 내면세계를 경청해 보자. 독자 '곁'에 동료·친구·자녀가 있
고, 우리들 이야기가 있다.

멘토들의 인간적인 가르침

『인생, 너무 어렵게 살지 마세요』, 이태형, 국민북스

장창수

과연 그럴까? 이 책은 인생, 너무 어렵게 살지 말라고 조언한다. 하지만 인생을 쉽게 살 수 있는 사람은 드물지 않을까. '인생'이라는 말만 들어도 묵직하고 진중함마저 느껴진다. 그래서 우리는 조금이라도 우리보다 더 나은 삶을 살았거나 사표師表로 삼을 만한 분이 있다면 그를 마음에 두고 배우려 한다.

저자 이태형은 언론계에서 26년간 활동한 베테랑이다. 이 책은 그가 만난 열두 명의 멘토 이야기를 담고 있다. 인터뷰를 에세이 형식으로 풀어 독자에게 즐거운 사색을 선물한다. 혜민, 김용택, 이어령, 고은, 이철환 등 이름만 들어도 알 만한 멘토들. 이 중에는 내가 만나 본 사람도 있고 꼭 한번 만나고 싶은 분도 있다. 과거에는 존경받는 멘토였으나 지금은 국민적 지탄을 받는 이도 있으니 한 권의 책이 요지경 속 세상 같다.

멘토란 무엇일까? 멘토mentor는 경험이 없는 사람에게 오랜 기간 조언과 도움을 주는 경험자라고 나온다. 아직 국립국어원이 멘토를 외래어로 분류하지 않아 오픈사전의 설명을 빌렸다. 참고로 국립국어원은 멘토 혹은 멘터를 '인생길잡이'로 순화하라고 한다. 그렇긴 해도 멘토는 그 나름대로 언중의 입에 정착된 말이다. 많은 출판물이 그대로 쓰고 있다.

"당신은 멘토가 있습니까?"

방송인 김제동은 방송에서 "멘토라는 말을 싫어한다"고 했다. 누가

누구에게 뭔가를 가르친다는 게 부담스럽다는 것이다. 그것도 일리가 있다. 반면에 '프레임'의 저자 김인철 교수는 "사람은 배우려는 자와 배우지 않으려는 자로 구분된다"고 강연에서 말했다. 배우려는 프레임으로 세상을 보면 무한히 발전할 수 있다는 게 요지였다. 또한 이치에 닿는다.

오래전부터 '스승이 없는 시대'라는 말이 회자되고 있다. 많은 사람들이 이를 안타까워하며 세상에 스승 혹은 멘토가 계속 나타나기를 소망한다. 정녕 우리 주변에 존경할 만한 멘토는 다 사라졌단 말인가. 그것도 안타까운 일인데 지금은 한 술 더 떠 이런 말이 떠돈다.

"스승이 없을뿐더러 학생도 없는 시대이다."

학교가 넘쳐나는데 학생이 없다니. 이 말은 일부 학생들의 무성의한 태도가 낳은 자조 섞인 풍자이다. 학생들이 학교에서 딴짓을 해도 쉬이 나무라지 못하는 사회 분위기가 있다는 것. '학생은 곧 고객'이라는 자본주의적 발상이 학교에 스며든 탓이 아닐까. 학생과 선생은 따로 존재할 수 없는 상보적 개념이다.

이 책은 멘토들의 이야기를 진솔하게 풀어준다. 세상에 전인적인 멘토는 없다. 멘토에 대한 과도한 기대가 오히려 멘토를 사라지게 한다고 생각해서일까. 저자는 멘토를 일방적으로 미화하거나 포장하지는 않았다. 우리보다 조금 나은, 그래서 뭔가를 배울 수 있는 길잡이라는 관점으로 멘토 이야기를 풀었다. 그것이 이 책의 독특한 매력이다.

인터뷰를 기사로 읽으면 삭막할 때가 있다. 그럴 때 단행본으로 접하면 의외의 새로움을 발견한다. 오랜 경륜이 낳은 필자의 문체도 맛볼 수 있다. "살아오면서 가장 후회했던 일은 무엇입니까?" 이런 질문은 대단히 인간적이다. 그리고 그 질문에 대한 솔직한 답변이 이어진다. 멘토의 인간적인 가르침, 그것이 세상을 좀 더 아름답게 만드는 것 아닐까.

우리는 함께
살아야 하잖아요
2018년 5월~2019년 4월

초록의 숲이 되는 것처럼

『나무를 심은 사람』, 장 지오노, 두레

최유정

도토리 한 알. 혼자서는 힘이 없다. 그러나 도토리가 흙을 만나 나무가 되고, 나무가 모여 숲이 되었을 땐 이야기가 다르다. 울창한 초록의 숲은 시냇물 소리, 새들의 노랫소리, 사람들의 웃음소리까지 만들어 낸다. 그것이 도토리 한 알에서 시작되었다고 누가 상상이나 할까. 하지만 더 놀라운 이야기가 있다. 그 울창한 숲이 보잘것없는 한 노인 혼자 일궈낸 것이라면 믿을 수 있을까?

장 지오노(Jean Giono · 1895~1970)는 『나무를 심은 사람』의 배경이 되는 프랑스 남부 오트 프로방스의 소도시에서 태어났다. 그는 1차 세계대전에 참전하여 전쟁의 참화를 겪은 뒤 평화주의자가 되었다. 전쟁 반대, 무절제한 도시문명에 대한 비판, 참된 행복의 추구, 자연과의 조화 등이 그의 작품의 주제가 된다. 34세 때 첫 작품 『언덕』을 발표하면서부터 역량 있는 신예작가로 주목을 받았고, 약 30편의 소설과 에세이, 시나리오를 써서 20세기 프랑스의 뛰어난 작가 중 한 사람이 되었다.

장 지오노는 실제로 오트 프로방스를 여행하다가 혼자 사는 양치기를 만났는데, 그는 황폐한 땅에 해마다 끊임없이 나무를 심고 있었다. 작가는 여기에 큰 감명을 받아 이 책의 초고를 썼으며, 그 후 약 20년에 걸쳐 글을 다듬어 작품을 완성한 것으로 알려져 있다. 그의 이야기가 그토록 생생하게 들리는 것은 자신이 크게 감동한 실제 이야기가 바탕이 되었기 때문이리라.

이야기 속 노인 '엘제아르 부피에'는 30년이란 긴 세월 동안 한 번도 실의에 빠지거나, 자신이 하는 일에 대해 의심을 품는 일 없이 꾸준히 나무를 심어왔다. 그가 한 일은 도토리를 땅에 심는 단순한 노동이었지만, 그것이 불러온 변화는 결코 단순하지 않았다. 메마르고 거친 바람 대신에 향긋한 냄새와 함께 물 흐르는 소리가 들려왔다. 한때 난폭하고 원시적이었던 사람들도 젊음과 활력으로 넘쳐났다. 고집스럽게 한 가지 일을 꾸준히 해낸 그가 있었기에 가능한 일이었다. 그래서일까. 작가는 이 노인을 "위대한 혼과 고결한 인격을 지닌 한 사람"(70쪽)이라고 묘사하고 있다. 비록 배운 것 없는 노인이었지만 "그 사람의 행동이 온갖 이기주의에서 벗어나 있고, 그 행동을 이끌어 나가는 생각이 더없이 고결하며, 어떤 보상도 바라지 않고, 그런데도 이 세상에 뚜렷한 흔적을 남겼기에"(9쪽) 그의 인격을 고결하다고 표현하기에 부족함이 없어 보인다. 이러한 노인을 통해 작가는 '스스로를 보잘것없는 사람이라고 생각하는 그 어떤 사람도 거룩한 생각을 품고 굽힘 없이 목표를 추구해 나가면 기적 같은 일을 만들어 낼 수 있다'는 메시지를 전하고 있다.

ㄱ, ㄴ, ㄷ, ㄹ. 혼자서는 힘이 없다. 그러나 자음이 모음을 만나 단어가 되고, 단어가 모여 글이 되었을 땐 이야기가 다르다. 아니, 다르길 소망해본다. 이 글이 누군가를 『나무를 심은 사람』에게로 이끈다면. 그 책에 감동을 받은 사람 하나하나가 각자의 자리에서 고결한 인격을 발휘한다면. 그러면 언젠가 우리는 몰라보게 달라진 세상을 만나게 될지도 모를 일이다.

마치 도토리 한 알이 초록의 숲이 되는 것처럼….

뭘 해도 잘 할 거에요

『제후의 선택』, 김태호, 문학동네

권영희

작품을 쓴다는 것, 더군다나 동화를 쓴다는 것은 상상력이 최대로 동원되어야 하는 작업이다. 천 가지, 만 가지 생각을 굴렸다, 풀었다, 꼬았다 하며 온종일 고민을 해도 아무것도 쓸 수가 없는 경우가 허다하다. 그런데 제17회 문학동네 어린이 문학상 대상 수상작인 이 책의 이야기 물꼬는 생각지도 않았던 옛이야기에서 풀어지고 있었다.

이야기는 처음부터 긴박했다. 제후와 고양이의 쫓고 쫓기는 이야기는 도대체 이 아이와 고양이의 관계는 무엇일까에 대한 물음을 준다. 엄마, 아빠의 다툼 속에서 스스로의 존재가 중요함을 증명해야 하는 아이. 모든 일에서 다급해 하는 제후의 심리 상태를 알 수 있다. 제후는 곧 선택을 해야만 하는 묵직한 숙제를 두고 고민을 하고 있다. 엄마와 아빠가 헤어지기로 하면서 시작된 나누는 일에 제후도 포함되어 있었다. 물건 하나하나, 통장의 돈까지도 서로 갖겠다고 싸우는 엄마 아빠도 제후 앞에서는 싸움을 멈춘다. 선뜻 제후를 맡지 않겠다는 엄마 아빠의 행동에서 받았을 제후의 상처가 아팠다.

내 가까이 있다면 기꺼이 제후를 한 번 꼭 안아 주고 싶다. 아린 가슴이 조금이라도 풀어지도록. 아직 어린 제후에게 선택권을 준 엄마 아빠의 행동은 진정 옳은 일일까? 서로에게 책임을 전가하고 싶은 어른들의 얕은 속내가 보이는 듯하다.

"어느 쪽이든 환영받으며 가고 싶었다. 떠맡겨지는 짐처럼 따라가고 싶진 않았지만…."

제후는 선택을 앞두고 이런 생각을 하게 된다. 어리지만 제후로서 사는 게 쉽지가 않다. 오죽하면 들쥐에게 또 다른 제후를 부탁했을까. 어른들의 이기적인 생각이 또 한 아이를 아프게 하고 있었다. 고양이의 공격으로 사라져 버린 제후와 제후는 또 다른 제후를 만들고 있지는 않을까…. 어른들의 선택으로 어찌할 수 없는 제후의 마음을 우리가 보듬을 수 없을까? 아저씨가 다시 만난 진짜 제후인 듯한 아이의 모습이 아팠다.

"아이의 손가락 끝은 모두 빨갛게 멍울이 져 있었다. 손톱을 너무 짧게 잘라서 손톱 밑 살들이 전부 부어올라 있는 것이었다."

제후는 말한다. "한 번 자른 손톱인데 이상하게 아물지 않아요." 영원히 가져갈 제후의 아픔이 안타까웠다. 제후는 어떤 선택도 할 수 없었다. 그저 빨갛게 멍울진 손톱만이 제후의 마음을 말해주는 것 같았다. 이제까지 집중하지 않았던 제후의 멍울진 손톱은 엄마 아빠가 싸우느라 잊었던 가장 소중한 것이 무엇인가를 생각하게 한다.

지금도 어딘가에서 빨갛게 멍울진 손톱을 간직한 채 또다시 만들어지고 있는 수많은 제후들. 우리가 함께 고민해야 할 문제들이다. 5월처럼 싱그러운 어린이의 계절에 동화 한편 읽어서 그들이 행복해지기를.

"그 녀석은 잘 지내죠?" 그들에게 던질 아픈 물음이다.

복된 자연사

『칼의 노래』, 김훈, 생각의 나무

김정숙

이 책은 충무공 이순신의 『난중일기』에 작가 김훈의 상상력이 뿌리내려 이루어진 소설이다. 표지에 '이순신, 그 한없는 단순성과 순결한 칼에 대하여'라고 작가는 소개한다. 순신이 백의종군에서 풀려나 다시 삼도수군통제사가 된 직후부터 노량해전에서 장렬히 전사하기까지의 인간적인 아픔과 절망을 시종 1인칭 화법을 구사하여 서술하는 형식이다. 작가는 구국의 영웅이기도 한 장군의 면모보다는 인간 이순신에 초점을 맞춘다. 의주로 몽진을 떠난 선조. 아군보다 열 배 아니, 스무 배나 더 강한 적들. 사기 저하는 말할 것도 없고 그저 도망치기에 바쁜 부하들. 무능한 군주와 신하 된 입장에서의 순신의 답답한 마음, 천군이라 불리는 명군과 자신의 작전과 신념 사이에서의 괴리와 갈등 등, 당시의 총체적 고뇌는 고스란히 순신의 몫이다.

작가 김훈은 대학생 시절 우연히 도서관에서 앞뒤가 다 떨어진 '난중일기'를 감명 깊게 읽는다. 청년 김훈은 언젠가 순신에 빙의해서 침략과 야만의 역사 안에 자신의 뜻을 설파해 보리라는 꿈을 가슴 한쪽에 지니게 된다. 신문기자 출신이었던 김훈은 마침내 그것을 실행에 옮긴다. 스스로 유배형을 선고하고 원고지에 연필로 썼다고 한다. 2개월이 걸렸다. 집필 도중 치아가 무려 일곱 개나 고통도 없이 빠졌다. 충무공이 전사했던 나이와 비슷한 연령대에서 그는 이 작품으로 2001년 동인문학상을 받게 된다. 그해 심사위원들의 평이다. "오랫동안 반복의 늪 속을 부유하고 있는 한국 문학에 벼락처럼 쏟아진 축복이다." 받은 상금 중 거의 반액이 임플란트 비용으로 들어갔다고 한다.

과연 작가 김훈의 문장은 짧으면서도 뜻이 깊고 아름다웠다. 우리 언어를 구사하는 작가의 고품격에 탄성이 절로 나왔다. 칼의 서늘함과 단호함이 상징적으로 엿보이는 작가의 단단한 결기가 순신의 입을 통해 단순하게 빛났다. 단순함이란 오랜 수련을 거쳐야 도달하게 되는 열매이다. 독자는 마치 자신이 충무공과 생사고락을 함께하는 듯한 감정과 동선으로 독서에 몰입하는 것을 선물로 얻는다. 읽는 즐거움으로 행복지수가 높아짐을 독자는 느낄 것이다. 작품 전체에 골고루 배어 있는 작가 정신이 바닷바람을 타고 격조 높게 휘날린다. 응집력 있는 문장으로 언어를 허비하지 않는다. 책이 세상에 나온 지 십수 년이 지났지만 아직도 독서 인구에게 사랑받고 있는 책이다. 새로운 고전으로 자리매김할 것이다.

충무공 이순신을 주인공으로 한 이야기는 『칼의 노래』가 아니어도 많기만 하다. 구국의 성웅이다. 김훈은 전투적인 영웅담도 있지만 어느 시대나 보통 남자들에게서 느끼는 부성애나 가족애로 마음 쓰는 순신을 경험할 수 있도록 묘사했다. 작품 속의 순신은 계속 죽음의 장소를 물색하고 있었다. 노량해전은 충무공의 몸과 마음을 자연사로 받아들이기에 맞춤한 곳이었다. 몇 년 전에 재미있게 봤던 책을 다시 여유롭게 읽었다. 마음이 답답하거나 혹은 울적할 때, 어딘가로 홀쩍 떠나고 싶지만 삶의 여건이 자유롭지 못할 때 한 권의 책으로 자유의 에너지와 건강한 위로를 함께 얻는다. 한 번 읽었던 책은 오래된 친구 같다. 저비용 고효율이다.

작은 새가 된 아이들

『새』, 오정희, 문학과 지성사

신복순

　한국 현대 여성소설의 원류이자 '작가들의 작가' 로 불린다는 오정희의 장편소설이다. 열두 살 된 소녀가 화자로 이 소설을 이끌어 가는데 어른의 시선으로 보는 어른이 읽어야 하는 책이다. 2003년 독일에서 번역 출간되었고 독일 리베라투르상을 받았는데 해외에서 한국인이 문학상을 받은 첫 사례였다. 심리갈등 묘사에 뛰어나다는 저자가 어느 인터뷰에서 가장 애착이 간다는 작품이 바로 이 소설이다. 불우한 환경에 처한 초등학생을 대상으로 한 자원봉사 프로그램에 참여했던 경험이 동기가 되어 썼다고 밝히고 있다. 열심히 노력했음에도 단단히 봉인된 방 같은 마음이라 문을 열 수 없어 속수무책이었으며 참담함과 무책임하게 버려둔 듯한 부채감을 느낀다고 했다.

　부모로부터 버림받은 어린 남매가 겪는 고단한 일상과 같이 세 들어 사는 여러 인물들의 이야기이다. 동성애자 부부, 전신마비 딸을 둔 주인 할머니, 신분을 속이고 숨어 사는 살인자, 새를 키우는 화물기사 등…. 특히 옆방 화물기사 아저씨가 가지고 있는 새와 새장은 매우 상징적으로 소설적 상황과 대응된다. 열 살 된 남동생 우일이는 잘 자라지도 않고 날이 갈수록 마르지만 늘 새처럼 날기를 꿈꾼다. 우일이가 아기였을 때 아버지가 엄마를 때렸고 우일이를 3층에서 던졌는데 나뭇가지에 걸려 살아났다.

엄마의 부재에는 아버지의 폭력이 있었고 아버지는 아이들을 방치하고 돌보지 않는다. 부모나 어른들의 보호와 사랑을 받지 못한 어린 남매는 마음이 더욱 닫히고 어두운 세상에서 살아가는 방법을 배우게 된다.

"우리는 아무 소리도 내지 않았다. 소리 내지 않고 웃기. 소리 내지 않고 울기. 어떠한 경우에도 소리 내지 않는 것이 우리를 지키는 한 방편이 된다는 것을 알고 있다."(58쪽)

화자가 열두 살 소녀여서 복잡하고 어렵게 쓰진 않았는데 감정이 드러나지 않는 담담한 어조가 오히려 더 객관적으로 느껴지고 머리로 이해하기 전에 가슴으로 아픔이 먼저 와 닿는다. 아이들이 힘들다거나 슬프다는 표현은 없지만 어른들의 대화나 상황 묘사가 섬세하고 뛰어나 고통이나 슬픔이 더 깊게 느껴진다.

"그 애는 아마 날기 위해 가벼워지려 하는지도 모른다. 새는 뼛속까지 비어 있기 때문에 날 수 있는 것이다. 그 애가 점점 더 말라서 대나무 피리처럼 소리를 낼 때쯤이면 날 수 있을지 모르겠다."(90쪽)

우일이가 새가 되는 것은 죽음이다. 이 책에서 아이들은 구원받지 못하고 희망도 없지만 저자는 새의 상징을 죽음으로 한정시키고 싶지는 않을 것 같다. 안타까운 건 엄마도 분명 피해자인데 아주 희미하게 그려져 있다. 엄마를 이해하지도 원망하지도 않는다. 마지막 부분. 누군가 부르는 듯한 소리가 엄마임을 느끼게 해준다.

"그렇게 부르던 마음은 이제사 내게로 와 들리는가 보다."(165쪽)

문체가 섬세하고 정확하고 아름답다. 그래서 더 깊이 빠져들며 읽었다. 시간이 지나도 잊히지 않을 작품으로 남을 것 같다.

나는 오늘 나에게, 내일의 자유를 선물했다

『세 갈래 길』, 래티샤 콜롱바니, 임은경 옮김, 밝은 세상

하승미

우리는 때로 자신에게 부여된 삶에 '왜?'라는 질문을 던진다. 여성으로써 감내해야 하는 불평등, 조직과 사회가 만든 부당함, 선택권이 상실된 채 일방적으로 주어지는 낙인과 차별, 이렇게 잘못 부여된 삶을 그저 살아만 갈 것인가? 마냥 마주하고만 있을 것인가? 간절하게 변화를 원한다면 죽어서 주어지는 변화가 아니라 살아서 그 변화를 맛보아야 한다. 나라는 사람의 가치는 내가 어떤 위험을 감수하느냐에 달려 있다. 나는 오늘 나에게, 내일의 자유를 선물하기로 했다.

래티샤 콜롱바니는 1976년 프랑스 출생으로 영화학교에서 카메라, 조명, 특수효과를 공부한 시나리오 작가이자 영화감독이다. 『세 갈래 길』은 그녀의 첫 소설로 2017년 프랑스 베스트셀러이며 전 세계 27개국에 출간된 세 대륙, 세 여자의 삶에 대한 이야기이다. 마치 세 편의 단편영화를 보는 듯 생동감이 넘친다. 인도의 스미타를 읽고 있으면 시칠리아의 줄리아가 궁금하고, 줄리아를 읽고 있으면 캐나다의 사라가 궁금해진다. 그녀들의 처절한 순간순간이 궁금해서 온전히 빠져들게 된다. 빠져들수록 분노하게 되고 응원하게 된다.

인간을 서열화하는 신분제인 인도의 카스트제도. 그런데 카스트에도 포함되지 못한 채 노예보다 못한 취급을 받는 불가촉천민 달리트가 있다. 달리트의 여자들은 손으로 똥을 치우고, 남자들은 손으로 쥐를 잡으

며, 상위 신분이 먹다 남긴 음식과 잡은 쥐로 끼니를 연명한다. 스미타의 삶이다. 가발공방을 운영하던 아버지의 사고로 가족의 생계를 책임져야 하는 줄리아는 전통적인 방법만 고수하느라 기울어져 가는 공방과 가족을 살리기 위해 돈 많은 남자와 결혼해야하는 희생의 도구가 된다. 두 번의 이혼, 세 아이의 엄마, 남성 우위의 경쟁 사회에서 살아남고자 전쟁하듯 하루하루를 살아내며 유리천장을 뚫은 변호사 사라. 하지만 유방암이라는 질병이 찾아오면서 전쟁조차 허용되지 않는 불결한 존재로 치부되어 나락으로 떨어진다.

세 여자에게 부여된 삶, 신분의 되물림에 마주한 스미타, 전통과 가부장제에 부딪친 줄리아, 남성중심의 경쟁사회에서 질병이 주는 낙인에 찍힌 사라, 부당하기 짝이 없는 현실 앞에서 그녀들은 '왜?'라는 질문보다 '어떻게?'라는 질문을 던진다. 그리고 결단한다. 불가촉천민 스미타는 운명처럼 부여된 신분을 딸에게만은 물려주지 않기 위해 고향을 도망쳐 딸이 공부할 수 있는 기회의 땅으로 향한다. 줄리아는 전통의 고정관념을 벗어던지고 자신이 사랑하는 남자와 함께 새로운 방법으로 가발공방을 성장시키려 한다. 사라는 남성중심사회에서의 경쟁, 질병과의 전쟁이 아닌 사랑하는 아이들의 자상한 엄마로서의 삶 속에서 자신만의 미래를 계획한다.

"주어진 길에서 벗어나려면 대가를 치러야 하는 거야. 공짜로 되는 건 없어."(86쪽) 스미타의 부르짖음대로 그녀들은 숱한 어려움을 감수하며 끝끝내 자신들에게 부여된 삶의 고리를 끊고자 용기를 냈다. 그리고 멀리 보이는 희미한 빛을 따라 그녀들 스스로 오늘의 자신에게, 내일의 자유를 선물했다. 미래를 만드는 것은 가능성과 약속이라는 것을 믿었기에. "꿈은 간혹 현실이 된다."(281쪽) 나로부터 시작되는 새로운 내일을 갈망하는 이들에게 이 책을 권하고 싶다.

전설 속의 꽃은 다시 피어날 수 있을까?

『설리화야, 설리화야!』, 카프카, 이룸

이웅현

이 소설은 역사소설이며 연애소설이다. 배경은 약 30년 전의 대구 수성교다. 그래서 작품 속에는 대구 사투리가 질펀하다. 어릴 적 사랑을 찾아 수성교 밑으로 흘러든 규대가 주인공이다. 규대는 노숙자 생활을 하면서, 예전에 방직공장에서 함께 근무했던 장 씨의 '그녀' 라는 밑밥에 이끌려 동대구역에서 수성교로 거처를 옮긴다. 수성교 아래에서 어릴 적 사랑했던, 이제는 '뿌이' 라 불리는 도람이를 찾기 위해 그녀가 나타날 만한 곳을 배회한다.

수성교를 기점으로 방천시장, 요정골목, 동부교회, 칠성시장 등 그녀가 나타난다는 곳은 다 기웃거려보지만, 규대의 눈에는 도무지 그녀의 모습이 보이지 않는다. 많은 사람들이 보았다고 하는데도 말이다. 수성교 밑 사람들의 조롱거리가 되어 옛사랑을 찾아다니는 규대는 이촌향도 離村向都 시대의 대표적인 인물군상이다.

여주인공 뿌이, 어릴 적 이름이 도람이었던 그녀는 사상범으로 감옥에 갇힌 아버지 때문에 미국 유학길이 막히고, 하굣길에 의문의 교통사고로 두 다리를 잃게 된다. 장애인으로 살아간다는 게 쉽지 않은 시절, 그럴수록 안간힘을 쓰지만 세상은 그녀를 쉽게 살아가도록 가만두지를 않는다.

수성교 난간을 넘어 죽음을 택하려는 순간, 뚱사장이란 자에게 납치되어 앉은뱅이 몸 파는 여자 뿌이로 사창가까지 흘러든 애달픈 인생의 주인공. 결국 지금의 자신을 만들어낸 뚱사장을 죽이고, 인생의 마지막을 위해 고향 사방물로 방향을 잡는다.

우연인지 운명인지, 그 길을 동행하게 된 두 주인공은 죽음 앞에서 서로를 갈망하고 서로를 갈등한다.

"입술은 마르고 침은 고인다. '도람아!' 란 말이 입속 가득하다. 눈을 감는다. 잠시 후 눈을 뜬다. 수성교에 두고 온 운동화가 그의 눈을 뜨게 했다.

'인자 내려 가입시더. 대구로 돌아 가입시더. 슬픔과 상실의 도시 대구로. 내캉 내려가면……, 내도…….'"(341쪽)

마지막 순간 규대가 마음속에서 도람을 놓을 수 없었던 이유를 떠올리며 대구로 돌아가자고 하는 이 장면은 많은 생각을 하게 한다.

두 연인이 다시 만나기까지의 우여곡절이 시대적 상황과 맞물려 작가의 필력으로 흥미롭게 펼쳐진다. 작가는 이 소설에 자전적 요소를 많이 담았다고 한다. 1992년 전국체전이라는 행사를 위해 움막촌을 몰아내려는 행정기관, 그 자리를 지키려는 다리 밑 움막촌 막장 인생들의 대립이 당시의 시대성을 잘 나타내고 있다.

후일 문민시대라고 일컬어지는, 차기 정권의 대통령 선거운동과 맞물려 당시 군부정권의 마지막 큰 행사라 할 수 있는 전국체전이 같은 해에 치러진다. 작가는 왜 하필 이 해를 소설의 시대적 배경으로 삼은 것일까? 책에서 작가가 이야기하고자 하는 의미는 무엇이었을까? 가볍지 않은 행간을 가지고 있지만 가볍게 읽히는 소설이다. 또 설리화는 어떤 꽃일까? 그 궁금증으로 소설을 선택했지만 소설 속에서 설리화가 어떤 꽃인지 알아내지는 못했다. 전설 속의 그 꽃은 언제 어디에서 다시 피어날까? 소설 밖에서 찾아야 할 일이다.

꼬리에 꼬리를 무는 독서, 엄마의 성장기

『엄마의 독서』, 정아은, 한겨레 출판

남지민

이 책은 올해 초 사제 서품을 받고 본당에 부임한 보좌 신부님께 선물받은 책이다. 신부님은 육아를 경험한 적도 앞으로 경험할 일도 전혀 없겠지만 엄마와 부모 됨의 감정을 이 책을 통해 적나라하게 느끼고 공감할 수 있었다며 추천의 말을 대신했다. 그리고 엄마라는 이름을 단 성당 주일학교 모든 자모들에게 위로의 말과 함께 이 책을 전해 주셨다.

나는 전생에 나라를 구한(?) 덕분에 중년에 주말 부부가 된 지 3년에 접어들었다. 그리고 고3 수험생 딸과 세상에서 제일 무섭다는 중2 아들의 독박 육아를 맡고 있다.

직장생활과 엄마로서의 미친 책임감으로 숨이 턱까지 차오를 때가 여러 번이지만 이런 현실이 아무 생각 없이 익숙해지기만을 기다리고 있었다. 그 즈음에 만난 『엄마의 독서』는 내가 양육할 때 겪었던, 지금도 겪고 있는 오류와 번민을 소환했다.

'엄마의 독서'는 엄마로서 아이에게 이렇게 해야 한다거나 이렇게 하면 좋더라는 것 등을 말의 홍수를 쏟아내지 않는다. 엄마이지만 인간으로서, 여자로서 독서를 통해 먼저 자아의 정체성을 찾아가는 여정을 시작한다. 여성으로서 사회에 발을 디딜 때부터, 결혼, 출산, 육아 등 인생의 전환기 때마다 부딪치는 문제와 화두를 독서를 통해 해결하고 위로를 받았음을 드러내고 있다.

작가는 '책은 때로는 도피처가, 때로는 친구가, 때로는 심오한 가르침을 던져주는 선생님이 되어 살얼음 같은 일상에 동행해 주었다'고 밝히고 있다. 공부 잘하는 아이의 엄마로서가 아닌 한 인간으로서, 여성으로서 바로 서기 위한 성장통을 꼬리에 꼬리를 무는 독서를 통해 해결했고 엄마로서, 여성으로서 한 뼘 더 성장했음을 이 책에서 확인할 수 있다.

작가는 고미숙의 『몸과 인문학』, 주디스 리치 해리스의 『개성의 탄생』, 댄 뉴하스의 『부모의 자존감』 등의 책을 통해 모성에 대한 생각의 전환을 맞았다. 그리고 『아이들은 어떻게 권력을 잡았나』에서 민주적인 엄마의 신화, 강박관념을 벗어놓는 계기를 마련했다. 김태형의 『실컷 논 아이가 행복한 어른이 된다』를 통해서는 아이에게 중요한 것은 자기 의지로 자기 시간을 채워나가는 법을 조금씩 익히는 것이라는 결론을 얻기도 한다.

『팬티 바르게 개는 법』, 『아동의 탄생』, 『에밀』을 통해 아이들이 한 인간으로 자랄 수 있는 자립적인 삶에 관심을 두게 된다. 자아를 잃어버리지 않기 위해, 아이를 한 온전한 인간으로 성장시키기 위해, 엄마라는 이름 대신, 한 인간으로 바로서기 위한 몸부림의 흔적이 작가의 독서 이력에 고스란히 드러난다. 그리고 꼬리에 꼬리를 무는 독서를 하며 좋은 엄마의 진정한 의미를 찾았고 글을 쓰기 시작했다는 작가 정아은은 2013년 한겨레 문학상을 수상했고 소설가로서의 삶을 살아가고 있다.

아이가 어릴 때 전업주부로 살았던 나는 사회의 비주류가 될까봐, 도태 될까봐 두려웠다. 그래서 아이에게 읽어주는 그림책, 동화책부터 책 속의 글 밥을 먹기 시작했다. 경력 단절녀, 전업주부에서 다시 사회에 편입하기까지 그 글 밥의 힘은 컸다. 내가 먹은 책의 글 밥은 시간을 보내는 방법이자 나를 위로하는 비상구였지만 결국 용기가 되어 돌아왔다. '엄마가 꼬꼬독 하면 집 안이 흥한다'는 말은 항상 정답이다.

잘못된 선택, 바로잡을 때

『푸른 수염의 첫 번째 아내』, 하성란, 창비

서미지

'푸른 수염의 첫 번째 아내'는 탁월한 묘사로 '정밀 묘사의 여왕'이란 별명을 가진 작가, 하성란河成蘭의 세 번째 작품집의 표제작이다. 11편의 단편이 실린 이 책에서 가장 인상 깊은 작품으로 꼽은 「푸른 수염의 첫번째 아내」는 샤를 페로의 동화 『푸른 수염』을 기반으로 한다. 많은 이본이 있음에도 밝혀지지 않은 "푸른 수염의 첫 번째 아내가 왜 살해당했는지에 대한 상상을 현대적으로 채워 넣은" 것이 이채롭다.

동화 '푸른 수염'은 빨간 모자, 신데렐라, 잠자는 숲속의 공주로 유명한 샤를 페로가 설화를 바탕으로 지어 1697년에 발표하였다. 프랑스의 한 지역에 사는 잘 생기고 부유한 군주 푸른 수염은 여러 번 결혼했지만 이상하게 아내들이 모두 죽는다. 새로 결혼한 아내에게 모든 방문을 열어도 되지만 지하의 작은 방은 열지 말 것을 경고하며 열쇠 꾸러미를 준다. 원작에서는 궁금함을 이기지 못한 아내가 작은 방을 열어 본 것을 안 푸른 수염이 그녀를 죽이려는 순간 오빠들이 달려와 구해 주는 것으로 끝이 난다.

반면 '푸른 수염의 첫번째 아내'에서 나는 22살 때 약혼을 파혼하고, 10년 만에 결혼을 하는 32세의 약사이다. 평생 초등학교 교사로 살아오신 아버지가 첫딸 시집 갈 때 오동나무 장롱을 해주려 심은 수령 32년 오동나무를 베어 열두 자짜리 장롱을 만든다. 3개월 알았지만 연애는 1

128

개월도 되지 않은 스물아홉의 제이슨과 19개월 동안의 결혼 생활은 롤러코스터를 타는 것처럼 아슬아슬하다.

구식 면도칼로 매일 수염을 깎아 턱이 푸르스름한 제이슨은 뉴질랜드에서 학교에 노란 스포츠카를 타고 다닌다. 그는 학비와 생활비 같은 돈을 벌어본 적 없다. 몸집은 왜소하지만 성격이 좋은, 학교 후배 챙과는 매일 무슨 연구랍시고 복도 맨 끝 방에서 살다시피 한다. 제이슨은 내게 다 내 맘대로 해도 좋지만, 단 하나 자신의 방에는 오지 말라고 주의를 주었다. 굳이 궁금해 하지 않다가, 어느 날 새벽 두 시 제이슨의 방문을 열고 만다.

"방문을 열어보지 않았다면 우린 아무 일 없었을 거야. 안 그래?"

판도라의 상자와 아담과 이브, 그리스 신화의 큐피드와 프시케를 연상케 하는 장면이다. 나는 제이슨에 의해 오동나무 장롱 안에 갇힌다. 요지부동의 오동나무 장롱 안에서 살려 달라 죽는 힘을 다해 소리치지만 오동나무 장은 역시 튼튼했다. 제이슨이 방심한 틈에 탈출한 뒤 우여곡절 끝에 한국으로 돌아온다. 열 두 자짜리가 제일이라고 생각했던 내가 이혼 후 여덟 자짜리가 더 좋았다는 아쉬움 가득한 회한을 남기며 이야기는 끝맺는다.

"나는 곰곰이 생각해 본다. 도대체 무슨 잘못을 했을까."

작가는 오동나무 장롱을 결혼의 실패와 연관시킨다. 제이슨의 조건만 보고 선택한 결혼이 오동나무 관이 되어버린 것이다. 오동나무처럼 단단한 결혼이 되길 바랐던 아버지의 사랑이 잘못된 것이라고 할 수는 없다. 단지 잘못된 선택의 결과를 마주한 순간 바로잡을 기회가 없었느냐는 물음이 남는 것이다. 제이슨은 계속 결혼 할 것이다. 반복될 비극의 예고편 '푸른 수염의 첫번째 아내' 가 영화로 만들어지면 좋겠다는 푸른 기대를 조심스레 품어 본다.

우리는 흰 것을 품는다

『흰』, 한강, 문학동네

정화섭

　마음이 갈피를 잡지 못하고 어수선하다. 책꽂이에 꽂힌 이 책 저 책을 펼쳐보아도 들뜨고 엉킨 생각들이 차분해지지 않는다. 그 무엇인가로 이 습기를 털어내야만 할 것 같은데… 왠지 불안하다. 그때 눈길이 가 닿은 것이 한강의 소설 『흰』이다. 마치 백지로 돌아가고픈 것이 본능이 듯 바깥 풍경을 배경으로 깔고 책 속으로 걸어갔다.

　한국인 최초 맨부커상 수상 작가인 한강의 신작 소설 『흰』은 작가로 부터 불려나온 흰 것의 이야기로 구성되어 있다. 1-나, 2-그녀, 3-모든 흰, 이렇게 세 개의 고개를 넘어가며 마치 우리네 한평생을 아우르듯 둥 근 적막을 안고 간다. 삶과 죽음의 경계에서 영원히 가질 수 없다는 것 이 우리에게 위안이 되는 시 같은 소설이다.

　"흘러내리는 촛농은 희고 뜨겁다. 흰 심지의 불꽃에 자신의 몸을 서서 히 밀어 넣으며 초들이 낮아진다. 서서히 사라진다. 이제 당신에게 내가 흰 것을 줄게.// 더럽혀지더라도 흰 것을,/ 오직 흰 것들을 건넬게.// 더 이상 스스로에게 묻지 않을게.// 이 삶을 당신에게 건네어도 괜찮을지." (39쪽) 「초」의 일부분이다.

　태초의 그 무엇이듯 단어들은 자근자근 속삭이며 때로는 나스르르한 솜털로 얼굴을 문지른다. 굳었던 마음이 스르르 풀어지며 해바라기라도 한 송이 피울 것 같다. 하지만 바닥을 향해 가라앉는 희미한 몸짓의 그림자가 있다. 부여받은 슬픔을 잉태한 채 다가올 희망을 이유로 단지 시간을 디디고 있을 뿐이다.

혼란스러운 무질서 안에서 우리를 살아있게 하는 것은 무엇일까? 신이 존재하든 존재하지 않든 우리는 신의 노예로 살 수밖에 없듯이, 삶이라는 것으로 심장을 문지를 수밖에 없다. 모든 흰, 그 흰 것들 속에는 모태의 근원을 찾아가는 수행의 길이듯 검푸른 빛깔들이 질척거리는 밤길을 걷고 있다.

"새의 깃털처럼 머리가 하얗게 센 다음에 옛 애인을 만나고 싶다.(중략) 완전히 늙어서⋯⋯그 사람을 다시 만나고 싶다면 꼭 그때./ 젊음도 육체도 없이./ 열망한 시간이 더 남지 않았을 때./ 만남 다음으로는 단 하나, 몸을 잃음으로써 완전해질 결별만 남아 있을 때."(91쪽)「백발」의 일부분이다.

참으로 뜨거웠던 시간은 빛과 어둠 사이에 꼭꼭 숨어서 얼굴을 내밀지 않는다. 딱딱한 기억의 덩어리가 생각의 끝을 좇아 아릿한 악수를 청할 뿐이다. "잘랄루딘 루미의 두레박처럼 어두운 샘에서 물을 길어 환한 데 쏟아 붓는다" 이 또한 한 무더기의 꽃을 피웠다가 눈 깜짝 할 사이에 사라질 짧은 멜로디로 점, 점을 찍을 뿐이다.

어쩌면 우리는 완전한 결별을 꿈꾸며 제행무상諸行無常의 길을 걷는지도 모른다. 이 소설은 햇빛이 쨍쨍한 한낮에도 가슴이 서늘하다. 깨끗해지고 싶은 영혼의 기도처럼, 삶의 물결들이 뒤척인다. 이 세상을 걷는 동안, 절망보다는 희망의 끈을 굳게 잡으며, 사랑하며 살아야 할 힘을 우리에게 숭배하듯 건넨다.

100일 동안 떠다니라고 한다면!

『남은 생의 첫날』, 비르지니 그리말디, 열림원

서강

새봄과 함께 여든 살 엄마의 시간이 갑자기 황폐해졌다. 엄마는 마냥 젊을 것처럼 생각하고 늙음을 대비하지 않은 놀라움이 컸던가 보다. 동생을 만나고 돌아오다, 저 먼 우주로 정신을 놓아버렸다.

다시 돌아오기 위해서 짧은 여행을 나섰다. 낯선 오세아니아주 섬들 중, 호주 오페라 하우스 광장에 섰다. 오페라 하우스의 서로 맞물리는 세 개의 조가비 모양의 독특한 천장을 배경으로 시간이 잠시 멈추었다.

남프랑스 보르도 출생인 작가 '비르니지 그리말디'의 처녀작 『남은 생의 첫날』의 마리가 친구들과 함께 손짓을 했다. 이 책은 2015년 프랑스 에크리르 오페미닌 문학상을 수상한 베스트셀러이다. 프랑스 여성들이 '꼭 나를 위해 쓴 소설 같다'고 2015년 소설 선호도 1위에도 올랐다. 작가는 어른으로 성장하지 못한 어른 아이들을 '고독 속의 세계 일주'로 안내한다.

여객선 펠리시타는 프랑스 가수 장자크 골드만의 노랫말을 따라 일곱 바다, 다섯 대륙, 서른여섯 나라를 100일 동안 떠돈다. "그때는 내가 그것을 알고 있다는 것을/ 너도 알아야 하지/ 내가 누구인지를"(329쪽). 마흔 살의 마리 마들렌느의 새로운 일도, 뚱뚱했던 과거 기억으로부터 자유를 꿈꾼 스물다섯 살 카밀 알레트 뒤발, 예순 두 살 안느와 도미니크의 행복한 결말은 모두 여행의 선물이었다.

평범한 주부로, 두 아이의 엄마였지만 지난 20여 년간 마리의 전부이자 삶의 지표였던 첫사랑 레오와의 결혼은 끝이 났다. "마리는 하늘을 날던 순간을 마음속으로 그렸다. 허공에 몸을 던지기 직전, 절벽 끝을 향해 가슴이 터질 듯 달려가던 순간이 떠올랐다. 하늘을 날며 그녀는 무한한 자유를 느꼈다.(중략) 그녀는 여덟 살의 어린 마리를 생각했다. 언젠가는 자신도 새들처럼 날겠다고 선언하던 그 어린 소녀를 ……." (60쪽)

"시드니에는 작은 만을 따라 이동하는 선박 안에서 식사할 수 있는 유명한 식당이 있었다. 레스토랑 맞은편 창으로 오페라 하우스가 보이고, 반짝이는 도시와 하버 브리지가 어두운 물 위에 투영되어 보였다." (222쪽)

시계를 보며 삶이 끝나길 기다리는 엄마가 시드니 오페라하우스 광장 앞에서 웃고 있다. 세계여행은 나만의 꿈이 아니었다. 아마도 엄마가 젊은 시절에 그리던 꿈 조각이 마리를 통해 낯선 얼굴로 내 앞에 선 것이리라. 돌아가 엄마를 만나고 싶다. 갑자기 작별하지 않아서 좋다. 함께하고 만지고 느껴 볼 수 있는 남은 시간들이 있음이 기쁘다.

"내일 무슨 일이 일어나고 언제 괄호가 닫힐지 아무도 몰라요. 그러니까 이 순간을 놓치지 말아야죠!" (113쪽). 드디어 세 여자의 괄호는 모두 닫혔다. 여전히 모두의 일상이 똑같다 해도, 가끔은 길을 잃어도 좋다. 익숙함에서 벗어나 홀로 서는 그 날이 다시 오기를! 오늘부터의 새 여행에 카밀이 마리가 안느가 손 내밀어오면, 엄마의 젊은 시절 이야기를 묻고 또 물어보리라.

"너무 가깝게 다가와 독자를 아프게 하고, 사색하게 만드는 작품" 이란 책날개의 소개는 결코 과장이거나 사탕발림이 아니었다.

당신이 기다리는 것은 뭔가요

『고도를 기다리며』, 사뮈엘 베케트, 오증자 옮김, 민음사

김남이

이 책의 마지막 페이지를 덮는 사람이면 누구나 생각할 것이다. '나는 무엇을 기다리며 살고 있나'에 대해. 한참을 생각해도 똑 부러지는 대답을 떠올릴 수 없을지도 모른다. 그러나 생각해보면 우리 삶은 기다림의 연속이다. 소풍날을 기다리고, 장에 간 엄마를 기다리고, 졸업과 입학을 기다리고, 예방주사 순서와 시험 날 같은 두려움도 얼른 지나가 버리길 기다리고, 점심시간과 퇴근시간을 기다리고, 또한 내일을 기다린다.

그래서일 것이다. 어떤 사람들은 제목에 매료되어 무작정 연극 공연장으로 향하기도 한다. 캄캄한 객석에 앉아, 공연하는 배우보다 더 간절히 '고도'를 기다린다. 무대에서 주인공들이 대사를 주고받으며 극을 진행하고 있는데, 오로지 '고도'만을 궁금해 하며 그의 출현 여부에 이목을 집중한다. '고도'가 나타나면 극은 끝날 수도 있건만, 그가 등장하여 주인공들에게 무엇을 어떻게 해줄지 기대하면서 서서히 지쳐갈지도 모른다.

"시골길, 나무 한 그루가 서 있다."로 처음을 여는 이 책은 '에스트라공(고고)'과 '블라디미르(디디)'가 나무 밑에서 '고도'를 기다리는 희곡이다. 둘은 심심함을 견디기 위해 어릿광대 분위기로 횡설수설에 가까운 대화를 반복한다. 서로에게 욕하고 질문하는 장난도 친다. 춤추고 노래하고, 갖가지 체조도 하고, 자살 의견을 농담처럼 나누기도 하면서 기

다리지만, 어느덧 '고도'의 존재나 약속한 시간과 장소에 대한 기억도 혼란스럽다.

"가자/ 갈 순 없다……./ 왜?/ 고도를 기다려야지./ 참 그렇지."라는 대사를 책의 곳곳에서 후렴구처럼 반복하는 두 사람. "우린 꽁꽁 묶여 있는 게 아닐까?/ 고도에게? 고도에게 묶여 있다고? 무슨 뚱딴지같은 소리야?"(31쪽)라는 말을 주고받기도 한다. 현실에서 꼼짝 못하게 붙잡는 '고도'에 대한 의구심이 슬쩍 비치는 부분이지만 그들의 지루한 기다림은 계속되고, 그러는 중에 '포조'와 '럭키'가 다녀가고, '소년'도 왔다 간다.

포악한 주인과 어리석은 하인의 관계로 나타났던 '포조'와 '럭키'는, 다음날 뜻밖의 모습으로 다시 와 믿을 수 없는 말을 한다. "여느 날과 같은 어느 날 저놈은 벙어리가 되고 난 장님이 된 거요. 그리고 어느 날엔가는 우리는 귀머거리가 될 테고."(150쪽) 한 치 앞을 알 수 없는 삶을 일깨우는 말이다. 부지불식간에 입도 눈도 귀도 닫고 세월에 떠밀려가는 인간을 엿보는 독자에게, '소년'은 자꾸 고도가 올 수 없다는 말을 전한다.

미래에 대한 희망, 혹은 거기로 이끌어줄 어떤 손길 같은 막연한 기대를 습관적으로 품고 제자리에서 한 발짝도 벗어나지 못하는 고고와 디디의 모습은 눈물겹다. 오늘이라는 무대에 서 있는 우리 모두의 자화상인 까닭이다. 시답잖아 보이는 대사들과 단순한 무대로 인간 심연의 본능적인 기다림에 대하여 이토록 발가벗겨 보여줄 수 있는, 사뮈엘 베케트라는 작가의 매력과 천재성에 대해 무한한 호기심을 갖게 하는 작품이다.

그에게도 꿈은 있었다

『2018 제42회 이상문학상 작품집』, 문학과 지성

이다안

2018년 이상문학상 대상작으로 손형규의 『꿈을 꾸었다고 말했다』가 선정되었다. 작가 손홍규는 2001년 단편 『바람 속에 눕다』로 작가세계 신인상으로 등단했다. 단편소설집 『사람의 신화』, 『봉섭이 가라사대』, 『톰과 톰은 잤다』, 『그 남자의 가출』 장편소설 『귀신의 시대』, 『청년의 사 장기려』 등이 있으며, 노근리 평화문학상, 백신애문학상, 오영수문학상, 채만식문학상을 받았다.

2018 이상문학상 작품집은 40대 젊은 작가들의 작품이 절반 이상이다. 젊은 시각은 실험적이며 독특한 기법으로 서술하는 형식을 취하고 있어, 어떤 작품은 작가의 의도를 읽어내기 어려운 것도 있었다. 그나마이 책은 심사위원의 입상작 선정 경위와 심사평, 작가론과 작품론 그리고 수상 소감까지 함께 수록하여 독자들에게 매우 훌륭한 서비스를 하고 있다.

대상작 손홍규의 「꿈을 꾸었다고 말했다」는 서민들의 고단한 삶을, 한 부부를 통해 그려내고 있다. 폭력적 훈육으로 서로에게 등 돌릴 수밖에 없었던 한가정의 모습을 꿈이라는 명제를 가지고 서술한다. 3부로 구성된 이 소설은, 1부는 남편의 시점, 2부는 아내의 시점, 3부는 남녀가 결혼하기 전 남자와 여자의 3인칭 시점으로 기술되었다. '꿈을 꾸었다' 가 아닌 '꿈을 꾸었다고 말했다' 로 과거 기억 속의 회상을 꿈을 꾸듯 처

리한 독특한 기법이 새롭다

검은 상복의 상장을 두른 청년이 동네 토박이인 불한당들로 떠들썩한 술집으로 들어오면서 이야기가 시작된다. 술집에서 불한당과 청년, 이들을 지켜보던 한 사내가 이 소설의 주인공이다. "누군가를 상실한 사람들이 가장 비참하게 돌이켜보는 건 그이를 상실할 줄 몰랐기 때문에 무심코 떠나보내던 순간의 자신이었다."(57쪽)

이야기의 시작을 1부의 마지막 부분, 가슴의 통증으로 쓰러져 가고 있는 남편을 아내는 모른척하고 집을 나서는 것에서부터 봐도 무방하다. 사업 실패 후 치매 노모는 여동생이 모시게 되었고, 가정의 경제를 담당하게 된 아내는 더 이상 요리를 하지 않았고, 폭력적인 훈육으로 아들은 집을 나가 어디에 있는지, 딸은 연락도 되지 않는다. 가족 간 소통의 부재는 결국 상실이자 슬픔이었다. 남편은 통증을 가라앉히며 꿈을 꾸듯 술집에서 만난 청년을 통해 젊은 날의 자기 자신을 만난다. "내가 온 힘을 다해 걸어왔던 길고 긴 시간들은 전혀 기억나지 않는데 찰나에 가까웠던 짧고 허망했던 그 순간들만은 왜 이토록 생생하게 기억하는 것일까?"며 폭력을 아프게 반성한다.

이상문학상 작품집은 내게 있어서는 매년 읽는 필독서다. 책이 나오길 해마다 기다리고 있다. 해마다 수상 작품집을 읽어오면서 단편소설의 매력에 빠졌다. "소설을 깊이 사랑하는 자는 소설을 깊이 의심하고 증오하는 자"라는 수상 소감의 말을 떠 올려본다, 결코 가벼운 책이 아님이 분명하지만 입에 맞는 밥 한 그릇 맛있게 먹은 그런 느낌이다. 폭염으로 숨이 턱턱 막히는 요즘 북 카페에서 맛있는 밥 한 그릇 먹어보자.

낯선 타인을 괴물로 만드는 인간의 어리석음

『프랑켄슈타인』, 메리 셸리, 김선형 엮음, 문학동네

정종윤

'감각은 공존을 가로막는 장벽이다.'

놀라웠다. 무엇보다 이 말을 프랑켄슈타인 박사가 아닌 피조물 (creature)이 한다는 점에서 그랬다. '프랑켄슈타인' 하면 떠오르는 이미지, 초록색 피부에 거대한 말뚝을 머리에 꽂고 험상궂게 서 있는 인조인 간은 영화 '프랑켄슈타인'(1931)에서 비롯된 것이다. 소설 속 피조물은 이와 거리가 멀다. 둔하고 느릿느릿 움직일 거라는 기대와 달리 날렵하고 영리하며 달변이다. 창조주를 찾아와 자신의 요구사항에 대해 이야기하는데 언급한 문장도 그 와중에 나온다.

피조물은 인간 사회 속에서 겪었던 비참한 경험을 이야기한다. 그는 자신의 흉하고 이질적인 외모에 대해 잘 알고 있었다. 사람들이 보이는 혐오감과 적대감을 겪으면서 본인의 의도나 행동과는 아무런 상관없이 자신을 흉물 취급하는 그들의 감각에 대해 일갈한다.

소설은 등장인물의 시점으로 이야기를 풀어 간다. 주로 창조주인 프랑켄슈타인 박사의 시점이다. 그는 새로운 지식에 대한 끝없는 갈망과 업적에 대한 야심을 가지고 있었다. 과학의 진보를 확신했고 자신의 업적이 인류의 번영에 기여할 것을 믿어 의심치 않았다. 하지만 각고의 노력 끝에 나타난 결과는 기대와 달랐다.

그는 피조물을 거부한다. 혐오감과 증오심을 숨기지 않는다. 심지어 피조물을 버리기까지 한다. 다시 만났을 때도 건넨 말은 욕설과 저주였다. 대체 선의와 확신으로 가득했던 그가 왜 이렇게 돌변한 것일까?

그는 낯선 감각 앞에 무력했다. 피조물의 낯선 모습은 그에게 공포로 다가왔던 것이다. 소설은 괴물의 입장에서도 이야기를 풀어간다. 탄생의 순간, 괴물은 자신의 창조주를 보았고 극심한 육체적 고통 속에서 창조주에게 도움의 손길을 뻗는다. 하지만 프랑켄슈타인 박사에게는 그저 혐오스런 몸짓에 지나지 않았던 것이다. 낯선 타인에 대한 본능적 공포 앞에서 사람들의 이성은 순식간에 증발해 버린다. 사람들은 피조물에게 극단적인 증오심을 드러내며 배척한다. 사람들의 태도에 피조물은 상처받으며 진짜 괴물로 변모해 간다.

즉 '프랑켄슈타인'은 감각에서 비롯된 공포 때문에, 타인을 괴물로 몰아가는 인간 사회의 어리석음에 대한 우화이다. 이런 심오한 통찰을 보여준 사람은 틀림없이 나이 지긋한 중견 작가이겠거니 생각했건만, 작품을 썼던 해 메리 셸리의 나이는 19살! 거기다 신인 작가였다.

마지막으로 놀라웠던 것은 문장이 주는 메시지가 현실로 이어진다는 점이다. 지금 제주도에는 '예멘'이라는 우리에게는 매우 낯선 나라의 낯선 사람들이 들어오고 있다. 청와대 국민청원 게시판에는 그들을 난민으로 받아주지 말라는 청원과 함께 무려 70만 명이 넘는 사람들이 찬성 의견을 냈다고 한다. 그들로 인해 발생하게 될 위험들, 혹시나 발생할지 모를 성범죄나 테러와 같은 것들이 우려스럽다는 것이다. 우리는 자신도 모르는 사이에 그들을 괴물 취급하고 있는 것은 아닐까.

책으로 떠나는 책방 여행

『진작 할 걸 그랬어』, 김소영, 위즈덤하우스

손인선

문학단체에서 해외문학기행 공지가 떴다. 진보초가 눈에 확 들어왔다. 김무곤의 『종이책 읽기를 권함』을 읽고부터 '진보초'가 머릿속에서 떠나지 않았다. 언젠가 한 번은 가봐야겠다 생각하던 중 서점 신간 코너에서 일본의 특색 있는 서점만 모아 놓은 책 한 권을 발견했다.

한 때 뉴스 진행자였던 저자는 편향된 보도에 대한 의문과 조직에서의 부당한 처우, 앵커로서 시청자들에게 전달해야 할 의무와 사회적 여건 사이에서 많은 갈등을 했다고 한다. 어렵게 들어간 방송국을 퇴사하고 서울 합정동에서 '당인리 책 발전소'라는 책방지기를 하고 있다.

이 책의 목차는 크게 '책방에 간다는 것'과 '책방을 한다는 것'으로 구성되어 있는데 전자는 고객의 입장에서 일본의 특색 있는 서점을 찾아다니면서 보고, 느낀 것으로 구성되어 있고 후자는 책방 운영자로서 책방을 찾았을 때의 안목을 적고 있다.

"한 주의 책을 선정하면, 작가를 책방에 초청한다든지 책과 관련된 물건을 함께 진열하거나 전시를 여는 등 바쁜 일주일을 보낸다. 꽃에 대한 책을 판매하는 주간에는 서점 전체를 책에서 소개한 꽃들로 꾸미고, 음악 관련 책이라면 서점을 음악 감상실처럼 꾸미는 식으로 독자가 책의 내용을 입체적으로 체험할 수 있도록 돕는다고 하니, 일주일 내내 한 권의 책만 놓여 있어도 지루하지 않을 것 같다."(51쪽)

긴자에 있는 모리오카 서점에 관한 내용이다. 대구도 운영난에 폐업을 하는 서점이 늘어나고 있는 추세이다. 대형서점과 온라인 서점에 밀려 동네 책방은 구경하기가 힘들어졌다. 그러나 사회적 기업 방식이나 독립서점, 어린이 서점 등 특색을 내세운 서점으로 위기에 대응해 나가는 모습을 보이고 있다.

"이름은 '진보초 냔코도' 곁에서 보기에는 작고 평범한 가게지만, 고양이 앞발 모양의 간판이 걸린 문을 열면 이곳을 꽉 채운 게 모두 고양이 책이라는 데 놀라게 된다. 고양이 집사에게는 그야말로 꿈의 서점, 그 작은 공간에 얼마나 많은 손님이 있던지. 다들 고양이 사진을 들여다보고 책을 구경하느라 정신을 못 차리는 모습이 귀여웠다."(122쪽)

진보초의 아네가와 서점 내 '진보초 냔코도' 서점에 관한 내용 중 일부이다. 아기자기한 일본 사람들의 성향처럼 서점도 세분화해 놓았다는 생각이 든다. 요즘 같은 불경기에는 서점도 틈새시장을 잘 찾아 남들이 하지 않는 것을 찾아하는 것도 방법일 것 같다.

"1976년에 문을 연 크레용 하우스는 무려 40년이 넘는 역사를 이어오며 지금은 지하 1층, 지상 3층으로 이루어진 일본 최대의 어린이 도서 전문 서점으로 자리매김했다"(290쪽)

미나토구 가타아오야마에 있는 크레용 하우스는 엄마 손잡고 오던 아이가 결혼해 그들의 자녀와 같이 3대가 찾는 광경도 흔히 볼 수 있다고 한다.

저자는 어떤 책을 구비할지, 어떻게 진열할지, 작가와의 만남에 누구를 섭외할지 등, 책방지기로 분주한 날을 보내면서도 '진작 할 걸 그랬어' 라는 한마디를 던진다. 화려함을 버리고 평범한 책방지기로 바쁜 일상을 보내는 저자에게 박수를 보낸다.

그대 진정, 춘향을 아시나요?

『춘향전』, 김광순 역주, 박이정

임정희

우리나라 성인들 중 춘향전의 내용을 모르는 사람은 거의 없을 것이다. 전통적인 판소리는 물론 영화나 뮤지컬 등으로도 재탄생해 현대에도 많은 사랑을 받고 있다. 작자 미상의 판소리계 한글 소설인 '춘향전'은 이본異本이 무려 150여 종이나 된다고 한다. 이렇게 이본이 많은 것은 사람들에게 그만큼 인기가 많았던 탓이리라. 필사자에 의해 필사될 때마다 취향에 따라 내용이 조금씩 추가되거나 변형되었기 때문에 이렇게 많은 이본이 존재하게 된 것이다.

남원의 기생 성춘향은 광한루에 그네를 타러 나갔다가 사또의 아들 이몽룡을 만난다. 이렇게 청춘 남녀는 인연이 시작되고 평생을 같이하기로 약속한다. 춘향과 이몽룡이 사랑을 계속하던 중 사또가 서울로 자리를 옮기게 된다. 그래서 둘은 헤어지게 된다. 이몽룡과의 약조를 지키려는 춘향은 새로 부임한 사또의 수청을 죽기를 무릅쓰고 거절하다가 옥에 갇혀 죽을 위험에 처한다. 이때 암행어사가 되어 나타난 이몽룡이 춘향의 목숨을 구하고 함께 평생을 행복하게 산다는 이야기이다.

소설은 이렇게 희극으로 끝난다. 암행어사가 된 이몽룡이 사또의 생일잔치에 나타나 그들을 징계하는 장면은 읽는 이의 스트레스를 해소하게 한다.

"푸른 철릭에 홍띠를 매고 한 손에 마패 들고 또 한 손에 등채 들고 사

142

방에서 들어가며, 중방은 옷을 쥐고 서리는 고함칠 때 이놈도 치고 저놈도 쳤다. 또 서문에서 암행어사, 남문에서 출도소리, 동문에서 고함하며 북문에서 자리 공방하며 일시에 고함치며 벼락같이 달려드니, 엎어진 놈 자빠진 놈 낙상하여 뒹구는 놈 허다하고, 거문고는 부서지고 장구통은 벌어져서 뒹구는 것이 북통이요 깨지는 것이 해금이라."(176쪽)

해마다 5월이면 전북 남원에서 성대하게 춘향제가 열린다. 춘향의 묘소에서 제를 올리고 각종 문화행사를 벌인다. 소설의 내용과 달리 이몽룡으로부터 버림받은 춘향의 원혼을 달래는 한편 그 정절을 높이 기리는 행사이다. 비로소 이 책 '해제' 설성경의 조사에서 밝힌 성춘향과 이몽룡은 실존 인물이라는 것을 알게 되었다.

김광순 역주 '춘향전'에서는 원문이 함께 수록되어 있다. 필사본의 원문이 실린 것이 이 책의 특징이다.

40여 년을 대학 강단에 섰던 김광순 교수가 그동안 수집해온 고소설은 필사본과 복사본까지 총 474종이라고 한다. 여기에서 선정된 '김광순 소장 필사본 고소설 100선'은 문학적인 수준이 높거나 세상에 알려지지 않은 유일본과 희귀본으로 이루어져 있다. 작가는 이런 문화 재료를 보존하기 위해 고소설 문학관이나 고소설 박물관을 세워야 한다고 주장한다. 마땅하다.

이 책은 원문에서 사라진 옛말과 고어체로 적힌 한자를 풀이해주는 각주가 171쪽에 무려 770개나 달렸다. 각주를 세심하게 달만큼 실존 인물임을 추론해내는 연구도 세심했던 작품이다. 다만 작가가 누구인지는 아직 연구 중이다. 춘향에 대해 아직 어렴풋이 알고 있는 누군가에게는 꼭 읽어보라고 권하고 싶다. 판소리 '춘향가'와 창극 '新춘향전'과 다른 그윽한 맛이 있기 때문이다.

여행은 상상만 해도 설렌다
『봉주르 뉴욕』, 프랑수아즈 사강, 김보경 옮김, 학고재

최지혜

'열심히 일한 당신 떠나라' 라는 말이 유행한 적 있다. 주문 같은 글귀에 만사 재껴 두고 떠난 사람도 있을 것이다. 그럼에도 불구하고 대다수의 사람들은 떠나지 못한다. 나도 그 중의 한 사람이었다. 주부로서 가족을 뒷바라지하고 집안일 하는 것을 당연시 여겼기에 열심히 일한 당신에서 스스로 제외시켰다.

고착화된 삶이 산산조각 나는 날이 있었다. 허우적대는 나에게 미국 버지니아에 사는 친구 미진이가 손을 내밀었다.

긴 여행에서 돌아온 뒤, 나는 민감하게 반응했던 타인의 시선과 낡은 관습에서 한 발 벗어나 열정의 씨줄과 냉정의 날줄로 삶을 엮어 나갔다.

휴가철이다. 사람들이 뼛속까지 녹일 듯 강렬한 태양을 피해 집을 나선다. 나는 느슨해지고 있는 삶을 팽팽하게 되감을 듯, 쌩쌩 돌아가는 선풍기 앞에서 프랑수아즈 사강의 여행 에세이 『봉주르 뉴욕』을 펼쳤다. 추억을 되새기며, 설렘과 호기심 가득한 눈으로 앉아서 하는 여행을 시작한 것이다.

프랑수아즈 사강은 인간의 복잡한 감정을 날카롭고 감미롭게 다룬 감상적인 소설을 주로 쓴 프랑스 소설가이자 극작가이다. 작품으로는 19세 때 『슬픔이여 안녕』 1954년에 발표를 시작으로 『어떤 미소』, 『한 달 뒤, 한 해 뒤』, 『브람스를 좋아하세요?』 등이 있다.

『봉주르 뉴욕』에서 사강은 뉴욕, 이탈리아, 쿠바, 예루살렘을 여행한 느낌을 섬세하고 냉소적으로 자연과 고향, 애마를 열정적이고 고독하게 그린다. 그녀의 일기장 같은 책은 궁금했던 인간 사강의 민낯뿐만 아니라 속살까지 엿볼 수 있었다.

"뉴욕은 스스럼없이 다가갈 수 있는 도시가 아니다. 탐욕스럽고 긴장된 도시다. 도시 어디에도 한가롭게 빈둥거리는 사람은 없다. 뉴욕에서는 숭배하는 신들이 있는데, 낮의 신은 질서와 군집 본능과 돈과 미래이며, 밤의 신 역시 돈과 술, 그리고 고독이다."(14쪽)

이십대에 사람과 사물을 꿰뚫어 보는 그녀가 놀랍기만 하다. 1955년, 뉴욕을 여행한 이듬해 그녀가 쓴 글이라는데, 2016년 가을에 내가 본 뉴욕의 느낌과 별반 다르지 않았다. 그녀가 뉴욕을 여행할 때와 달라진 것은 아마, 빌딩 숲 사이로 보이는 하늘이 작아졌다는 것. 뉴욕 거리마다 아시아 이방인들이 눈에 띄게 많다는 것. 무너졌던 세계무역센타에 추모기념관이 세워졌다는 것…

"카프리를 떠나기가 너무, 너무, 싫다. 멀어져 가는 카프리 섬을 바라보는 사람들은, 이보다 더 아름다운 바다와 이보다 더 달콤한 세상을 두 번 다시는 만나지 못하리라는 것을 알고 있기에, 바다가 끝나는 저곳에서 만나게 될 모든 것들이 너무 두려워지는 것이다."(34쪽) 누구나 떠나고 싶지 않은 여행지를 떠날 때 이런 마음이리라. 여행은 상상 만해도 설레고 즐겁다. 기회만 되면 떠나야 한다. 마음먹고 떠난 여행이 실망스러워도 즐기자! 낯선 곳 낯선 사람들의 삶이 내 자리가 꽃자리였음을 일깨워 줄 것이다. 주위 여건상 여행은 꿈도 못 꾼다고 슬퍼하지 말자! 자존감만 떨어진다. 열대야로 잠 못 드는 밤, 시원한 차 한 잔 마시며 책 속으로 여행을 떠나는 거다. 작가의 눈을 따라 상상하며 혼자 떠나는 여행은 더 없이 자유롭고 편안할 것이다.

기성세대로의 연착륙

『호밀밭의 파수꾼』, J. D. Salinger, 민음사

김광웅

명문 사립 팬시고등학교 3학년인 홀든 콜필드는 4과목에서 낙제점을
받아 퇴학당한다. 수요일인 크리스마스에 맞춰 뉴욕에 있는 집에 돌아
가려 했으나 룸메이트와 싸우는 바람에 토요일에 학교를 나선다. 그리
고 집에 바로 가지 않고 3일 동안 뉴욕에서 경험한 것을 1인칭 시점으로
말하고 있다. 16세, 우리 나이로 18세 즉 청소년기의 마지막이자 막 어
른이 되려고 하는 시절에 있는 홀든은 세상을 순수한 것과 그렇지 않은
것으로 나눈다. 시종일관 냉소적으로 얘기하면서도 순수한 대상인 동생
엘리와 피비, 여자 친구 제인, 수녀들을 생각하면 행복감을 느낀다. 반
면 다른 세상은 모두 거짓으로 가득 차 있다고 여긴다. 팬시고등학교 홍
보물에는 말을 타고 폴로게임을 하는 학생들의 사진이 있지만 정작 학
교에는 말이 없다거나 어른들의 세계를 경험하지만 매춘부에게 5달러
를 빼앗기거나 믿었던 선생님으로부터 성추행을 당하기도 한다.

홀든은 여동생 피비가 보고 싶어 몰래 집에 들어간다. 피비는 홀든이
퇴학당했다는 사실을 알고 도대체 뭐가 되고 싶은지 묻는다. 홀든은 한
참 생각하다 '호밀밭의 파수꾼'이 되어 호밀밭에서 노는 아이들이 절벽
으로 떨어지지 않게 붙잡아주겠다고 말한다. 아이들의 순수성을 지켜주
려는 것이다.

세상 누구와도 어울릴 수 없는 인간이 마지막에 선택하는 것은 대개

도피나 자살이다. 처음에 홀든은 도피를 선택한다. 즉 서부로 떠나려고 결심하지만 피비 때문에 결국 집으로 돌아간다. 물론 이러한 결정은 피비의 말이 직접적인 계기가 되었지만, 3일 동안 방황하면서 겪은 내적 갈등과 성찰의 결과물이다. 피비가 다니는 학교에 낙서가 쓰여진 것을 보고 처음에는 지우려 했으나 너무 많이 쓰여진 것을 보고 지우기를 포기한다. 그리고 회전목마를 타는 피비를 보며 '아이들이 황금의 링을 잡으려 할 때는 아무 말도 하면 안 된다. 그러다가 떨어져도 할 수 없다.' 라고 말한다. 즉 호밀밭의 파수꾼이 되기를 포기한 것이다. 소설은 정신병원에 입원한 홀든이 친구들을 그리워하며 방황을 끝내고 학교로 돌아가려 하면서 끝이 난다.

이 책은 1940년대 미국경제가 호황이던 시절에 만연했던 물질주의, 성공지상주의를 비판하고 가족·세대 간 소통부재, 개인의 고립 등 여러 사회적 문제들을 제기한다. 처음 출간되었을 때는 비속어와 저속한 표현 등 피상적인 이유 때문에 금서로 지정되었으나 지금은 전 세계적으로 청소년 권장도서가 되었다. 홀든 같은 문제아도 방황하다 결국 '컴백홈' 하여 현실로 돌아온다는 내용이 많은 청소년과 학부모들에게 공감을 불러일으킨 것이다. 혹자는 이것을 '홀든의 패배'라고 말하지만 기성세대로의 연착륙을 잘 했다고 보는 것이 옳지 않을까 한다.

할리우드에서 Salinger에게 이 책을 영화로 만들자고 수차례 권유했지만 Salinger는 그때마다 이렇게 말하면서 거절했다고 한다. '홀든이 싫어할 것 같아서'. 이 책이 영화로 만들어진다면 어떻게 표현될지 상상해 본다.

두 권의 미술관

『아침 미술관 1, 2』, 이명옥, 21세기북스

추필숙

두 권의 미술관을 갖게 되었다. 이명옥 사비나미술관 관장이 준비한, 단 한 사람만을 위한 기획전을 보려면, 이 책을 펼치면 된다. 아침마다 '열려라, 미술관!'을 외치며 눈 뜨는 즐거움은 덤이다. 우리는 흔히 감사가 행복이면, 감동은 행운이라고 말한다. 한 편의 글이나 그림이나 기도로 시작하는 하루야말로 진짜 행운이다. 책 속에 전시 중인 365점(1권 181점, 2권 184점)의 작품을 보고 나면, '사과의 화가(0911)'가 그린 사과 앞에서 행복을 느끼고, '고흐의 자화상을 조합해 해바라기 정물화를 그린 작가(0829)'를 알게 된 것이 행운이라는 생각을 하게 된다.

원작의 크기를 가늠하면서 손바닥만 한 책 속을 들여다본다. 회화, 조각, 설치, 사진 등 다양하다. 아무나 알만한 것도 있고, 누구도 모를만한 것도 있다. 우리는 어릴 때 글보다 그림을 먼저 깨우쳤다. 끊임없이 만들고 그렸다. 그림을 보면 그냥 알았다. 그림의 첫인상에 대해 오래 간직하려는 본능을 느껴보았을 것이다. 강렬하거나 벅차거나 담담하거나 참담한 그림을 바라보면서 자연스럽게 감정을 추스르는 그 즈음이 바로 감상자로서의 감정이입을 인정하는 순간이라는 걸 우리는 배우지 않고도 알았다.

그러나 척 보면 아는 것 말고 눈여겨보고 다르게 보아야 한다는 것도 알고 있다. 비스듬히 보고 멀리서 보고 뒤집어 보라는 말은 예술작품을 볼 때, 특히 미술품을 볼 때 하는 말이다. 창의력과 상상력을 보라는 뜻이다. 한여름에 김성호 작가가 그린 〈대설〉을 보면서 '풍경화에서 눈 내리는 소리'를 듣고, '겨울의 의미를 깨달은 사람의 귀에만 들리는 자연의 소리'를 들어보라는 말이다. 어쩌면 그림은 보는 걸 멈춰야 보인다. 창을 열다가 뒹굴다가 길을 걷다가 분명 눈은 뜨고 있는데 아무것도 알아차리지 못하다가, 그야말로 문득 창밖의 어느 한 풍경이나 천정의 모서리 또는 벽지의 무늬를 보고 노릇노릇 잘 핀 민들레를 본다. 눈이 보는 걸 마음도 보는 까닭이다.

이 책에는 페이지가 없다. 날짜가 있을 뿐이다. 0101부터 1231까지 매일 한 편의 그림과 곁들인 글을 감상할 수 있도록 편집되어 있다. 그전에 차례를 빼놓지 말고 읽기를 권한다. 주제를 월별로 묶어놓았는데, 예를 들면 1권의 3월 그림 소제목은 '피어나는 봄에 색깔을 입히다'이다. 2권의 7월 그림은 '뜨거운 태양은 단맛으로 다시 태어난다'라고 소개한다. 차례만 보아도 문장의 내공이 느껴진다. 더구나 화가(미술가)가 붙인 제목이 아니라 감상자(저자)의 글 제목이 적혀있어, 원작을 상상하는 재미가 있다. 나아가 원작을 이해하는 실마리를 찾을 수 있고, 도록과의 차별성도 갖는다. 물론 본문에는 작품명이 나와 있지만, 차례에는 그렇지 않다는 얘기다. '아침 미술관'의 도움을 받아 전시회를 열어 보는 건 어떨까? 마음에 드는 그림이나 작가 또는 작가의 다른 그림을 검색하고 다운로드해 핸드폰에 나만의 미술관을 세우는 건 어떨까?

"바람을 묘사할 때는 나뭇가지가 흔들리는 소리, 바람이 지나간 길, 반대편 나무가 요동치는 것은 물론 혼탁해진 공기와 먼지까지도 그려야 한다(1207)."고 말한 레오나르도 다빈치처럼, 감동과 통찰을 넘어 나의 삶을 마주하게 해 주는 작품들로 내 손안의 미술관을 채우는 날이 오기를 꿈꾼다.

현대사회를 바라보는 새로운 관점

『개인이라 부리는 기적』, 박성현, 심볼리쿠스

최진혁

자칭 '니체의 제자' 인 저자는 박성현이다. 그는 미국 조지워싱턴대학교 경제학과를 졸업했고, 1980년대 최초의 전국 지하 학생운동조직이자 PD계열의 시발점이 된 '전국민주학생연맹' 의 핵심 멤버 중 한 명이었다. 한국일보 편집기자, (주)고려시멘트 대표이사, (주)나우콤 대표이사와 뉴데일리 주필을 역임했다.

우리사회에서의 개인주의는 세상사에 관심이 없고 모든 것을 자기중심으로 생각하는 나쁜 의미로 사용되고 있다. 사전에서도 매우 다의적인 것을 말하며 일반적으로 국가나 사회보다 개인이 어떠한 식으로든 우선하는 사상이라 설명한다. 그렇다면 개인주의에서 말하는 개인이란 무엇인가?

그것을 알기 위해서 각 시대를 지배해오고 있는 '떼' 에 대하여 설명한다. 기존 사회에서 '떼' 가 필요했던 상황과 그 사이에서 나타나는 개인에 대한 탄압을 보여준다. 그러한 탄압에 저항하며 쌓여가는 개인이라는 개념의 성장 과정을 보여주는 형식이다.

개인을 알기 위해서 우선 '떼' 라는 것을 알아볼 필요가 있다. 화자는 '떼' 를 알아보기 위하여 인간사에서 '떼' 가 나타난 이유부터 시작하여 역사 속 '떼' 의 모습을 설명한다. 이를 위하여 실제 사건과 '떼' 의 위험성을 보여주는 사례들을 많이 들었다.

"로마가 쳐들어오면 다 죽습니다. 도대체 우리는 무엇을 위해 로마랑 싸워야 합니까? 한줌도 안 되는 지배세력을 위해서 싸웁니까? 저들의 아름다운 부인과 어여쁜 자식들을 위해서 싸웁니까? 저들의 호화로운 저택을 위해 싸웁니까? 저들을 제거하고 그 어여쁜 여자들과 재산을 우리끼리 나눕시다. 그리고 로마랑 평화롭게 지냅시다!"

이 주장을 생각 없이 읽는다면 평화, 평등, 진보의 메시지로 들릴 수 있다. 하지만 이것은 교묘하게 사람들을 선동하여 상류층을 공격하도록 만들었고, 이를 위하여 개인의 자아와 사고를 마비시키고 '떼'의 행동으로 몰아가는 것을 보여준다.

'떼'가 박해를 나설 때 여러 모습으로 위장한다. 평등, 평화, 자유, 민중, 국민, 민족, 계급, 신앙, 권력, 정당 등의 모습으로 올바른 자아와 사고를 마비시키는 것이다.

이렇듯 작가는 내용을 설명함에 있어서 단순히 나열하지 않는다. 그렇게 사회가 움직이도록 조성된 상황과 과정을 보여준다. 고대의 철학자들부터 니체까지 많은 철학자와 문학가들의 저서를 이용한다. 그들의 저서들을 소개해주며, 그들의 장점을 설명하는 한편, 그들의 부정적인 부분과 그런 부분들이 나타나게 된 사회배경을 쌓듯이 설명한다. 그것을 위해 많은 저서와 에세이, 기사, 논문이 '떼'와 개인의 관점으로 해석된다.

이 글들은 직설적이고, 노골적으로 '떼'와 개인의 관점에서 사회를 해석한다. 그래서 어딘가 시원한 맛이 있다. 그런 만큼 그것을 모욕적으로 받아들이는 사람도 있을 수 있다. 그만큼 이 책의 관점이 다른 책들과는 다른 곳에 놓여있다. 편협한 사고에 빠질 수 있는 현대 사회에서 새로운 관점을 하나 더 알아보는 것이 어떤가?

결혼하게 하는 독서

『서민독서』, 서민, 을유문화사

장창수

'들어가는 글'이 흥미롭다. '기사단장 죽이기'(무라카미 하루키)의 한 장면을 소개했다. 소설 속 주인공은 이혼 후 여행을 하던 중이었다. 혼자 들어간 식당에서 책을 보고 있는데 느닷없이 한 여자가 들어섰다. 그녀는 누군가에게 쫓기듯 들어와 다짜고짜 주인공의 자리에 합석했다.

"여자: 아는 사람인 척해 줘. 여기서 만나기로 한 것처럼.

나: 알았어.

여자: 그대로 계속 밥 먹어. 먹으면서 이야기하는 척해 줄래?"

저자인 서민 교수는 예전에 소설을 썼다. 그래서일까 프롤로그가 드라마틱하다. 곧바로 저자의 소개팅 장면으로 이어진다. 저자의 첫 번째 결혼은 1년도 못 되어 파경. 2007년, 어쩌다 소개팅이 들어왔다. 일찍 자리에 나간 서민 교수는 상대가 온 줄도 모르고 독서삼매에 빠져 있었다.

"그때 내가 읽던 책이 뭔지는 모르겠지만, 꽤 열심히 읽었던 모양이다. 아내가 내 앞에 왔는데도 전혀 알아채지 못했던 걸 보면 말이다. 갑자기 주위가 환해지는 바람에 고개를 들어 보니 아내가 앞에 서 있었다. '서민 씨죠?'"

둘은 그렇게 만나 부부가 되었고 현재까지 행복하게 살고 있다. 책이 참 고맙지 않겠는가. 『기사단장 죽이기』에서 쫓기던 여자는 독서하는 사람 곁이 안전해 보였을 것이고, 저자의 아내는 책에 열중한 서 교수에게 매력을 느꼈다고 고백했다. 책은 사람을 만나게 하고 결혼에 이르게 한다.

이 책은 3부로 구성되어 있다. 1부는 책 안 읽는 사회를 위한 저자의 염려가 담겨 있고, 2부는 독서를 통해 얻을 수 있는 여러 가지 장점을 알려 준다. 3부에선 어떤 책을 읽어야 하는지, 어떻게 읽으면 좋은지 아이디어를 주면서 맺는다.

나는 이 책을 처음부터 차례대로 읽지 않았다. 각 장이 독자적인 칼럼 같다는 느낌을 주었기 때문이다. 사람을 만나듯 마음이 끌리는 부분부터 읽었다. 우리가 삶 속에서 갑자기 낯선 누군가를 만나는 것처럼 일부를 드문드문 읽고는, 나중에 빠진 부분을 채워 읽으면 될 것 같았다.

서문을 읽고 나서는 곧바로 99쪽으로 날아갔다. 한강 작가의 맨부커상 수상 소식과 그에 열광하는 사람들의 이야기가 눈길을 끌었기 때문이다. 사실 홍수처럼 쏟아지는 책들 중에서 내게 맞는 책을 고르는 건 쉽지 않다. 그러다 보니 베스트셀러 순위나 수상작으로 쏠리기 십상이다. 주요 논지는 책 고르는 능력을 기르는 것도 필요하다는 것이었다.

이 책은 독서를 통해 얻을 수 있는 이점들을 잘 소개했다. 올바른 판단력이라든가 상상력, 지식 등 많은 것을 얻을 수 있다. 영상이 문화의 주류가 된 시대, 텍스트로는 맥락 전달이 잘 안 된다고 말하는 이들도 많다. 소위 인난증(인터넷 난독증)에 시달리는 사람들인데, 책 읽기로 맥락 문맹을 극복해 보면 어떨까.

마지막 부분에서 저자는 독서의 실천을 강조한다. 독서가 독서로 끝나지 않으려면 책의 좋은 내용을 내 것으로 만들라는 것이다. 책을 통해 세상을 바꿀 수 있다면 의미 있는 일이다. 하지만 그보다 자신을 먼저 변화시키라는 메시지가 깔려 있다. 사회를 구성하는 개개인이 바뀌면 자연 우리의 세상도 달라질 테니까.

정의와 진실

『앵무새 죽이기』, 하퍼 리, 문예출판사

우은희

책은 성장소설이다. 저자의 고향 앨라배마주 먼로빌의 어린 시절이 고스란히 담겨있다. 시원한 영화관보다 법정에서 아빠의 변호를 지켜보는 것을 더 좋아했고 이야기 만들기를 즐겼던 어린 넬 하퍼 리는, 커서 법학대학에 입학했지만 결국은 소설가가 되었다.

주인공이자 화자인 스카웃이 지난날을 회상한다. 여섯 살 난 당찬 여자아이의 눈으로 본 세상이 세밀하고 재미있다.

1930년 미국 남부 앨라배마주 소설 속 마을 메이콤에서 양심 있는 지식인 아빠 에티커스는 변호사로 일한다. 백인여성을 도와주려다 겁탈하려 했다는 누명을 쓴 흑인 톰의 변론을 맡으면서 아빠는 마을에서 깜둥이를 변호한다는 비난 아닌 비난을 받는다. 이 일로 학교친구들과 싸움까지 한 스카웃은 아빠에게 하지 않으면 안되냐고 묻지만, 그러면 앞으로는 오빠랑 스카웃에게 더 이상은 올바른 말과 행동을 하라고 가르칠 수 없게 된다고 말한다.

아빠는 차이를 좁히기 위해 타인을 이해하는 방법을 스카웃의 눈높이에서 말해준다. "누군가를 정말로 이해하기 위해 그 사람의 입장에서 생각한다는 것은 그 사람 몸속으로 들어가 그 사람이 되어서 걸어 다니는 거야."

명백한 증거에도 불구하고, 백인여성이 가엾다는 생각에 아무런 대가 없이 도와주었다는 톰의 말에 자신들의 영역을 침해당한 듯 분노한 백인 배심원들은 유죄 평결을 내린다. 아빠는 충분히 이길 수 있다고 위로하고 집으로 돌아오지만 이송 중이던 톰이 두려운 나머지 도망치다 총에 맞아 사망한다.

장난감 총 대신 진짜 총의 사용법을 궁금해 하는 오빠랑 스카웃에게 아빠는 당부한다. "세상에 아무런 해도 끼치지 않고 노래만 들려주는 앵무새를 죽이는 것은 죄란다." 당연한 얘기지만 총을 사용할 줄 안다고 해서 무고한 생명을 죽여서는 안 된다는 말이다. 아울러 정의로운 세상이 되기 위해서는 반드시 진실이 필요하다. 진실은 노래하는 새와 같이 세상을 향해 아무런 해코지도 하지 않는다. 그저 '참'으로 존재할 뿐이다.

세계 여러 나라의 정의의 여신 디케(Dike)상은 대부분 한손에는 저울, 다른 손에는 칼을 쥐고 눈가리개를 하고 있다. 그러나 원래의 디케는 눈을 가리지 않았다. 1494년 스위스 바젤에서 출간된 르네상스 최대의 베스트셀러 제바스티안 브란트의 『바보 배』에서 정의의 여신은 눈가리개가 씌워진다. 사소한 소송이 끊이지 않던 시기, 소송에서 이기길 바라던 사람들이 원했던 것은 디케가 진실을 보지 못하는 것이었다. 사사로움에 휘둘리지 않고 공평함을 유지하기 위해 디케의 눈을 가렸다는 말과는 또, 무엇이 진실일까.

저자 하퍼 리(1926~2016)는 아흔의 나이에 세상을 떠났다. 소설이 출간된 1960년에 퓰리처상을 수상했고, 한 권의 책으로 세상을 바꾼 사람이 되었다. 1931년부터 무려 20년을 끌었던 실재 스코츠보로 사건이 그녀에게 영감을 주었을 것이라는 말에는 이견이 없다. 살아생전에 어떤 매체와도 인터뷰를 거절했던 하퍼 리. 그녀는 떠났지만 차별과 편견에 맞선 책은 끊임없이 팔려 나가고 있으며, 지금도 여전히 노래하고 있다.

아포리즘의 시원을 찾아

『열하일기, 웃음과 역설의 유쾌한 시공간』, 고미숙, 그린비

우남희

피서 철이 아니어도 해외로 여행 가려는 이들로 공항은 북적인다. 비단 오늘날만이 아니라 조선시대에도 해외로 가는 이들이 적지 않았다. 다만 오늘날과 다르다면 그 당시에는 대부분 사절단으로 중국 연경을 다녀왔다는 것이다.

연암은 연행을 먼저 체험한 벗들로부터 청문명의 번화함을 듣고 중원을 동경해 오던 터에 삼종형 박명원이 중국황제의 만수절 축하사절단으로 간다기에 비공식수행원으로 따라간다. 이들은 기존의 사절단과 달리 연경을 거쳐 조선인으로서는 처음으로 열하까지 가는데 이는 연경에 있어야 할 황제가 하계별궁이 있는 열하에 가 있었기 때문이다. 연암은 만수절 행사에 모여든 이민족들의 기이한 행렬을 목격하고 돌아와 열하일기를 쓴다.

독문학을 전공한 저자는 대학 4학년 때 우연히 참가한 고전문학 강의에 매료되어 대학원에서 고전문학을 전공, 국문학 박사학위를 받는다. 연구공동체인 '수유+너머'를 결성하여 강연 및 집필을 하면서 고전문학을 새로운 시각으로 집필하는데 그 중 하나가 이 책이다.

열하일기의 저자 박지원은 조선 후기의 문신으로 실학자이자 소설가다. 벼슬아치에 대한 염증, 정치에 대한 환멸, 과거장의 타락을 목격하고는 과거에 고의적으로 낙방하고 학문과 저술에 전념했다. 청나라의

신문물에 관심이 많고 북학파의 중상주의를 주장하였다.

열하일기는 "형식상으로는 압록강을 건너는 지점에서 시작하여 마테오리치의 무덤에서 끝나는 것으로 되어 있지만 그것은 시작도 끝도 아니다. 언제나 중도에 있으며 어디서 읽어도 무관하게 서로 독립된 텍스트"(132쪽)로, "뿌리라는 중심이 없고 목적, 방향도 없이 접속하는 대상에 따라 자유롭게 변하는 덩이줄기라는 뜻의 리좀과 같은 특성을 지니는데"(125쪽) 이것이 연암체의 특징이라고 한다.

이는 조선시대의 얇은 고전으로 표현되어야 하는데 이러한 리좀과 같은 소품체의 글은 경박하다고, 소설은 허구성 때문에, 고증학은 쪼잔한 시야로 인해 기존의 주류적 언어를 균열시키고 문장의 경계를 모호하게 한다고 해서 정조의 주도하에 문체반정이 일어나는 계기가 된다.

연암의 작품 속 주인공들은 주류에서 벗어난 마이너들이고 저잣거리 이야기, 이국 장사치들의 이야기 등이 스스럼없이 펼쳐진다. 처음 본 코끼리의 움직임을 풍우가 움직이는 것 같다고 하는가 하면, 청명한 하늘에 천둥번개가 휘몰아치는 과정을 바둑돌, 맷돌 가는 소리로, 글쓰기를 전쟁의 수사학에 비유하기도 한다. 무엇보다 필자의 마음을 후려잡는 명쾌한 문장은 단연 "하늘은 새파랗지만 하늘天 자는 전혀 푸르지 않다."(376쪽)이다. 그 누구도 이 말에 이의를 달 사람은 없지 않을까 싶다. 나비처럼 날아서 벌처럼 쏘는 연암의 언어에 대한 촌철살인의 아포리즘에 혀를 차지 않을 수 없다.

저자는 열하일기의 웃음을 사방에 전염시키고 싶어서, 그 웃음의 물결이 삶과 사유에 무르녹아 열정적인 무늬를 만들어 내는지 보여주려고 이 글을 썼다고 한다. 웃음으로 힐링하고 싶다면, 아포리즘 같은 글들을 만나고 싶다면, 글을 쓰는데 멋진 수사학이 필요하다면 이 책에서 그칠 것이 아니라 열하일기를 읽어야 하지 않을까 싶다.

의심없는 삶은 얼마나 허무한가

『남아 있는 나날』, 가즈오 이시구로, 송은경 옮김, 민음사

배태만

매년 10월이 되면 언론에서는 노벨문학상 후보 작가들의 이름이 오르내린다. 올해는 수상자를 선정하지 않기로 했다고 스웨덴 한림원이 발표했다. 선정위원의 성추문이 그 발단이다. 아쉬운 마음 때문인지 지난해 수상자를 다시 떠올리게 되었다. 2017년 노벨문학상 수상자인 가즈오 이시구로는 일본계 영국작가로 1954년 일본 나가사키에서 태어나, 1960년 영국으로 이주해 대학을 마친 후 런던에서 작품을 쓰고 있다. 이시구로는 인간과 문명에 대한 비판을 특유의 문체로 녹여낸 작품을 세상에 내놓으며 현대 영미 문학을 대표하는 작가 중 한 명으로 인정받고 있다.

'남아 있는 나날' 은 가즈오 이시구로의 세 번째 소설로 주인공이 지나온 인생길에서 자신이 가진 가치관과 삶의 태도에 후회의 감정을 느끼며 되돌아보는 내용이다. 이 작품으로 세계적으로 권위있는 문학상 중 하나인 부커상을 1989년에 수상했다. 이 소설은 1956년 여름에 영국의 한 저명한 저택 집사 스티븐스가 과거 동료인 켄턴 양을 찾아 떠나는 6일간의 여행 중에 젊었던 지난 세월을 1인칭 화자 시점으로 회고하는 형식을 띠고 있다. 이러한 여행은 자신의 틀 안에 갇혀 있다가 바깥으로 눈을 돌리는 것을 상징적으로 드러낸다.

스티븐스는 인생의 유일한 목표를 직업적 명예를 획득한 '위대한 집

사'로 설정하고 그것을 충실히 추구하며 살아왔다. 그는 중요한 행사에서 손님들을 완벽하게 대접하기 위해 아버지의 임종을 지키지 않았고 뒤늦게야 알게 되었지만 사랑으로 다가온 여인도 그냥 떠나보낼 정도로 일에 헌신했다고 강조한다. 여행이 진행될수록 그는 자신의 신념과 그로 인한 실제 결과에 대해 숙고하게 되고 그 괴리를 비로소 느끼게 된다. 자신이 평생 충성심을 갖고 모셨던 주인이 나치 독일에 협조적인 사람이었음을 뒤늦게 깨달으며 내적인 갈등도 겪게 된다. 주인을 통해 세상의 큰 움직임에 기여했다는 망상에서 벗어나면서도 자신의 잘못은 인정하지 않는 모습도 보인다. 자신의 잘못된 과거를 순순히 인정하지 못하는 이런 모습에서 인간의 한계를 볼 수 있다.

여행의 마지막 날 저녁 무렵에 바닷가에서 우연히 만난 노인은 이제 뒤는 그만 돌아보고 좀 더 적극적으로 나머지 인생을 잘 활용하라고 충고한다. 스티븐스는 그 말이 옳다고 생각하면서도 여전히 지난날에 집착하고 남들이 평가하는 결과와 상관없이 모든 노력을 다했다는 것만으로도 긍지를 느낄 만하다고 스스로 위로한다. 결국 직업적인 틀은 벗어나지 못한 인식 수준을 보여준다.

"즐기며 살아야 합니다. 저녁은 하루 중에 가장 좋은 때요. 당신은 하루의 일을 끝냈어요. 이제는 다리를 쭉 뻗고 즐길 수 있어요." (300쪽)

지나고 나면 후회되는 순간이 누구나 있기 마련이다. 인생을 걸고 추구해 온 삶의 가치에 의문이 든다면 우리는 어떻게 해야 할까? 이제 와서 그 안타까운 순간을 되돌릴 수는 없다. 그렇다고 후회하고 있을 수만도 없다. 지금까지 당연하게 생각해 온 잘못된 틀에서 벗어나서 남아 있는 날을 더 나은 시간으로 채우려는 자각과 꾸준한 실천만이 우리에게 남아 있을 뿐이다.

너와 나의 됨됨이에 대한 존중

『자유론』, 존 스튜어트 밀, 서병훈 엮음, 책세상

김서윤

'자유론(On Liberty, 1859)'. 영국 철학자 존 스튜어트 밀의 저서. 내년이면 초간된 지 160년이 되는데 올해 개정판이 나왔다. 19세기 유럽을 겨냥해 저술된 책이 21세기 한국사회를 살아가는 개인의 뇌리에 꽂힌다. 고전이라는 이름이 품은 활어처럼 파닥이는 생생함이 자못 크다. 한 세기 반을 훌쩍 거슬러 올라가 자유를 말하는 밀을 만나보면 그의 삶이 주는 자유 그 자체는 더욱 큰 감동을 준다.

밀은 서문에서 '자유론'을 그의 아내에게 헌사하고 있다. 부인 테일러의 갑작스러운 죽음으로 인해 아내의 최종 수정을 거치지 못한 저술을 그대로 출간하면서 밀은 부인과 함께 쓴 것이나 다름없다고 언급하기도 했다. 밀과 테일러는 1830년 여름에 처음 만났다. 테일러와 사랑에 빠진 밀은 이후 20년이 넘도록 사랑을 이어가고, 마침내 45세 되는 해인 1851년에 결혼을 했지만 7년 만에 생과 사로 갈라지고 만다. 무려 160여 년 전의 일이라고 상상해 보라. 밀의 자유에 대한 외침이 그의 삶으로 오롯이 울려 퍼지고 있지 않은가. 그가 말하는 자유란 '타인에게 해를 끼치지 않는 한 개인은 자신이 원하는 바를 할 수 있는 것', 그의 삶을 누가 판단하고 평가할 수 있을 것인가. 그것이 자유든 사랑이든.

1장 머리말에서 밀은 이 책이 '의지의 자유'보다는 시민의 자유, 사회적 자유를 중심 주제로 담고 있다고 말한다. 그런데 필자는 개인의 자유

의지와 사회적 자유의 두 원리가 크게 다르지 않다고 본다. 한 개인이 추구하는 삶이 사회성을 띌 뿐만 아니라 어떤 원리를 담고 있으며, 반대로 사회적 자유도 개개인을 간과하고 있을 수 없기 때문이다. 사회의 자유 이전에 사람의 자유로운 가치관을 말하고 싶은 것은, 개인으로서 시민으로서 사회적 존재로서 살아가는 삶의 모습이 그대로 한 사람의 외침이 되어야 한다고 보기 때문이다. 자유를 논하는 밀이 자신의 삶으로 자유를 증명하는 것처럼, 개인이 추구하는 이상과 가치는 삶의 실천행위와 맞닿으면서 하나로 통합되고 한 가지로 수렴된다. 그 한 가지가 밀에게는 자유라는 가치였다.

3장에서 행복한 삶을 위한 중요한 요소로서 '개별성'을 들고, 다음과 같이 당대를 진단한다. "유럽을 유럽답게 만든 요인, 그것은 바로 성격과 문화의 놀라운 다양성이다. 개인이나 계급, 그리고 민족이 극단적으로 서로 다르다. 이들 각자가 엄청나게 다양한 길을 찾아 헤매면서 무언가 가치 있는 것들을 만들어냈다."(153쪽) 한국 사회도 이와 다르지 않다. 오늘날의 한국 문화는 오랜 역사 속에서 외래문화를 다방면으로 수용하면서 전통과 습합되어 새로운 문화로 재창조된 결과다. 이제는 한류라는 이름으로 세계에 흘러나가고 있다. 다양한 민족이 한국으로 와 한국인이 되었고, 생소했던 타 문화도 이제 자연스럽게 한국 문화로 편입되고 있다.

이러한 시대에 필요한 가치가 바로 너와 나의 됨됨이에 대한 존중, 바로 개별성이 아니겠는가. 그러하기에 개별성과 사회성의 조화를 위해 지나치게 사회성이 강조된 사회를 경계하고 개인의 가치를 되살려야 한다는 밀의 주장이 오늘의 한국사회에 여전히 유효하다고 본다. 오늘의 나에게도 필요한 가르침이요 지성이 전하는 한 수가 아닌가 한다.

소소하고 사적이지만 중요한 삶의 순간들

『모든 순간이 너였다』, 하태완, 위즈덤하우스

김민정

"너는 사랑받을 자격이 충분하다 못해, 흘러넘치는 사람이니까"(23쪽)

바쁜 일상에 지쳐 누군가에게 위로받고 싶을 때, 사람에, 사랑에 상처받아서 마음의 병이 생겨 힘든 사람들에게 이 책을 권하고 싶다. 작가는 때론 감성적으로 다가와 따뜻하게, 그리고 차분하게 위로와 공감을 건네는 에세이로 현대인의 지친 마음을 달래준다.

저자 하태완은 페이스북과 인스타그램 등 소셜 미디어에서 팔로워 수십만 명을 지닌 'SNS 인기작가'로, 바쁜 일상에 지친 독자들에게 공감과 위안을 주는 에세이로 유명하다. 전작 '너에게'와 '모든 순간이 너였다' 두 작품 모두 SNS에서 구독자와 활발한 소통으로 베스트셀러에 오르는 모습을 보여주며 큰 영향력을 보여주었다.

책은 크게 네 부분으로 나누어지며 생각이 많은 밤을 지닌 나에 대해 위로하는 것을 시작으로, 사랑에 웃고 울고 하는 이들에게는 조언과 방법들을, 마음의 상처로 힘들어하는 사람들에게 칭찬을, 이별에 슬퍼하는 사람들에게는 문제점들을, 소소하고 사적이지만 중요한 삶의 순간들에 대해 진솔하게 이야기한다.

독자들을 표현하는 방법으로는 너, 당신이라고 나오는데 이는 여러분, '그대'라는 3인칭 대명사와 다르게 친밀하면서 존중받는 느낌으로 전달되어 온다. 또 '뭘 해도 잘할 거예요.', '본 적 없지만 멋있는 사람일 것 같아요.' 같은 말들은 신뢰와 믿음으로 든든한 지원군이 응원 하는 느낌을 받는다.

"너와는 영원한 여름에 살고 싶어, 차갑지 않은 햇볕이 내리쬐고, 퍽 싱그러운 바람이 불어오는 여름 식고 싶지 않다는 말이야…, 가끔은 봄이나 가을도 괜찮은 거잖아, 언제까지 뜨겁기만 한 것도 문제가 될 수 있는 거니까."(113쪽)

사랑할 때 설레는 감정들을 사계절인 봄, 여름, 가을, 겨울에 빗대어 은유적인 표현을 사용하는데, 색다른 것은 계절의 첫 시작이자, 설레는 의미인 봄이 꼭 따뜻하고 싹 틔우는 계절이 아닌 쓸쓸하게 끝나는 이별과 가까운 계절이었으며, 오히려 뜨겁다 못해 타오르는 여름을 정열적인 사랑에 가깝게 표현한 것이 감정에 따라 변화되는 것으로 새롭게 다가왔다.

"오늘 수천 번 넘어졌다고 해서 나에게는 멋진 순간이 평생 오지 않을 것 같다며 자책하지 마세요. 넘어진 자리에 상처가 생겼더라도 그 상처가 아물고 나면 다시 아무 일도 없었던 것처럼 다시 나아가면 되는 일이에요…. 할 수 있을 거예요. 다시 한 번 일어나기로 해요."(205쪽)

책은 계속해서 독자들에게 '잘될 거야', '힘내' 라는 겉치레 형식의 위로보다 '괜찮아', '고마워', '잘할 거야' 라는 긍정적인 말로 순간순간을 격려하며 지난 일들을 차분히 돌아보게 하고, 모든 순간은 결국 나였다. 라는 것을 깨닫게 해준다. 그리고 순간을 함께했던 사람들에게는 감사하는 마음을 갖으며 괴롭고 힘들었던 감정들에 얽매이는 것보다 장면들에 솔직한 감정으로 바라보라고 이야기해준다.

지친 밤, 힘들어서 위로받고 싶은 사람들과, 순간에 후회하는 사람들, 걱정이 많아 괴로운 사람들이 책 한 권하며 감정들을 추스르고, 오늘을 정리하고 차분히 내일을 기대할 수 있기를 바란다.

자존감을 찾아서

『트렌드 코리아 2018』, 김난도 외 7명, 미래의창

강여울

책은 문이다. 트렌드란 말이 이제야 선명하게 다가온다. 책을 읽은 사람과 읽지 않은 사람의 아득한 거리를 실감한다. 남편 혹은 딸에게 그것도 모르냐는 말을 더 이상 듣지 않아도 될 것 같다. 세상을 보는 눈이 없다고 자책하며 주눅 들던 자존감이 다시 고개를 든다. 자존감과 함께 끊임없이 변하는 세상도 눈에 들어온다. 세상이 보이니 내가 어떻게 보일까보다 일상 속에서 작지만 확실한 행복을 누리는 '나로 서기'를 추구한다. 함께 살아가지만 다른 시대를 살고 있는 듯하고, 때때로 우리말인데도 이국異國 말처럼 들리기도 해서 '트렌드 코리아 2018'을 읽었다.

이 책은 서울대학교 생활과학연구소의 김난도 교수가 주축이 되어 2008년부터 매년 출간해 온 시리즈물의 하나다. 2017년 소비트렌드 회고와 2018년 소비트렌드 전망에 앞서 '2007년부터 2018년까지 대한민국 소비트렌드 12년을 관통하는 흐름은 무엇인가?' 라고 10년 동안의 '트렌드 코리아'를 정리해 놓았다. 이전에 나온 시리즈를 다 읽은 기분이 들게 한다. 현대 사회의 거대한 소비트렌드의 흐름으로 인간과 관계까지 파고들어 연구, 분석해 놓았다. 출처를 몰랐던 많은 신조어에 대한 이해와 더불어 나의 자존감을 들여다보게 한다.

금년의 10대 소비트렌드 키워드는 'WAG THE DOGS-황금 개의 해, 꼬리가 몸통을 흔들다-'이다. 이것은 '소확행, 작지만 확실한 행복',

'가성비에 가심비를 더하다; 플라시보 소비', '워라밸 세대', '언택트 기술', '나만의 케렌시아', '만물의 서비스화', '매력, 자본이 되다', '미닝아웃', '이 관계를 다시 써보려 해', '세상의 주변에서 나를 외치다' 의 영문 첫 글자로 만들어졌다. 시대 흐름을 잘 따라가지도 못하고 큰 꿈을 갖지 못해도 '소확행'을 비롯한 올해의 키워드들이 위로가 된다. 뿐만 아니라 이 전망들이 요즘 이슈가 되고 있는 사회 현상들과 닿아있어 따끈하게 읽힌다.

"우리의 자존감이 흔들리고 있다. 개개인의 원자화가 가속화되면서 그 누구에게도 의지할 수 없이 나로 서기를 해야 하는 시대이다. 자존감의 3대 구성요소인 자기 효능감, 자기 조절감, 자기 안전감 모두가 노동소외, 중독사회, 위험사회의 시대적 흐름 속에서 위기를 맞이하고 있다."(447쪽)

"자존감은 사치와 명품 소비, 창조적 소비, 윤리적 소비, 개성표현 소비, 보상적 소비와 자기 선물주기, 복고 소비, 외모관리 소비 등 최근 주목받는 수많은 소비트렌드의 기저를 흐르고 있는 핵심적인 열쇠말이다."(449쪽)

나의 자존감을 바로 세워줄 사람은 당연히 나 자신이다.

나의 자존감은 안녕한가? 나 자신의 내면에 집중하는 나만의 홀로서기인 '나로 서기'를 잘하고 있는가. 아직은 자신이 없다. 그럼에도 불구하고 시대에 뒤떨어진 것 같고, 답답하던 기분이 조금은 해소되었다. 손바닥 안에 쥘 수 있는 세계 스마트폰과 SNS를 통해 한 사람이 백만이 넘는 국민청원을 이끌어내는 현실을 이 책은 앞서 꿰뚫어 보았다. 삶은 소비의 연속이다. 이 책은 소비가 트렌드를 트렌드가 메가트렌드를 지속적인 메카드렌드가 문화가 됨을 보여준다. 사람보다 오래 살아 그의 삶을 기억하게 하는 유물, 유품도 소비의 흔적임을 열어 보여주는 문이다.

포도주와 건축

『도시는 무엇으로 사는가』, 유현준, 을유문화사

김준현

프랑스 파리하면 무엇이 떠오르는가? 에펠탑. 라스베이거스는? 도박, 네온사인. 그렇다. 도시마다 그 도시를 연상하는 랜드마크 같은 상징이 있고, 그 상징은 건축물과 관련이 깊다. 『도시는 무엇으로 사는가』는 대학, 방송, 칼럼에서 활발하게 건축을 설파하는 유현준이 도시와 건축을 조명한 책이다. 저자는 종으로 역사를 거슬러 올라가고, 횡으로 동양과 서양을 오가며 도시를 분석한다.

'도시를 보는 열다섯 가지 인문적 시선'이란 부제목에 드러나듯 책은 인문학 관점에서 도시와 건축을 고찰한다. 1~6장은 도시의 발달과 현대 도시 특성, 걷고 싶은 거리, 공간과 권력 위주로 도시를 조명한다. 7~13장은 아파트, 사무실, 교회, 공원 등 도시를 구성하는 건축물과 공간에 초점을 둔다. 14장은 동서양 건축의 배경을 이루는 사상을, 15장은 건축이 자연을 대하는 방식을 서술한다. 책 곳곳에 사진, 그림, 스케치를 넣어 독자가 내용을 이해하기 쉽도록 도와준다.

책이 말하는 도시는 성장, 발전, 진화하는 유기체와 같다. 상수도 시스템을 만들어 수로 네트워크를 형성한 고대 로마, 방사형 교통망으로 19세기를 대표하는 도시 파리, 전화 통신 시스템을 구축한 20세기 뉴욕의 사례에서 보듯이 도시는 진화한다. 이 진화는 같은 공간에서도 이루어진다. 뉴욕의 소호, 할렘, 하이라인공원처럼 도시가 형성된 후 사람들이 이합집산하면서 생긴 슬럼 지역이나 공터가 재생사업으로 되살아나는 경우를 말한다.

저자가 보는 현대 도시는 아름답지 않다. 고밀화된 공간에서 지나치게 규모가 큰 건물에 비하면 인간은 왜소하다. 유리와 벽으로 막고 복도와 엘리베이터로 연결한 건물은 답답하다. 골목과 거리마저 사라지고 있어 삭막함이 든다. '휴먼스케일'에서 벗어나고 사람 냄새를 못 느끼는 건축물로 구성된 현대 도시는 아름다움과 거리가 멀다.

유현준이 말하는 좋은 건축은 '소주'가 아니라 '포도주'다. 공장에서 화학 공식에 따라 대량 생산하는 소주와 같은 건축이 아니라, 만드는 지역의 기후와 토양, 담그는 사람의 기술에 따라 맛이 다른 포도주와 같은 건축. 이런 건축은 그 지역의 개성과 정체성을 보여 준다. 철근 콘크리트 재료에 규격화한 디자인, 틀에 박힌 형식에 익숙한 건축에 변화가 필요하다.

책은 건축인이 가져야 할 가치관과 나아갈 방향을 이렇게 제시한다. 건축은 사회, 경제, 역사, 기술의 산물이지만, 건축가는 건축 '물'을 목표로 삼아서는 안 된다. 건축가가 지향하는 궁극적인 목표는 아름다운 인간의 삶이고, 건축은 사람의 삶을 디자인해야 한다. 저자는 책 중간중간에 삶에 대한 근본적인 질문을 하고 그 대답을 하나하나 풀어간다. 이처럼 저자는 도시와 건축을 매개로 독자가 삶을 성찰하도록 돕는다.

'대구' 하면 독자는 무엇이 떠오르는가? 안타깝게도 필자는 '소비도시'란 말이 연상된다. 최근에 유행하는 근대골목 투어, 김광석 거리는 그다음이다. 우리 지역의 본모습을 보여주는 건축이 더 필요하다. 대구의 정체성과 개성을 드러내는 '포도주'를 만들고 싶은 독자에게 '도시는 무엇으로 사는가'를 권한다.

작은 영웅들이 간절해진다

『양철곰』, 이기훈, 리잼

최유정

커피를 주문하니 빨대가 따라 나온다. 잠시 망설여진다. 쓸까, 말까? 빨대 하나 쓰는 것에 양심의 가책을 느낀다면 너무 예민한 반응일까? 올해 8월부터 정부가 외식업소에 대해 일회용 컵 규제 정책을 시행했다. 별 생각 없이 쓰던 일회용품들이 어느새 불편한 존재가 된 것은 분명해 보인다. 불편한 뉴스들도 눈에 띈다. 한국의 15배 정도 크기라는 태평양의 거대 쓰레기 섬(90%이상이 플라스틱으로 된) 보도에는 충격을, 빨대가 코에 박혀 아파하던 바다거북에 대한 보도에는 미안함을 느낀다. 『양철곰』 이야기 끝에 눈물이 핑 돈 것은 나도 모르는 사이 가해자의 길에 합류했던 스스로에 대한 부끄러움 때문은 아니었을지.

『양철곰』은 그림책이다. 글 없이 그림으로만 이야기를 전하는 이 책의 작가 이기훈은 2009년 CJ 그림축제, 2010년 볼로냐 국제 어린이 도서전 일러스트레이터로 선정되었다. 그린 책으로는 『오바마 대통령의 꿈』, 『라니』 등이 있다.

그저 표지그림에 이끌려 『양철곰』을 집어 들었다. 무채색에 가까울 만큼 색은 절제되어 있고 섬세한 선들이 곳곳을 빼곡히 채우고 있다. 적막하고 황폐한 느낌마저 든다. 무심히 책장을 넘겼다. 그런데 정신을 차려보니 마지막 장에 다다라 있었다. 한편의 애니메이션을 본 것 같은 착각이 들었다. 칸칸이 끊어진 듯 이어진 장면들을 따라가다 보니 어느새 머릿속에서 빈 공간이 채워지며 영상이 되어 눈앞에 펼쳐졌다. 그림만 있으면 뭔가 부족할까 싶었지만 음향, 대사까지 오히려 제약 없이 내 안에서 더욱 풍성해졌다.

책의 첫 장면. 도시 전체가 한 눈에 보인다. 집들이 빈틈없이 들어서있는 삭막한 도시 풍경. 그 사이로 두 팔을 벌린 채 서 있는 양철곰이 조그맣게 보인다. 클로즈업 된 장면을 보니 사람들과 대치중이다. 얼마 남지 않은 숲 앞을 막고 서 있는 양철곰과 항의하는 사람들. 결국 남은 숲마저 개발되고 도시는 점점 사람이 살 수 없는 곳으로 변모해갔다. 사람들은 새로 발견한 황금별로 이주했고, 버려진 도시에는 이제 떠나지 못한 사람들과 양철곰만이 남겨져 있다. 그런데 양철곰이 이상한 행동을 한다. 강물을 제 몸에 계속 끼얹는다. 양철로 만들어진 기계 곰. 물을 끼얹는 것은 그야말로 자살행위다.

왜 그런 행동을 할까? 한 아이가 양철곰에게 다가가 같이 떠나자고 설득하지만 양철곰은 도리어 자신의 몸을 부숴버린다. 외면당한 아이도 등 돌린 양철곰도 슬픔의 무게는 같아보였다. 녹슨 양철은 결국 와르르 무너져 내린다. 아이의 눈물처럼 비가 쏟아져 내렸고 무채색의 도시와 부서진 곰의 기계 잔해들이 모든 것이 끝났다고 말하는 듯했다. 그런데 무언가가 꿈틀댔다. 부서진 양철곰 사이로 새싹이 돋기 시작했다.

감동이 밀려옴과 동시에 여러 감정이 뒤엉켰다. 현대의 환경문제와 오버랩 되며 씁쓸해진다. 우리가 미래의 양철곰을 희생시키고 있는 것은 아닐까. 혼자서 고집스럽게 한 길만을 걸어 간 양철곰. 위대한 영웅이다. 그러나 영광이 가득한 영웅이 아닌 쓸쓸한 영웅이다. 우리 스스로에게 죄책감과 분노마저 일게 한다. 위대한 영웅보다 한사람, 한사람 작은 영웅들이 더욱 간절해지는 지금이다.

나는 꿈꾼다

『100만 번 산 고양이』, 사노요코, 김난주 옮김, 비룡소

권영희

　태어나서 한 평생을 산다는 것은 누구에게나 소중한 일이다. 하지만 그 삶이 100만 번이나 주어진다면. 글쎄다. 사노 요코가 지은 『100만 번 산 고양이』는 그림책이다. 작은 그림책 하나가 삶의 기쁨이며 삶의 의미이여 삶의 가치를 알게 해준다. 사노 요코는 베이징에서 태어난 일본 작가이다. 무사시노 미술대학 디자인학과를 졸업했다. 그림책으로 『아저씨 우산』, 『하지만하지만할머니』, 『아빠가 좋아』 등이 있다. 그녀의 작품은 독특하면서도 그 안에 삶의 의미와 깊이 사람의 심리를 아주 잘 표현하고 있다. 그녀의 작품을 하나 읽으면 또 하나 읽고 싶고, 또 읽고 싶어지는 아주 매력적인 작가다.

　그녀는 지금 세상에 없지만 100만 번 산 고양이만큼 다양하고, 매력적인 삶의 방식을 작품 속에서 보여주고 있다. '100만 번 산 고양이' 속 고양이는 생각이 깊은 고양이다. 100만 번 죽고 100만 번 살았지만 그는 늘 자신의 삶을 가꾼다. 그림책 표지의 줄무늬 고양이는 100만 번 살아온 만큼 깊은 생각의 눈을 가지고 세상을 마주보고 있다. 그 고양이의 눈을 쳐다 보다 보면 그가 살아온 백만 년의 삶의 깊이가 담겨 있는 것 같다. 그는 그 많은 죽음과 삶속에서 그의 진실한 사랑을 찾아내고 삶의 소중함과 죽음의 가치를 깨닫는다.

　그 고양이는 언제나 누군가의 고양이였다. 백 만년 동안 왕의 고양이

기도 하고, 뱃사공의 고양이기도 하고, 마술사의 고양이기도 하고, 도둑의 고양이기도 하고, 홀로 사는 할머니의 고양이기도 하고, 소녀의 고양이기도 했다. 하지만 그 누군가의 고양이였을 때 고양이는 아무 것도 아닌 그냥 고양이였다. 고양이의 주인은 그 고양이를 누구보다 사랑하고 아꼈지만 정작 고양이 자신은 주인을 사랑하지도 않았다. 그가 그들의 고양이로 사는 동안의 삶은 그에게 아무 의미가 없었다. 그는 그냥 그들의 고양이 일 뿐이었다.

그러다 그는 누구의 고양이도 아닌 그냥 도둑고양이가 되었다. 그는 100만 년 동안 처음으로 자기만의 고양이가 되었다. 누군가의 나가 아닌 온전히 나만의 나. 얼마나 소중한 삶인가? 100만 번 산 고양이는 100만 번을 살고 나서 진정한 자신만의 삶을 찾았다. 자신만을 위한 자신의 삶을 살면서 고양이는 늘 행복했고, 자신만만했고, 모든 것이 아름다웠다. 그가 진정으로 사랑한 새하얗고 예쁜 고양이. 그가 처음으로 사랑을 알게 되고 그녀를 위해 죽을 수도 있다는 생각을 갖게 해준 유일한 사랑. 그 사랑을 알고 나서 100만 번 산 고양이는 다시 태어나지 않았다.

그의 삶은 100만 번째로 끝이 났다. 누군가의 고양이였을 때 한 번도 울지 않았던 고양이는 하얀 고양이가 죽고 나서 100만 번이나 울었다. 그리고 하얀 고양이 곁에서 조용히 움직임을 멈추었다. '그리고는 두 번 다시 되살아나지 않았습니다.'

마지막 장의 마지막 문구가 먹먹하게 가슴에 남았다. 자신만의 삶을 꿈꿔왔던 그는 우리에게 삶을 살아가는 가장 기본적인 것이 무엇인지 생각하게 해주었다. 내게 의미 있는 나만의 삶을 살며 꿈꾸며 생각해본다. 지금 나는 나만의 삶을 살며 누군가에게 의미 있을까? '100만 번 산 고양이'의 깊은 눈동자가 우리에게 온전한 나만의 삶을 꿈꾸라 말한다.

낯설고 불편해서 더 매력적인

『다섯째 아이』, 도리스 레싱, 정덕애 옮김, 민음사

정순희

　세상 모든 일이 순리대로 흘러가는 평범한 진리가 뒤집어질 때 우리는 익숙한 모든 것들로부터 깨어난다. 그것이 소설일 때는 무거우면서도 매력적이다. 20세기 후반 영국을 대표하는 소설가 도리스 레싱은 2007년 여든여덟 살에 노벨문학상을 수상했다. 1988년 발표한 『다섯째 아이』도 레싱의 저력을 보여주는 낯선 인간의 또 다른 경험이다.

　데이비드와 해리엇은 평범하면서도 정상적인 청춘 남녀이다. 그들에게 행복이란 결혼해서 '적어도 애는 여섯 명 혹은 여덟 명' 이상 낳고, 또 그 아이들이 마음껏 뛰어놀 수 있는 넓고 큰 집을 마련하는 것이다. 두 사람은 런던에서 떨어진 소도시에 거대한 빅토리아풍의 집을 발견하고는 행복한 미래를 위한 완벽한 공간이라고 확신한다. 보증금도 마련할 처지가 못 되지만 아버지의 도움으로 그 집에서 결혼생활을 시작한다. 이어 루크, 헬렌, 제인, 폴, 네 자녀를 낳으며 그들은 스스로 행복한 생활을 만끽하고 있다고 생각한다. 그들의 행복은 너무나 완벽해서 그 누구도 깰 수 없다고 여겼다.

　그러나 다섯째 아이, 벤을 임신하면서 그들의 완벽한 행복은 균열이 생기기 시작한다. 벤은 배 속에서부터 길들여지지 않은 야생마처럼 세상으로 뛰쳐나오려고 몸부림친다. 결국 열 달을 기다리지 못하고 태어난 벤은 괴이하고 난폭한 작은 괴물이다. 한 살도 안 된 벤은 온갖 폭력을 휘둘러 가족들을 공포에 떨게 한다. 벤에게서 가족과 어떤 교감도 기대할 수 없다고 생각한 부부는 벤을 요양소로 보낸다. 벤을 버림으로써 가족 모두를 얻기 위한 최선의 선택이라고 여긴다. 하지만 그 시간은 오래가지 못한다. 해리엇은 가족들의 만류에도 불구하고 엄마라는 이유로 다시 벤을 데려온다. 벤의 등장은 온가족을 다시 두려움에 빠지게 했고, 결국 뿔뿔이 흩어지게 만든다. 오직 해리엇만 남아 벤의 엄마로만 살기로 작정한다.

모성애의 지극함이 벤을 네 아이와 같이 평범한 인간으로 돌아오게 했다면 이 소설은 쓰이지 않았을 것이다. 여전히 벤은 그 안에 넘치는 힘으로 살기를 띠고, 우리가 가장 안전하다고 생각하는 삶의 과정을 받아들이지 않는다.

"그녀는 그를 통하여 인간성(그것이 무엇을 의미하던 간에)이 무대를 차지하기 수천만 년 전에 정점에 도달했던 종족을 바라보고 있다고 느꼈다." (176쪽)

해리엇은 벤이 자기와 같은 종족을 찾으려고 뭉툭한 눈을 희번덕거린다고 생각한다. 해리엇의 마음이 헤아려질 땐 엄마인 그녀가 안타까워 책을 덮을 수가 없다. 오늘날 도저히 납득할 수 없다고 말하는 수많은 사건과 비상식적인 일을 저지르는 사람들도 어쩌면 벤처럼 그들의 세상을 뛰어넘어 오늘로 온 것은 아닌지…. 그들을 보고 고개 젓는 우리의 판단이 사실은 오류일지도 모른다는 생각이 든다. 벤이 자기 세상에 안착하지 못하고 이 세상에 와서 포악한 괴물로 대접받는 것이라면 우리는 어떻게 그를 대해야 할까? 작가도 독자도 고민에 빠지는 부분이다.

익숙한 모자 관계를 벗어난 해리엇의 아픔과 벤의 충격은 생각보다 여운이 깊다. 벤과 해리엇의 불완전한 행복이 어떻게, 얼마나 지속될지 다른 독자들과도 이야기 하고 싶다.

읽다, 오돌토돌

『보다, 물끄러미』, 김용주, 일일사

김정숙

현대 시조문학은 오랫동안 양식의 변형과 계승 과정을 거쳐 오늘날에 이르렀다. 우리 민족의 고유한 문학으로서 절제와 균형의 아름다움을 굳건히 지켜왔다. 김용주 시인은 전통의 약속을 성실하게 지켜온 시인 중의 한 사람이다. 그동안 발표했던 작품들을 모아 출간한 시집이 『본다, 물끄러미』다.

김용주 시인은 1964년 경기 안성에서 태어나 2009년《시조세계》신인상 및《대구문학》신인상 수상으로 등단과 함께 시조 창작을 겸하여 문단 활동을 시작하였다. 현재 대구시조시인협회, 대구문인협회 회원이며,《시조세계포엠》편집위원으로 활동 중이다. 2018 '대구문화재단 창작지원금'을 받았다.

이 시집은 시인의 참신한 사유와 언어미학을 탐색한 결과물이다. 게다가 시각장애인을 위한 점자 겸용의 시집으로 출간되었기에 획기적이다. 시각장애인들의 시적 갈증을 풀어주는 마음의 감로수가 되기를 바라며 신선한 서정성과 차분한 느낌으로 마련된 시편들이 실려 있다.

김용주 문학의 뚜렷한 주제는 인간 존재의 삶을 사랑과 연민으로 탐색하는 데 있다. 저자의 시적 확대경이 자주 가 닿는 곳은 우주의 섭리에 따르는 자연이며, 그 속에서 영위하는 사람들이다. 난해하거나 이질적이지 않기에 편하게 읽힌다. 김용주는 깊고 넓은 사유의 경험을 이타심으로 따습게 펼치며 시어를 조형해 나가는 실력자이다. 자연 사물과 시인 김용주의 언어 조합은 새로운 창조물을 생산해 독자에게 희열을 안긴다. 다음 시 한 편을 기술한다.

"칼날처럼 몸을 세운 척박한 땅이란 땅/ 한순간 울컥하고 올라오는 화를 누르며/ 밟혀도/ 살아남으리/ 살아남아 일어서리// 지상을 붙들고 산 현기증 나는 목숨/ 바람에 부드럽게 눕는 법을 알아갈 때/ 비로소/ 눈부신 생이/ 거룩하게 쓰러진다"(21쪽)

시인은 첫 수에서 '칼날처럼 몸을 세'울 수밖에 없는 풀의 제한된 운명에 시적 자아를 이입한다. 울컥 하고 치미는 화를, 살아남아 다시 일어서리라는 희망이 있기에 억누르는 능력도 있다는 풀의 강인한 생명력을 노래한다. 둘째 수에서는 '바람에 부드럽게 눕는 법을 알아' 가면서 풀은 바람에게 여유롭게 대처하는 삶의 지혜를 터득할 때 "비로소/ 눈부신 생이/ 거룩하게 쓰러진다"라고 술회한다. 한 편 더 살펴본다.

"문득, 눈앞에 놓인 하얀 방명록 한 권/ 무게를 더 하라는 여백의 저 메시지/ 내딛는 발걸음마다 방점 하나 찍는다"(13쪽)

시조의 원형인 단수 작품이다. 깔끔하다. 시인은 시상을 펼치는데 친절한 중매쟁이 역할을 자연에게 맡긴다. 세상이 온통 순백으로 변해버린 자연의 풍광을 시인은 '방명록 한 권'이라고 의미를 더해 표현한다. 자신의 삶에 '무게를 더하라는 여백의 메시지'로 수용하며 앞으로 걸어갈 시인의 발걸음이 방점으로 찍히길 기대한다.

이 시집에 수록된 48편의 작품들을 읽어나가면서 시인의 서정적 내면세계를 새롭게 확장하려는 고뇌가 고스란히 독자에게 오돌토돌 감지되었다. 공감으로 소통되는 우리 시조를 읽는 재미와 함께 시인의 다음 작품을 기다린다.

월든 호수가 들려주는 이야기

『월든』, 헨리 데이빗 소로우, 강승영 옮김, 은행나무

신복순

미국 산문 문학의 고전이 된 이 책은 소로우가 28세 되던 해에 월든 호숫가의 숲으로 들어가 2년 2개월을 홀로 산 체험을 기록한 책이다.

직접 통나무로 집을 짓고 밭을 갈아 농사를 지었으며, 자급자족의 삶을 실천했던 소박한 생활과 더불어 높은 정신적 삶을 추구하는 모습을 그렸다.

"내가 숲속으로 들어간 것은 인생을 의도적으로 살아보기 위해서였으며, 인생의 본질적인 사실들만을 직면해보려는 것이었으며, 인생이 가르치는 바를 내가 배울 수 있는지 알아보고자 했던 것이며, 그리하여 마침내 죽음을 맞이했을 때 내가 헛된 삶을 살았구나 하고 깨닫는 일이 없도록 하기 위해서였다. 나는 삶이 아닌 것은 살지 않으려고 했으니, 삶은 그처럼 소중한 것이다. 그리고 정말 불가피하게 되지 않는 한 체념의 철학을 따르기는 원치 않았다."(139쪽)

19세기에 실험적인 생활을 했던 소로우의 모든 것이 21세기를 사는 지금 동의하기 어려운 부분도 있지만 대자연을 대하는 태도나 인생을 생각하는 근본적인 부분은 충분한 감동을 준다. 또 명상에 대해서나 공자의 말을 인용한 구절에서는 새롭기도 하고 놀랍기도 하였다.

대자연 속에 산다는 것이, 무엇을 보고 어떻게 느끼며 사는가에 따라 가치와 의미가 크게 달라진다고 본다. 그런 면에서 소로우의 생각과 시선을 따라가는 일은 무척 흥미로웠다.

개미나 다람쥐, 다른 여러 동물과 식물들, 월든 호수의 계절에 따른 변화 등, 세밀한 관찰은 놀라움 그 자체였다. 얼음을 뚫고 호수의 깊이를 100군데 이상 조사해서 호수 지도를 만드는 모습이나, 언 땅이 녹을 때 변하는 모래의 움직임까지 관찰하는 대목에서는 진정 자연을 사랑하고 교감하며 산다는 것을 느꼈다. 또 눈 속에 갇혀 아무도 오지 않아도 풀밭의 생쥐처럼 포근하게 살았다고 말했다. 그렇다고 은둔하지는 않았다. 방문자도 많았고 때때로 마을로 찾아가기도 했다. 특히 소로우는 순결, 정결, 절제를 강조했는데 육식과 커피, 차를 멀리하고 소박한 음식을 즐기고 맑고 높은 정신적인 삶을 원했다.

눈이 펑펑 내리는 긴 겨울밤에 멀리 시인이 방문하여 유쾌하고 진지한 대화를 나누었던 것이나, 또 굳은 신념을 가진 철학자와 장시간 인생에 대해 이야기했던 것도 진정한 기쁨을 주었을 것이다.

1847년 9월 6일 소로우는 월든 호수를 떠났다. 결론 부분에서 소로우는 독자에게 자기 자신을 탐험하고 마음속에 발견 못 하던 지역을 찾아 자기 자신이라는 우주학의 전문가가 되라고 조언한다. 이 책은 자연 묘사가 뛰어나고 월든 호수 및 숲의 모습, 그 속에 사는 동식물의 모습이 세밀하게 잘 그려져 있는데, 그것도 중요하지만 소로우가 진정 말하고 싶었던 것은 자연 속에서 살며 깨달은 참다운 인간의 길을 알려주고 싶은 게 아닐까 하는 생각이 든다. 오랜 세월이 흘렀지만 그 시절의 체험이 생생하게 느껴지는 책이다.

노블레스 오블리주

『간송 전형필』, 이충렬, 김영사

김광웅

일제강점기 조선의 부자들이 '노블레스 오블리주'를 실천한 방법은 우당 이회영, 인촌 김성수처럼 교육에 투자하거나 간송 전형필처럼 우리 문화재를 수집한 것이었다. 이 책은 전형필이 문화재를 수집하게 된 계기, 수집하는 과정, 이를 보관하기 위해 최초의 사립 박물관이자 오늘날 간송미술관의 전신인 보화각을 건립하는 과정 등을 담고 있는 간송 家에서 감수하고 공인된 최초의 평전이다. 저자는 재미 작가로 1996년부터 간송미술관을 드나들었고 2006년 간송 탄생 100주년 기념전에 출품된 국보와 보물을 보면서 전형필의 일대기를 쓰기 시작했다고 한다.

서울 종로 4가에서 미곡상을 운영한 선조로부터 막대한 재산을 물려받은 전형필은 식민지시대 조선청년으로서 무엇을 할 것인가를 고민한다. 결국 위창 오세창, 월탄 박종화, 청전 이상범, 심산 노수현 등 당대 기라성 같은 문화예술인과 교류하고 후원하면서 우리 문화재의 아름다움에 심취해 일제가 강탈하려는 문화재를 지키고자 결심한다.

일본의 대수장가인 50대의 무라카미가 전형필에게 '고려청자운학문매병'(국보 68호)을 구입한 값의 두 배를 줄 테니 양보하라고 하자, 20대의 전형필은 "선생께서 천학매병보다 더 좋은 청자를 저에게 주신다면 그 대가는 시세대로 드리는 동시에 천학매병은 제가 치른 값에 드리겠습니다."(33쪽)라고 할 때는 문화재에 대한 전형필의 열정뿐만 아니라 배

쌍과 기백을 느낄 수 있다. 전형필은 대영박물관에 수장될 뻔한 고려청자 20점을 영국인 개스비로부터 매수하기 위해 직접 일본에 건너가 며칠간 가격을 두고 줄다리기를 한다. "나는 고려청자를(개인적인 치부가 아니라) 박물관에 전시하면서 조선에도 이런 찬란한 문화가 있다는 사실을 우리 동포들에게 보여주고 싶다."(314쪽)고 하며 결국 개스비를 감동시켜 40만 원(현재 가격 약 1200억 원)에 구입하는 장면은 읽는 이 또한 감동하게 한다. 그리고 《훈민정음》(국보 70호)을 1만 원에 입수했으나 당시 한글말살정책을 편 일제가 알면 문제가 될까 염려해 광복될 때까지 공개하지 않았고 한국전쟁 때 피난가면서 베개에 넣어서까지 잠을 잔 전형필의 노력 덕분에 오늘날 우리가 《훈민정음》을 볼 수 있는 것이다.

아쉽게도 전형필의 수장품은 한국전쟁을 겪으면서 상당수 분실되었다. 이는 우리가 스스로 문화재를 지키지 못한 결과다. 전형필이 활동한 1920년대부터 일제는 우리 문화재를 헐값에 대량으로 사들였다. 이러한 현상은 광복 후 경제논리가 우선시된 1980년대까지 계속되었다. 이때까지 우리는 우리 문화재의 가치를 알지 못했고 일본은 서울의 인사동을 비롯해 전국의 고서점상을 돌며 우리 문화재를 매입했다. 현재 해외로 반출된 우리 문화재는 대략 17만 점이라고 한다. 최근에야 비로소 문화유산의 중요성을 깨닫고 해외로 반출된 문화재를 환수하려고 하는 등 문화재를 지키려는 여러 움직임이 보인다. 좀 늦은 감이 있지만 지금이라도 정부와 국민이 우리 문화재에 대해 자긍심을 가지고 합심하여 이를 지키려는 노력을 해야 할 것이다.

돈은 벌기도 어렵지만 쓰기는 더 어렵다. 그 옛날 국가가 해야 할 일을 개인 전형필이 대신 한 것은 부자들이 가치 있는 일에 재산을 사용한 진정한 '노블레스 오블리주'를 실천한 것으로 오늘날 가진 자들에게 묵직한 메시지를 던진다.

틀에 갇힌 관계로부터의 탈주

『너의 췌장을 먹고 싶어』, 스미노 요루, 양윤옥 옮김, 소미미디어

정종윤

기괴한 제목이 눈길을 끈다. '췌장'이 먹고 싶다니. 물론 '너의 췌장을 먹고 싶어'(이하 「너의 췌장」)는 식인과는 전혀 관련 없는 소설이다. 하지만 이 기괴한 제목은 작품이 전하고자 하는 메시지의 적절한 변주다. 대체 뭐가 적절하다는 것인가. 제목이 뜻하는 바는 무엇인가.

평범한 남자 고등학생인 주인공은 맹장 수술을 받기 위해 앉아 있던 도중 별난 이름의 공책을 발견한다. 공책의 이름은 '공병문고', 병을 공유한다는 뜻이다. 우리나라 말로 굳이 풀이하자면 투병일기쯤 될 것 같다. 무심코 공책의 첫 장을 펼치자 놀라운 내용이 눈에 들어온다.

'나는 이제 몇 년 뒤에 죽는다. 내가 앓는 췌장의 병은 대부분이 죽는 질병의 왕이다.'

놀란 마음을 추스르기도 전에 '저기요'라는 목소리가 들린다. 뒤에 서 있는 사람은 같은 반이지만 그다지 안면 없는 사쿠라. 평범한 청춘 연애 소설이라면 여기서 서로의 사연을 알게 된 남녀가 사랑을 나누는 단계로 발전하겠지만, 이 소설은 그렇지 않다.

"아. 그래?"

사쿠라의 비참한 운명을 직접 들은 주인공의 반응 전부다. 그러나 자신 앞에서 의례적인 반응을 보이거나 쩔쩔매는 사람들과는 다른 태도에 사쿠라는 오히려 기뻐한다.

"의사들은 내게 진실밖에 주지 않아. 가족은 내 말 한 마디에 과잉반응하면서 일상을 보상 하는데 필사적이지."

사쿠라는 진실과 일상을 함께 할 수 있는 유일한 사람으로 이 무뚝뚝한 남자 동급생을 지목한다. 둘은 식사를 하고 장거리 여행을 함께 한다. 물론 독자들이 기대할 법한 사고는 터지지 않는다. 그들은 점점 서로를 소중하게 여기지만, 일정한 선을 넘지 않는 기묘한 관계를 유지한다.

사회에는 인간관계를 유지하는 방식, 문화라고 부르기도 하고 관습이라 부르기도 하는 것이 존재한다. 시대가 흐를수록 정교해지고 더 예의를 갖추지만 오히려 진심에서 멀어지는 역설이 발생한다. 즉, '너의 췌장'은 죽음을 앞둔 쾌활한 여학생과 무뚝뚝하면서 관찰력이 뛰어난 남학생의 이색적인 만남을 통해 '틀에 갇힌 관계에서 탈주'하며 서로의 진심에 다가가는 경험을 무겁지 않게 탐구한다.

소설 전반부는 주인공의 눈으로 이 기묘한 관계에 대해 기술한다. 사쿠라의 속내를 드러내지 않기 위한 의도적 장치인데, 사쿠라가 죽는 후반부에서 '공병문고'를 통해 이 관계가 사쿠라에게 얼마나 중요하고도 귀중했는지 드러난다.

'공병문고'에서 사쿠라는 '우리 관계를 흔해 빠진 이름으로 부르고 싶지 않다.'고 말한다. 둘의 관계는 친구 사이 우정이라기에는 깊고, 연인 사이 애정이라기에는 서로에 대한 애착을 거의 보이지 않는다는 점에서 독특하다. 어떤 면에서 꽤 아슬아슬하다. 세상의 어떤 관계와도 비슷하지 않기 때문에, 두 사람은 의도치 않은 갈등 관계에 놓이기도 하고 미처 예상 못한 마음 씀씀이에 기뻐하기도 한다. 후반부에서 주인공은 자신의 진심을 틀에서 벗어난 표현으로 담아낸다.

"너의 췌장을 먹고 싶어."

그 겨울의 시집

『사평역에서』, 곽재구, 창작과 비평사

남지민

이 시집, 빈 속지에는 '1994년 1월 22일, 24일에 눈이 내렸다. 대구에 태어나 살아오면서 그리 흔치 않은 일이다, 세상은 화려하고 눈부신 것들로 가득 메워져 있는데 이 시집에는 먼지 낀 간이역과 삶에 지쳐 있지만 그럼에도 불구하고 따뜻한 사람을 만날 수 있을 듯하다.' 라고 적혀 있습니다.

1983년 5월 초판 발행한 이 책을 만난 것은 출간된 지 10년이 훌쩍 넘은 1994년이었습니다. 발간된 지 10년이 지난 그때도 시인이 노래하던 시 속의 곽곽한 사람들의 삶은 크게 변하지 않았었나 봅니다. 시집을 처음 만난 후 24년이 지나 다시 시집을 펴보니 지난 20여 년 동안의 사회 변화와 개인사가 파노라마처럼 스칩니다. 다섯 명의 대통령이 바뀌었고, 사회는 컴퓨터와 휴대전화가 사회 경제적 분위기를 이끌어 가고 있고, 저는 어느덧 중년이 되었습니다. 젊은이들은 취업이라는 어렵고도 큰 무게를 짊어지고 고된 삶을 살아가고, 죽음의 위험 최전선에 서 있는 하청 노동자들, 성폭력과 가정폭력에 힘든 여성들, 인종차별과 불평등에 여전히 내몰린 외국인 노동자들과 이주민, 난민들이 여전히 존재하고 있습니다.

「사평역에서」를 읽은 후 해마다 겨울이면 이 시 속의 풍경이 마음속에 떠올랐습니다.

"대합실 밖에는 밤새 송이눈이 쌓이고/ 흰 보라 수수꽃 눈시린 유리창마다/ 톱밥 난로가 지펴지고 있었다./(중략)/ 산다는 것이 때론 술에 취한 듯/ 한 두름의 굴비 한 광주리의 사과를/ 만지작거리며 귀향하는 기분으로/ 침묵해야 한다는 것을/(중략)/ 낯설음도 뼈아픔도 다 설원인데/ 단풍잎 같은 몇 잎의 차창을 달고/ 밤열차는 또 어디로 흘러가는지/ 그리웠던 순간들을 호명하며 나는/ 한 줌의 눈물을 불빛 속에 던져주었다."

시집 『사평역에서』는 사회의 부조리, 폭력에 대한 분노와 슬픔을 인간의 순수함과 사랑으로 쓰다듬으며 때로는 침묵의 무게가 더 큰 저항으로 느껴지는 시들로 빼곡히 들어차 있습니다. 정권이, 사회가 변했어도 언제 서민이 살기 좋았던 시절이 있었나 싶습니다. 춥고 외롭고 시린 겨울의 한가운데로 들어가면서 시인이 돌아보았던 농민, 도시의 소외된 이웃들 그리고 도시 팍팍한 삶 속에 우두커니 선 '나'를 발견합니다.

곽재구 시인은 1954년 전남 광주 출생으로 전남대 국문과를 졸업하고, 숭실대학교 대학원에서 한국 현대문학을 전공했습니다. 1981년 시 「사평역에서」으로 '중앙일보' 신춘문예에 당선되어 문단에 등단했고 '오월시' 동인으로 활동하면서 토착적인 정서를 바탕으로 사랑과 그리움을 노래하는 시를 써왔습니다.

서정은 현실을 무시하고 내 마음의 마냥 아름답기만 한 말의 나열이 아님을, 분노와 폭력, 항거의 감정까지 부드러운 언어의 물결로 잠재우기도 하고 때로는 바위에 부딪쳐 변화를 가져올 수 있는 큰 힘을 가진 것임을 곽재구 시인의 시를 통해 깨달았습니다. 오늘, 누렇게 바랜 그 겨울의 시집 『사평역에서』를 펴고 난로 속에 톱밥을 던지듯 삶을 지피기 위해 눈물 한 줌 훔쳐 넣고, 좀처럼 오지 않는 삶의 희망 열차를 다시 기다려 봅니다.

내 이름은 딜쿠샤!

『딜쿠샤의 추억』, 김세미·이미진, 찰리북

서미지

아흔다섯 살 할머니 집, 1917년, 갈색 머리의 키 큰 남자 미국인 앨버트 테일러와 금발 머리의 아름다운 여자 영국인 메리 테일러는 인왕산 성벽을 따라 산책을 하던 중 커다란 은행나무를 만난다. 은행나무 밑에 집을 짓고 싶다는 메리의 말에 앨버트는 붉은 벽돌로 집을 짓고 건물 기초에 새겨진 'DILKUSHA 1923' 이라는 명문을 새겨 넣는다. 100년의 시간이 흘러 행촌동' 귀신이 나오는 집' 이 된 딜쿠샤를 앨버트의 아들 브루스가 2006년 여든일곱 살의 노인이 되어 찾아온다. 그로 인해 은행나무마을 붉은 벽돌의 집 '딜쿠샤' 에 숨겨져 있었던 이야기가 세상에 알려지게 된다.

두 저자 김세미, 이미진은 2005년 딜쿠샤를 만나 매료된다. 원래 건축과 역사에 대한 다큐멘터리를 제작하는 작가와 프로듀서였던 그들은 딜쿠샤의 이야기를 기록하기로 한다. 2013년 다큐멘터리 「희망의 궁전, 딜쿠샤」를 제작한 뒤 2017년 『딜쿠샤의 추억』을 펴내었다.

아흔다섯 살의 집 딜쿠샤가 들려주는 이야기 『딜쿠샤의 추억』은 프롤로그와 에필로그를 제외하면 1917년부터 1942년 내 이름은 딜쿠샤', '1945년~2005년 창문 너머로 바라본 서울', '2006년~2016년 언제나 그 자리에' 등 3개의 장으로 나뉜다.

이 책에서 아흔다섯 살 할머니 집 '딜쿠샤' 는 일제강점기, 조선에서 빼앗긴 주권을 찾으려는 조선인을 외면하지 않았던 앨버트가 어떻게 한국 민족대표 33명이 작성한 독립선언서를 입수하고, 1919년 3.1 운동을 세계에 알렸는지 독자들에게 찬찬히 들려주고 있다.

"브루스는 1919년 2월 28일, 3.1 운동 하루 전날 태어났단다. 세브란스 병원에서 브루스를 낳은 메리는 앨버트를 기다리고 있었어. 그런데 갑자기 병원이 소란스러워지더니 간호사들이 병실로 뛰어 들어오는 거야. 간호사들은 메리의 침대에 종이 뭉치를 숨기고는 재빨리 사라졌지. 간호사들이 사라지자마자 병원에 일본 경찰들이 들이닥쳤어. 일본 경찰들은 병원을 샅샅이 뒤지며 무언가를 찾기 시작했지. 하지만 메리의 침대에 숨겨진 종이 뭉치는 찾지 못하고 돌아갔단다.

그날 밤, 앨버트가 아들을 보기 위해 병실로 찾아왔어. 앨버트가 침대에 있던 브루스를 안아 올리자 '툭!' 하고 종이 뭉치가 앨버트의 발밑에 떨어졌지. 앨버트는 그중 한 장을 집어 들어 불빛이 있는 창가로 갔어. 희미한 불빛 아래에서 종이를 들여다보던 앨버트의 얼굴에 놀라움이 번졌어. '조선이 독립국임과 조선인은 자주민임을 선언하노라!' 그 종이 뭉치는 바로 3.1 독립 선언서였단다. 갓 태어난 아기 브루스는 한국의 독립 선언서 위에서 우렁차게 첫 울음을 터뜨리고 있었던 거야."

일제 탄압 아래 조선에서 항일운동을 돕다가 서대문 형무소에 수감, 1942년 강제 추방되기까지 앨버트 테일러가 살았던 딜쿠샤의 2층 창가에 서서 서울을 바라보며 브루스는 말한다.

"어머니는 이 집이 우리 가족의 희망의 궁전이 되길 바랐던 것처럼 오래도록 한국인들의 희망의 안식처가 되길 간절히 바란다고 말씀하셨지."

3.1운동 100주년이 되는 2019년. 이 책을 기쁜 마음으로 소개한다. 기회가 된다면 서울 종로구 행촌동 1번지 아주 특별한 집을 찾아가시라 권하고 싶다. 그곳에 있을 새 희망을 반드시 찾아보시길 바라며!

우리는 함께 살아야 하잖아요

『오래된 미래』, 헬레나 노르베리 호지, 중앙북스

서강

라다크는 세계에서 고도가 가장 높은 지역 중의 하나이다. 티베트 등 히말라야 인근의 다른 지역들처럼 외부의 영향에서 벗어난 독립적이고 독자적인 생존지역이다. 혹독한 기후, 척박한 환경이지만 수용하며 행복하고 만족한 삶을 살아왔다. 긍정적인 불교문화의 영향으로 강한 자립심과 검소한 생활태도가 장점이다.

언어학자이며 사회운동가인 헬레나는 라다크와 서구사회를 오가며 1980년에 '라다크 프로젝트' 라는 이름의 작은 국제기구를 만들었다. '라다크 프로젝트' 는 1991년 생태 친화적이고 공동체에 기반을 둔 생활 방식을 장려하고자 하는 진보적 상황의 부흥을 이끌 'ISEC' 로 재탄생했다.

『오래된 미래』는 라다크와 그곳 사람들의 오랜 친구인 저자가 레 지역과 카길의 잔스키로 벨리에 체류하며 경험한 전통에 대해 설명한다. 함께 고민하고, 제3세계를 개발하는 방식을 바꾸는 '반개발' 의 방식을 배우기를 권한다.

'전통에 관하여' 에서는 1974년 이전, 라다크 사회에 실재하는 인간적인 가치들을 생생하게 부각시켰다. 라다크의 전통사회는 자립정신, 검약정신, 사회적 조화, 환경적 지속성 그리고 내면적인 풍요로움 등을 간직한 사회였다.

'변화에 관하여'는 라다크가 관광지역으로 개방된 1974년부터의 공적 부문의 개발과정이다. 전통과 변화, 특히 젊은이들에게 자신들의 고유문화에 대한 열등의식이 생겨나는 과정이 고통스럽게 다가왔다. 서구사회형의 개발은 라다크 사람들이 속한 공동체의 생활을 빼앗아갔고 보람을 느꼈던 일로부터도 멀어지게 했다.

"이해할 수가 없어요. 제 여동생이 레에 살거든요. 여동생은 일을 빨리 하게 만드는 것들은 뭐든지 가지고 있어요. 옷을 가게에서 구하고 지프를 타고 다니고 전화기나 가스 요리기도 가지고 있어요. 그런 것들 때문에 시간이 많이 절약될 텐데, 제가 찾아갈 때면 저하고 이야기 나눌 시간조차 없을 정도로 바쁘답니다."(206쪽)

"세상 모든 사회는 스스로를 우주의 중심에 두고 색깔 렌즈를 통해 다른 문화를 바라보려는 경향이 있다.(중략) 그것은 또 모든 사람들이 자신과 같거나 자신처럼 되고 싶어 한다고 전제한다."(41쪽)

'미래를 향하여'는 변화의 결과로 그동안 너무 고통스럽게 보였던 자기 부정의 깊은 상처를 새로운 자긍심으로 치유하고 있다. 오늘날까지 온전하게 존속하고 있는 자급경제공동체의 하나로서 라다크는 우리의 과거에 대한 것과 마찬가지로 더욱 중요한 미래에 대한 일깨움이다. 개발의 진행 과정을 단계별로 살펴볼 수 있었던 독특한 경험에 근거하여, 자연과 문화의 관계를 오래된 기반위에 새로운 것의 건설할 새로운 시작점이기도 하다.

이제 누구나, 자신들의 환경을 이해하고 전통 의식을 오래도록 지속시키고 재발견하는 방법으로 자신이 살고 있는 공동체에 얼마든지 의견을 말할 수 있었으면 좋겠다.

삶의 여정

『우리 읍내』, 손톤 와일더, 오세곤 옮김, 예니

정화섭

새해다. 동녘 하늘에 햇살이 퍼지듯 일상의 소중함을 팽팽하게 당겨
본다. 살아가면서 삶의 허무를 버티게 해주는 것들은 무엇이 있을까도
생각해 본다. 손톤 와일더의 '우리 읍내'는 총 3막으로 일상생활, 사랑
과 결혼, 죽음이라는 소재를 통해, 평범한 일상이 지니고 있는 탁월한
가치를 우리에게 환기시켜 주는 작품이다.

미국의 소설가이자 극작가인 작가 손톤 와일더(1897~1975)는 소설과
드라마 부문에서 퓰리처상을 수상한 유일한 작가이기도 하다. 1927년
『산 루이스레이의 다리』, 1938년 『아워타운』, 1942년 『위기일발』 등을
발표했다. 작가는 소설과 희곡에서 본성에 내재하고 있는 보편적인 진
리에 대한 견해를 많이 다루었다.

1막에서는 일상생활의 모습을 보여준다. 아침이면 우유와 신문이 배
달되고 늦은 오후가 되면 아이들과 남편이 집으로 돌아온다. 너무나 평
범하게 흘러가는 일상이다. 2막에서는 조오지와 에밀리의 결혼장면이
펼쳐진다. 결혼식이 과거로부터 되풀이 되어온 보편적인 것임을 설명한
다. 3막은 공동묘지와 죽음이 주제이지만 죽음을 통해서 삶이 재인식된
다.

"안녕, 이승이여, 안녕. 우리 읍내도 잘 있어. 엄마, 아빠, 안녕히 계세

요. 째깍거리는 시계도, 해바라기도 잘 있어. 맛있는 음식도, 커피도, 새 옷도, 따뜻한 목욕탕도, 잠자고 깨는 것도. 아, 너무나 아름다워 그 진가를 몰랐던 이승이여, 안녕.(눈물을 흘리며 무대감독을 향해 불쑥 묻는다.) 살면서 자기 삶을 제대로 깨닫는 인간이 있을까요? 매 순간마다요?" (117쪽)

죽은 에밀리가 다시 무덤으로 되돌아가기 전에 일상과 이별하는 독백이다. 평범한 사람들의 하루하루가 얼마나 소중한지를 일깨운다. 모성적 부드러움과 무無의 신비가 공존한다. 우리 모두는 마지막이 우아한 죽음이기를 바란다. 어쩌면 이승의 마지막 이별일 때 이 대사를 떠올리면 위로가 될 것만 같다.

우리에게 들려주는 읍내 이야기는 언덕 너머의 목소리로 겸허하게 젖어온다. 만물이 지닌 본성이 무엇인지를 생각하게도 한다. 내면에 숨겨진 욕망을 통해서 인간다움을 지향하는 목소리가 큰 울림을 주기 때문이다. 우리가 찾아가는 구심점은 무엇인가? 자신의 삶을 음미하듯, 당기는 인연의 고리 속에서 엄숙함과 익살스러움을 엿본다.

삶을 적극적으로 살라는 '카르페디엠'의 메시지는 누구나 알고 있다. 하지만 우리는 시간의 빛깔, 자연의 빛깔을 외면한 채 장님으로 세상을 사는지도 모른다. 무지의 구름 속을 헤매면서, 괜히 주위 사람들이 감정이나 짓밟고, 마치 백만 년이나 살 듯 시간을 낭비한다.

'우리 읍내'는 엘리엇의 말을 빌리면, "미래의 시간은 과거의 시간 안에 포함되어 있는" 것이기도 하다. 우리 안의 신화처럼 탄생과 죽음은 끝없이 반복된다. 긴 여운 속의 단면들이 참으로 소중하게 다가온다. 나에게 던지는 질문이듯, 삶이 피곤한 시계처럼 맥이 풀일 때 이 책을 권한다.

다시 묻는 인생의 의미

『숨결이 바람 될 때』, 폴 칼라니티, 이종인 옮김, 흐름출판

김남이

　짧은 생애지만 매순간을 의미로 채운 삶이라면, 그의 생이 짧았다고
만 할 수 있을까? 그러나 못다 이룬 열망은 어쩔 수 없이 그의 짧은 생을
말해준다. 책의 제목 앞에 붙은 '서른여섯 젊은 의사의 마지막 순간'이
라는 전제는 이 책을 설명하기엔 너무나 부족한 말이 아닐 수 없다. 의
사이기도 한 마종기 시인, 이해인 수녀, 이국종 교수 등 저명한 많은 이
들이 한국어판 이 책에 추천의 글을 실은 것도 그런 까닭일까?

　폴 칼라니티. 그는 아버지, 삼촌, 형이 모두 의사였음에도 의학보다는
문학과 언어의 힘에 매료되어 대학에서 영문학을 선택했다. 문학과 철
학을 공부하면서 뇌의 역할에 점점 관심을 갖게 되었고, 생물학과 신경
과학도 파고들었다. 영문학으로 석사과정을 마쳤지만, '생물학, 도덕,
문학, 철학이 교차하는 곳은 어디인가?'라는 질문을 내려놓을 수 없던
그는 의과 대학원에 진학하여 레지던트 과정을 거의 끝내가고 있었다.

　따뜻한 감성과 탁월한 손기술로 최고의 뇌신경 전문의가 되려는 인생
의 정점을 앞두고 선고받은 죽음. 남은 시간 동안 할 수 있는 일은 뭘까
를 생각하며 그는 이 책을 썼다. 프롤로그와 본문인 1부, 2부를 그가 썼
지만, 에필로그는 그의 아내 루시가 그가 떠난 뒤에 썼다. 건강한 몸과

190

마음으로 최선을 다해 삶을 가꿔온 그가 마지막까지 가족과 수술실 환자에게 집중했고, 마침내 존엄한 죽음을 용기있게 수용한 이야기.

그는 학생들에게 삶의 깊은 의미를 깨우쳐주는 영문학 교수로, 혹은 방사선과나 피부과와 같은 덜 고된 분야의 느긋한 의사로, 육체적으로 조금은 덜 고단하게 살 수도 있었을 것이다. 그러나 "도덕적인 명상은 도덕적인 행동에 비하면 보잘것 없었다."(66쪽)는 생각이 의학을 택하게 했고, "신경외과는 가장 도전적으로 또한 가장 직접적으로 의미, 정체성, 죽음과 대면하게 해줄 것"(96쪽)이라는, 소명 의식이 남달랐다.

"의사의 책무는 무엇이 환자의 삶을 가치 있게 만드는지 파악하고, 가능하다면 그것을 지켜주려 애쓰되 불가능하다면 평화로운 죽음을 허용해주는 것이다. 그런 책무를 감당하려면 철두철미한 책임감과 함께, 죄책감과 비난을 견디는 힘도 필요하다."(141쪽)는 문장은 의사로서의 그의 철학적 고뇌와 소명 의식을 잘 보여준다. 시체해부실이나 수술실의 생경하지만 생생한 장면도 의사 작가의 글이 주는 경이로움이다.

"연애 시작 때의 팔팔하고 눈부셨던 그 남자가 아니다. 뭔가에 집중하는 아름다운 남자였던 투병 말기의 폴, 이 책을 쓴 폴, 병약하지만 결코 나약하지 않았던 그 남자가 그립다."(258쪽)라고 루시가 그리워하는 사람을 우리는 이제 이 책 속에서 만날 것이다. 자기 인생의 의미를 겸손하게, 소중하게, 감사하게 돌아보고 싶은 이라면, 그가 어떤 상황에 있든 이 책은 정말 좋은 친구가 되어줄 것이다.

일상으로의 회귀

『무진기행』, 김승옥, 민음사

이다안

'무진기행'은 김승옥의 단편 소설이다. 김승옥은 1942년 일본 오사카에서 태어났고 1945년 해방과 함께 전남 순천에서 성장했다. 서울대 불어불문과를 졸업했으며 1962년 한국일보 신춘문예에 단편「생명연습」이 당선되어 등단했다. 같은 해 김치수, 김현, 염무웅, 서정인, 최하림 등과 같이 동인지 '산문시대'를 발간하고 본격적인 문단활동을 시작했다.

1964년「역사」,「무진기행」등을 발표하고「서울, 1964년 겨울」로 제10회 동인문학상을 수상했으며 1960년대를 대표로 하는 작가로 평가 되었다. 1977년「서울의 달빛 0장」으로 제1회 이상문학상을 받으면서 소설가로서도 주목을 받았다. 이후 신앙생활로 더 이상 소설을 쓰지 않다가 산문집『내가 만난 하나님』을 발표하면서 문학 활동을 재개하고 있다.

'무진기행'은 현실적인 공간 서울을 떠나 탈속적인 공간 무진에서의 며칠을 그린 소설이다. 서울에서의 나와 무진에서의 나는 동일인임에도 불구하고 현실과 꿈, 세속적인 가치와 본질적인 가치로 서로 팽팽하게 맞서고 있다. 일상을 벗어난 무진에서의 일탈은 결국 현실로 되돌아 갈 수밖에 없는 인간 내면의 심리를 잘 묘사했다.

"버스가 산모퉁이를 돌아갈 때 나는 '무진 Mujin 10km'라는 이정비를 보았다."(9쪽) 소설의 첫 대목이다. 서울에서 제약회사에 다니는 윤희중은 며칠 후면 장인의 도움으로 제약회사 전무가 된다. 주주총회를 앞두고 아내의 권유로 어머니 묘소가 있고 어린 시절의 자신이 있는 무진으로 내려간다. 무진에서 그를 존경한다는 문학 소년이었던 후배 '박'과 고등고시에 합격해 세무서장이 된 동창 '조'와 음악교사 '하인숙'을 만난다.

윤희중은 무진을 떠나 서울로 가고 싶어 하는 하인숙을 사랑하게 된다. 왜냐하면 "당신은 제 자신이기 때문에 적어도 제가 어렴풋이나마 사랑하고 있는 옛날의 저의 모습이기 때문입니다."(41쪽) 하인숙에게서 과거 자신의 모습을 보게 되었던 것이다. 서울로 상경하라는 아내의 전보를 받고 그녀를 서울로 데려 가겠다는 편지를 써 놓고 결국 찢어 버린다. 그리고 서울 행 버스를 탄다.

어디쯤에선가, "길가에 세워진 하얀 팻말을 보았다. 거기에는 선명한 검은 글씨로 '당신은 무진을 떠나고 있습니다. 안녕히 가십시오'라고 씌어 있었다."(41쪽) 윤희중은 현실과 이상에서 자신에게 주어진 한정된 책임을 선택하게 된다. 그 책임은 도덕이라고 믿는 윤리적 책임이고, 현실은 윤리를 택할 수밖에 없는 인간의 감각이며, 부끄러운 인간의 한 단면이다.

오늘도 미세먼지 나쁨이다. 안개에 가린 듯 하늘이 희뿌옇다. TV에서 가능하면 바깥출입을 자제하라는 기상캐스트의 음성이 흘러나온다. 이런 날은 무진의 안개를 떠올리며 책상에 앉아 무진기행을 하는 것도 나쁘지 않겠다.

고시조로 읽는 옛사랑

『아름다운 사랑이 굽이굽이 맺혔어라』, 임형선, 채륜

손인선

오래전 교과서에서 만난 황진이의 시조를 다시 만나니 친구를 만난 듯 반갑다. 문풍지 우는 소리 들으며, 호롱불 아래서 읽었으면 더 좋았을 고시조집이다.

이 책을 펴낸 임형선 작가는 1987년 '현대시조'로 등단해 '월간문학'과 '부산 MBC'에서 주최한 문학상에 당선되어 작품 활동을 시작했다. 소설, 동화, 동시조 등 50여 권을 출간했고 함께 지은 시집도 여러 권 있다.

이 책의 구성은 1부, 평시조에서 유명씨와 무명씨로 나뉘고 2부 사설시조 엇시조에서 다시 유명씨와 무명씨로 나뉜다. 각 작품마다 원문, 해설, 어구풀이, 작품이 쓰인 배경까지도 소개하고 있어서 읽기에 무리가 없다. 그러나 이 서평에는 우리말 풀이로 된 것만 실었다.

"바람도 불든지 말든지, 눈비도 오든지 개든지 나와는 상관이 없어라

임께서 아니 와 계시면 어찌할 것인가 걱정하겠지마는

우리 임께서 이미 오신 후이니, 바람이 불든지 눈비가 오든지 내 알바 아니다" - '무명씨' · 고금가곡(192쪽)

재밌는 것은 유명씨의 작품은 대상이나 의미를 드러내는 부분도 있지만 간접적이고 소극적인 표현이 많은 반면에 무명씨의 작품은 솔직하고 직접적이고 대범한 표현이 많다. 시조가 나온 지 오래되어 작자 미상인

경우도 있겠지만 일부러 이름을 드러내지 않고 읊은 시조도 꽤 있을 것이다. 텔레비전 프로그램에 '복면가왕' 이 있는데 이름이나 얼굴을 가리면 사람들은 훨씬 대담해진다는 게 진리인 듯하다.

"바둑이, 검둥이, 청삽사리 중에 저 노랑 암캐같이 얄미울까

미운 임 오면 반겨 내닫고, 고운 임 오면 캉캉 짖어 못 오게 한다

문밖에 개장사 가거든 칭칭 동여매어 주리라" - '김수장金壽長'·교주 해동가요(543쪽)

나도 모르게 깔깔 웃고 만 작품이다. 개도 질투를 하는가? 아니면 짓궂은 개인가? 주인 입장에서 보면 얄미울 만도 하리라. "개 사요~ 개 삽니다!"하는 개장수 소리가 들리는 듯하다. 뭐든 눈치껏 살아야 귀염도 받고 제명대로 사는 법인데 사람도 동물도 더러 눈치 없는 경우가 있기도 하다.

"오늘도 날이 저물었도다. 저물면 다시 날이 샐 것이로다

날이 새면 이 임 갈 것이로다. 가면 못 볼 것이니, 못 보면 그리워하려니, 그리워하면 병이 들려니, 병이 들면 살지 못하리로다

병이 들어 내가(작자) 못 살 것 같으면 나와 자고가면 어떻겠는가" - '무명씨'·진본 청구영언(506쪽)

그리워하는 마음은 처음엔 작았더라도 날이 갈수록 점점 더 커진다. 사설시조에는 같은 사랑을 읊더라도 앞부분의 평시조보다 훨씬 자유분방하고 외설적이다. 현대시나 소설에서보다 더 노골적인 표현이 상투 틀고 뒷짐 지고 다니던 사람에게서 나왔다고 하니 놀랍기만 하다.

'한시미학산책' 이나 '고문진보' 같은 책이 동양적인 정신을 배울 수 있다면 이 책은 우리 선조들의 일상에 좀 더 깊이 들어가 그들의 사랑을 엿볼 수 있는 기회가 되었다.

뻔한 일상 중에

『번쩍하는 황홀한 순간』, 성석제, 문학동네

최지혜

　불쑥, 따분하다. 어제 갔던 길을 오늘 걷고, 내일도 이 길을 걸을 게 뻔한 일상에 하품이 난다. 새로움을 꿈꾸지만 두려움에 선뜻 다른 길로 가지 못한다. 다람쥐 쳇바퀴 돌듯 같은 삶에 안주하면서 생뚱맞은 생각을 하는 게 어이없어, 일본의 소설가 무라카미 하루키가 수필집 '랑겔한스섬의 오후'에 쓴 '소확행', 작지만 확실한 행복을 중얼거렸다.

　베란다 문을 열었다. 며칠 계속 되던 미세먼지가 말끔히 사라져 공기가 상쾌하다. 내 인생에도 답답하고 기억하고 싶지 않은 나날만 있었겠는가? 황홀했던 순간도 분명 있었다. 먹은 적 없는 까마귀 고기 먹은 듯, 다만 까먹고 있는 것이다

　심심풀이 땅콩 찾듯 책꽂이를 뒤적뒤적 번쩍, 눈에 띄는 책을 찾았다. 따분함을 한 방에 날려 버릴 것 같은 제목에 끌려 첫 장을 넘겼다.

　성석제의 '번쩍하는 황홀한 순간'에 실린 32편의 단편을 읽는 내내 키득키득 웃었다. 에둘러 억지 감동을 이끌어내지 않는다. 이웃사촌들의 이야기 같고, 내가 경험한 이야기가 같아 웃음이 멈추지 않았다. 격식 따위 신경 안 쓴 듯, 부조리에 대한 비판과 풍자에 속이 시원했으며, 평범한 사람들의 진실한 사랑에 동화되었다.

　"아, 아, 이 마이크가 왜 이카나. 아, 아, 원투스리포오, 아, 뒤에 잘 들리십니까.(뒷줄: 뭐 기양도 들리는구만 마이크는 뭐 하러 싸싸 전기만

닦구료)(26쪽)

'당부말씀' 은 구수한 사투리와 시골의 정이 물씬 느껴진다. 소리 내어 읽으니 말맛이 살아났다.

"목욕을 마치고 나와서 나는 무심코 간판을 올려다보았다. 사람 크기만 한 세. 비. 리. 라는 글자, 이어지는 거대한 온천마크 그리고 그 아래에 사람 주먹만 한 작고 검은 글씨는 '식 대중목욕탕' 이었다."(46쪽)

한참 웃었다. 온천인 줄 알았는데 온천식 대중목욕탕이란다. 주인공처럼 눈에 보이는 것이 전부인 줄 알았다가 낭패를 본 경우가 한두 번이 아니어서 웃음이 멈추지 않았다

"모든 순간이 번쩍 거릴 수는 없다는 것을 알았다. 인생의 황홀한 어느 한 순간은 인생을 여는 열쇠구멍 같은 것이지만 인생 그 자체는 아님을"(231쪽)

성석제는 1986년 '문학사상' 시 부문 신인상을 수상하며 등단했다. 1995년 〈문학동네〉 여름호에 단편 「내 인생의 마지막 4.5초」를 발표하며 소설가의 길로 들어섰다. 대표작으로 「소풍」, 「황만근은 이렇게 말했다」, 「홀림」, 「호랑이를 봤다」, 「투명인간」 등이 있다.

따분한 오늘 나는, 출근해서 어둠이 가시지 않은 거리를 청소하는 환경미화원과 따뜻한 차 한 잔을 나누었고, 가로수 사이를 날아다니는 새소리에 미소 지었고, 매화나무가지 몽글몽글 황홀한 순간도 보았다.

2월은 어영부영하다 보면 훌쩍, 지나간다. 명절이 있는 2월은 더 빨리 지나간다.

남은 2월 어떻게 보내고 싶은가?

웃으며 보내자! 재미있는 책을 읽으며 활짝 웃음꽃 피워보자! 봄꽃이 무색하게.

나만의 속도

『혼자 책 읽는 시간』, 니나 상코비치, 김병화 옮김, 웅진지식하우스

추필숙

한때 '나만의 방'에 연연했던 적이 있었다. 지금은 '나만의 시간'에 대해 전전긍긍한다. 최근에 이런 고민을 날려버릴 책을 찾았다. 혼자 책 읽는 이 시간이야말로 대단하고 단단하게 우리를 우주만 한 행복의 상태로 이끈다는 것을 알려주는 책이다. 삶의 시공간을 끝없이 확대하는 저자의 안목과 열정을 깊이 지지한다.

저자인 니나 상코비치는 하버드 로스쿨을 졸업하고 천연자원수호위원회 담당 변호사로 활동하며 블로그와 매체에 북 리뷰를 쓰고 있다. 이 책은 언니를 잃고 3년이 지나도 슬픔과 죄책감에서 자유로울 수 없었던 저자가, 언니와 공유한 것들 중에서 웃음, 말, 책을 떠올리고 책에 풍덩 빠졌다가 다시 온전해져서 나타나려고 '마법 같은 독서의 한 해'를 선언하고 기록한 독서기이다.

프롤로그가 있고, 본문은 총 21장으로 나누어져 있다. 2008년 46번째 생일에 『고슴도치의 우아함』으로 시작한 독서는 매일 한 권씩 읽고 다음날 서평을 블로그에 올리는 것으로 일 년 동안 이어졌다고 할 뿐, 블로그의 내용은 책에 소개되어 있지 않다. 대신 혼자 책 읽는 시간이 준 위로와 치유에 관한 내용이 꼼꼼히 담겨 있다. 읽는 것도 일이라는 것과 선물 받은 책의 딜레마를 논하면서 읽기의 어려움을 말하고, 읽기의 난이도와는 상관없이 서평을 쓰는 일의 난감함을 호소하기도 한다. 읽은

책의 순서와도 무관하다. 예를 들면, 11장 '남의 사랑이야기로 복습하는 옛사랑' 이라는 소제목 아래에는 어니스트 J. 게인스의 '죽음 앞의 교훈' 에서 발췌한 문구를 소개해 두고, 저자는 독자라는 옷으로 갈아입고 주인공의 사랑과 자신의 옛사랑을 함께 들려준다. 부록으로 도서목록이 실려 있다. 우선 하루 한 권이라는 양이 놀랍다. 무모한 도전이라는 말이 떠올랐고, 이렇게 강박적으로 읽은 책이 나중에 기억이나 날까 싶다가도, 무언가 미련 없이 실컷 해볼 수 있다는 것에 외경심을 느끼게 하고 가치를 부여하게 한다. 더불어 우리에게도 도전을 부추긴다. 읽을수록 책을 체화한다는 것이 무엇인지 알게 해 준다.

저자는 등장인물들의 생사를 들여다봄으로써 언니의 죽음 대신 삶을 기억하고, 슬픔은 떼어내는 것이 아니라 기억을 통해 흡수하는 것임을 알게 되며, 죄책감은 『우연히』의 볼소버를 통해 치유하고 있음을 알린다. 나쁜 일이 오더라도 그것이 부담은 될 수 있지만 올가미는 아니라는 것을 독서를 통해 알게 되었고, 『열린 문』을 읽을 땐 울슨이 점점 더 좋아졌고, 거듭 밑줄을 쳤다고 했다. "책 한 권을 끝내기 싫어 가슴이 찢어진 적이 있는가? 마지막 페이지가 덮이고 한참 뒤까지도 계속 당신의 귀에서 속삭이고 있는 그런 작가가 있었는가?"(143쪽) 저자가 밑줄 쳤다는 부분이다. 이어서 저자는 웃음기 가득한 문학소녀로서의 어투를 빌려 "있어, 있다고!"(143쪽)라고 답해놓았다.

독서의 한 해가, 마음의 벗이었던 큰언니를 떠나보내고, 어떻게 살아가야 하는지 파악하는데 필요한 여백이었다고 말하면서도, 저자는 다시는 매일 한 권씩 일 년간 책을 읽지는 않겠다고 한다. 하지만, "아직 읽어야 할 책이 너무나 많고 찾아야 할 행복이 너무나 많으며, 드러내야 할 경이가 너무나 많다"(281쪽)는 말로 책을 끝내고 있다. 매화가 피었다. 꽃도 책도 '나만의 속도'에 맞추면 될 일이다.

내 안의 황금 깃털

『황금 깃털』, 정설아, 문학과 지성사

정순희

시간을 넘나드는 능력과 후회스러운 과거의 한 지점을 지울 수 있는 그 무엇이 있다면 인간은 어떠할까? 이런 상상이 날개를 펼쳐 영화나 소설이 되기도 하고, 흥미로운 동화를 탄생시키기도 한다. 정설아의 동화 '황금 깃털'은 시간 이동의 판타지를 통해 어린이들이 겪는 삶의 갈등을 어른들의 세계까지 확장 시키는 의미 있는 이야기이다.

정설아는 EBS 방송작가로 활동하다가 보이지 않는 세상에 대한 궁금증으로 동화작가가 되었다고 한다. 누군가를 위하는 용기, 미운 사람을 해하지 않을 용기, 시간을 견딜 줄 아는 용기를 어린 친구들과 나누고자 쓴 작품 '황금 깃털'이 제8회 마해송문학상을 수상하며 독자들을 만났다. 그동안 「나 오늘 일기 뭐 써?」, 「폭탄 머리 내 짝꿍」, 「생각이 커지는 철학동화」 등도 발표했다.

"파도가 일렁이기 시작했다."는 동화의 첫 문장과 "잿빛 구름은 보이지 않았다."는 맨 마지막 문장까지 시간의 섬이라는 판타지 공간과 현실을 오가는 구성 덕분에 이야기 속으로 쑥 빠져든다.

주인공 해미는 경아를 괴롭히는 지수와 친해지기 위해 지수와 한편이 된다. 마음에 들지 않는 친구를 같이 헐뜯으면서 친밀감을 느끼고, 그 친구를 해함으로써 지수와 우정이 깊어진다. 부모에게 착한 딸로, 지수에게 좋은 친구가 되고 싶어서 한 일이 결국 자신이 원하지 않는 방향으로 흐르자 해미는 일기장을 통해 시간의 섬에 간다. 그곳에서 과거를 고칠 수 있다는 황금 깃털을 가지고 부끄러운 지난 일들을 지운다.

"다시 가탈의 성을 찾았다. 가탈은 웃으며 해미를 반겼다. '과거로 돌아가 현재를 다시 사는 거, 꽤 편하지?' 해미는 고개를 끄덕였다. 과거로 돌아가니 싫었던 기억을 떠올리지 않아도 되고 어떤 일이 일어날지도 미리 짐작할 수도 있어 좋았다."(150쪽)

가탈의 얘기대로 하자 해미는 모든 게 완벽하게 보인다. 그러나 그건 잠시 뿐, 새롭게 시작한 일들은 예상치 못한 문제를 만들며 더 복잡하게 꼬여든다. 그러자 해미는 과거로, 더 과거로 가서 문제되는 일을 지우는 데만 급급해한다. 시간의 섬에서 해미를 이끌어준 보짱은 가탈의 말처럼 과거를 지우는 것이 시간을 갖는 것도, 과거를 고치는 것도 아니라고 설득한다. 하지만 해미는 아랑곳하지 않는다. 결국 해미를 가장 진실하게 대해주었던 할머니를 통해 후회스런 과거를 지운다고 해서 삶을 바꿀 수 있는 게 아니라는 걸 깨닫게 된다.

"어둠이 무섭다고 자꾸만 불을 껐다 켜면 어떻게 될까? 불을 끄는 순간은 아무것도 보이지 않아 겁을 먹게 되지. 하지만 어둠을 견디다 보면 금세 익숙해져서 눈앞의 것이 서서히 보이게 되잖니? 시간도 마찬가지야. 당장 눈앞에 놓인 어려움이 해결될 것 같지 않아 두렵고 무서워도 조금만 견디다보면 모든 것이 보이게 되어 두려움과 무서움을 이겨 낼 수 있게 되는 거란다."(203쪽)

과거를 지우는 일보다 더 중요한 것이 무엇인지 독자가 자연스럽게 깨닫게 되는 지점이다. 누구나 가슴속에 황금 깃털을 가지고 있다. 현재가 즐겁지 않아서 과거를 고치고 싶은 유혹이 있을 때 황금 깃털을 꺼내 과거를 지우고 새로 살지, 지나온 시간에 연연하지 않고 현재의 그 자리를 견뎌낼지, 그것은 우리 각자의 몫이 아닐까.

가슴으로 바다를 읽는다

『곽재구의 포구기행』, 곽재구, 열림원

우남희

　'사람은 책을 만들고 책은 사람을 만든다', '독서가 정신에 미치는 영향은 운동이 육체에 미치는 영향과 같다', '세상의 모든 것은 책 속에 존재한다'를 비롯해 독서에 대한 명언은 무수히 많다. 이렇듯 독서를 강조하는 것은 세상을 바라보는 올바른 시각과 미래를 보는 혜안을 갖게 할 뿐만 아니라 세상을 바꾸는 힘이 되기 때문이다.

　오래 전, 책을 통해 세상을 바꾸고, 삶을 윤택하게 하자는 취지에서 만든 프로그램이 있었다. MBC! 느낌표 '책을 읽읍시다'이다.

　『곽재구의 포구기행』은 이 느낌표에 선정된 기행 산문집이다. 어디론가 홀쩍 떠나고 싶었지만 현실에 발목 잡혀 끙끙거린 적이 있었다. 그때 만난 책이 이 책이다.

　저자 곽재구는 토착적인 정서를 바탕으로 진지한 서민들의 삶을 표현하는 작가다. 신춘문예 당선작이기도 한 『사평역에서』의 시집을 비롯해 『전장포 아리랑』, 『꽃보다 먼저 마음을 주었네』 등과 동화집 『낙타풀의 사랑』, 『아기 참새 찌꾸』 산문집으로 『내가 사랑한 사람 내가 사랑한 세상』 등을 냈다. 그의 작품들이 교과서에 많이 실려 교과서 작가로 더 잘 알려져 있다.

　학기가 시작되고 만물이 소생하는 또 다른 시작점 3월. 더불어 살아가는, 마음이 따뜻한 세상, 차별받지 않는 공평한 세상, 서민들의 삶이 윤택했으면 하는 근원적인 바람을 안고 다시 길 위에 섰다.

길이 산을 만나면 고개가 되고, 물을 만나면 나루가 되고, 포구가 된다. 우리나라는 삼면이 바다로 둘러싸여 포구가 많다. 포구는 어머니의 자궁처럼 포근하고 아늑하다. 삶이 고달프거나 외롭고 힘들 때 일상에서 벗어나 마음의 안식처인 고향을 찾고 어머니를 찾듯, 생존의 바다로 나갔던 배들도 포근하고 아늑한 포구에 고단함을 내려놓고 안식에 깃든다.

평온한 노동이 어디 있을까. 바다를 터전으로 하는 사람들의 삶은 거칠다. 살기 위해 몸부림치는 사람들이 비단 갯사람들만은 아니지만 망망대해에서 얼기설기 얽힌 그물에 생을 걸어야 하는 그들의 삶은 고단하면서도 희망차다.

"나는 사람들 틈 사이를 비집고 다니며 멸치배의 그물 터는 풍경 속에 내가 지닌 가장 따분하고 어리석었던 시간들을 날려 보냈다." (79쪽)

"몇 십 년 혹은 그보다 훨씬 많은 시간이 흘러도 변하지 않는 것들이 있다. 그것들이 어쩌면 우리들의 삶을 영속시키는 힘인지도 모른다. 보리피리를 불며 아이들은 돌아갈 그리움이 있다. 그 그리움이 쌓이고 쌓여 새로운 세상을 만나고, 어떤 힘들고 추한 시간들과 부딪쳤을 때 스스로 그것들을 훌훌 털고 일어설 힘을 지니게." (126쪽) 하는 것도 희망이 있기 때문이다.

총 3장으로 이루어진 이 책은 삼면을 아우르고 제주 대정읍의 사계포와 우도, 조천보구까지 그 영역을 넓힌다.

사진으로 바다를 본다. 적멸의 세계, 노을로 인해 활활 타오르는 불바다, 멸치를 터는 역동적인 삶, 달리아 꽃처럼 싱싱한 마을 불빛, 파도의 꽃 이파리, 땅바닥에 순풍순풍 꽃을 피운 동백이 독자들을 길 위에 서게 한다. 길 위에 선 모든 이들은 시인이 된다.

전혜린과 데미안

『데미안』, 헤르만 헤세, 북하우스

우은희

　헤르만 헤세는 1차 세계 대전 당시 독일포로후원센터에서 근무하면서 이 책을 집필하였다. 그리고 전쟁이 멈춘 이듬해인 1919년, 에밀 싱클레어라는 가명으로 출판하여 그해 젊은 신인작가에게 주어지는 폰타네 상을 수상하였다.

　"나는 나 자신 속에서 스스로 나오려는 것만을 살려고 시도했었다.

　왜 그것은 그렇게도 어려운 일이었을까?"

　'데미안' 의 첫 구절을 전혜린의 유고집에서 먼저 보았다. 내 머릿속의 관념이 타인의 종이 위에서 오롯이 형체를 갖춘 것을 보고 전율하지 않을 수 없었다. 지금은 웃을 일이지만, 그녀가 번역한 '데미안' 을 찾기 위해 그 옛날 남문시장에서 대구역 지하도까지 헌책방이란 헌책방은 모조리 찾아 다녔다. 뜻밖에 전혜린의 '데미안' 은 친구네 학교 도서관에서 발견되어 필자의 손으로 들어왔다.

　책은 아픈 만큼 성숙한다는 단순한 이야기가 아니기에 성장소설의 고전이라는 반열에 올라있다. 어느 시기에 누구나 한 번은 겪게 될 정신적 발달단계를 분석심리로 조명한 최초의 소설이다. 심층심리학에서 말하는 의식과 무의식을 아우르는 정신의 중심에는 자기가 있다. '자기' 의 상징이 바로 데미안이다. '나' 는 누구인가? 이 중요한 물음으로, '공사중' 인 사춘기의 뇌는 정체성을 확립한다. 결코 간과하거나 여과될 수 없는 생의 골든타임. 무의식을 자각한다는 것은 여태까지 알고 있던 세계가 완전히 다르게 해석될 수 있다는 충격적인 사실이며, 기존의 세계를 파괴하고 새로운 정신세계를 구축하는 일이다. 이 과정에서 만나게 되는 데미안은 고뇌하고 방황하는 청춘들이 거치는 관문이며, 스스로 초월하여 도달한 성장의 결과이다.

우리나라에서 'Demian'은 1955년 영웅출판사에서 펴낸 김요섭 번역의 '젊은 날의 고뇌'가 처음이다. '잠을 자던' 책을 1966년 문예출판사가 창업하면서 첫 책으로 '데미안'(공짜에 가깝게 판권을 사다 제목만 되살린)을 출판하였다. 5천 부를 넘기면 베스트셀러가 되던 시절에 1년 만에 5만 권을 판매했으니, 시쳇말로 대박을 친 것이다.(이미 1964년 신구문화사의 '노벨문학상전집' 헤세편에 전혜린의 '데미안'이 실렸으나 전집류다 보니 일반 독자와는 거리가 있었고, 서점에는 '젊은 날의 고뇌'가 있었지만 그것이 '데미안'인 줄 몰랐던 것이다.) 이렇게 원래의 제목을 되찾은 것은 1965년 '문학춘추' 1월호에 실린 전혜린의 작품해설이 결정적이었다. '데미안은 하나의 이름, 하나의 개념, 하나의 이데아다. 우리 자신의 분신이다.' 그녀의 글이 젊은이들 마음속에서 막연히 형성되고 있는 어떤 것에다 확실한 명칭을 부여하고 의미와 방향을 제시했다는 말은 빈말이 아니며, 독일문학의 불모지에서 데미안의 이름을 찾아준 독일문학 번역의 초번初番임에 틀림없다. 흔적이 있는 한 망자는 완전히 망각되지 않는다, 무덤처럼. 'Demian'(독일 유학시절 헤세에게 팬레터를 보낸 전혜린은 그로부터 수채화 한 장과 책을 선물 받았다.)탄생 100년에 전혜린을 생각한다. 서른한 살에 요절한 전혜린이 살아있다면 85세, 헤세가 스위스 몬타뇰라에서 세상을 떠난 그 나이다.

픽션과 논픽션

『의사가 뭐라고』, 곽경훈, 에이도스

최진혁

"그렇다. 사실 환자가 응급실에 첫발을 내디딘 순간부터 의사와 환자는 포커 같은 카드 게임을 시작한 것이나 마찬가지였다. 응급실을 들어오는 환자의 표정과 걸음걸이, 자세, 간호사에게 건넨 말, 과거 기록을 보고서 나는 정신과 문제일 가능성이 크다고 생각하며 혹시나 있을지 모르는 신체적 문제를 찾기 위해 노력했다."

위의 문장은 본문 '카드게임'의 시작 부분이다. 이렇듯 미스터리 소설의 탐정처럼 이야기를 풀어가는 저자 곽경훈은 동해안 끝자락에 있는 한 도시의 응급의학과 의사이다. 또 매체를 통하여 대중에게 보여지는 의사의 미화된 삶에 대한 인식을 타파해줄 사람이다.

이 책의 내용 대부분은 많은 비유를 들고 있다. 하지만 전하고 싶은 내용에 있어서는 상당히 직설적이며, 저자 본인의 경험에서 우러나오는 논리를 가지고 있다. 흔히들 말하는 허구의 전문가가 아닌 진짜 전문가의 이야기인 것이다. 조금은 의학적인 내용이 서술된다. 하지만 그런 내용이 나오는 이유와 그 의미를 레시피 대로 요리하듯 차근차근 설명해준다. 그래서 조금은 자전적인 분위기가 글에 담겨있다. 그런 분위기가 가장 잘 들어나는 부분은 소제목들이다.

"보호자는 환자가 아닙니다, 서울의사 지방의사, 편견, 공감, 카드게임, 선입견 등" 34개의 소제목과 그에 어울리는 내용을 담고 있다. 이러한 내용들은 짧으면 3페이지에서 길면 14페이지로 구성된다. 그 덕에 여유가 생기면 책을 펼쳐 읽기에 편리하다.

"어쨌든 그렇게 나는 유럽 배낭여행에서 '유럽의 흑인과 아랍출신 이민자는 위험하다.' 라는 선입견을 품고 돌아왔다."

"…내가 가졌던 편견과 선입견은 과연 합리적이었을까? 그 새벽 야간열차에서 나를 바라보던 아랍인과 흑인의 눈동자는 정말 맹수의 눈동자였을까? 아니면 나만 그렇게 느꼈던 것일까?"

위의 내용은 소제목 '편견' 의 일부이다. 여기서 볼 수 있듯이 소제목들은 다루는 내용에 대한 의문을 직접적으로 표현한다. 우선 그는 자신의 과거 일상에서의 경험을 쓰고, 자신이 응급실에서 겪게 되는 경험을 이야기한다. 이후 당연한 수순처럼 과거의 자신을 돌아보며 스스로에게 고민의 여지를 남긴다. 그리고 이러한 장면에서 읽고 있는 우리에게도 똑같은 질문을 던진다.

또 이 책은 오해하기 쉬운 의사들의 많은 행동을 이해할 수 있게 만들어준다. 이 책에서는 병에 대하여 자세하게 설명되는 경우가 있다. 하지만 정말 그것을 설명하는 것이 목적인건 아니다. 의사들이 그것을 하는 이유와 의미에 대하여 말해주기 위해서이다. 왜 그렇게 설명하고, 행동하는지 말함으로 의사들의 행동을 이해할 수 있도록 만들어 준다.

최근 뉴스에서 과로사한 응급의학과 의사들에 대한 소식을 들었다. 우리는 현대 사회의 많은 매체에서 미화되는 의사들을 보고 있다. 그곳에서의 올바른 의사라면 과중한 업무에서도 웃음을 잃지 않는 일종의 초인으로 미화된 것을 알 수 있다. 그래서 의사들이 그런 모습이기를 바라는 경우가 많다. 하지만 실제 의사들의 삶은 드라마와 같은 극적이면서 희망적으로 끝나는 일만 있는 건 아니다. 그들도 사람이며 초인들은 더더욱 아니다.

아집과 배신의 노년 광시곡

『리어왕』, 윌리엄 셰익스피어, 박우수 옮김, 열린책들

배태만

고전, 읽은 듯 읽지 않은 바로 그 책. 인기 있는 베스트셀러를 덜컥 사서 실망을 자주 해본 독자들은 고전을 집으시라. 더구나 세상으로부터 많은 실망을 경험한 터라 책 광고에까지 속고 싶지 않다면… 수많은 고전 중에서도 셰익스피어 작품을 골랐다면 실망하지는 않을 것이다. 셰익스피어를 아낀 엘리자베스 여왕은 "국가를 모두 넘겨주는 때에도 셰익스피어 한 명만은 못 넘긴다."라는 유명한 말을 남겼다고 한다.

셰익스피어 4대 비극 중 비극으로 꼽히는 '리어 왕'은 고대 켈트족 신화로 알려진 레어 왕(King Leir) 전설을 바탕으로 한다. 총 5막으로 이루어져 있으며, 셰익스피어가 집중적으로 비극을 집필하던 시기인 1605년경에 쓰인 것으로 추정된다. '리어 왕'은 외양만 믿고 경솔한 판단을 했다가 믿었던 딸들에게 배신을 당해 비참한 최후를 맞이하는 노년의 왕을 통해서 진실의 가치를 되새기고 나아가 인간 정체성에 대해 냉혹하게 성찰한 작품이다.

"내가 누구라고 말할 수 있는 자 누구냐?"(47쪽) 뜬금없는 이 말은 리어의 단순한 물음이라기보다 우리 자신의 정체성을 되돌아보게 만드는 존재론적 질문에 가깝다.

리어 왕은 노년에 이르러 자신이 다스리던 영토와 권력을 딸 세 명에게 미리 나눠주려고 한다. 그런데 그 방식이 기이하다. 딸들이 자신을

얼마나 사랑하는지 경쟁시키고 그 표현하는 모습에 따라 나눠줄 몫을 결정하는 식이다.

노년의 리어는 나이가 들었지만 지혜는 그에 못 미치는 어처구니없는 선택을 보여준다. 어떠한 안전장치도 없이 두 딸에게 권력을 다 넘겨줘 버리는 그의 모습은 비극의 전조를 암시한다. 첫째 딸과 둘째 딸은 교언영색으로 아버지를 현혹하여 재산을 물려받지만 셋째 딸은 진실한 말로 오히려 판단력 약한 아버지의 오해를 불러일으키고 재산을 하나도 물려받지 못한다.

모든 것을 잃고 이리저리 헤매는 아버지에게 매정하게 대하는 두 딸에게서 폐륜의 이미지를 떠올리게 된다. 그러나 두 딸에게만 비난의 화살을 돌리는 것이 과연 정당한가? 어릴 적부터 자녀들을 대할 때 그 양육방식에 문제는 없었을까? 리어 왕이 파국을 맞게 된 데는 오히려 그의 성격적 결함과 잘못된 선택이 결정적인 원인이 된다.

"이 슬픔의 무게에 우리는 복종해야 합니다. 말해야 하는 바가 아니라, 느끼는 바를 말해야만 합니다."(188쪽) 5막의 마지막 대사이다. 닥쳐온 슬픔을 충실히 받아들일 때 새롭게 일어설 힘이 생겨남을 암시하고 있다.

리어 왕의 자산 처리 방식은 노후 은퇴를 맞이하는 우리에게도 시사하는 바가 크다. 노년의 자산관리는 고수익으로 유혹하는 리스크 높은 상품에 투자하기보다 안정적인 상품에 포트폴리오 비중을 늘리는 방향으로 가야한다. 자산관리 뿐만 아니라 인간관계도 마찬가지다. 나이 들수록 달콤한 말로 다가오는 사람보다 진실한 마음을 가진 이를 알아보는 지혜를 가다듬어야 한다. 내가 받을 사랑에 집착하기보다 내가 먼저 사랑으로 다가가야 한다. 셰익스피어가 리어 왕을 반면교사로 우리에게 알려준 것이 바로 그것이다.

타임머신을 타고

『시계가 셈을 세면』, 최춘해, 브로콜리숲

강여울

진달래꽃 피었다. 진달래로 산이 홍조를 띠면 대지는 술렁인다. 새봄이 궁금하여 씨앗이 눈을 뜨고, 사방으로 꽃불 번진다. 나뭇잎들도 쏟아져 나와 재잘댄다. 모두가 처음이 아니지만 처음인 듯 새롭다. 진달래꽃역시 어릴 적 고향 마을 앞산과 뒷산에 피던 진달래와 같은 모양과 빛깔이지만 분명 그때의 그 꽃은 아니다. 작년에도 보았던 바로 앞의 진달래도 오늘 처음 조우하는 새 꽃이다. 봄마다 설렘으로 다가오는 꽃처럼 최춘해 선생님의 첫 동시집『시계가 셈을 세면』도 오래된 새 책이다.

이 동시집은 1967년에 세상에 처음 나왔던 모습 그대로 2017년에 새로 나왔다. 최춘해 선생님께 동시를 배운 제자가 보은의 선물로 복고 판으로 펴낸 것이라 의미가 더 아름답다. 동시는 단순히 어린이만을 위한 책이 아니다. 누구도 어린이였던 때가 없지 않았음을 상기하게 한다. 결국 어른들도 호기심과 꿈으로 순수했던 동심의 초석을 딛고 오늘을 산다. 동시는 우리 마음 속 순수를 건드리는 들숨이다.

그래서일까 시집은 독자를 타임머신에 태워 친구들과 진달래꽃 따 먹던 시골 마을, 산과 들, 학교 운동장과 교실에서 마냥 신나게 뛰놀던 어린 시절로 데려간다. 매끄럽지 못한 인쇄술, 오탈자, 한글맞춤법의 변화도 경험하게 한다. '새끼 한 가닥으로/ 기차를 만' 들어 달리는 아이들이 보이고, '비가 오는데… 그네가 내 차지다' 고 책보를 맨 채 그네를 타는 분이도 있다. '몽당연필', '삐스' 등의 정다운 시어가 미소 짓게 한다.

봄의 대지처럼 시가 살아 움직이며 미래를 꿈꾸던 순수하고 아름다운 때를 기억하게 한다. 섬세하고 다정하게 잃어버린 동심의 세계로 이끌며 나를 반성하게도 한다. '새싹이 눈을 감고/ 강아지처럼 젖줄을' 빠는 '이른 봄'. '쪼록 쪼록/ 가지에 물오르는 소리/ 토독 토독 눈트는 소리를' 듣는 '봄비'. '오월 아침' '지구의 맥박 소리'는 '산마루에 선 나도 / 한 마리 새가' 되게 하고, '시계'가 셈을 세면 '지구가 돌지 않곤/ 배겨나질 못합니다.'

시집은 겨울마저도 힘차고 따뜻하게 한다. 평생 교육자의 삶을 산 작가의 인자한 미소도 보인다. '엎치락 뒤치락/ 뛰고 궁굴고.' '눈치를 살피지 않는… 자라는 교실'이 흐뭇하다. 시인은 천성이 봄의 대지(흙)와 같아서인지 시인의 눈에 보이는 모든 것들이 어머니와 자라는 아이들로 살아난다. 또, 시를 얼마나 사랑하는지 '병아리가 자라고,/ 아기가 자라고/ 새싹이 자라는 건/ 정말은 시가 자라는 것,//시를 만들려고/ 지구가 돈다,'고 한다.

진달래꽃 깨물면 쌉싸래하고 달짝지근한 향기가 입안 가득히 퍼진다. 봄맛이다. 있는 그대로는 향기도 없는 듯 그저 순한 진달래꽃이 떼어져 화전이나 술 등으로 거듭나면 매혹적인 본래의 향을 발한다. 여운이 감미롭다. 흙의 시인 최춘해 선생님의 첫 마음이 담긴 이 책이 진달래꽃 맛과 닮았다. 참 스승의 모습을 동시로, 삶으로 보여주는 작가와 존경을 표현한 제자의 마음에 필자는 저절로 발그레했다.

같은 방향으로 흐르는 강

『렉서스와 올리브나무』, 토머스 프리드먼, 장경덕 옮김, 21세기북스

김준현

1989년 베를린 장벽이 무너졌다. 더불어 냉전체제도 사라졌다. 그 후 미국이 초강대국으로 부상한다. 그다음은 어떻게 되었을까? '렉서스와 올리브나무'는 바로 '그다음' 이야기다. 뉴욕타임스 국제문제 칼럼니스트인 토머스 프리드먼이 1989년 이후 새로운 국제체제로 자리 잡은 세계화를 다각도로 분석한 책이다. 제목에서 '렉서스'는 인간이 가진 물질 향상 욕구를, '올리브나무'는 개인과 공동체가 추구하는 정체성을 상징한다.

책은 1부 세계화 바로 보기, 2부 세계화에 접속하기, 3부 세계화에 대한 저항, 4부 미국과 세계화로 구성했다. 저자는 세계 곳곳을 다니며 정치인, 경제인, 시민을 인터뷰한 경험을 제시한 후, 이런 경험을 토대로 세계화를 둘러싼 환경을 관찰한다. 세계화가 냉전체제를 대체해서 국제체제가 되는 과정과 경제를 중심으로 연결된 지구촌 현실을 각계각층의 입장에서 서술한다.

저자는 '냉전체제와 세계화 체제, 렉서스와 올리브나무', 이들 개념을 중심축에 놓고 급격하게 바뀌는 상황에 개인과 정부가 대응하는 방법을 보여준다. 어느 한 분야에 국한하지 않고 1989년부터 2000년까지 세계 곳곳에서 일어난 금융, 정치, 문화를 두루 들여다본다. 특히 세계화에 민첩하게 대처한 국가와 그렇지 못한 국가의 사례를 적나라하게

보여준다. 이를 통해 냉전체제 '느린 세계'에서 세계화 체제 '빠른 세계'로 변한 사회에 적응하기 위해 개인이 새롭게 가질 의식이나 국가가 지향할 제도를 제시한다.

'정보 차익거래, 황금 스트레이트 재킷, 전자 소 떼'와 같이 낯선 용어가 등장하나 1990년대를 지나온, 40대 이후 세대라면 내용을 무난하게 이해할 수 있다. 이 책은 저자가 밝히듯 세계화를 어떻게 이해하고, 어떻게 관리할 것인가에 대한 안내서다. 자신이 배운 전공으로만 세계화에 접근했던 독자라면 '렉서스와 올리브나무'는 우물 밖 세계를 이해하는 데 유익하다.

"환경을 보호하지 않고는 문화를 지속시킬 수 없고, 문화가 지속하지 않으면 공동체를 유지할 수 없으며, 지속가능한 공동체 없이는 지속가능한 세계화도 없다." 이는 저자의 가치관이며 책 결론이다. 세계화 체제를 이루는 바탕으로 개별 국가나 지역 공동체의 독특한 문화와 환경, '올리브나무'가 중요함을 강조한 말이다. 필자도 저자의 주장에 동의한다. 우리가 발 딛고 있는 공동체와 환경이 없다면 그 무엇도 존재하기 어렵기 때문이다.

1997년 IMF 외환위기와 2008년 서브프라임에서 촉발된 미국 경제위기가 어떤 식으로 생활에 영향을 주었는지 우리는 이미 겪어봐서 안다. 국내에서 발생하는 위기든 지구 반대편에서 일어나는 경제 변화든, 그 일은 독자에게 직접·간접으로 영향을 준다. 우리는 모두 같은 방향으로 흐르는 강이 되었다. 이제 이 물줄기를 돌아볼 시간이 필요하다. 미국화 된 세계화가 일자리를 없애고, 지역 경제를 무너뜨리며, 다국적 기업이 날뛰는 현실이라고 생각하는 독자가 있다면, 그 생각의 반대편에 '렉서스와 올리브나무' 두기를 권한다.

아리스토텔레스라고라?

『스토리텔링의 비밀이 된 아리스토텔레스의 시학』, 박정자 , 인문서재

장창수

시학詩學은 서양에서 가장 오래된 문예 창작 이론서다. 저자인 아리스토텔레스가 BC 384년에 태어났으니 지금으로부터 약 2400년 전의 일이다. 까마득한 세월 동안 권위 있는 고전으로서 전공자가 아니면 함부로 읽으면 안 되는 책인 듯 우리를 압박하기도 했다.

한데 오해다. 시학은 시 작법서만은 아닌 까닭이다. 전체 26장이 전해지는데, 앞부분 4장은 예술과 미학 일반에 대한 내용을 담고 있고, 끝부분 서사시에 대한 몇 장을 제외하곤 대부분 비극(연극)에 대한 극작법을 담고 있는 책이다. 비극悲劇이란 슬픈 드라마가 아니던가. 그간 많은 사람들이 시학을 번역했지만 박정자가 번역하고 해설한 이 책은 마치 한 편의 드라마처럼 우리의 마음속으로 들어온다.

자그마한 크기. 자로 재어 보니 110×180mm다. 주말 나들이를 할 때도 재킷 주머니에 쏙 들어간다. 제목도 '스토리텔링의 비밀이 된 아리스토텔레스의 시학'이다. 비밀이라니. 우리나라 사람들은 비밀 이야기라면 자다가도 벌떡 깨서 듣지 않던가. 제목에서부터 재미있는 미늘문(첫 문장)을 던진 셈이다.

편저자인 박정자는 현재 상명대 명예교수이다. 서울대 불어불문학과를 졸업하고 동대학원에서 불문학 박사를 받았는데, 그 전에 이화여고를 졸업했다. 이화여대 대학원에서도 '예술철학' 등을 강의하고 있으며

214

'로빈슨 크루소의 사치', '시선은 권력이다' 등 문화체육관광부의 추천 도서들을 쓰기도 했다.

편저자는 서문에서 한국의 시청자들은 아리스토텔레스인 줄도 모르고 아리스토텔레스를 소비하고 있다고 말했다. 인문학적 소양이 좀 부족한 사람도 실은 아리스토텔레스의 미학을 통달하고 있다는 것. 막장 드라마의 반전, 출생의 비밀 등이 모두 아리스토텔레스의 이론이라는 것이다. 편저자의 서문과 역자 해설이 본문 못지않게 와 닿는다.

역자 서문 속에는 역자의 생각과 아리스토텔레스의 생각이 고루 요약돼 있다. 예술이란 게 무엇인가 하는 아리스토텔레스의 생각은 '미메시스'라는 말에 함축돼 있다고 전한다. 딱히 번역하자면 모방模倣이라고 한다는데…. 예술이 모방이듯이 우리가 살아가는 삶도 어쩌면 모방의 연속이 아닐는지. 조금 포장하자면 창조적 모방이랄까.

역자는 영화 '올드보이'의 오대수가 왜 납치됐는지를 묻는다. 영문도 모른 채 납치되어 15년간 감금당했던 오대수는 왜 그런 상황에 처했던 것일까. 그것은 어린 시절의 부주의한 발설에서 기인했다며, 그 순간적 판단 착오를 '하마르티아'라고 알려준다. 근친상간적 모티프의 '올드보이'는 아버지를 죽이고 어머니와 결혼한 오이디푸스 신화와 일맥이 상통해 상호텍스트적이라고 설명을 덧붙였다.

주말이 되면 아내와 함께 '세상에서 제일 예쁜 내 딸'을 본다. 드라마의 스토리를 따라 슬퍼하기도 하고 두려워하기도 하며 거기에 푹 빠진다. 아마도 이 책의 편저자 역시 휴일엔 가족과 함께 그러지 않을는지. 우리는 막장 드라마라고 비난하면서도 기어코 그 드라마를 보곤 하는데, 그 이유가 아리스토텔레스에 있었다면 '헉'하고 놀라지는 않을까.

오는 주말에도 드라마를 볼 것이다. 그 전에 한 번쯤 인문적 사색을 해보자는 의미에서 아리스토텔레스의 '시학'을 권해 본다.

영혼의 친구와 나누는 대화

『브람스를 좋아하세요』, 프랑수아즈 사강, 민음사

최유정

누군가와 같은 생각, 감정을 공유할 때 우리는 가슴 벅참을 느낀다. 그리고 그들은 반드시 친구가 된다. '프랑수아즈 사강' 과 나는 단번에 친구가 되었다. 그의 소설이 남녀 간의 사랑이야기여서만은 아니다. 그 이상의 특별함이 있다. 바로 사랑이라는 감정 아래 놓인 남녀의 섬세하고도 탁월한 심리묘사. 그의 글을 그저 연애소설이 아닌 문학의 반열에 올려놓은 이유이기도 하다.

소설 속 인물들의 감정, 대사, 행동들은 남녀의 심리에 대한 깊은 통찰 아래 모두 계산된 것이었다. 내가 경험한 감정을 토로하는 주인공이라니! 겨우 몇 페이지 만에 성별도 나이도 모를 작가에게 나는 깊은 애정을 느꼈다. 그가 남자라면 세상에서 여자의 심리를 가장 잘 아는 남자로 그를 찬미할 것이고, 그가 여자라도 그녀와 사랑에 빠지리라. 책을 읽다 말고 흥분된 마음으로 작가 이력을 찾았다. '아 역시 여자였구나.' 하는 순간, 당시 작가 나이 스물넷. 그 나이에 인생을 다 아는 것 같은 완숙함이라니?!

본명 프랑수아즈 쿠아레. 1935년 프랑스 카자르크에서 태어났다. 1954년 19세에 첫 소설 「슬픔이여 안녕」을 발표해 프랑스 문단에 커다란 화제를 불러일으켰고 그 해 비평가상을 받았다. 「어떤 미소」, 「한 달 후, 일 년 후」에 이어 1959년 「브람스를 좋아하세요…」를 발표했다. 알

216

코올과 마약, 도박 중독, 두 번의 결혼과 이혼 등 굴곡진 생애를 보내면서도 소설을 비롯해 자서전, 희곡, 시나리오 등 다양한 작품을 꾸준히 발표했다.

서른아홉의 실내장식가 폴은 남자친구인 로제를 너무나 사랑한 나머지 그가 자신을 외롭게 하고 있다는 말조차 꺼낼 수 없다. 그런 그녀를 알면서도 그녀가 원하는 것을 줄 수 없는 자유로운 영혼의 소유자 로제는 다른 어린여자와 하룻밤을 보내기도 한다. 수려한 외모를 가진 스물다섯의 변호사 시몽은 폴에게 첫눈에 반해 그녀에게 애정공세를 퍼붓는다. 폴은 그런 그에게 호기심과 불안감을 동시에 느낀다. 주목할 곳은 이 단순한 이야기가 아니다. 그 속에 복잡하고 섬세하게 묘사된 인물들의 심리다.

"그녀는 로제에게 설명할 수 없으리라. 자신이 지쳤다는 것, 그들 두 사람 사이에 하나의 규율처럼 자리 잡은 이 자유를 이제 자신은 더 이상 어떻게 할 수 없다는 것을. 그 자유는 로제만 이용하고 있고, 그녀에게는 자유가 고독을 의미할 뿐이 아니던가."(11쪽)

"오늘 밤 그녀 곁을 떠나면서 그녀가 슬퍼한다는 것을 느꼈지만(중략) 그녀가 그 자신에게 막연하게 무엇인가를 요구하고 있다는 것을 그는 잘 알고 있었다. 그 무엇이라는 건 그가 그녀에게 줄 수 없는 것, 그가 이제까지 아무에게도 줄 수 없었던 것이었다.(18쪽)"

소설 속 등장인물들이 느끼는 감정들은 우리 삶 속의 실제 감정들과 맞닿아 있다. 아는 언니가 들려주는 경험담처럼 그녀는 소설을 통해 어떤 보편적인 남녀 심리의 단면을 보여주고 있는 것이다. 말하지 않아도 다 아는 친구를 만난 기분이다. 오늘은 복잡한 감정들을 친구에게 쏟아내는 대신 이 '브람스를 좋아하세요…'에 쏟아내고 싶다.

요즘 마음이
어때요?

2019년 5월~2020년 4월

젊음, 그 황홀한 날

『이토록 뜨거운 순간』, 에단 호크, 오득주 옮김, media 2.0

권영희

오십이 넘은 즈음부터 나이 듦에 조금씩 젖어든다. 그토록 뜨거웠던 가슴은 어느덧 고스란히 가라앉아 어디에서도 그 뜨거움을 쏟아내지 못한다. 그것이 못내 그리웠던 적도 또한 아쉬웠던 적도 있나 싶게 그냥 그렇게 하루하루를 지워 나가고 있는 심심한 날이 흐르고 있다. 세월감이 무뎌질 때 쯤 다가온 뜨거운 책, 『이토록 뜨거운 순간』

작가인 에단 호크의 이력은 대단하다. 좋아하는 영화라면 혼자도 전혀 두려워하지 않던 내게 참 매력적인 배우, 그가 바로 에단 호크였다. '비포 선라이즈', '비포 미드나잇', '비포 선셋' 등 비포 시리즈에 출연한 배우로 유명하다. 그는 비포 시리즈를 통해서 이십 대의 젊음과 사십 대의 고뇌까지 세심한 연기로 우리를 사로잡았다. 그리고 우리가 익히 알고 있는 '죽은 시인의 사회'에서 진정한 연기가 무엇인지 보여주었다.

영화계에서 확실한 자리를 잡아가는 그의 꿈은 작가였다. 배우로 성장하는 과정에서도 그는 꿈을 놓지 않았다. 뉴욕대에서 영문학을 공부하며 완성한 작품이 '이토록 뜨거운 순간'이다. 그의 열정만큼 뜨거운 작품이었다. 에단 호크의 자전적 소설이라는 이름에 걸맞게 그가 감독으로 참여 하여 2007년 영화로도 만들어졌다.

배우가 되고 싶은 텍사스 청년 윌리엄과 가수가 되고 싶은 사라의 꿈

사라와 함께 한 파리 여행에서 결혼을 꿈꾸는 스무 살의 윌리엄이 이해되었다. 어린 시절 아버지의 부재로 힘겨운 삶을 산 윌리엄은 얼마나 온전한 가족을 꿈꿨을까?

하지만 스무 살의 사랑은 그리 오래 가지 못한다. 서로를 너무나 사랑하지만 바라보는 시선이 달랐다. 윌리엄은 사라에게 온전히 자기만을 바라보기를 원했지만 사라는 그렇지 않았다.

"난 자아를 지키고 싶고, 나만의 인생을 찾고 싶어."(173쪽)

사라는 윌리엄의 사랑보다 자기 자신의 진정한 자아를 찾는데 더 집중한다. 윌리엄의 뜨거운 사랑도 사라의 진정한 자아도 그때 그 젊은 시절 느낄 수 있는 뜨거운 감정이다. 그 시절 그들만이 누릴 수 있는 자유로운 욕망과 열정을 이들은 고스란히 만끽하고 있었다.

"난 빨리 늙어버렸으면 좋겠어. 그러면 더 이상 장래에 대해서 고민할 필요가 없겠지."(85쪽)

그때는 우리도 그랬다. 나이가 들면 모든 것이 해결 되리라는…. 하지만 나이 들어보니 알겠다. 젊음, 그 찬란한 날이 너무나 그립다고.

"우리가 어릴 때는 온 세상이 너의 꿈을 좇으라고 격려해주지, 그런데 나이가 들어갈수록 어찌된 영문인지 꿈을 찾아가려고 아주 작은 시도라도 할라치면 사람들은 몹시 불쾌해한단 말이야."(83쪽)

당혹스런 대사였다. 젊은이들에게 꿈과 가능성을 이야기하면서 정작 그 젊은이들이 자라날수록 우리들은 꿈을 놓고 현실과 마주하라고 한다. 사라가 말한 것처럼….

윌리엄과 사라의 열정적인 사랑과 혼란, 꿈을 향한 몸부림, 이 모든 것이 아우러진 한 편의 젊은 날의 초상화와 같은 소설이었다. 그들의 젊음, 그 자체만으로도 내겐 황홀했다.

흔들린 신

『만들어진 신』, 리처드 도킨스, 이한음 옮김, 김영사

김정숙

　저자 리처드 도킨스는 시종일관 유일신과 종교계에 대해 전투적이며 공격적이다. 서구 기독교 문화권에서 무신론을 거침없이 당당하게 설파한다는 것은 대단한 용기이다. 저자의 서문에서, "이 책은 무신론자가 되고 싶다는 소망이 현실적인 열망이고 용감한 행위라는 사실을 일깨우기 위해 썼다. 당신은 균형이 잡힌 행복하고 도덕적이고 지적인 무신론자가 될 수 있다"(6쪽). 또 신이 세상을 창조했다고 다수가 믿는 곳에서 신은 인간에 의해 만들어졌다,고 자신의 논리를 펼치며 비판한다. 공격의 대상은 유대교, 기독교(가톨릭 포함), 이슬람교이다. 불교와 유교는 배제되어 있다.

　신앙생활이 개인에게 미치는 영향은 긍정적이어야 한다. 나는 독실하지는 않지만 가톨릭교회에 적을 두고 있는 신자이다. 『성경』은 받아들일 가치가 있는 고전문학이며 성음악이 주는 감동의 아름다움에 이끌려 다닌다고 해도 과언이 아니다. 좋은 친구를 사귈 확률이 많고 자신을 성찰하고 봉사할 기회가 많은 것도 사실이다. 소속감과 순기능이 있다. 수용하기에는 거부감도 들지만 구약의 야훼와 신약의 예수의 어록은 상징과 비유로 해석한다. 신앙생활은 삶의 질을 높이는데 기여하는 몫이 있다고 생각한다.

　저자는 세계적인 진화생물학자이자 지적 논쟁의 최첨단에 서 있는 인

사이다. 그는 1941년 케냐에서 태어나 옥스퍼드대학교에서 수학했다. 노벨상을 받은 동물행동학자인 니코 틴버겐의 제자로 현재 세계에서 가장 영향력 있는 과학자이자 베스트셀러 과학 저술가로 인정받고 있다. 『만들어진 신』 역시 출간 이후 전 세계 과학계와 종교계에 돌풍을 일으킨 화제작이자 문제작이었다. 이 책은 신神 논쟁에 불을 지폈다. 저자는 수많은 과학적 논증을 펼치며 신이 없음을 설파하고 오히려 신을 신봉함으로써 벌어진 전쟁과 기아, 빈곤과 차별의 문제들을 조목조목 따진다. 종교계 인사들에겐 거북할 수도 있겠지만 저자는 신과 사람 사이를 과학과 지성의 힘으로 갈라놓았다. 물론 판단은 독자가 내린다.

저자는 종교가 없어도 도덕적 행위가 가능하다고 역설한다. 도덕적 행위는 종교적 신념에서 오는 것이 아니라 인간의 꾸준한 진화로 만들어진 생존의 뿌리에서 나왔다고 말한다. "유전자가 다른 유전자에 대해 자신의 이기적 생존을 도모하는 가장 분명한 방법은 각 생물이 이기적이 되도록 프로그램하는 것이다"(327쪽). 상호 생존이 가능한 사회를 추구하는 이 개념은 종교보다 앞선다는 것이다. "인간 사회에서는 언어라는 힘이 대개 소문의 형태로 평판을 퍼뜨리는 데 기여한다."(330쪽) 라고 보는 것이다.

575쪽에 이르기까지 저자가 말하고자 하는 종교 근본주의에 대한 비판은 적극적으로 동의한다. 다만 개인적으로 생각하는 종교의 본질은 사랑과 감사라고 생각하기에 이 부분은 중요하다는 생각을 해본다. 예수는 "이웃을 내 몸과 같이 사랑하라." 라고 하지 않았는가? 그에게 천국에 대해 묻자 "천국은 내 마음에 있으며, 이웃에게 잘 하는 것이 천국에 들어가는 것" 이라 말했다. 이웃은 같은 종교인들을 말하는 것이 아니라 지금 여기 함께 사는 현실적인 이웃을 말하고 있다. 사마리아 사람을 진정한 이웃이라 예수는 말하고 있는 것이다.

문학작품이 주는 풍요로움과 힘

『문학의 숲을 거닐다』, 장영희, 샘터

신복순

따뜻하면서도 강하게 느껴지는 글이다.

편안하고 쉽게 읽히고 정확하면서 세심하고, 많은 지식이 녹아 있는 글이기도 하다. 이 책은 신문에 연재되었던 북 칼럼을 모아 엮은 것이다.

저자 장영희는 서강대 영문과 교수였으며 수필가, 번역가, 칼럼니스트였고 중·고교 영어교과서를 집필하기도 했다. 저자는 '작가의 말'에서 문학 교수로서 작품을 비평적으로 분석하기보다는 독자로서 그 작품이 어떻게 마음에 와 닿았는지, 어떤 감동을 주었는지, 그 작품들로 인해 삶이 얼마나 풍요롭게 되었는지에 대해 솔직하게 쓰려고 노력했다고 밝히고 있다. 저자가 두꺼운 문학 이론서보다 더 마음에 와 닿았다고 한 말은, 문학하는 사람들은 어떤 사람들이라고 생각하느냐는 질문에 "문학하는 사람들은 이 세상이 조금 더 아름다워질 수 있다고 믿는 사람들이라고 생각합니다."라고 대답한 어떤 학생의 말이었다.

문학의 목적이 결국 사랑이라고 강조하며 이 책은 희망, 용기, 사랑의 메시지를 독자에게 전한다.

만약 문학작품과 문학 이론, 작가의 프로필과 의도 등만 설명했더라면 그리 큰 감흥을 주지 못했을지도 모른다.

저자가 펄 벽의 『자라지 않는 아이』라는 문학작품을 소개하며 펄 벽이 국적이 다른 아홉 명의 고아들을 입양했으며 펄 벅의 친딸은 중증의 정신지체와 자폐증을 갖고 있었다고 했다. 펄벅이 가장 어렵게 쓴 책이 『자라지 않는 아이』였으며 최고의 명예를 누리는 작가로서가 아니라 장애 자녀를 낳아 길러 본 어머니로서의 체험을 마음으로 토로한 책이라고 했다. 신체장애가 있는 저자와 어머니에 대한 이야기를 펄 벅의 작품을 이야기하며 자연스럽게 풀어 놓는다. 위대한 이름이 어머니라며, 장애아 자식을 가진 모든 어머니들의 외로운 투쟁에 대해 사랑과 갈채를 보낸다고 써 놓았다. 61꼭지의 글이 실렸으니 이 책에서 언급하는 문학 작품도 60편이 넘는다.

분명 '고전'을 소개하는데 저자의 이야기를 따라가다 보면 감동을 느끼게 되고 어렵지 않게 그 작품을 이해하게 된다. 마치 저자와 문학 이야기를 나누는 것처럼. 쉽게 설명한다는 것은 자유자재로 작품을 인용할 수 있을 만큼 많은 지식이 쌓여 있고 작품에 대한 통찰력이 있어야 가능할 것이다.

두 다리가 불편해 겪어야 했던 이야기, 아버지 장왕록 박사에 대한 이야기, 따뜻한 시선으로 바라본 제자들의 이야기 등 수많은 에피소드를 소개하며 문학작품을 연결해 설명을 해줘 감동과 함께 읽는 즐거움을 준다. 애석하게도 나중에 쓰려고 아껴 두었다는 『데미안』, 『파우스트』 『햄릿』은 결국 쓰지 못하고 운명했다. 세 차례의 암 투병을 하면서도 희망을 잃지 않고 문학의 힘을 증명하기 위해 다시 일어날 것이라 썼는데 그러지 못했다고 해도 살아있는 순간까지 가졌던 저자의 삶에 대한 용기와 사랑을 진정 문학의 힘이었다고 믿어 의심치 않는다. 위대한 작품을 남겨준 작가들의 재능이 너무 고맙다고 했는데 그런 작품들을 다시 읽어보게 해주는 이 책도 참 감사하다.

요즘 마음이 어때요?

『당신이 옳다』, 정혜신, 해냄

하승미

쿰쿰하게 시작된 하루가 진한 커피 한 잔에 깊어진다 싶더니 뒤엉킨 관계 속에서 헝클어진 실타래가 된다. 어느 박자에 맞추어야 할지 모른 채 오늘도 감정은 실룩거린다.

세월호 유가족, 쌍용자동차 해고 노동자, 5.18 고문 피해자 상담으로 유명한 저자 정혜신은 연세대 출신 정신과 의사다. 잘 나가는 의사 가운 보다 사회 곳곳의 트라우마 현장을 더 사랑한 그녀는 상담이론이 아닌 사람 자체에 집중하는 소박한 집밥 같은 치유에 방점을 둔다. 이 책에서 그녀는 30여 년간의 경험을 집대성, 마음의 허기를 스스로 치유할 수 있는 길을 안내한다.

"왜 우리는 아플까? 주변에 마음 아파하는 사람들이 많다. 공황장애, 분노조절장애… 마음의 깊이를 알 수 없는 질병명이 가득하다. 내가 아닌 타인의 시선에 맞추는 삶, 나라는 개별적 존재가 아닌 조직, 단체라는 획일화는 진정한 내가 아닌 만성적 '나' 기근의 상태에 빠지게 하고 이것이 마음의 병이 된다. 나를 잃은 절박한 순간에, 삶이 턱밑까지 차오를 때 사람에게 필요한 것은 '네가 그랬다면 뭔가 이유가 있었을 거야'라는 존재 자체에 대한 수용이다"(50쪽).

"공감은 존재를 수용할 수 있는 가장 강력한 힘이다. 칭찬이나 좋은 말 대잔치와는 다르다. 무조건 '맞아, 맞아'도 아니다. 공감은 다정한 시선으로 사람의 마음을 구석구석, 찬찬히, 환하게 볼 수 있을 때 닿을 수 있는 상태다"(125쪽). 사실이나 시시비비가 아닌 존재의 감정이나 느낌에 정확하게 눈을 포개는 것, 속마음으로 들어가는 문을 열 수 있게 현재의 감정을 먼저 알아주는 것이다. '얼마나 힘든 거니?', '그런 마음이구나.' 온전히 내 마음에만 집중해 주는 누군가가 있다면 내 마음의 단단한 문은 활짝 열리리라.

"때론 닫힌 문을 더 옥죄는 경우도 있다. 슬프다는 것은, 화가 난다는 것은 숨겨야 할 나쁜 감정이라는 생각. 내 슬픔에 내가 귀 기울이고, 가까운 누군가가 공감해준다면 쌓인 슬픔이 곪아 우울이나 불안으로 커지진 않으련만. 어쩌면 진정한 치유를 가로막는 방해물은 감정에 대한 편견일지도 모른다. 오히려 감정은 나를 점검할 수 있는 신호다"(218쪽). 역할에 충실해야 하는 삶 속에서 나의 속살을 내비칠 기회! 서툴지만 내가 어떤 사람인지, 내가 어떤 상황인지 더듬어 볼 절호의 찬스.

찬스를 놓치지 않으려면 저자의 말대로 '공감' 해야 한다. 나에게, 너에게. 허나 공감은 생각처럼 쉽지 않다. 타고난 재능 같기도 하다. 하지만 저자는 확언한다. 공감은 학습하는 것이라고. 정혜신의 공감은 진심으로 궁금하면 질문이 생긴다는 것에서 출발한다. 그 사람의 마음을 묻고 듣고 또 묻고 듣기를 반복하다 보면 사람도 상황도 스스로 그 모습을 드러낸다고 한다. 자기 결론이 담긴 질문이 아닌 그 사람의 마음을 궁금해 하는 질문. 내 주변에 내 마음을 궁금해 해주는 사람이 얼마나 있을까? 궁금해 하는 그 사람의 마음이 나와 같지 않으면 어떻게 하나? 저자는 또 말한다. "똑같이 느끼지 않아도 된다고, 다르게 느끼더라도 상대의 감정을 기꺼이 이해하고 수용하면 된다"고(269쪽).

롤러코스터 같은 나의 마음, 마음이 어떤지 물어주기 바라는 누군가에게 이 책을 전한다. 요즘 마음이 어때요?

차이 vs 차별

『편의점 인간』, 무라타 사야카, 김석희 옮김, ㈜살림출판사

김광웅

저자의 경력이 이채롭다. 무려 18년 동안 편의점에서 아르바이트를 했다니. 게다가 나오키상과 더불어 일본에서 가장 권위 있는 순수문학상인 아쿠타가와상 수상식 당일에도 '오늘 아침에도 편의점에서 일하고 왔다.' 라는 수상소감을 발표했다고 한다. 그럼에도 일본 3대 문학상인 군조신인문학상, 노마문예신인상, 아쿠타가와상을 모두 수상한 3명의 작가 중 한 명이라니 마치 '글쓰기가 제일 쉬웠어요.' 라고 말하는 것 같다.

주인공 후루쿠라 게이코는 대학을 마친 후 같은 편의점에서 18년간 일을 한다. 번듯한 직장에 들어가거나 연애하는 것에는 도통 관심이 없다. 편의점은 그녀의 전부다. 이런 그녀에 대해 주변 사람들은 걱정하지만 정작 그녀는 태평스럽기만 하다. 하루하루 충실히 살며 자신의 일과 삶에 만족한다. 그러나 주변 사람들이 그녀를 가만 두지 않는다. 비정상으로 낙인찍어 끊임없이 스스로 정상의 범주로 들어오게끔 강제한다. 이에 어쩔 수 없이 후루쿠라도 변명을 만든다.

"하지만 이상한 사람으로 보이면 나를 이상하지 않게 생각하던 사람이 꼬치꼬치 캐묻잖아. 그런 귀찮은 상황을 피하려면 그럴듯한 변명이 있어야 편리해." (74쪽)

후루쿠라는 몸이 약해서 어쩔 수 없다는 변명을 만들지만 그래도 자

꾸만 주변의 시선이 따갑다. 그래서 정상의 범주에 들어가기 위해 편의점 동료인 시라하와 기묘한 동거를 시작한다. 시라하 또한 비정상으로 취급받는 캐릭터이지만 후루쿠라 만이라도 정상인의 삶을 살기를 바란다.

"보통사람은 보통이 아닌 인간을 재판하는 게 취미예요."(150쪽)

즉, 스스로 정상이라고 믿는 사람들은 자기가 얼마나 비정상인지 모른 채 무리에서 쫓겨나지 않기 위해 그리고 재판 받기 두려워 정상으로 보이게끔 연기를 하는 거란다. 마침내 후루쿠라는 시라하의 권유에 따라 정규직 직업을 가지기 위해 이력서를 제출한다. 그러나 면접 당일 회사에 가지 않고 다시 편의점으로 돌아간다.

이 책에서 편의점이란 작가적 경험이 투영된 하나의 상징적인 공간일 뿐이다. 정작 저자가 말하고자 하는 것은 정상과 비정상에 대해서다. 후루쿠라는 정말 비정상인가? 그렇다면 정상과 비정상은 누가 정하는가? 사회적 규범의 테두리에 속하지 않으면 비정상으로 규정하고 그들을 차별하는 것이 과연 정당한가? 작가는 세상은 정상과 비정상으로 구분할 수 없고, 각자 자리에서 제 역할을 할 뿐 모두 사회구성원의 일부이기 때문에 비정상은 없다고 한다. 다만 그들이 하고 있는 일 때문에 정상으로 보일 뿐이라고 한다. 그래서 서로간의 소통을 강조하고 차이가 차별이 되어서는 안 된다고 한다.

소수자는 약자라서 보호되어야 할 존재가 아니다. 그들 또한 우리 사회가 경쟁력을 갖추기 위해 필요한 구성원이다. 이른바 '인싸'가 되지 못해 전전긍긍 하지 말고 자발적 '아싸'의 삶 또한 그 자체로 가치가 있는 것이다. 아쿠타카와상 수상작이란 권위에 주눅 들지 말고 끝까지 읽어보길 권한다. 주제는 무겁지만 얇고 유쾌하게 넘나들어 책장이 술술 넘어간다. 우리가 몰랐던 편의점의 뒷풍경은 덤이다.

문학적 과학美의 발견

『떨림과 울림』, 김상욱, 동아시아

정종윤

'우주는 떨림이다. 인간은 울림이다.'

마치 시집에 나올 법한 문장이지만 놀랍게도 과학책에 나온 것이다. '온도를 가진 모든 물체는 빛을 낸다. 인간도 빛을 내고 있다.' 아름답다. 평범한 과학적 설명이 극도로 아름다운 문학적 언술로 변화한다. 과학과 문학. 어찌 보면 가장 거리가 먼 두 분야이다. 김상욱의 '떨림과 울림' 은 바로 문학으로서 과학의 가능성을 실험한다. 과학이 과연 문학일 수 있을까. 그것은 어떻게 가능할까.

우리가 흔히 이야기하고 알고 있는 과학은 문학적 재미를 조금도 느낄 수 없다. '만유인력, 남중고도' 처럼 일상에는 접하기 힘들고 단지 외우기만 해야 하는 개념, 그리고 그것을 뒷받침하는 장대하게 따분한 이론의 꾸러미다. 그나마 '빛은 직진한다.' 와 같은 설명은 마음에 와 닿는다. 우리가 경험하니까. 그런데 전자와 원자를 설명하는 양자 역학의 설명을 듣고 있노라면 과학적 개념인 유체 이탈을 직접 경험하기도 한다.

저자의 동기도 여기서 출발한다. 일상과는 거리가 먼 과학을 일상으로 끌어오고자 한 것. 저자가 택한 주요 수단은 바로 '일상적 언어' 다. 그가 과학적 개념을 쉽게 설명한 수단으로 일상적 언어를 선택했는지, 아니면 그것으로 문학적 파장을 의도했는지는 분명하지 않다. 중요한 것은 일상적 언어를 과학으로 끌어오면서 과학의 다른 면모가 드러난다

230

는 사실이다.

'떨림과 울림'의 매력은 바로 이런 이론적 언어와 일상적 언어의 간극에 있다. 과학적인 배경지식이 없는 사람에게는 일상적 언어가 '은유'처럼 느껴진다. 간극을 좁히고 여백을 메우기 위해 우리는 상상력을 발동한다. '인간도 빛을 내고 있다.'는 인간을 구성하고 있는 물질이 파동이라는 설명이다. 그러나 우리는 그것만 생각하지 않는다. '빛'이라는 단어를 보며 인간으로서의 가치와 존엄성을 상상하게 된다. 과학의 언어가 문학적 효과를 드러낸다.

우리는 과학을 이런 식으로 음미해본 적이 없다. 학교에서 접하고 배운 과학은 오직 이해해야만 하고 아름답지 않은 지루한 일거리에 불과했다. '떨림과 울림'은 과학의 다른 면모, 일찍이 보지 못한 아름다움을 느낄 수 있도록 한다. 이 책이 응시하는 지점은 과학 이론 그 자체가 아니라 과학의 아름다운 파장이자 효과다.

그렇다면 여기서 한 가지 의문을 제기할 수 있다. 이런 식으로 과학을 바라보는 것은 올바른 것인가. 혹시 얄팍한 감각으로 과학을 오해하는 것은 아닐까. 질문에 대답하며 글을 마무리하고자 한다. 공룡에 열광하던 아이시절을 회고해보면 그때만큼 과학책을 열심히 본 적은 없던 것 같다. 어린 시절의 과학은 매력적인 상상의 덩어리였다. 이 아름답고 흥미로운 과학의 모습을 음미하는 것도 필요하지 않겠는가.

단 한 사람도 포기하게 해서는 안 된다!

『풀꽃도 꽃이다 1, 2』, 조정래, 해냄

이수진

십 년 전쯤일 것 같다. 한 여성 잡지에서 작가 조정래 선생이 모시옷을 입고 대여섯 살 쯤으로 보이는 손자와 서재에 있는 사진을 봤다. 조정래는, '아리랑', '태백산맥' 등 우리가 익히 아는 걸작을 쓴 대한민국 대표 작가 중 한 사람이다. 이름만 들어도 카리스마가 철철 넘치는 그가 어린 손자 옆에서 활짝 웃고 있는 모습이 얼마나 정겹고 푸근하던지 오래 기억에 남는다.

작가는 손자가 초등학생이 되었을 때, 사교육이 판치고 성적 비관으로 힘들어하는 학생들의 모습을 보고 많이 안타까워했다. 시간이 흘러 그 손자가 고등학생이 되었을 때, 학생들의 학습 환경은 더욱 열악해졌고, 학교폭력을 우려해야 할 형편이었다. 작가로서의 소명 의식과 한 가정의 할아버지로서 후손들을 위해 교육에 대한 소설을 쓰기로 결심하고 발표한 작품이 '풀꽃도 꽃이다' 라는 이 소설이다.

고등학교 교사 강교민은 학생들을 성적순으로 차별하는 교육을 고쳐야 한다고 주장한다. 학생들에게 중요한 것은 성적이 아니라 인간의 가치라고 말하면서 말이다. 강교민의 제자인 배동기는 알코올 중독인 아버지와 함께 가난하게 살고 있다. 그러한 이유로 학교 폭력을 당하게 되고, 참다못한 배동기가 자신을 괴롭히는 친구들에게 대들다 역으로 퇴학을 당하게 된다.

소설 속에는 자식의 성공을 자신의 인생 성공과 동일시하는 엄마가 나오고, 자식의 교육을 아내에게 전임하고 투명인간처럼 지내는 아빠도 나온다. 또한 같은 반 친구가 심각한 학교 폭력의 피해를 입는 현장을 목격하면서 두려워서 입도 한 번 벙긋하지 못하는 학생이 나오고, 기간제 여교사에게 성희롱을 일삼는 개념 없는 학생들의 모습도 보인다.

작가는 소설 속 인물이 빚어내는 사건을 통해 우리 교육 안팎의 문제를 적나라하게 드러냈다. 그러면서 다른 소설들과는 달리 교육 문제에 대한 해결책을 제시했다. 교사 강교민의 입을 빌어서 교육 문제에 대한 해법으로 독서, 토론 수업, 글쓰기 교육, 혁신학교를 언급했다. 토론식 수업을 통해 학생들이 자기 주도적 학습을 할 수 있도록 개선해 나가야 한다는 주장에는 고개가 끄덕여진다. 하지만 그러한 교육정책이 발표되자마자 기다렸다는 듯 독서논술학원을 찾는 학부모들과 그와 관련된 사교육 시장이 팽창할 것은 불을 보듯 뻔한 일이다.

우리 교육의 문제는 부의 불균형에서 온다는 생각이 든다. 자본주의 논리에 의존하고 있는 교육이 제대로 이루어지려면 부모들부터 올바른 교육관을 정립해야 할 것이다. "희망, 희망을 가져야 해. 희망은 우리들 자신을 추동하는 가장 강력한 힘이라는 걸 잊지 마라."(366쪽) 단 한 명의 학생도 소외되지 않고 모두가 행복한 교육을 위해서는 뚝심 있는 교육이 필요하다.

부모나 교사, 학생들 모두 교육에 대한 희망을 가져야 한다. 국가가 시키는 대로의 교육이 아니라, 부모들의 이루지 못한 꿈을 대물림하여 아이들을 괴롭히는 그런 교육에서는 희망을 찾기 어렵다. 삶과 교육이 하나가 되어 학생들이 행복해하는 교육으로 나아가야 한다. 작가가 소설을 통해 전하고자 진심이 무엇인가가 궁금한 사람, 교육 통해 희망 찾기를 꿈꾸는 사람은 '풀꽃'의 향기를 맡아보면 좋을 것이다.

마음이 무엇인가

『마음』, 나쓰메 소세키, 이지선 옮김, 책 만드는 집

김동읍

세상의 모든 일은 마음먹은 대로 되지 않는다. 우리 모두는 자신의 마음으로 세상을 보려 고 한다. 하지만 시간의 흐름이나 특정한 상황에 따라 보고자 하는 방향으로만 볼 수 없게 된다. 그런 현실은 매우 안타까운 것이다. 그러나 우리 삶에 그런 현실은 일회성이 아니라 자주 나타나서 마음을 다치게 한다. 삶은 그런 안타까움 들의 연속이다. 만나고 싶지 않지만 만나게 된다. 그것을 헤쳐 나가는 것, 그것이 곧 삶이 아닐까 하는 생각을 갖게 한다.

우리에게는 참, 많은 마음이 존재한다. 일본 근대문학의 아버지라는 칭호를 받는 나쓰메 소세키(1867~1916) 소설 『마음』에는 부모와 자식의 마음, 존경의 마음, 흠모의 마음, 사랑의 마음, 우정의 마음들이 순차적으로 여러 관점에서 비춰지고 있다. 그 마음들은 조화를 이루지 못하고 극단적인 방향으로 내달아 갔다. 소설은 누군가에 대한 존경과 흠모로 시작되어 부모 자식 간, 이성간으로 번져갔다. 친구와의 우정도 아름답게 꽃피웠지만 결국 한 여자로 인해 부딪치게 되고 비극으로 치달았다.

소설 속 인물들의 마음은 서로 충돌했다. 그럼에도 불구하고 선생님은 한 여자에 대한 숭고한 사랑을 지켜낸다. 그 여인이 부인이다. 그녀의 삶에 오점하나 찍히지 않길 바라는 순수한 마음은 참으로 아름답다. 진정한 사랑이 무엇인가를 생각하게 한다. 하지만 아쉽다는 생각을 갖

234

지 않을 수 없다. 자살을 선택하기보다는 자기 마음을 다 털어놓고 믿음이 가득한 사랑으로 백년해로했다면 어떻게 되었을까? 생각해보게 한다.

사랑할 줄 아는 사람, 사랑하지 않고는 못 견디는 사람, 그럼에도 자기 품으로 들어오려는 사람을 두 팔 벌려 끌어안을 수 없는 사람, 그 사람이 바로 선생님이라고 화자(나)는 말한다. 그러면서 선생님은 꼬여버린 인생의 굴레와 고뇌 속에서 결국 헤어나지 못하고, 누구를 만나도 자신의 마음 깊은 속에 도사린 외로움이 가시지 않을 거라며, "마음속에서는 밀물과 썰물처럼 차오르고 빠져나가는 감정의 기복이 쉼 없이 반복되었다."(245쪽)고 절규한다.

결국 선생님은 점점 염세주의에 빠져들고, 오랜 세월 기억의 밑바닥에 먼지를 뒤집어 쓴 채 가라앉아 있던 순사殉死라는 말을 떠올린다. '내가 순사한다면 그건 메이지 시대의 정신에 따라 죽은 것이다. 메이지 천황이 승하한 때를 같이하여 메이지 정신도 끝이 난 마당에 살아서 뭐하겠느냐'는 생각으로 자살을 결심한다. 그러면서 세상의 수많은 사람 가운데 오직 그에게 진실하게 대한 '나'에게 자신의 과거를 드러내고자 한다.

"자네는 내게 한 점의 거짓도 없었으니까, 진심으로 내 과거로부터 살아있을 교훈을 얻고 싶다고 했으니까, 내 인생의 어두운 부분까지 거리낌 없이 자네에게 보여 줄 것이네."(157쪽) 라는 내용이 담긴 두툼한 편지를 남기고 떠난다. 그가 가진 진실한 마음을 편지에 쏟아놓고… 『마음』을 다양한 위치에서 다양한 방법으로 탐구한 소설, '마음이 무엇인가?'에 대해 오래 생각하게 한다. 그리고 삶의 가치와 진정한 사랑을 발견하게 한다. '그'에게 주고 싶다.

발자크의 마법에 걸린 바느질하는 중국소녀

『발자크와 바느질하는 중국소녀』, 다이 시지에, 이원희 옮김, 현대문학

나진영

"발자크 때문에 한 가지 사실을 깨달았다는 거야. 여자의 아름다움은 비할 데 없을 만큼 값진 보물이라는 걸."(252쪽)

발자크와 만난 바느질 소녀는 대도시로 떠난다. 나와 뤄, 바느질 소녀, 프랑스의 소설가 발자크와 그의 작품들이 이 책 속에서 웃음과 재미, 씁쓸함, 애잔함을 준다. 작가 '다이 시지에'는 1954년 중국 푸젠성에서 태어났으며, 대학에서 예술사를 전공했다. 그는 국비 장학생으로 프랑스로 유학 가서 영화학교를 졸업하고, 프랑스에 거주하며 작품 활동을 하고 있다. 영화감독으로도 활동하며 중국 배경의 영화를 다수 발표했다. 자신의 작품을 바탕으로 만든 영화 '발자크와 바느질하는 중국소녀'는 2002년 칸 영화제에서 상영되기도 했다.

나와 뤄는 '부르주아 지식인'으로 낙인찍혀 '하늘긴꼬리닭'이 있는 산골 마을로 재교육을 받으러 간 소년들이다. 나는 바로 다이 시지에다. 이 소설은 자전적 소설이다. 작가에 대한 나의 관심이 증폭된 이유다. 마오쩌둥에 의해 주도된 문화대혁명 기간에 의사였던 그의 부모가 투옥되고 자신도 '부르주아 지식인'으로 지목되어 1971년부터 3년간 산골에서 재교육을 받았다. 그 암울했던 시기를 겪은 작가의 체험이 이 소설에 고스란히 들어 있다.

전기도, 시계도 없는 산골에서 재교육을 받던 소년들에게 한 줄기 빛

이 나타난다. 바로 재봉사의 딸 '바느질하는 소녀'이다. 또 다른 빛인 고향 친구 '안경잡이'를 만난다. 안경잡이에게서 발자크의 소설 한 권을 얻는다. 마오 주석의 어록만이 읽을거리로 허용되던 시기였으므로 소설은 단지 한 권의 소설이 아니었다. 이 한 권의 소설은 이 책 전체를 흔들면서 '나'와 뤄, 바느질 소녀의 관계를 만들고, 안경잡이의 또 다른 면을 보여준다.

뤄는 바느질 소녀에게 소설을 읽어주며 서로 사랑하게 된다. '나'는 질투심을 드러내지 않고 바느질 소녀를 끝까지 지켜주며 바라본다. 섭섭함도 느끼지만. 뤄와 바느질 소녀의 사랑은 풋풋함으로 시작해서 뤄의 간절함과 바느질 소녀의 아름다움을 가득 담고 커간다. 방앗간 노인이 멍하니 숨어서 지켜보고 들려주는 뤄와 바느질 소녀의 물속에서의 사랑 얘기, 둘만의 세상인 듯 사랑한 후에 책을 읽어주고 듣는 모습은 아름답기 그지없다. 소년들은 소설을 아껴 읽으며 다른 세상에 눈뜨고 바느질 소녀는 읽어주는 소설을 들으면서 인간 본성에, 새로운 세계에 눈뜬다. 나는 새삼 소설의 재미에 눈뜬다.

바느질 소녀는 소설 속 여주인공과 도시 생활을 한없이 동경하며 길게 땋아 묶던 머리를 단발머리로 만들고 남성복 스타일의 재킷을 입고 테니스 운동화를 신고 대도시로 떠난다. 새 삶을 살기 위해. 바느질 소녀의 자유롭고 진취적인 모습이 그려진다. 바느질 소녀는 '나'와 뤄의 산골 생활에서 큰 기쁨이었고, 재교육의 시간들을 견딜 수 있게 해 준 보물이었다. '나'와 뤄가 들려주던 소설들은 그녀에게 보물이 되었다.

책이 인생을 바꿀 수 있다고 진지하게 생각한 세대의 책에 대한 동경과 찬사를 담은 소설로 평가되기도 한다. '발자크와 바느질하는 중국소녀'란 책을 만나는 사람을 위한 보물도 찾는 사람의 것이 될 것이다.

만남이 삶을 결정한다

『데미안』, 헤르만 헤세, 코너스톤, 민음사

여숙이

1877년 독일 남부 도시 칼프에서 목사의 아들로 태어난 헤르만 헤세의 소설 '데미안'은 주인공 싱클레어가 프란츠 크로머라는 바깥세상의 친구를 만나는 것으로 시작 된다. 외톨이가 되기 싫어 거짓말을 꾸며낸 것이 소년이 세상에 나와서 맞이하는 첫 고통이 되었다. 과수원에서 친구와 사과 한 자루를 훔쳤다는 이야기를 꾸며냈다. 프란츠 크로머가 맹세할 수 있냐고 몰아 부치는 바람에 맹세까지 한다. 크로머는 과수원 주인에게 이르거나, 경찰서에 신고하겠다고 협박하기 시작한다. 알려주는 자에겐 2마르크를 주겠다고 하니 그 돈을 나에게 주면 넘어가겠다고 한다.

이야기를 꾸며냈지만 맹세까지 했으니 돌이킬 수 없고, 무마하기 위해 할머니의 고장 난 은시계를 건네지만 통하지 않는다. 돈이 없다고 해도 받아들이지 않아 고민에 빠진다. 집안에 있는 저금통을 부수고 65페니를 전하지만 다 가져오라고 한다. 나머지 1마르크 35페니는 언제 줄 거야라며 계속해서 괴롭힌다. 100년 전 독일에서도 이런 학폭이 있었다.

그러던 중 라틴어 학교에 새로운 학생이 들어온다. 부유한 집 아들로 학년이 높은 데미안. 그는 어른스럽고 신사다우며 완벽해 보였다. 합반 수업을 하면서 개성이 있고 특별해 보이는 점에 관심을 갖게 된다. 데미안은 싱클레어가 두려워하는 크로머를 가까이 오지 못하게 떼어내 준다. 그러나 그것은 평생 마음의 부담이 된다. 그리하여 데미안은 싱클레어의 내면 깊숙이 들어와 앉았다.

기숙사 생활이 시작되면서 알폰스 베크를 알게 되고 새로운 환경에 젖어들며 술을 접하고 성에 눈 뜬다. 교사 위원회의 경고도 받고 퇴학위기에 처한다. 그때 이상형인 베아트리체를 만나게 되면서 본래 모습으로 돌아간다. 베아트리체의 그림에 매료되어 그림을 그리고 새를 그려 데미안에게 보낸다. 답장에 "새는 알에서 나오려 투쟁한다. 알은 세계다. 태어나려는 자는 한 세계를 파괴해야만 한다. 새는 신에게 날아간다. 신의 이름은 아브락사스다."라고 쓰였다. '데미안' 에서 가장 많이 인용되어 이 소설을 읽지 않아도 많은 사람이 아는 명구다.

방학이 되어 데미안의 집을 찾고 '에바부인' 을 만난다. 그녀는 낯설지 않은 꿈속의 여인이었고 모성애, 엄격함, 아름답고 매혹적인 존재였다. 그들의 만남은 운명적이고 가족 같은 관계로 이어진다. 러시아와 독일의 전쟁이 시작되어 데미안은 전쟁터로 나가고, 싱클레어도 부상을 입어 병상에서 만난다. 그는 언제나 마음속에 있으면서 길을 인도하는 지도자였다.

누구에게나 운명적인 만남이 있다. 그 사람은 내게 길을 인도 할 수도 있고 나락으로 떨어뜨릴 수도 있다. 만남이 삶을 결정한다는 생각이 스쳐간다. 그러나 결국은 '나' 로 바로 서야 하는 것이 삶이다. 그 바로서기는 위선과 가면의 껍질을 깨는 것이다. 나의 진심이 드러날 때 아름다운 만남이 찾아온다. 성장기 소년이 아니라도 나는 지금 나를 깨우쳐 줄 그 누군가를 만나고 싶다. 그리고 나도 누군가에게 만나고 싶은 사람이 되고 싶다.

울고 싶거든 '몽실 언니'를 만나라

『몽실 언니』, 권정생, 창비

이금주

'몽실 언니'를 읽고 권정생 작가의 집을 찾아갔다. 고속도로를 벗어나자 이내 조탑리의 논과 밭들이 보인다. 저기 어디쯤에 작가의 집이 있었을까? 궁금해 하면서 좁은 길을 따라 골목 안을 한참 들어갔다. '몽실 언니'가 살던 집이 자꾸 오버랩 되는 가운데 맞이한 작가의 집은 초록색 양철지붕, 작은 마당, 무성한 잡초들, 집이라고 부르기가 편치 않을 정도다. 이렇게 낡고 허름하고, 작은 방에서 그 곱고 맑은 글들을 써냈다는 사실이 좀체 믿기질 않고, 가슴이 싸하게 아려왔다.

늘 자신에게 엄격하고 검소하게 사셨다는 말을 많이 듣긴 했지만, 실제 살았던 집에 와 보니 검소한 정도가 아니라, '청빈淸貧'이라는 단어가 이런 것이구나 하는 깨달음이 온다. 청빈은 '맑은 가난', 성품이 깨끗하고 재물에 대한 욕심이 없어 가난한 것을 가리킨다. 작가 권정생의 가난은 그야말로 맑은 가난이었다. 작가 권정생에게 가장 어울리는 말이 될 것 같다. 교회 종지기로 일하면서 오로지, 어린이를 위한 작품을 쓰면서 산 작가의 삶은 가난으로 해서 더 맑은 지혜를 준다.

권정생은 일본에서 중일전쟁이 시작된 해에 태어나 한국에 돌아와서 4년 만에 6.25전쟁을 맞게 된다. 청년시절부터 병마와 싸우면서 혼자 아픔과 외로움을 헤쳐 나갔다. 교회에서 아이들에게 인형극도 보여주고, 동화도 들려주다가 자신의 작품을 들려주기 위해서 동화를 쓰기 시작,

240

첫 작품으로 「강아지 똥」을 내 놓았다.

「몽실언니」는 교회 관련 잡지에 연재되었다가 1984년 '창비'에서 단행본으로 나왔다. 영화로도 만들어지고 TV 드라마로도 방영되어 널리 알려졌다. "절뚝거리며 걸을 때마다 몽실은 온몸이 기우뚱기우뚱했다. 그렇게 위태로운 걸음으로 몽실은 여태까지 걸어온 것이다. 불쌍한 동생들을 등에 업고 가파르고 메마른 고갯길을 넘고 또 넘어온 몽실이었다."(268쪽)는 문장이 '몽실 언니'의 삶을 가장 적절하게 표현한 문장으로 기억된다.

지독하게 가난했고, 폭력에 시달리던 어머니는 아버지를 떠난다. 몽실은 새아버지와 살게 되면서 새아버지의 폭력으로 다리를 절게 되었다. 다시 친아버지에게 돌아와 새어머니와 함께 살면서 잠시 행복한 시간을 보낸다. 하지만 동생을 낳고 새어머니는 돌아가시고, 혼자서 동생들을 돌보며 고단하고 힘든 인생길을 걸어간다. 부모로부터 사랑받기보다는 부모가 크나큰 짐이 되는 삶을 살았다. 두 어머니의 동생들을 다 끌어안고 씩씩하게 걸어가는 길에서, 원망보다 용서와 희망을 보여 준다.

작가는 자신의 동화를 말하는 자리에서 "나의 동화는 슬프다. 그러나 절대 절망적인 것은 없다."(『권정생의 삶과 문학』 121쪽)고 말한 바 있다. '몽실 언니'처럼 힘들고 거친 삶을 경험하지는 않았지만 삶은 누구에게나 벅찬 것이다. 그렇지만 희망이란 단어가 거울로 비추어질 때는 따스한 공감과 위로를 얻을 수 있다. 그런 위로가 필요한 사람은 '몽실 언니'를 만나야 한다. 절벽으로 떨어질 것 같은 자신을 끌어안고 울고 있는 세상의 '몽실 언니'들에게 조용히 들려주고 싶다. 사는 게 힘들어 울고 싶거든 '몽실 언니'를 만나라, 그대 눈물을, 그대를 닮은 몽실 언니가 닦아줄 것이다. 나직이 '몽실 언니!'를 부르며 그의 가슴을 파고들어라.

늦었다고 생각하기 전에

『이대로 죽을 순 없다』, 박막례·김유라, 위즈덤하우스

이동근

"박막례 씨, 치매 올 가능성이 높네요." 이 한마디에 손녀 김유라는 잘 다니던 회사도 그만두고 할머니와 호주로 여행을 떠난다. 여행 떠나기 전, 유라는 할머니의 치매를 막기 위해 휴대폰에 두더지 게임 앱을 깔아보기도 하고 치매 관련 논문도 찾아보고 인터넷 치매 환자 카페에도 가입을 한다.

그러다 '치매는 의미의 병입니다.' 그것은 곧, 할머니의 존재 가치가 없다는 판단이 들어 우울과 시련이 찾아오면서 뇌세포가 손상되는 마음의 병이라는 것을 알았다. "할머니가 왜 살아야하는지, 왜 존재해야 하는지, 무엇을 해야 하는지, 당신 삶의 의미를 찾게 하자."(63쪽)고 생각, 호주로 여행 가서 촬영한 동영상을 유튜브에 올리면서 크게 주목받았다.

책은 운동 경기에 빗대 전반전, 하프타임, 후반전, 그리고 남은 이야기와 에필로그로 구성되었다. 한 사람의 생애를 운동 경기로 보는 특별한 시각이 있다. '전반전'은 치매 위험 진단을 받기 전까지 박막례 할머니의 살아 온 이력을 간략하게 기록했다. '후반전'이 전체의 80%를 차지한다. 여행지에서 벌어지는 에피소드를 할머니와 손녀의 시각으로 재구성했다.

2남 4녀 중 막내딸로 태어나 6.25 전쟁 때 오빠들과 헤어지고 딸이라

고 학교도 못 다닌 이야기, 한복학원을 다녀 바느질을 배우고 집안일을 도맡아 하는 이야기가 나온다. 집안을 돌보지 않는 신랑을 만나 생계를 위해 막노동과 파출부 일을 하고 과일장사에 엿 장사, 꽃 장사, 떡 장사, 식당일에, 두 번의 사기를 당한 이야기까지 여자로서는 결코 순탄치 않은 삶이었다.

이후 '후반'에서는 71세의 박막례 할머니가 겪는 좌충우돌 자유 여행기가 펼쳐지는데 특유의 전라도 사투리가 섞이면서 더 재미있어진다. "생전 처음 탱고리인지 캥고리인지 이름도 제대로 모르는 동물을 쿠란다 마을에서 봤다. 근디 가서 보니까 앞다리는 짧고 뒷다리는 길어가꼬 다친 것 같아서 마음이 엄청 아프더라. 너 다리가 끊어져서 그러냐? 오메 오메… 불쌍해가꼬 그것을 자꾸만 쓰다듬어줬다."(72쪽) 생전 처음 캥거루를 보면서 박막례는 앞다리와 뒷다리가 똑같은 것인데 다쳐서 그런 줄 알고 불쌍하게 여긴다.

세계 최대의 산호초 지역인 케언스에서는 스노클링도 하게 된다. 영어라고는 Hello, Thank you, Sorry, F*** you, Sh** 다섯 가지 밖에 알지 못한다. 그렇지만 그 정도의 어학 실력으로도 외국인들과 어울리며 오리발을 신고 잠수복을 입고 바다 속에 들어가서 마음껏 헤엄쳐본다. 그러다 거기서 또 한 차례 죽을 고비를 넘기고 살아난 이야기는 웃어서도 안 되고, 웃을 일이 아닌데도 웃음이 나와서 참기 어려웠다.

71세 할머니와 손녀 김유라의 이야기, 어디부터 따라 잡아야하지? 부럽다는 말만 하고 앉아있는 것, 그것이 부끄러운 일이라는 생각이 든다. 결국 호기심을 가지고 용기 있게 도전하는 자만이 얻을 것을 얻고, 이룰 것을 이룬다. 지금까지 남이 하는 일을 부럽게 바라만 보았다면 이제 남이 날 바라보게 해 보자. 하고 싶었던 일, 늦었다고 생각하기 전에 하루라도 빨리 시작하자. 지금 당장!!

나를 아는 열쇠는 어디 있는가?

『소크라테스의 변명』, 플라톤, 황문수 옮김, 문예출판사

이은영

"위대하고 강력하며 현명한 아테네 시민인 그대, 나의 벗이여, 그대는 최대한의 돈과 명예와 명성을 쌓아 올리면서, 지혜와 진리와 영혼은 최대로 향상하는 것을 거의 돌보지 않고 그러한 일은 전혀 고려하지도 주의하지도 않는 것이 부끄럽지 않은가?" (34쪽)

생전에 단 한 권의 저서도 남기지 않은 소크라테스에 관한 유일한 책, 2500년 전 고대 그리스 아테네에서 일어난 일을 쓴 플라톤은 기원전 427년경 그리스에서 태어난 철학자다. 소크라테스를 통해 맹목적인 삶이 아닌 의미를 부여할 수 있는 삶이 무엇보다 중요하다는 것을 배웠다. 교육에 대한 열의가 매우 높아서 철학 중심의 종합대학인 아카데미아를 창설하고 뛰어난 수학자와 높은 교양을 갖춘 정치적 인재를 배출하였다.

플라톤의 저서가 거의 대화 형식을 취하고 있는 것과 주인공이 소크라테스인 것을 보더라도 소크라테스의 사상이 그에게 얼마나 큰 영향력을 발휘했는지 알 수 있다. 이 책은 소크라테스의 일을 플라톤이 쓴 것이다. 소크라테스는 날마다 거리에서 대화를 나누며 오류와 모순, 무지를 스스로 깨닫도록 노력하고 있었다. 그 일을 소피스트들과 보수주의자들이 소크라테스를 무신론자, 청년들을 타락시킨 자로 고발했고 재판에서 사형을 선고 받는다는 내용이다.

1장은 '변명'의 서론으로 말하는 자는 진실을 말하고, 재판관은 정당하게 결정하도록 부탁하는 내용이다. 2장은 문제 제기로 최근에 나를 고발한 이들과 예로부터 나를 고발한 이들이 있는데 그것은 문제가 있으며 거기에 대해 변명을 시작하겠다는 내용이다. 3장부터 28장까지는 소크라테스의 변명으로 소크라테스는 나 자신보다 현명한 사람을 찾아내어 자신이 현명하지 못함을 입증하려고 했다.

그러나 정치가, 시인, 장인들을 찾아갔지만 그들 모두 현명하지 못한 것을 알게 되었고 오히려 부족한 자신을 알고 있는 자신이, 부족함을 알기에 더 현명하다는 것을 깨달았다. 그 이유로 많은 사람을 적으로 만들었고 고발당했다. 또 소크라테스는 유신론자이며 청년을 타락시키지 않았음을 변명하고 자신은 무보수로 많은 이들을 이롭게 하고 깨우치기 위해 실천했다고 했다. 그러나 소크라테스는 사형을 선고 받는다.

29~33장은 에필로그로 소크라테스의 최후의 진술이다. 소크라테스는 죽음의 회피가 어려운 것이 아니라 불의를 피하는 것이 어렵다고 하며 자신의 신념을 지키기 위해 사형을 받아들인다. "이제 떠나야 할 시간이 되었습니다. 각기 자기의 길을 갑시다. 나는 죽기 위해서, 여러분은 살기 위해서, 어느 쪽이 중요한가 하는 것은 오직 신만이 알 뿐입니다."라는 비장미가 가슴을 싸 흘러내리는 말을 남기며….

나도 지식은 소유하고 있으면 되고, 인문학은 공부하여 자신을 성찰하면 된다고 생각했다. 그런데 알기만 하는 것은 진정 아는 것이 아니었다. 아는 것을 행하고 느끼는 것을 공유하는 일, 그것이 진실로 아는 것으로 향하는 것. 이것이 인문학의 지향점이며, 우리를 지켜줄 진리가 되는 것이다. 나를 아는 열쇠는 지혜와 진리와 영혼을 향상시키는데 많은 시간을 바치며 돌보는 사람만이 가질 수 있는 것, 아! 그런데, 나는….

고전은 생각의 씨앗 같아서

『유토피아』, 토마스 모어, 전경자 옮김, 열린책들

최성욱

사는 것이 녹록치 않다. 포장마차에서 소주잔을 기울이며 팍팍한 세상사를 안주 삼아 위로를 얻는다. 우리는 모두가 행복하게 사는 세상 유토피아를 갈망하고 있다. '유토피아'가 출간되었을 때 유럽에서는 유토피아라는 섬이 어디 있는지 찾기 위해 많은 사람들이 관심을 가졌다고 한다. 유토피아Utopia라는 말은 토마스 모어가 소설 속에서 말한 가상의 나라이다. 그리스어의 uo(없다)와 topia(장소)라는 단어의 합성어로 결국 이 세상에 없는 땅이라는 말이다. 유토피아의 역설이다.

토마스 모어는 1478년에 영국에서 출생한 정치가이며 인문주의자로 알려져 있다. 르네상스 문화운동의 영향을 많이 받았고, 당시 영국 국민들에게 존경받는 법조인이며 유머가 풍부한 사람이었다. 토마스 모어는 왕과 귀족들, 부유한 상인들의 수탈과 폭압 때문에 고통 받는 농민과 부랑자들을 가슴 아파하며, 모든 사람들이 행복하게 살 수 있는 이상향을 제시하고자 '유토피아'를 저술하였다.

'유토피아'는 크게 두 부분으로 되어 있다. 제1권은 토마스 모어가 베타 힐테스, 라파엘 휘틀로다이우스 등 3자의 대담 형식으로 짜여졌다. 라파엘은 왕을 포함한 누구에게도 복종하지 않는 자유로운 삶을 추구하는 사람이다. 그는 "단순 절도가 목숨을 앗아 가야 할 정도로 중한 범죄가 아니며, 제아무리 가혹한 처벌로도 먹을 것을 구할 다른 방법이 전혀

246

없는 사람들이 도둑질하는 것을 막을 수 없다.”면서 잉글랜드 법 제도를 신랄하게 비판한다. 토마스 모어도 값비싼 양모를 얻기 위해 농민들을 내쫓고 울타리를 치는 탐욕스런 귀족과 영주들의 사치를 성토한다.

이어서 라파엘이 유토피아의 사람들과 제도에 대해 설명하는 형식으로 제2권을 시작한다. 유토피아인들이 사는 섬은 중앙이 너비 200마일이고 섬 전체가 500마일의 곡선을 그리고 있으며 초승달 모양을 하고 있다. 유토피아에서는 자신들이 필요로 하는 것보다 훨씬 많은 양의 곡물과 가축을 산출하여 잉여물은 이웃 사람들과 공유한다. 10년마다 추첨을 통해 집을 바꾸며 산다. 모든 사람들이 유용한 직종에서 일을 하고 아무도 과소비를 하지 않아서 모든 것이 풍족하다.

라파엘은 “이 나라(유토피아) 헌정의 주요 목적은, 모든 시민은 육체노동에 투여하는 시간과 정력을 가능한 한 아끼어 이 시간과 정력을 자유와 정신의 문화를 누리는 데 쓸 수 있도록 하자는 것입니다. 이것이야말로, 이들이 생각하는 삶의 진정한 행복입니다.”(99쪽)라고 주장한다. 결혼을 위한 맞선 제도를 소개하는 데 기발한 발상에 웃음이 절로 나지만 공감하는 바도 적지 않다. 책 속에서 직접 확인해 보는 즐거움을 빼앗고 싶지 않다.

이 책은 내용이 절대 가벼운 것이 아니지만 손에 들고 다닐 수 있을 정도로 적당한 크기고 양도 많지 않아 읽기 좋은 정도이다. 시대적 비판의식과 이상향에 대한 거대 담론을 담고 있음에도 소설 형식으로 되어 있어 읽기에 편하다. ‘유토피아’는 500년 동안 시간의 세례를 받으며 많은 사람들에게 영감을 주었다. 고전은 생각의 씨앗과 같아서 내 마음 속에서 거대한 나무로 자랄 수 있는 힘이 있다. 나만의 혹은 우리 가족과 공동체의 유토피아를 꿈꾸는 사람이라면 먼저 토마스 모어가 들려주는 ‘유토피아’를 읽어볼 일이다.

생의 마지막에 원하게 될 것을 지금 하라

『인생수업』, 엘리자베스 퀴브러 로스·데이비드 캐슬러,

류시화 옮김, 이레

정윤희

"많은 시작의 순간에 있었다면 그것들이 끝나는 순간에도 있게 될 것이다. 자신이 느끼는 상실이 크다고 생각된다면 삶에서 그만큼 많은 것을 시도했기 때문이다. 많은 실수를 했다면 아무것도 하지 않고 산 것보다 좋은 것이다."(3쪽)

"그래, 맞아, 내게 한 말이야"로 첫 문장을 시작해 자신의 삶을 돌아보게 만드는 『인생수업』은 '웰~다잉' 수업에 참석하면서 접하게 되었다. 초등학교 때부터 세상은 신기하고 궁금한 것으로 가득했다. 내가 왜 나인지? 꽃은 어떻게 꽃으로 태어나는지? 등 수많은 궁금증과 함께 성장했다. 사람이 살다가 왜 죽어야만 하는 것인지에 대한 의문은, 생로병사에 관해 자연스럽게 눈을 돌리게 되었고 이 책이 나의 답답한 마음 한구석을 시원케 하였다

정신의학자로서 호스피스 운동의 선구자인 저자 엘리자베스 퀴브러 로스는 1926년 스위스 취리히에서 세쌍둥이 중 첫째로 태어나 자신의 정체성에 대해 많이 고민하면서 자랐다. 자신의 일생을 임종 연구에 바치기로 결심한 저자는 미국 타임지에 20세기 100대 사상가 중의 한 명으로 선정되었다. 임종 연구 분야의 개척자로 '진정한 나는 누구인가, 어디로 와서 어디로 가는 존재인가?' 라는 질문을 평생 놓지 않으며 많은 연구 업적을 쌓은 공로다.

이 책은 제자 데이비드 캐슬러와 함께 죽음 직전에 있는 수백 명의 사람들을 인터뷰하여 그분들이 말하는 '인생에서 꼭 배워야 할 것들'을 받아 적어 살아 있는 우리에게 강의 형식으로 전하고 있는 책이다 "생명이 얼마 남지 않았다는 진단을 받고 나서야 비로소 사람들은 자신이 누구인가를 알아내려고 최초의 시도를 합니다. 하고 싶은 일보다는 해야만 하는 일에 자신이 얼마나 붙잡혀 사는지 알면 놀랄 것입니다. 결과에 신경 쓰지 않고 원하는 무엇이든 할 수 있다면 어떤 일을 할 것인가?"(31쪽)

이 질문에 대한 대답은 당신이 누구인지, 또는 당신을 가로막고 있는 것이 무엇인지에 대해 많은 것을 가르쳐 줄 것이라 한다. 하지만 다양한 인생의 수업방식 중에서 '하고 싶은 일' 보다는 '해야만 하는 일' 을 택할 수밖에 없는 사람들이 얼마나 많은가. 고단한 삶에 처해있을 때 자기 인생을 산다는 것이 쉽지 않은 이유다. 진정한 자신이 된다는 것은 자신의 인간적인 자아를 존중하는 것이라고 하지만 이 또한 몸과 마음이 다른 곳에서 바쁜 사람들에게는 고상한 말로 들리고 어려운 말일 뿐이다.

우리가 죽음의 순간에 느끼게 되는 삶에 대해서 "생의 마지막 순간에 간절히 원하게 될 것, 그것을 지금 하라."고 우리의 무뎌있는 감각을 일깨운다. 살아 있는 자들이 후회하지 않는 인생을 살려면, 우리가 자신이 누구인지를 알아가는 것과 자기 인생을 살되 모든 날을 최대한으로 살아가라고 『인생수업』을 권한다. 그것이 우리가 이 땅에서 해야 하는 행복한 숙제이기에 '하고 싶은 일' 은 미루지 말고 무엇이든 할 수 있는 지금 해야만 하는 것이다.

'위대한 진실'을 아시나요?

『연금술사』, 파올로 코엘료, 최정수 옮김, 문학동네

정소현

'연금술사'는 꿈을 좇는 사람에게 용기를 주는 소설이다. 꿈을 믿고 그것을 실현하기 위해 먼 길을 떠나는 양치기 산티아고의 여행을 통해 독자들에게 삶에 대한 깊은 통찰을 제공해 준다. 살렘의 왕은 자아의 신화를 이루어내는 것이야말로 유일한 의무라며 산티아고에게 우림과 툼밈이라는 두 개의 보석을 건넨다. 보석들을 표지標識로 삼아 여행을 시작한 산티아고는 도둑을 만나고 사막에서 죽음의 위협을 받는 등 거칠고 험난한 여정을 겪는다.

그의 극적이며 험난한 여정은 연금술사들이 행하는 실제 연금술의 과정과 맞닿아 있다. 연금술사들은 어떤 금속을 아주 오랜 세월 동안 가열하면 정화되어 만물의 정기만이 남게 될 것이며, 이 '위대한 업'이라 불리는 최종 물질이 모든 사물들의 의사소통을 가능하게 해주는 언어라 믿었다. 산티아고는 자아의 신화를 이루어내는 여정을 통해 자신의 마음에 귀를 기울일 수 있도록 정화되었고, 만물과 대화하는 우주의 언어를 이해하며 마침내 영혼의 연금술사가 된다.

'연금술사'는 브라질의 신비주의 작가 파울로 코엘료(Paulo Coelho)의 작품이다. 그는 작품 속에서 인간의 영혼과 마음, 그리고 자아의 신화와 만물의 정기를 이야기하며 책을 읽는 독자들로 하여금 자신이 자아의 삶에서 어디에 위치해 있는가를 끊임없이 반문하게 만든다. 1988년 출간된 후 120개국에서 번역되었으며 전 세계에서 가장 많이 팔린 책 중 하나가 되었다. 파울로 코엘료는 이 작품을 통해 단숨에 세계적인 작가의 자리에 올랐다. 시적이면서도 철학적인 문체, '머리가 아닌 마음에 속삭이는 상징적인 언어'로 높이 평가받는 코엘료의 작품들은 광범위한 독자층으로부터 절대적인 사랑을 받고 있다.

꿈을 좇기 위한 선택에는 대가가 따른다. 이미 익숙해진 것과 가지고 싶은 것 중 하나를 선택해야 하기 때문이다. 실패에 대한 무서움과 현재 갖고 있는 것들을 잃는 것에 대한 두려움은 우리를 망설이게 한다. 하지만, 누구나 자기가 원하거나 필요로 하는 것을 반드시 이룰 수 있다면 두려워 할 필요 없을 것이다. 이 책에는 꿈을 좇는 '자아의 신화'에 관한 비밀이 담겨있다. "이 세상에는 위대한 진실이 하나 있어. 무언가를 온 마음을 다해 원한다면, 반드시 그렇게 된다는 거야."(48쪽)

'연금술사'는 자신의 꿈에, 운명에 관심이 있으면서 삶의 비밀스러운 법칙에 목마른 사람들을 위한 책이다. 긴 여행 끝에 보물이 멀리 있지 않다는 것을 깨달은 산티아고처럼, 삶의 법칙들이 이미 자신 안에 존재하고 있으며, 결국 자신의 의지로 나타남을 알게 해준다. 즉, 자신이 무언가를 간절히 원해야 그것이 반드시 당신의 인생에 나타난다는 '위대한 진실'을 깨닫게 해주는 것이다

연금술의 진정한 의미는 우리 모두 자신의 보물을 찾아 전보다 더 나은 삶을 살아가게 하는 것, 우리가 지금보다 더 나아지기를 갈구할 때 우리를 둘러싼 모든 것들도 함께 나아진다는 걸 우리에게 보여주는 것이다. 영혼의 연금술로 시작해 진정한 보물을, 꿈을 찾기를 바라는 모두에게 '연금술사'를 권한다.

슬픔의 미학

『저문 바다에 길을 물어』, 김승하, 달아실출판사

최중녀

　김승하 시인의 첫 시집 『저문 바다에 길을 물어』는 우연한 기회로 내게 왔다. 어느 날 제자가 사촌 형님이 시집을 냈다며 건넸다. 제자가 준 시집이었기에 거창하지는 않아도 작은 코멘트라도 전달해야 한다는 의무감에 숙제하는 자세로 시집을 펼쳤다. 그러나 한 편, 한 편의 시를 읽어나가면서 주위의 소음이 일시적으로 '소거' 되는 경험을 하게 되었다. 분명 '슬픔' 의 감성을 실타래 풀 듯 한 올 한 올 풀어나가고 있지만 도피가 아니라 그러한 현실을 끌어안고 '자신' 을 이겨내는 상생적 시인을 발견하게 된다.

　이 시집은 슬픔의 계보를 바탕으로 독자로서 자발적 반응을 유도한다. 발화되고 있는 시적 언어들은 탐험적인 태도를 가지게 한다. 이러한 태도는 작가의 관점에서, 작품의 관점에서, 독자의 관점에서 활발한 언어적 의사소통을 경험하게 한다. 물론, 레이먼 셀던의 말처럼 "어느 한 시가 지니고 있는 복잡성은 삶에 대한 미묘한 반응을 형상화하고 있어 논리적 기술이나 의역으로는 도저히 요약할 수는 없다". 그러나 깨닫게 된다. 그의 시들은 '슬픔' 을 기저로 인본주의적 입장을 취하고 있다는 사실이다. 다시 말해서 결이 다른 '슬픔' 을 보여주며 '슬픔' 에 예의를 지키는 모습을 보이고 있다.

　첫 장을 시인은 「허균 - 누이를 생각하며」로 열고 있다. "누이가 매어

둔 목란배 보이지 않고 시든 연꽃잎만 흐드러진 호수를 따라 걸으며 누이의 부활을 꿈꾼다."처럼 불행한 삶을 시로 극복하고자 했던 허난설헌을 슬픔의 파트너로 불러내어 자신의 상처를 다스리는 모습을 보인다. 이어서 누이, 어머니, 할머니, 아버지를 불러내어 "살결이 일면 묻어두어야 할 그리움"(「억새풀 2」)으로 그들의 삶의 노곤함과 애잔한 마음을 드러내고 있다.

"살수록 늪이 되는 수렁의 바닥"인 삶에서 "막장보다 깊은 절망을 앓던 얼굴들 풀씨 몇 개로 떠돌던 이웃들이 지워지고" 있지만 "다시 탱자빛 불빛 하나 떠오른다."(「화전리의 불꽃」)며 '슬픔'에 대해 배려하는 모습을 보인다. 이러한 시인의 태도는 「매콩강의 노래」에서 '슬픔'의 사슬을 벗고 '희망'으로 승화되어 나타난다.

나의 시는 망고처럼 달콤하지 않지만/ 두꺼운 침묵을 싸고 자라나는 코코넛 열매들/ 코코넛 열매가 뿌리로 빨아올린 단단한 생각들,/ 과즙처럼 시원한 노래를 부르고 싶네/ 매콩강 낮은 강물 소리 따라 흘러가고 싶네.

김승하 시인은 시를 쓴 지 38년 만에 첫 시집을 냈다. 시인에게 있어 시란 "삶이 힘들고 어려워졌을 때 마지막까지 버틸 수 있었던 내 삶의 버팀목이자 자존심이었다." 그가 이 시집을 내기까지 긴 시간을 고뇌했을 거라는 느낌이 묵직하게 다가왔다. 그래서일까? 작가의 삶과 내면에 드리워진 깊은 슬픔을 거부하지 않고, 무시하지도 않고 껴안고 보듬는 지혜를 보여주고 있다.

이 시집은 내게 있어 치유와 같은 존재이다. 일상의 어둠에 지쳐있을 때 그의 시를 읽으면 슬픔에 더 함몰되면서도 그 슬픔들을 속속들이 어루만져 주는 힘을 갖고 있기 때문이다. 슬픔 속에서 슬픔에 위로를 받고 싶다면 이 시집이 그 해답이 될 것이다.

갇힌 세상에서 독서와 사색으로
실천의 걸음을 배우다

『감옥으로부터의 사색』, 신영복, 돌베개

남지민

　매년 여름이면 가슴 깊은 곳에서 떠오르는 초심 같은 문장이 있다. '없는 사람이 살기는 겨울보다 여름이 낫다고 하지만 교도소의 우리들은 없이 살기는 더합니다만 차라리 겨울을 택합니다.'로 시작하는 '감옥으로부터의 사색'의 '여름 징역살이'라는 글이 바로 그것이다. 이 글은 대학시절, 내가 살고 있는 사회가 전부이고 나의 고민이 가장 심각한 문제라고 생각했던 정저지와井底之蛙였던 나의 마음에 던져진 큰 돌멩이였다. 수인이었던 저자 신영복은 한 달에 한두 번 보낼 수 있는 편지와 엽서를 통해 가족에 대한 사랑과 애틋함과 자연의 소중함을 행간 행간마다 담아냈다. 이후 '감옥으로부터의 사색'은 사람에 대한 편견 없는 생각의 결을 다듬어준 내 인생 책이 되었다.

　저자 신영복은 1941년 출생으로 서울대학교 경제학과를 졸업하고 육사 경제학 교관으로 재직 중 1968년 통일혁명당 사건에 연루되어 무기 징역을 선고 받았다. 20년 20일 동안 수감생활을 하다가 1988년 특별가석방으로 출소 후 성공회대 교수를 역임하면서 정치경제학, 중문학 등을 강의했고 1998년 사면 복권됐다. 2006년 정년퇴임 후 같은 대학 석좌교수로 강의와 연구, 집필을 이어가다 2016년 세상을 떠났다. 1988년 출소와 함께 출간한 '감옥으로부터의 사색' 초판에는 1976년 2월 편지부터 출소까지 지인들에게 보낸 엽서와 편지를 수신자 별로 나누어 실었다. 1998년 출판한 증보판에는 출소 후 발견한 1969년, 1997년의 메모와 편지를 더해 옥중생활 시기별로 정리해서 실었고 저자가 직접 소제목을 다시 달았다.

책을 처음 읽고 난 후 25년이 지난 후인 올 여름, 증보판을 다시 펴들었다. 예전에는 갇힌 세상에서 펼쳐낸 사색의 결실을 감성적으로 읽었다면 이번에는 저자의 독서 철학과 독서 이력을 따라가며 읽었다. '독서는 타인의 사고를 반복함에 그칠 것이 아니라 생각거리를 얻는다는데 보다 참된 의의가 있다' 는 생각을 가진 신영복은 옥중생활 동안 '난중일기', '맹자', '춘추', 율곡의 '공론', 허균의 '호민론', '실학', '대학', '주역', '시경' 등 동양 고전을 통해 삶에 대한 인식의 영역을 넓히고 깊이를 더했다. 더불어 '밑바닥' 의 삶을 살고 있는 옥중 사람들과의 관계를 통해 옥중을 삶의 훌륭한 교실로 만들었다. 그리고 독서와 관계를 통한 배움을 인식하는 데만 그치지 않고 저마다의 위치에서, 저마다의 걸음걸이로 실천의 대륙으로 걸어가길 당부하고 있다.

'책이란 자기가 변하면 내용도 변하는지 다른 느낌을 받는다.' 는 작가의 말처럼 다시 읽은 '감옥으로부터의 사색' 은 또 다른 책으로 나에게 돌아왔다. '사랑이란 생활의 결과로서 경작되는 것이지 결코 갑자기 획득하는 것이 아니다.' 라고 그냥 입으로만 읽던 문장을 이제는 온 몸으로 공감의 전율을 느끼며 읊조릴 수 있는 까닭도 나의 지난 25년 인생수업 시간 덕분이리라. 매미의 절창이 이울고 숨을 들이 마시면 신선한 바람이 가슴 깊이 스며든다. 가을이다. 저자 신영복이 터놓은 동양 고전의 호젓한 오솔길로 가을 산책을 준비하는 것도 좋을 듯하다. 그리고 이번 가을에는 독서와 사색이 영글어 튼실한 실천의 열매가 열리길 기대해본다.

바다를 건너는 나비처럼

『지하차도 건너기』, 하모, 우주나무

서미지

　8월 마지막 날. 학이사에서 마련한 교통편으로 청주에 다녀왔다. 그곳에서 열리는 2019년 대한민국 독서대전 덕분에 『지하차도 건너기』라는 책을 만났다. 저자명이 낯설어 들춰본 프로필에 "바다를 건너는 나비처럼 글을 씁니다."라고 쓰여 있었다. 하모 작가의 다른 작품 『알아주는 사람』과 『소원을 들어주는 가게』는 '우주나무' 출판사 부스에 서서 읽고, 『지하차도 건너기』만 사서 대구로 돌아왔다.

　선택이 즉흥적일 수밖에 없었음에도 강한 끌림이 있었다. 지친 몸으로 서서 훑어 읽기에도 생활 속에 있는 것 같지만 다른 무엇이 담긴 이야기처럼 느껴졌었다. 문장이 간결해서 그런지 화자가 여자아이임에도 무뚝뚝하게 느껴져서 판매자에게 작가님이 남자분이시냐고 물었더니 그렇다고 대답하셨다.(그 분이 하모 작가가 아니셨길 바랄 뿐이다.)

　'지하차도 건너기'에서 열 살 소녀 민애린의 목소리는 작고 슬프다. 동물원으로 현장학습을 가는 날. 엄마가 어젯밤 사서 냉장고에 뒀던 김밥을 혼자 먹는다. 엄마가 싼 것 같은 기분이 하나도 들지 않는 '엄마김밥'. 한 줄은 아침이고 나머지는 오늘 도시락이다. 아이는 엄마 냄새가 나는 향수를 뿌리면서 생각한다. '이 향수처럼 상큼한 하루가 되면 좋겠다.'고.

　아이는 우리 동네 학교에 다니고 싶지만 엄마는 '더 좋은 학교'에 아이를 넣었다. 더 좋은 학교에서 더 좋은 친구를 사귀어야만 더 좋은 사람이 된다는 게 엄마 설명이었다. 아이는 매일 우리 동네와 신도시 사이 기찻길을 넘어 학교에 갔다. 기찻길을 건너는 길은 여러 가지였지만 엄마는 꼭 산일역 육교로만 다니라고 했다.

현장학습 장소로 가는 버스 안에서 친구들은 더럽고 위험한 지하차도에 사는 괴물에 대해 떠들었다. 하지만 아이는 그곳에 보이지 않는 비밀 통로가 있다고 생각한다. 아이의 눈에만 보이는 엄마 쥐와 아이 쥐가 벽에 있는 문으로 사라지는 것을 지하차도에서 보았기 때문이다.

돌아오는 길에 아이는 지하차도로 들어간다. 그곳에서 괴물에게 쫓기다 우연히 들어간 곳에서 비밀친구들을 만난다. 십 년 묵은 호박으로 호박죽을 끓여 먹는 날. 아이는 백 년 만에 찾아온 손님이 되어 귀한 대접을 받고 집으로 돌아온다.

"가슴이 벅찼다. '나는 지하차도를 건넜다! 내가 혼자서 지하차도를 건넜다!' 올림픽 금메달을 따면 이런 기분일까?"

지하차도라는 무서운 공간이 사실은 천년이 되어도 없어지지 않을 판타지 공간이라는 설정이 좋았다. 그렇지만 지하차도에서 판타지 공간으로 뛰어 들어가는 장면 그리고 허창우와 늑대 아이의 연결고리가 견고하지 못한 점은 아쉬웠다. 그러나 한 아이가 현실의 어려움을 극복하고 성장하는 과정을 판타지로 구현하려는 작가를 따라가는 동안 많은 공부가 되었다.

가을장마가 치근대는 사이. 풀벌레 소리가 금세 잦아졌다. 이제 저녁마다 놀이터 아이들 소리도 왕창 커져갈 것이다. 그 아이들도 안전한 길을 버리고 지하차도로 건너가려할 때가 온다. 마음이 단단해지는 순간은 아이가 스스로 작은 성공을 이룰 때마다 찾아오는 것임을 자주 잊고 산다. 『지하차도 건너기』는 그런 나에게 깜짝 선물한 동화가 되었다.

행복한 만남 이해하기

『이미지 인문학 1, 2』, 진중권, 천년의 상상

서강

직접 보고, 듣고, 만지고, 느끼는 모든 방법으로 현실을 만나고 이해하던 것이 변하고 있다. 오늘날은 움직이는 현실이 바로바로 전해진다. 문자문화가 전자매체를 만나 '0'과 '1'의 숫자코드로 단순화된 '디지털 이미지'가 된다. 전할 내용들이 문자, 회화, 사진, 컴퓨터 형상(CG)같은 다양한 재현영상에 실려 빠른 속도로 다수에게 전해진다. 과연 우리는 다가오는 미래에 전자기기의 수동적 소비만 하면 될까? '이미지 인문학'은 스마트 환경에 적응이 어려운 '인문학적 실체'에 닥친 재난에 대해 경고한다.

2008년부터 기술미학연구회와 함께 뉴미디어인 '이미지, 사운드'와 올드미디어인 '인문학'과의 관계에 대해 새로운 시도가 있었다. 이 분야에서 진중권 작가의 기획, 교육, 연구, 저술활동은 특히 뛰어나다. 그는 서울대학교 미학과 학·석사 후 독일 베를린 자유대학에서 언어 구조주의 이론을 공부했다. '이미지 인문학'은 1~2권으로 각각 '현실과 가상이 중첩하는 파타피직스의 세계'와 '섬뜩한 아름다움을 창조하는 언캐니의 세계'를 말한다. 디지털의 철학, 리얼 비추얼 엑추얼(가상현실), 파타피직스(패러디 과학), 지표의 진실, 실재의 위기(1권), 디지털 사진의 푼크툼, 언캐니, 휴브리스와 네메시시, 인 비보·비트로·인 실리코, 디지털 미학(2권) 등이 그것이다.

조각상이 놓여 있어야 할 받침대에는 아무것도 없다. 하지만 휴대용 모니터를 통해 보면 그 빈 곳에 가상의 금송아지가 나타난다. 그 모니터는 손에 들린 각도에 따라 실시간으로 시점을 바꿔주기 때문에, 관객은 마치 현실의 금송아지를 투명한 창문을 통해 보는 것처럼 느끼게 된다. 가상에 불과한 그 금송아지의 표면에는 현실의 공간이 반영된다. 전시될 공간의 인테리어를 미리 촬영해 입력해 놓았기 때문이다. 이로써 가상의 객체가 현실로 나온다는 전설이 실현된다.(64쪽)

'클릭', '더블클릭'으로 움직이는 디지털 시대도 나이가 든다. 이미지와 사운드를 직접 만드는 주체들도 새로운 체계에 적응한다. 스마트폰을 자유롭게 사용하는 노인들이 늘고, 교통카드를 만들고 대중교통을 이용한다. 상거래에도 적극 활용한다. 바닷가 모래사장을 무심히 거닐다 잠시 사진작가가 되기도 한다. 손 안의 스마트 폰은 손쉽게 바다로부터 아주 멀리 떠가는 조각배를 큼직한 사진으로 건져내 보여준다. 스마트 기기를 통해 오늘도 다양한 전문지식들이 기술소비자를 만나는 여행을 시작한다. 새로운 기술소비자를 만난 뉴미디어 기술은 분명 현실과 가상이미지 중간쯤에서 성장을 거듭하고 있다. 직접 보고 듣고 만지고 느끼는 모든 것이 새로운 세상을 만나고 있다.

주어진 것을 담아 전달하던 사진적 현실을 이해하는 인문학적 시도는 주체적인 활동에 있다. 이제 단순히 디지털 기기를 이용하지 못하는 것만이 문제가 아니다. 지나치게 쉽게 아무 사진이나 전체 공개로 올릴 수 있어서 더욱 문제가 된다. 인터넷 상에 조심성 없이 올린 개인의 정보들은 쉽게 없어지지 않는다. 페이스북에서는 세계의 이름 모를 친구신청이 매일 도착한다. 만나고 헤어지는 경계도 없다. 말 걸어주는 이가 많아서 디지털 세상은 행복하다. 스스로가 주체가 되어, 행복하게 소통하고 있다면 더욱 좋을 것도 같다.

웅숭깊은 희열을 느끼다

『안데르센의 지중해 기행』, 한스 크리스티안 안데르센,
송은경 옮김, 예담

정화섭

한때 어린아이였을 어른들을 위하여 축배를 든다. 저자는 어린 시절 '성냥팔이 소녀', '인어공주', '미운오리새끼' 등의 많은 동화로 우리에게 상상을 품게 해준 인자한 할아버지이기도 하다. 1805년 덴마크 코펜하겐 근처 오덴세에서 태어난 저자는 1875년 70세의 일기로 사망하기까지 동화와 희곡, 기행서 등 많은 작품을 남겼다.

코펜하겐에서 동방까지 파노라마처럼 펼쳐지는 이 책은 9개월간의 긴 여정을 적고 있다. 제1부 위대한 어머니 덴마크, 제2부 슬프도록 아름다운 그리스, 제3부 신비의 땅 동방에 가다, 제4부 다뉴브 강을 거슬러 오르다, 제5부 다시 덴마크로 구성되어 있다. 자신을 물과 같다고 표현했던 저자의 말대로 새로운 여정이 새로운 인생의 시작임을 암시한다.

"그 모든 것을, 그 신성하고 깊은 적막감을 내 어찌 다 기억하랴!"(108쪽) 옛날 옛적부터 신성시 되었던 델포이(델포)에서 사슴의 눈은 눈물로 무거워지고 금지된 노랫가락 속에는 어머니가 있음을 떠올린다. 부재의 이미지를 찾아가듯, 여행의 서곡을 따라가다 보면 나는 결국 나 자신으로 끝나는 나그네이다. 일상의 탈출로 인한 정신의 재충전과 여행담을 통해서 버무리는 사유의 짜릿함이 책속에는 있다.

저자는 자신을 인정해주지 않는 비평가들로부터 벗어나기 위해 이 여

행길에 나섰다고 한다. "사람들은 내 결점만 보려고 한다. 이제 고국에 가서 헤쳐가야 할 길은 험한 폭풍우 속의 바닷길이다. 항구에 닿기까지, 수많은 거센 파도들이 머리 위에서 부서질 것임을 나는 안다. 하지만 또 하나 분명한 것은 내 미래가 결코 지금보다는 더 나쁘진 않을 것이란 사실이다…."(274쪽) 지중해 기행을 통해서 재현된 저자의 마음을 엿볼 수 있는 대목이기도 하다.

중세에서 근대로 넘어가는 시대적 상황과 맞물린 불운의 이야기는 자전적인 요소가 많다. 우리와 별반 다르지 않는 고통을 겪으며, 그럼에도 불구하고 순수하게 받아들이는 삶에 대한 열정은 남다르다. 차가운 소나기를 맞아야만 부글부글 끓다가 꽃으로 터진다고 한다. 저자의 발자국에 채색된 그림자는 감동적인 운치와 낭만이 묻어있다.

"덴마크에 산이 없다고 말하지 말라. 덴마크 문학이야말로 산이다. 숲이 우거진 높은 산이다. 이웃 나라들이 볼 때는 지평선 위 푸르스름한 것으로 보일지 모르지만. 언제든 환영하니 와서 우리의 정신으로 이루어진 산야를 거닐어 보시라."(282쪽) 저자가 고국을 얼마나 사랑하는지, 귀환의 첫 순간이야말로 그간의 여행으로부터 받는 환영의 꽃다발이라 한다.

이제 추석도 지나고 훌쩍 가을의 문턱을 넘어섰다. 저자가 집세를 내지 못해 거듭 이사를 했던 그 옛날 뉘하운을 떠올리며 이 책을 펼쳐도 좋으리라. 동화보다 아름다운 지중해기행은 더욱 풍성한 계절을 안겨줄 것이기 때문이다.

애둘러 찌르는 상상력

『기묘한 사람들』, 랜섬 릭스, 조동섭 옮김, 월북

김남이

해변 축제를 마치고 집으로 돌아온 사람처럼 초가을 바람은 조금 호젓하고 조금 쓸쓸하다. 견딜 수 없을 것 같던 열기와 습기가 얼마 못 가 서늘하고 파삭한 바람이 되는, 이런 계절의 변화는 모든 이론을 떠나 매번 기묘하다. 살갗에 닿는 낯선 바람결의 기묘한 힘에 이끌려 자꾸 들썩이는 발걸음을 가볍게 잡아 앉힐 뭔가가 필요하다. 할머니가 들려주던 옛날 이야기 같은 책은 어떨까?

'기묘한 사람들'은 어른인 우리의 눈과 귀를 다시 아이 때처럼 바짝 당겨 앉히는 이야기책이다. 편집자인 밀라드 눌링스가 세계 곳곳의 옛날이야기들을 모았고, 작가 랜섬 릭스가 특유의 입담과 필력으로 썼다. 대학에서 문학과 영상을 공부한 작가가 30대의 나이로 2011년 부터 발표한 '미스 페레그린' 시리즈는 40개의 언어로 번역되었고 영화화도 되었다. 이로써 그는 초대형 베스트셀러 작가가 된 것이다.

제목만으로 벌써 독자들의 호기심을 끌어당기는 이 책 속에는 10편의, 그야말로 기묘한 사람들 이야기가 실려 있다. 팔과 다리를 잘라내도 다시 돋는다거나, 몸이 젤라틴 덩어리로 변할망정 갈퀴 혀의 상대를 못 받아들인다는 상상은 단순한 오락적 재미를 넘어선 어떤 뜨끔함을 독자들에게 안겨준다. 말도 안 된다고, 터무니없다고 책을 덮어버리고 싶은 순간 보통 사람들의 그림자를 발견하고 마는 것이다.

"자기 집이 스윔프머크에서 제일 아름답다고 알려지기 원했지만 이미 팔다리는 엄청난 대출 이자를 매달 갚는 데 쓰고 있었으며 귀는 벌써 팔고 없었다."(36쪽) '아름다운 식인종'에 나오는 문장이다. 우아하고 예의 바르지만 인육밖에 소화할 수 없는 식인종과, 팔다리가 아픔 없이 잘릴 수도 있고 다시 자라기도 하는 농부들의 이야기. 팔다리 맛에 질린 식인종에게 농부들이 다시 돋지 않는 제 귀, 코, 혀까지 파는 이야기.

다시 이것은 물질 만능 사회 속의 사람들, 바로 우리 이야기이다. 돈을 미끼로 점점 더 색다른 맛을 추구하는 식인종은 자본주의 사회의 얼굴 그대로다. 더 큰 집과 화려한 외관을 욕망하다가 마침내 볼 수도, 들을 수도, 말할 수도 없는 몸으로 뒤뜰에 묶여 하루 두 번 물과 음식을 받아먹는 농부들. 그들이 식인종의 식재료인 팔과 다리를 길러내는 것처럼, 나도 내 것이 아닌 몸으로 살고 있지 않은지 묻게 된다.

'메뚜기'라는 글은 자기 종족에게 사랑을 받지 못하면, 자신이 가장 크게 결속력을 느끼는 생물 형태로 변하는 사람 이야기이다. 메뚜기로 변한 아들에게 아버지는 "너한테 먹을 것을 주고 잠자리를 준 사람이 누구야? (생략) 그게 사랑이 아니면 뭐겠어?"(179쪽)라고 말한다. 상상으로만 존재하는, 현실과 동떨어진 기묘한 사람들의 이야기가 아니다. 인간의 끝이 없는 상상력으로 현실을 잘 에둘러 풍자한 책이다.

이 사회의 구령에 발맞춰 따라가느라 경직된 몸과 마음을 가끔 상상의 늪에 푹 적셔도 좋으리라. 아이처럼 말랑해져 제 안에서 즐거울 것이다.

마음으로 듣는 강물의 소리

『낙동강이고 세월이고 나입니다』, 윤일현, 시와반시

손인선

가을이다. 운동 삼아 자주 나가던 금호강도 지금쯤 가을 햇살을 받아 반짝이고 있겠다. 지금 반짝이는 건 금호강 물만이 아니다. 강을 따라 군락을 이룬 갈대도 자신이 강물인 양 은빛 물결로 흔들리고 있겠다. 물을 떠나 살 수 없는 사람은 강을 중심으로 무리를 이루고 살아왔다. 낙동강 주변에서 한 시대를 같이 살고 있는 사람들의 이야기를 녹여낸 시집 한 권이 강물처럼 흘러 내게로 왔다.

윤일현 시인은 입시를 앞둔 학생들에게 진학지도와 상담을 하며 하루도 빼놓지 않고 아침독서를 하는 분으로 잘 알려져 있다. 시집 『낙동강』으로 등단해 여러 권의 다른 시집과 인문서를 출간하고 『낙동강이 세월이고 나입니다』로 다시 낙동강으로 되돌아왔다. 강이 들려주는 아름답고 슬픈 이야기에 귀 기울여야 한다는 이야기를 25편의 시와 1편의 산문에 담담하게 풀어놓았다.

"방문을 열어놓고/ 누님과 단 둘이 음복을 하는데/ 마당의 개 세 마리/ 갑자기 방안으로 훌쩍 뛰어들더니/ 누님의 밥그릇에 주둥이를 박고/ 평소대로 누님과 같이 밥을 먹었다/ 누님의 가슴속엔/ 빨치산과 국군이 함께 살고/ 누님의 밥상과 밥그릇은/ 개와 사람을 구별하지 않았다" (18~19쪽) 「밍밭골 육촌 누님」 일부

자식 셋을 모두 앞세운 어미가 첫째 아들 제삿날 둘째가 생각나서 지

방에 둘째 이름도 올리고 그러고 나니 딸도 생각나 잔 세 개 놓고 넘치도록 술을 따랐다는 다음에 이어지는 연의 내용이다. 누님에게는 어떤 것도 중요하지 않다. 빨치산과 국군, 개와 사람을 굳이 구분할 이유도 필요도 없는 삶이 되었다.

"달빛의 무게도/ 감당하기 힘들어/ 돌아보니/ 안개 자욱하다/ 세월의 강//겨울 강에/ 발 담그고 있는/ 마른 갈대처럼/ 종일 시린 발목으로 서서/ 막막한 그리움/ 칼바람에 실어 보내며/ 꽃피는 봄날 기다린다./ 사랑아, 내 사랑아//" (52쪽) 「다시 강변에서」 전문

뉴스를 접하면 잠시도 조용한 날이 없다. 그래도 살아가는 일은 늘 힘든 일만 일어나는 것도, 늘 좋은 일만 일어나는 것도 아니기에 겨울 뒤에 봄이 오는 것처럼 '꽃 피는 봄'에 대한 기대도 살짝 가지게 된다. 그런 희망이 있기에 지금 선 자리가 겨울 강에 발 담그고 시린 발목으로도 서서 기다릴 수 있는 것이다.

"진보든 보수든 주기적으로 남한강과 북한강이 합쳐지는 양평 두물머리에 나가 보라. 어디에 살든 작은 지류와 지류, 큰 지류와 본류가 합쳐지는 곳에 나가 해돋이와 낙조에 물드는 풍경에 오래 잠겨 있어 보라. 그리고 주기적으로 동해와 남해, 서해로 나가 멀리 수평선을 바라보라." (63쪽)

우리의 의식도 고여 있거나 닫혀 있으면 강처럼 병든다는 시인의 목소리에 고개를 끄덕이게 된다. 강의 신음에 귀 기울여 병을 더 크게 키우지 않는 현명한 독자가 되기를 시인은 바라고 있을 것이다. 시인은 낙동강의 발원지 '황지'에서 출발하여 금호강을 비롯한 크고 작은 지류들을 찾아다니며 사람의 이야기에 귀 기울였다고 한다. 강과 사람이 품고 있는 무궁무진한 이야기가 궁금한 이들에게 이 책을 권한다.

갈림길에서

『나를 키우는 말』, 이해인, 시인생각

최지혜

갈림길에서 멈추었다. 산허리를 휘감는 가을바람에 나뭇잎이 흩날린다. 어디로 가야하나? 두리번두리번 표지판을 찾았다. 소나무 앞에서 나를 보고 있던 표지판과의 대화로 답을 얻었다. 파삭파삭 마른 잎 밟히는 소리에 생각이 열린다. 내 인생길의 길잡이는 무엇이었나? 문득, 돌이켜 보았다.

스무 살, 돌도 씹어 먹을 것 같은 그 나이에 나는 이빨 다 빠진 사람처럼 우물우물 희망을 못 찾고 체념이라는 옷을 입고 살았다. 가을 깊은 어느 날, 발길 닿는 대로 들어간 서점에서 『민들레의 영토』를 만났다. 술술 읽히는 시어, 진실로 위로하는 시들에 사로잡혔다. 표현 기교가 뛰어난 어떤 글보다 시인의 단순하고 순수한 시들에 감동 받았다. 그리고 나는 희망의 옷을 입었다. 예방접종하듯 다시, 시인의 책을 읽었다.

이해인은 수녀이며 시인이다. 1964년 올리베따노 성베네딕도 수녀회에 입회해 1976년에 종신서원 하였다. 1970년 《소년》지에 동시 「하늘은」, 「아침」 등이 추천 완료되어 등단하였다. 1976년 첫 시집 『민들레의 영토』와 『내 혼에 불을 놓아』, 『시간의 얼굴』 등 시집들 외에 산문집 『꽃삽』 등과 옮긴 책으로 『모든 것은 기도에서 시작됩니다』, 『마더 테레사의 아름다운 선물』 등이 있다. 시인은 30여 년 동안 따뜻한 서정의 작품들로 많은 사람들에게 감동을 주고 있다.

『나를 키우는 말』은 시인이 그동안 발표한 시들 중 60편을 골라 실었다. 시집의 첫 장에 "나에게 있어 시는 삶에 대한 감사와 그리움을 기도로 피워낸 꽃이 아닐까 생각해 보곤 합니다."라고 자신의 작품세계를 말하고 있다.

"내가 돌보지 못해/ 묘비처럼 잊혀진/ 너의 얼굴./ 미안하다 악수 나눌 때/ 나는 떳떳하고/ 햇살은 눈부시다// 슬픔에 수척해진/ 숱한 기억들을 지워 보내며/ 내일을 향해 그네 뛰는/ 오늘의 행복// 문을 열어라// 나는 너를 위해/ 한 점 바람에도/ 흔들리는 풀잎// 새 옷을 차려입고/ 떠날 채비를 하는/ 나의 오늘이여// 착한 누이의 사랑으로 너를 보듬으면/ 올올이 쏟아지는 빛의 향기// 어김없는 약속의/ 내일로 가라//" (28쪽) 「오늘의 얼굴」 전문

운명론자처럼 주어진 대로 흘러갔던 어제를 지우니, 내일을 향해 뛰는 오늘은, 행복이었다.

"우산도 받지 않은/ 쓸쓸한 사랑이/ 문밖에 울고 있다// 누구의 설움이 비 되어 오나/ 피해도 젖어오는/ 무수한 빗방울// 땅 위에 떨어지는/ 구름의 선물로 죄를 씻고 싶은/ 비 오는 날은 젖은 사랑// 수많은 나의 너와/ 젖은 손 악수하며/ 이 세상 큰 거리를/ 한없이 쏘다니리// 우산을 펴주고 싶어/ 누구에게나/ 우산이 되리/ 모두를 위해//" (31쪽) 「우산이 되어」 전문

이토록 진실하고 따뜻한 위로를 받은 적 있었던가? 나도 누군가에게 우산을 펴 주는 사람이 되리라. 시인의 시는 나를 다시 태어나게 했다.

가을이 깊다. 책들이 좋아하는 계절이다. 사람들이 많이 찾아 책들이 신났다. 그중에 눈에 띄는 책을 읽어보자! 당신이 찾는 길잡이일지 모르니.

언젠간 진짜 동무가 되겠지

『고래포 아이들』, 박남희, 아이앤북

정순희

어른들이 끙끙대는 문제를 어린이들은 의외로 쉽게 푼다. 어린이만의 단순하고 투명한 셈법 덕분이리라. 저울질에 익숙한 어른들은 문제를 끌어안고 복잡한 셈을 두드린다. 그러다가 결국 불운만 되새김질한 일이 얼마나 많은가. 어린이는 어른의 아버지라고 했던 어느 시인의 말처럼 고래포 아이들이 풀어내는 답을 통해 불행했던 역사의 해법을 살며시 제시하는 박남희 작가가 고맙다. 어린이뿐 아니라 어른들이 동화를 읽어야 할 이유가 여기에 있다.

우연한 기회에 구룡포를 여행하던 작가는 먼 바다로부터 밀려오는 힘찬 파도 속에서 일제 강점기 일본의 포경선을 떠올렸고, 이제는 볼 수 없는 귀신고래를 마음속 깊이 품게 된다. 그 후 고래포라는 공간이 태어났고, 웅이, 기득이, 유키코의 이야기가 시작된다.

1920년대 고래포는 물 반 고기 반이라고 할 정도로 물고기가 많았다. 그중에 귀신고래는 고래포의 자랑이다. 오래전부터 고래는 고래포의 이웃으로서 누구도 함부로 잡지 않는다. 그러나 포경선이 들어와서 어린 고래와 새끼 밴 고래를 가리지 않고 잡는 바람에 고래 씨를 말린다. 이 일에 앞장선 사람이 고래포어업조합장인 야스다, 유키코의 아버지다.

선착장으로 집채만 한 고래가 피를 흘리며 표경선에 실려온다. 고래의 크기를 보고 야스다는 만족한 웃음을 짓지만 주민들은 제 몸이 다친 것처럼 몸서리친다. 주민들 앞에서 고래의 해체 작업이 진행된다. 배와 갈비 사이에서 하얀 젖이 흐르는 것을 본 웅이는 어미 고래임을 알고 하얗게 질린다. 고래의 지방과 뼈들이 착유장으로 옮겨지고 거기서 나온 기름이 군대에 보내진다는 이야기에 고래포 주민들은 일본군을 원망한다.

야스다는 어미 고래뿐 아니라 아기 고래도 기어이 잡으려고 한다. 그 사실을 안 기득이와 웅이는 유키코한테는 비밀로 하고 아기 고래를 지키기 위해 나선다.

"니가 아무리 유키코하고 친해도 니 마음속에는 기득이와 유키코를 구별하고 있는갑다. 유키코하고도 언젠간 진짜 동무가 되겠지." (68쪽)

웅이 누나는 삼총사였던 유키코를 빼고 기득이하고만 의논하는 웅이를 안타까워한다. 웅이에게 유키코는 참 좋은 친구지만 야스다의 딸이라는 이유로 멀리할 수밖에 없다. 아기 고래의 행방을 유키코가 알면 야스다의 귀에 들어간다고 생각했기 때문이다. 가까운 나라 일본과 우리도 그들의 할아버지와 그 할아버지 때문에 웅이와 유키코처럼 서로 좋은 친구를 잃고 있는 건 아닐까.

유키코는 웅이와 기득이가 아기 고래를 지키기 위해 위험을 무릅쓰고 바다에 간다는 걸 알고 진심으로 돕고 싶어 한다. 마침내 유키코는 아버지와 살기등등한 주재소 어른들의 눈을 피해 웅이와 기득이에게 힘을 보탠다.

"나를 보면 우리 아버지가 떠오르겠지. 하지만 나는 나야. 아버지가 아니라고. 난 어릴 때나 지금이나 너희들을 대하는 마음이 같아." (147쪽)

친구로서 변함없는 유키코의 말이 바다 건너서도 들려오면 좋겠다. 그러면 우리도 웅이처럼 유키코의 손을 기꺼이 잡을 수 있으리라.

노을빛이 수평선을 물들이던 날, 웅이와 유키코, 기득이가 아기 고래를 지켜내는 모습에 가슴이 먹먹하다.

안도하는 슬픔

『슬픔을 공부하는 슬픔』, 신형철, 한겨레출판

우은희

문학평론가 신형철의 글이 비판이 적다는 이유에 대해 한 인터뷰에서 그는 어쩔 수 없다고, 한정된 시간 안에서 좋은 것만 말하기에도 시간이 부족하다고 잘라 말한다. 욕망과 사랑을 대놓고 발설하면 물거품이 되어 버리는 인어공주처럼 태생이 벙어리 냉가슴인 예술을 통역하고 위무하기 위해 비평가가 존재한다는 인터뷰어의 말은 곧 우리나라 평단에 신형철이 있다는 말이다. 그동안 지은 책으로 평론집 『몰락의 에티카』, 산문집 『느낌의 공동체』, 영화에세이 『정확한 사랑의 실험』이 있다. 이번 책은 저자의 두 번째 산문집으로, 2010년 이후에 발표한 글들을 모아 슬픔, 소설, 사회, 시, 문화의 다섯 가지 주제로 나누었다. 1부는 지난 10년간 유독 슬픔에 대한 글이 많았기에 따로 묶어 배치하였다.

영화 〈킬링디어〉의 첫 장면에서 뛰고 있는 심장을 보며 느끼는 저자의 생각은 우리가 어쩔 수 없이 서로 다른 객체로서 타인이라는 한계를 인정하게 만든다. 이 특별한 인식이 아니었다면 나는 이 책을 펼치지 않았을지도 모르겠다. "인간이란 무엇인가. 인간은 심장이다. 심장은 언제나 제 주인만을 위해 뛰고, 계속 뛰기 위해서만 뛴다. 타인의 몸속에서 뛸 수 없고 타인의 슬픔 때문에 멈추지도 않는다."(28쪽) 그렇다. 나는 네가 될 수 없다. '당신은 슬프지만 나는 지겹다.' 이것이 너와 내가 타인이라는 한계의 슬픔이다. 너의 슬픔을 알기 위해 아무리 노력해도 결국에는 실패할 것이다. 그러나 그럼에도 불구하고 실패할 그 일을 계속 시도하는 노력을 하지 않는다면 내가 당신을 사랑한다는 말이 무슨 의미가 있겠느냐고, 저자는 묻는다.

'그 남자네 집'에 대한 글의 한 대목을 보자. 선을 보고 조건에 맞는 남자와 약혼한 여자가 첫사랑을 찾아가 이별을 고한다. '나도 따라 울었다. 이별은 슬픈 것이니까. 나의 눈물에 거짓은 없었다. 그러나 졸업식 날 아무리 서럽게 우는 아이도 학교에 남아 있고 싶어 우는 건 아니다.' "첫사랑이었던 '그 남자'가 이 네 문장과 더불어, 언젠가는 졸업해야하는 '학교'가 되면서, 소설에서 퇴장하고 만다. 대가의 문장이다."(중략) "비유란 이런 것이다. 같은 말을 아름답게 반복하는 것이 아니라, 흘러가는 '사실'을 영원한 '진실'로 못질해 버리는 것이다."(132쪽) 무엇이 어떤 것인지 제대로 안다는 것은 인식에 대한 세심한 감지능력이다. 차이 같지 않는 차이를 감지하는 이 정확한 인식만이 진정한 위로다. 문학이나 세상일이나.

지면紙面은 지면地面이다. 글짓기는 집짓기와 유사하다. '있을 만하고 또 있어야만 하는 건물'은 결국 인식의 차이다. 한 작품이 왜 좋은지와 어떻게 좋은 지에 대해 자신만의 특정한 인식을 생산해 내고, 건축에 적합한 자재를 찾듯이 정확한 문장을 찾는다. 물론 자신의 소중한 '시간'을 내어 주어야만 가능한 일이다. 견고하고 온전한 하나의 건물은 다른 무엇으로는 대체될 수 없다. 자, 이제 건물은 있어야만 하는 것이 된다. 이것이 독자 스스로를 납득하게 만드는 저자만의 설득력이다. "좋은 작품은 내게 와서 내가 결코 되찾을 수 없을 것을 앗아 가거나 끝내 돌려줄 수 없을 것을 놓고 간다. 책 읽기란 그런 것이다."(402쪽) 끝으로 메주를 쑨다 해도 당분간은 '신형철 따라 읽기'가 될 것이다.

모두 괜찮으세요?

『어른이 되면 괜찮을 줄 알았다』, 김혜남·박종석, 포르체

장창수

'안녕, 나의 우울아.'

저자는 이 책의 프롤로그를 이렇게 열었다. "서문의 제목이 이렇게 해맑을 수가. 세계보건기구는 인류를 괴롭히는 무서운 질병 중 네 번째가 우울증이라고 했다. 그런데 이렇게 안부를 묻듯 가볍게 툭 던지는 이유는 무엇일까? 마음의 독감이라는 우울증. 그것은 동굴이 아니라 터널이라고 조언한다."(9쪽) 그 끝에는 밝은 빛이 기다리고 있다고. 그렇다. 그게 뭐든 동굴이 아니고 터널이라면 끝내는 지나갈 수 있는 거니까.

근래에는 심리상담과 심리치료의 경계가 모호해졌다.(권석만, 『이상심리학총론』, 2016) 이럴 때 전문가가 주는 깊이 있는 통찰은 마치 공부를 하기 전 책상 정리를 하는 듯한 개운함을 준다. 저자 김혜남은 국립정신병원에서 12년 동안 정신분석 전문의로 일했고, 베스트셀러인 『서른 살이 심리학에게 묻다』를 쓰기도 했다. 공저자인 박종석은 서울대학교 정신건강센터 전문의를 거쳐 현재 연세봄건강의학과 원장으로 있다.

이 책은 올해 9월에 나왔고, 10월에는 태풍 '미탁'이 우리나라를 지나갔다. 그때 서평의 필자는 안동의 숙소에서 쓸쓸히 이 책을 읽었는데 어른이 되면 괜찮을 줄 알았던 인간의 내면 이야기에 깊이 공감하게 되었다. 당시 안동은 국제탈춤페스티벌 중이었다. 나는 '수고했어 오늘도'라는 문구가 쓰인 종이컵에 축제의 흥겨움과 요란함을 부어 마시고는

272

개인의 불안감을 자세히 들여다보았던 것이다.

우울증, 조울증, 공황장애, 번아웃증후군, 만성피로증후군, 허언증, 강박증, 불안장애 등 거의 대부분의 증상들이 소개된다. 각 증세들마다 '입사 5년 차 직장인 진영 씨' 등의 구체적인 캐릭터를 내세우고 그들이 겪는 에피소드를 들어 설명한다. 일반인이 이해하기 쉽도록 쉽고 재미있게 이야기를 풀어 나간다. 조증, 우울증의 자기 진단을 할 수 있도록 친절하게 체크리스트도 제시해 놓았다. 자기를 점검하는 데 요긴하다.

파트가 끝날 때마다 '일요일 오후 1시'라는 대화 코너를 선보인다. 질문과 답변을 통해 허심탄회하게 이야기를 나눈다. 저자가 겪었던 마음의 상처 이야기를 이토록 진술하게 털어놓는 심리학 서적은 본 적이 없다. 저자 박종석은 죽고 싶다는 생각이 들었을 때 20년 동안 연락하지 않았던 중학교 친구에게 전화를 했다. 대구에 사는 친구의 도움으로 함께 기거하며 삶의 의욕을 회복했다고 털어놓는다.

"친구의 가벼운 위로, 지나가는 사람의 작은 친절도 삶의 숨구멍을 틔워주는 소중한 물꼬가 될 수 있고, 그것이 희망이 되어 바닥에서 다시 올라올 수 있구나."(47쪽)

누군가의 작은 관심이 큰 희망이 된다는 것이다. 시나브로 터널의 한가운데로 들어와 버렸다면 두려워하지 말고 내면을 들여다볼 필요가 있다. 그리고 용기를 내 반대쪽 출구로 걸어가 보자. 필경 거기에 빛이 있을 것이고 누군가가 맞아 줄 테니까. 이 글을 쓰고 있을 때 옆방에서 근무하던 K 선생님이 벌컥 방문을 열었다. 우리는 웃으며 인사했고 차 한 잔을 나누었다. 그러고는 기분이 매우 좋아졌다.

타인의 작은 배려가 큰 힘이 되었다면 가끔은 다른 이에게 돌려주는 것도 좋으리라. 이타심은 남을 돕기도 하지만 그 전에 자신을 돕는다. 이 가을, 모두들 괜찮은지 물어본다.

돈은 죄가 없다!

『돈』, 에밀 졸라, 문학동네

배태만

돈은 자본주의 시대의 신이다. 신이 인간을 창조했는지 아니면 인간이 신을 창작했는지 의문인 것처럼, 사람이 돈을 소유하는지 오히려 돈이 사람을 지배하는지 헷갈린다. 돈에 얽매여 한 인간의 삶이 극단적으로 좌우되는 과정을 보여주는 책이 『돈』이다. 은행원 생활 27년째로 늘 돈의 민낯을 대하면서도 과연 돈이 무엇인지 의문이던 나에게 이 책은 돈의 내밀한 속살을 보여주었다. 『돈』은 19세기 프랑스 문학계를 대표하는 에밀 졸라의 '루공마카르 총서' 20권 중 18번째 책이다. 19세기 후반 프랑스 증권거래소를 배경으로 펼쳐지는 투기적 금융을 소재로 한다.

저자인 에밀 졸라는 1840년 프랑스 파리에서 태어났고 남프랑스 엑상프로방스에서 자라났다. 일반적으로 그는 진실과 정의를 사랑하는 모럴리스트이며 이상주의적 사회주의자라고 평가받고 있다. 특히 말년에 드레퓌스 사건에서 용감히 진실을 옹호한 실천적 지식인의 모습도 보여주었다. 그는 같은 시기 유럽에서 살았던 찰스 다윈과 카를 마르크스의 영향을 직접적으로 받았음직한 작품을 남겼다. 인간은 유전자에 새겨진 운명의 한계를 벗어날 수 없다는 자연주의와 자본에 의해 고통 받은 노동자의 해방에 몰두한 과학적 사회주의. 그러한 논지들이 곳곳에 보인다. 문학작품은 그 시대와 동떨어져 섬처럼 존재할 수 없다는 것을 알려준다.

　부동산 투기 실패로 처참하게 몰락한 주인공 사카르가 '기어코 성공해서 내게 등을 돌린 그자들 위에 보란 듯이 다시 군림해야지' 라며 화려한 재기를 꿈꾸는 모습으로 이야기가 시작된다. 사카르는 유대인 은행가인 군데르만에게 시기심과 적개심을 느끼며 그를 굴복시키고야 말겠다는 무모한 열정으로 새로운 은행을 설립하고 투기적 행태로 주가를 조작하여 성공하겠다는 야심을 보인다.

　사카르가 은행을 설립하고 주가를 부양시키는 과정에서 돈에 대한 욕망을 가진 다양한 인간 군상들이 합류한다. 이들의 욕망은 자신의 존재를 지속시키기 위한 몸부림 그 이상도 그 이하도 아니다. 철학자 스피노자가 『에티카』에서 강조한대로 욕망은 삶의 원동력이고 인간의 본질 그 자체이므로 그 수단인 돈도 죄악시될 수 없다. 다만, 그 욕망을 옳지 않은 방법으로 이루려는 것이 문제일 뿐이다.

　"생명의 존속에는 이런 과도한 열정, 이처럼 천박하게 소진되는 욕망이 반드시 필요했다." (314쪽)

　이상주의자로 그려지는 시지스몽이 사카르에게 '타자를 위한 사랑이 사회조직 속에서 이기주의를 대체하고, 우리의 내면에서 활기를 띠는 날이 언제나 올는지' 라고 했지만, 그로부터 약 120년이 지난 지금도 그런 말을 반복해야 하는 상황이다. 돈이 금융거래의 수단을 넘어 숭배의 대상이 된 이후, 돈을 가지면 타자로부터 암묵적 복종까지 덤으로 가지게 되었다. 수단과 목적이 지나치게 전도된 셈이다. 이제 돈의 이면에 감춰진 욕망을 직시하고 돈을 숭배의 대상에서 화폐측정이라는 도구적 단계로 끌어 내리자. 이 책을 통해 돈에 투영된 나의 욕망은 무엇인지 곰곰이 생각해 본다면 소설적 재미뿐만 아니라 인생의 의미도 찾게 될 것이다.

빛과 빛

『말로 다 할 수 있다면 꽃이 왜 붉으랴』 이정환, 고요아침

강여울

노을 품에 그윽하던 해가 졌다. 세상은 순식간에 어둠의 손아귀에 놓인다. 천지를 지배한 어둠의 옷자락을 뚫고 빛들이 피어난다. 어두울수록 싱싱하게 살아나는 빛은 업고 안고 뒹굴어도 가벼워서 좋다. 오타로 빛이 빛이 되어도 마음 무겁다. 가로등 아래 엎드려 은행잎들 땅을 긁고 있다. 정처 잃은 잎들은 처량하지만 뼈대가 다 드러나도 은행나무는 부채를 해결한 듯 평온하다. 뿌리의 힘으로 나무들이 몸시詩를 쓰는 만추晩秋다.

『말로 다 할 수 있다면 꽃이 왜 붉으랴』는 이정환 시조선집이다. 이 책은 이정환 시인의 40여 년 시조 일대기를 함축해 보여준다. 발표순으로 100편의 시조가 5부로 나뉘어 실렸다. 책의 제목은 한 줄 시조로 시인의 자서 전문이다. 짧지만 기나긴 문장으로 다가온다. 시인은 많은 시조집과 동시조집, 시조비평집을 집필했고, 다수의 시조 문학상을 수상했다. 시인의 '삶'이 곧 '시조'라는 등식이 성립되는 이력이다.

아껴 먹는 음식처럼 음미하며 거듭해서 읽고, 더러는 생각나는 시만 찾아 읽기도 했다. 첫 번째 시「어느 날 저녁의 시」에서부터 마지막 쪽「톱클래스」에 이르기까지 다양한 소재와 주제가 주는 감동과 즐거움이 있었다. '자신의 미친 언어와 승부'하는 시인의 성정性情도 느낄 수 있다. "삶이 둥글어야 함을 너는 말하고 있다/ 때로는 뚫려야 함을 너는 말

하고 있다// 세상을/ 줄줄이 꿰어/ 흔들어 보겠느냐"(70쪽) 「상평통보」 전문

"에워쌌으니 아아 그대 나를 에워쌌으니 향기로워라 온 세상 에워싸고 에워쌌으니 온 누리 향기로워라 나 그대 에워쌌으니"(46쪽). 뜨거운 사랑이 흐른다. 오로지 시조만 생각하며 세상을 바라보니 시인과 눈을 맞추는 것들 기어코 시에 미친(及)다. 미치지 않고서야 천千 수가 넘는 시조를 어떻게 쓸 수 있었으랴. 시인에게 시는 "마지막까지 남을 버팀목"인 듯 "물소리를 꺾어 그대에게 바치고 싶다" 「헌사」 중에서

"유모차/ 천천히 밀며/ 길을 가는/ 할머니// 기울어진 몸이 점점 땅에 가까워져서// 종내는/ 저 언덕에 기대어/ 흙이 되어/ 갈 것이다//"(91쪽) 「예각에 대하여」 전문

요즘은 유모차가 지팡이도 되고, 발도 되고, 몸 불편한 사람 균형도 잡아주는 역할을 한다. 도시, 시골 할 것 없이 유모차 끌고 다니는 어르신들이 많다. 굽은 허리로 유모차 끌고 가지만 한 번 굽은 허리는 펴지지 않고 끝내는 자신들이 들어가 누울 땅 쪽으로 더 기울어지는 것이다.

부끄럽게도 남루한 삶에 붙들려 미칠 수 없는 필자는 빚쟁이다. 갚지 못한 책冊 빚이 너무 많다. 이 책도 그렇다. 시인을 아는 친구 덕에 덥석 받아놓고는 웅크린 마음이 빚이라는 동굴에 갇혀서 감사 인사도 못했다. 빚으로 얻은 책은 볼 때마다 묵직한 채무를 상기시킨다. 그럼에도 시들은 깊은 눈빛으로 마음을 쓰다듬었다. 내가 말로 다 할 수 없는 것들을 시인은 한 송이씩 붉게 꽃피워 놓았다. 빚을 빛으로 꿈꾸게 한다.

"올곧게 사는 것만 사는 일 아니다// 반기와/ 반항과/ 반란과/ 반역을// 꿈꾸지 않는 이에게 어둠은 몰려든다"(128쪽) 「생의 반역」 1연

훌륭함은 가르칠 수 없다

『프로타고라스』, 플라톤, 박종현 옮김, 서광사

김준현

누가 독자에게 같은 주제를 여러 측면에서 집요하게 묻는다면, 독자는 몇 차례 대답할 수 있겠는가? 필자는 예닐곱 번 답변할 수준이다. 2400년 전 소크라테스에게 맞서 자기주장을 펼친 사람이 있다. 마지막엔 말문이 막혔지만, 상대가 '질문 왕'이었다는 사실을 고려하면 훌륭하게 방어한 셈이다. '인간은 만물의 척도다.'로 유명한 프로타고라스 이야기다.

『프로타고라스』는 플라톤이 40세 이전에 쓴, 초기 대화편 중 한 권이다. 책은 소크라테스와 프로타고라스의 '훌륭함(aret아레테)'에 관한 논쟁을 기록했다. 두 사람이 논쟁한 시기는 기원전 433~432년경으로 아테네의 전성기이고, 펠로폰네소스 전쟁이 일어나기 직전이다. 소크라테스의 나이 37~38세 때로 추정한다.

기원전 5세기 후반, 소피스트sophist는 당시 헬라스 문화의 중심지 아테네로 몰려든다. 이들은 아테네의 부호 칼리아스의 집에 유숙하는데, 프로타고라스도 여기에 머물러 있다. 프로타고라스에게 배우겠다는 히포크라테스를 데리고 소크라테스가 이곳을 방문함으로써 대화는 이루어진다. 책은 '훌륭함은 가르칠 수 있는가?'라는 논제를 중심에 놓고 훌륭함과 그 부분들의 관계를 살피고, 훌륭함과 관련된 시모니데스의 시를 논의한다. 소크라테스가 주로 묻고 프로타고라스가 대답하면서 훌륭함과 관련된 것들이 어떠하며, 훌륭함이 도대체 무엇인지 고찰한다. 프로타고라스는 '훌륭함은 가르칠 수 있다.'는 주장을 논증하고, 소크라테스는 '훌륭함은 가르칠 수 없다.'는 논지로 질문하며 논박한다. 두 사람은 때로는 같은 의견을 내놓기도 하고, 한편으로는 맞서면서 논증에 온 열성을 다한다.

소크라테스는 평소 소피스트를 탐탁지 않게 여긴 듯하다. 소피스트의 스승 격인 프로타고라스를 지혜로운 사람은커녕 '언변에 능란하도록 만드는 일에 통달한 사람'으로 본다. 이런 사람에게 사례를 주고 배우기 위해 히포크라테스가 자기를 찾아왔으니, 이번 기회에 소피스트의 본모습을 보여주겠다고 마음먹었을지도 모른다. 어찌 되었든 소크라테스는 프로타고라스에게 수십 번 묻는다.

논쟁 첫 부분에서는 프로타고라스가 설화(mythos)와 논변으로 의기양양하게 논증을 펼치지만, '산파술의 제왕' 소크라테스가 질문할수록 그는 궁지에 몰린다. 소크라테스의 질문에 짧게 동의 여부를 말하거나, 정색하거나, 거칠어진다. 심지어 대답하는 내용과 관련해서 싸울 태세로 보이기도 한다. 더 대답하지 못하는 프로타고라스는 침묵한다. "그대 스스로 마무리하시오." 프로타고라스의 항복 선언이다. 소크라테스 쪽으로 승기가 기울지만, 독자도 알다시피 이 대화는 승자와 패자를 가리는 논쟁이 아니다.

소크라테스는 왜 프로타고라스를 찾아갔을까? 그가 당대 최고의 소피스트라서. 히포크라테스에게 소피스트의 실체를 밝히기 위해. 둘 다 아니다. 진리에 다가가고자 함이다. 진리를 추구하기 위해 심도 있게 논의를 펼친 두 사람은 훌륭하다. 『프로타고라스』는 독자가 '훌륭한 상태'에 이르도록 사유할 시간을 준다. 그렇다. '훌륭함'을 가르칠 수는 없고, 터득할 수는 있다.

진정한 예술인을 만나다

『시대의 소음』, 줄리언 반스, 다산북스

우남희

씩씩거리며 언덕배기로 올라오는 차 소리에 잠을 깼다. 소리의 주범은 다름 아닌 쓰레기 수거차다. 이틀이 멀다하고 고요를 깨우는 생활의 소리는 분명 피할 수 없는 시대의 소음이라고 할 수 있다.

허나 줄리언 반스의 『시대의 소음』은 일상생활에서 만날 수 있는 이런 소음이라기보다는 이 시대를 살아가면서 존재할 수밖에 없는 폭력과 부조리라는 소음으로 탄압받은 러시아 작곡가 드미트리 쇼스타코비치의 삶을 다룬 작품이다. 레닌 사후, 정권을 잡은 스탈린은 정치적 기반을 다지기 위해 대대적인 탄압과 숙청을 단행하게 되는데 일명 '피의 숙청' 이 그것이다. 이 소설은 그 시대를 주 배경으로 하고 있다.

쇼스타코비치는 빅토르 쿠바츠키가 이끄는 지역 오케스트라와 함께 생애 첫 피아노 콘서트를 해 달라는 초청을 받는다. 그래서 세익스피어의 「맥베스」를 러시아식으로 번안한 〈므첸스크의 맥베스 부인〉을 공연하는데, 그 공연을 본 최고 실권자인 스탈린은 '음악이 아니라 혼돈' 이라고 혹평하며 금지 및 탄압을 한다.

스탈린 정권의 눈 밖에 벗어난 그는 사랑하는 사람에게 끌려가는 모습을 보여주지 않으려고 여행 가방을 들고 승강기 옆에서 매일 밤을 지새우며 과거를 생각하며, 미래를 두려워하며, 짧은 현재의 시간동안 담배를 피우면서 불안한 나날을 보낸다.

그럼에도 불구하고 그는 "그들이 내 양손을 자른다 하더라도 나는 입에 펜을 물고서라도 작곡을 할 것이다."(74쪽)라며 어떠한 역경에도 굴하지 않고 진정한 작곡가의 길을 가겠다는 의지를 보여준다. 이는 시대를 초월하여 오늘을 사는 우리들에게 삶의 무게 앞에 굴하지 말고 무소의 뿔처럼 묵묵히 자신의 길을 가라는 메시지를 전하고 있음이다.

　　하지만 생존을 위한 최소한의 타협 없이는 자신이 추구하는 예술의 세계를 펼칠 수 없다는 것을 알게 된 그는 스탈린에게 헌정하는 '숲의 노래'와 같은 선전용 음악과 자신이 원하는 음악을 작곡하는 이중적인 태도를 취한다.

　　예술적 신념을 지키기 위해 선택한 쇼스타코비치의 이중적 태도를 두고 오늘을 사는 우리들의 잣대로 권력층의 그늘 아래서 산다고, 기회주의자라고 감히 돌팔매질을 할 수 있을까. 친일 행적을 한 예술인들도 이와 다르지 않았을 거라는 생각을 한다. 물론 그들의 행적이 정당화될 수는 없지만 그들이라고 인간으로서의 내면적 갈등과 번민이 없지는 않았을 것이다.

　　영국에서 태어난 줄리언 반스는 역사와 진실, 사랑이라는 주제들을 독특한 시각으로 재구성한 작품들을 발표했는데 영국 소설가로는 유일하게 프랑스의 메디치상을 수상했으며 포스터상, 쿠텐베르크상 등을 수상했고, 한강이 「채식주의자」로 수상한 맨부커상을 그는 「예감은 틀리지 않는다」로 수상했다.

　　"예술은 모두의 것이면서 누구의 것도 아니다. 예술은 모든 시대의 것이고 어느 시대의 것도 아니다. 예술은 시대의 소음 위로 들려오는 역사의 속삭임이다."(135쪽) 에 밑줄을 긋고 머뭇거리니 쇼스타코비치의 왈츠 피아노 반주가 은은하게 흘러나온다.

지나간 날, 그토록 그리운 날들

『바다가 보이는 이발소』, 히로시, 김난주 옮김, 알에이치코리아

권영희

어린 날의 싱그러움도, 젊은 날의 화려함도, 어중간한 날의 안정감도 차츰 그리워지고 익숙해지고 있을 때 운명처럼 다가온 책 『바다가 보이는 이발소』.

오기와라 히로시는 1956년 사이타마현에서 태어났다. 이 책으로 나오키상을 수상하면서 작가로서의 입지를 굳혔다. 여섯 편의 단편으로 가족의 이야기를 잔잔하고 담백한 감성으로 써내려갔다. 여섯 편의 단편 속에 등장하는 인물들은 모두 다 가족을 잃거나 가족에게서 소외된 사람들이다. 어쩌면 우리가 흔히 느낄 수 있는 가족 간의 관계일 수도 있고, 우리가 전혀 이해할 수 없는 가족들의 이야기일 수도 있다.

작가는 흔하디흔한 가족의 이야기를 그만의 잔잔한 감성으로 차근차근 풀어냈다. 열다섯 딸을 잃은 아빠가 이제는 세상에 존재하지도 않는 딸의 성인식을 치르는 작품 「성인식」.

"다들 스즈네를 까맣게 잊은 채 살아가고 있다. 당연한 일이다. 타인이니까." (24쪽) 하지만 영원히 잊지 못하는 사람. 타인이 아닌 그와 아내. 그들은 그들만의 방식으로 딸의 성인식을 치른다. 아무도 기억하지 못하는 딸의 스무 살을 기억하고자. 마음의 아픔은 시간이 해결해준다지만 얼마만큼의 시간이 흘러야 이들의 생채기는 아물어질지….

사그라질 듯 병원에 누워 있는 엄마를 보며 생각한다. 단 한 번도 거르

지 않고. '언젠가 내가 그녀의 딸이었던 적이 있었던가.' 엄마는 이제 내 엄마 일 적의 모습이 하나도 남아 있지 않았다. 그래서 난 언제나 "엄마!"라며 자신 있게 부르기가 겁이 난다. 존재하지 않는 딸의 성인식을 치른 그와 그의 아내처럼 나도 이제 기억 속에 내 엄마를 각인시켜 둔다.

두 번째 단편 「언제가 왔던 길」 또한 치매에 걸린 엄마와 찬란했던, 엄마의 나이만큼 먹은 딸이 다시 만나 이해와 공감을 나누는 이야기이다.

여려진 자신의 모습을 감추려 애쓰는 엄마의 흔적이 내내 아팠다. "또 올게." 나지막하게 속삭이는 그녀의 목소리가 내 마음에 차곡차곡 담겼다. 앙상한 엄마의 손을 잡고 나도 자그맣게 말했다.

"또 올게. 나도."

책 제목이기도 한 「바다가 보이는 이발소」는 읽는 내내 그의 마음이 느껴진다. 바다가 보이는 이발소에 찾아온 낯선 듯 낯설지 않은 손님.

"자, 얼굴을 다 시 한 번 보여주실 수 있을까요, 아닙니다. 앞머리가 깔끔하게 정리되었는지 신경이 쓰여서."(142쪽)

차마 그냥 떠나보낼 수 없는 그의 마음이 고스란히 들어가 있는 마지막 문구다. 가슴이 아렸다. "엄마, 나 한 번 더 쳐다봐." 병실 문을 나서기 전에 서너 번은 더 엄마를 재촉했다. 힘겹게 팔을 흔드는 엄마를 보며 언젠가 겪게 될 먼 이별을 생각한다.

지나간 날들, 그토록 그리운 날들은 이제 하나하나 기억 속에 머무르고 있다. 언젠가 그 기억 속에 머무를 또 다른 나를 생각하면서. 『바다가 보이는 이발소』는 그렇게 우리에게 지나간 날들, 그토록 그리웠던 날들을 다시금 떠오르게 만든다.

음성 녹음 해외엽서

『더불어 숲』, 신영복, 중앙 M&B

김정숙

　뒤죽박죽 흐트러진 책장을 작가별로 가지런히 정리하면서 신영복의 『더불어 숲』을 다시 펼쳤다. 오래된 종이향이 좋아 잠시 코를 박았다. 저자 신영복은 20세기의 저물녘인 1997년 한 해 동안 22개국을 여행한 기록을 책으로 엮었다. 세계사의 출발점을 찍은 장소에서부터 세계화의 바람이 몰아치는 자리까지 저자의 여정을 향한 시선은 깊고 넓었다. 동서고금을 아우르는 해박한 지식과 현실에 대한 문제의식을 예리하게 드러낸 책이다. 글과 함께 손수 그린 그림과 사진도 곁들였다. 독자들의 지적 호기심을 자극하는데 필요충분조건을 갖추었기에 출간 이후 독서계의 스테디셀러로 자리 잡았다.

　스페인 우엘바에서 시작하여 유럽과 남미를 거쳐 중국의 태산에서 여정을 마친다. 세계의 인류 문화유산과 역사의 현장을 직접 답사한 감회를 '당신'이라는 대상에게 서간 문체로 써 나간다. 로마, 베이징, 이집트 등의 거대한 유적들을 돌아보며 그 압도적인 규모에 경탄하지만 저자의 시선은 독자가 자칫 외피에 들떠서 지나치기 쉬운 고통의 저장고가 보이는 안쪽을 놓치지 않는다. 책은 순서대로 읽어도 좋고 그냥 아무 쪽이나 읽어도 저자의 다정한 음성이 녹음된 엽서가 친절하고 정확하게 배달된다.

　청년기 20년의 세월을 옥중에서, 이후 20년은 대학 강단에서 보냈던 사람. 1941년 경남 의령에서 출생해 서울대학교 경제학과와 동 대학원을 졸업한 저자는 숙명여대와 육군사관학교에서 경제학 강의를 하던 중 통일혁명당 사건으로 무기징역형을 선고 받고 복역한다. 1988년 8월 15일 특별가석방으로 출소한다. 1989년 성공회대학교에서 '정치경제학', '한국사상사', '동양철학'을 강의한다. 1998년 사면 복권된다. 2006년 정년퇴임 후 동 대학교의 석좌교수로 지낸다. 2014년 피부암 진단을 받고 투병 중 2016년 1월 15일 자택에서 75세를 일기로 영면에 든다. 저서로는 『감옥으로부터의 사색』, 『나무야 나무야』, 『강의』, 『담론』 등이 있고 역서로는 『외국무역과 국민 경제』, 『사람아 아! 사람아』 등이 있다.

인류의 역사는 강자의 논리가 정당하다지만 그 바닥에는 수많은 민중의 피땀이 있었다. 저자는 만리장성과 피라미드를 바라보며 그것을 쌓기 위해 희생된 생명들을 먼저 생각한다. 콜럼버스의 신대륙 발견과 코르테스로 대표되는 유럽의 세력들이 신대륙에 저지른 살육은 더욱 그렇다. 중국의 만리장성도 그 성을 쌓기 위해 희생된 수많은 사람들의 주검이 성 아래에 화석으로 묻혀 있다. 저자는 이처럼 패권주의와 물질주의에 함몰된 희생의 의미를 겸손하게 사색한다.

저자는 역사적 사건의 현장을 성찰의 시간으로 과거와 미래를 함께 담아 보여 주고 있다. 고대에서부터 현대에 이르기까지 별로 달라진 것이 없다는 것을 확인하고 과거의 청산이 그만큼 어려울 수밖에 없음을 이야기한다. 이처럼 단단한 현실의 얼개를 허물기 위해서는 우리가 쌓아 온 자본의 성城을 벗어나야할 뿐만 아니라 그 성을 허물어야 한다고 말한다. 여행이 진솔한 만남의 단초가 되어야 한다는 엽서를 겸손하게 전하는 기행문은 독자에게는 축복이고 선물이 될 것이다.

가족의 다른 이름은 사랑

『가족 뒷모습』, 최인호, 샘터

신복순

오래전 재미있게 읽었던 특이한 연재소설이라 쉽게 손이 갔다. 많은 책을 썼고, 영화나 드라마로 많이 알려져 있어 설명이 필요 없는 인기 작가 최인호의 글이다.

"김수영의 시 구절처럼 좁아도 좋고 넓어도 좋은 가정의 방에서 죄 없는 말을 주고받았던 나의 아내여. 그리고 나를 아빠라고, 아버지라고 부르고, 아버님이라고 부르고, 할아버지라고 부르는 유순한 가족, 그대들은 도대체 누구인가. 어디서부터 왔는가. 그리고 또한 나는 누구인가. 나는 이제 어디로 가는 것일까." (17쪽)

이 책은 월간 《샘터》에 35년 동안 연재했던 소설 「가족」 중에서 2000년 이후에 쓴 마지막 부분을 묶은 책이다. '가족' 이야말로 고갈되지 않는 최고의 소재라 생각하여 시작했으며, 서른 청년기부터 투병으로 중단한 노년기까지의 이야기를 연재했는데, 이 글은 가장 후반부에 쓴 것이다. 가족들 얘기만 있는 것은 아니다. 가족을 통해 자신을 바라보고 성찰도 하는 작가의 이야기이기도 하다.

글 중에서 우정에 대해 재미있게 쓴 부분이 있다.

젊은 시절에 생각했던 우정에 대한 생각들이 그릇된 편견이었음을 느꼈다는 내용이다. 작가는 친구가 많고 아내는 친구가 많지 않지만 아내 친구가 한결같고 더 진실하다는 거다. 아내는 죽은 친구를 위해 기도를 하기도 한단다.

여성들의 우정에 대해 부러워했다. 참된 우정은 여성들이 더 깊다는 것이다. 프랭클린의 말을 인용해, 남자에게는 충실한 세 친구가 있으며 하나는 함께 늙어가는 조강지처이고 나머지 둘은 함께 늙어가는 개 그리고 현금이라는 것이다. 모두가 동의하지는 않겠지만.

3백만 부 이상 팔린 베스트셀러 『상도』에 관해서도 썼다.

기업인들이나 경제인들이 자부심을 느끼고 자신들의 사표로 삼을 만한 위대한 상인에 대해 쓰고 싶었는데, 딱 맞는 인물을 못 찾아 고심하다 우연히 열 페이지밖에 안 되는 짧은 만화를 보고 영감을 얻어 어렵게 자료를 구해 대하소설 『상도』를 썼다고 했다.

작가는 소설을 창조하는 것이 아니라 초자연의 음성을 통역하거나 번역하는 일이라고 적었다. 고대 로마 희극작가 테렌티우스의 말을 빌려 모든 책에는 책의 운명이 있다고 한다.

소소한 일상까지 드러내는 글이라 그런지 참 솔직하다는 생각이 든다.

언제부터인가 청력이 떨어졌는데 두렵지 않고 담담하게 받아들인다고.

장 콕토의 시 "내 귀는 소라 껍데기. 바닷소리를 그리워한다."를 인용해 바닷소리를 그리워하면 그 소리를 들을 수 있게 될 거라며 침묵의 소리를 들을 수 있어야 한다고도 썼다.

투병생활에 대해서도 써놓았다.

이 책에는 실리지 않았지만 작가가 연재를 끝내는 마지막 회에서 참말로 다시 일어나고 싶다고 했는데 안타까운 마음이 든다.

가족이 누구이며 나는 누구인가를 묻던 작가는 머리말에서 "'가족'이여, 사랑이여!"라고 불렀다. 가족의 다른 이름은 사랑인가 보다.

다시茶詩를 드십시오

『사질토 분청 찻잔』, 오영환, 학이사

김서윤

누군가를 만나려고 할 때 '차 한잔하자'고 한다. 책을 한 권 손에 들면서 우리는 찻잔을 함께 든다. 사람으로 사람을 만날 때, 책으로 세상을 만날 때 우리는 왜 차를 대동하는 것일까. 마음 문을 열고 진리를 향해 가는 길에, 차는 그보다 좋은 이 없을 참 도반이 되기 때문이다.

"차나 한 잔 드시게/ 그냥 들면 되나요/ 꽉 찬 의문 차 마시茶/ 제풀에 풀리듯이/ 가게나/ 차 맛 속으로/ 저 안에 나我 있는가"(「끽다거喫茶去」 전문)

『사질토 분청 찻잔』은 시인이자 다인茶人 오영환이 등단 20년 만에 출간한 첫 시집이다. 읍을 하듯 정성스럽게 독자들에게 올리는 이 한 권의 시집은 마치 오랜 행다行茶의 과정 후 나온 오롯한 한 잔의 차와 같다. "내 시는 물을 끓여 식히고 우려내어/ 차 한 잔 목구멍으로 삼키듯이 푸는 거다"(서시 「茶」 중에서)라고 했듯이 말이다. 1999년 현대시조 신인상 수상 이후 기나긴 수행의 심호흡과 굴신屈身으로 기운을 모아 드디어 일보一步를 딛었기에, 오영환의 시집은 그 호흡의 길이와 무게감이 엄청나다. 그의 시 한 수를 읽다 보면 한 줄 한 줄 행간의 호흡이 상당히 길다는 것을 느낀다. 바쁜 일상 속에서 흘깃 읽어서는 그 시의 맛을 전혀 알 수가 없다. 마치 너무 급해 뜨거운 차가 무미無味한 것처럼, 혹은 바빠서 못 다 마시고 두었다 식어버린 차가 고삽미苦澁味만 남은 것처럼, 제 맛을 잃어버린다. 그의 시는 한 잔의 차 같아서 마음의 온도를 맞추고 마음이 넘치지 않을 때 그 색, 향, 미를 제대로 음미할 수가 있다.

"엄지만 한/ 찻잔에 한가로운 마음 줄기/ 온 숨이/ 멈춰 서서 어린 살결 설레는/ 젖빛 향/ 운무 서리어 적막에 들고 있다"(「차·1」 전문)

시집 『사질토 분청 찻잔』은 서시와 네 개의 장으로 구성되어 있다. 1장 '무심차' 에는 백차, 진여금차眞如金茶 등 차를 소재로 한 시 16편이 담겨있다. 2장 '차 만나러 가는 길' 에는 차와 관련된 삶과 인연에 대한 시 15편이 수록되어 있다. 깨진 사질토 분청 찻잔을 만난 사연, 찻그릇에 비유한 어머니에 대한 정, 차를 만드는 과정 등 다인의 삶이 그려져 있다. 3장 '비움에 대하여' 에서는 비움과 하심下心과 행보行步에 대한 이야기들, 수행의 과정에서 얻은 명철과 통찰이 담겨 있다. 4장 '행주를 삶으며' 에서는 시인, 다인으로서의 삶을 지탱하는 바탕의 자아인 여성으로서, 어머니로서의 삶이 배어 있다.

전반적으로 다향이 가득하고 깊이가 있어 청소년들에게 읽히기에는 난해한 감수성이라고 생각한 적이 있었다. 인성예절강사로 일하는 필자는 학생들과 함께 분주한 아침을 시 한 수로 열어보려 했지만, 그날은 마음이 급하고 떠있었던 것일까. 조용히 혼자 앉아 다시 읽다 보니 시구詩句 곳곳이 울림있는 가르침을 준다.

"어린순을 따면서 마음으로 묻는다/ 뜨거운 불과 물을 견딜 수 있겠는가"(「차를 만들며」 중에서)

배움의 자리는 비단 청소년의 자리만은 아닐 것이다. 달려가는 청년들에게도, 여전히 청년 정신으로 가득한 우리네 부모님들 마음에도, 세대를 아울러 이 한 권의 시집이 주는 여운과 내면세계의 고요함은 우리에게 울림 있는 가르침을 준다.

이 시집은 반드시 시간을 두고 음미하실 것을 권해드린다. 마음이 차분하고 고요하게 되어 선정禪定으로 인도받으실 터이다.

쉼표 한 잔

『너에게 가는 길』, 이미영, 그루

하승미

너에게 가려 한다. 내 안의 나인 너, 지금보다 나은 나인 너를 향해 간다. 아직 너에게 닿지 못했으니 오늘도 걷는다. 내일도 꾹꾹 눌러 걷는다.

"길은 사라지지 않습니다. 다른 길을 낼 뿐입니다." (5쪽)

수필의 샛길 하나 내고 싶다는 이미영 작가는 대구사람이다. 2019년 '빛나는 수필가 60인'에 선정된 그녀는 2011년 매일신문 신춘문예에 당선, 2012년 동리목월 신인상으로 등단했다.

41편의 수필은 '돌이 기도한다, 삼김시대, 간병일기, 포장의 달인, 어름' 다섯 묶음으로 모여 있다. 수필들 사이를 산책하다 보면 나에게로 가는 걸음, 가족을 위한 두 손, 그리고 이웃을 향한 눈빛을 가슴에 담을 수 있다.

나에게로 가는 걸음. 「갱년기 여행」을 통해 가 본 적 없는 길을 아는 채 하지 않는 경구로 삼을 줄 아는 작가는 복이 와서 웃는 것이 아닌 웃으면 복이 오는 「포장의 달인」을 꿈꾼다. 험한 산을 넘고 고산병까지 견뎌야 갈 수 있는 바다 「성숙해」는 황하의 발원지를 넘어 삶을 대하는 태도다. 삶의 구석구석에서 더 나은 나, 너에게 방점을 두고 매 순간 싸우고 있는 우리 모두의 자화상이다.

"누가 좀 알아달라고 시를 외우고 책을 뒤적이던 나를 생각한다." (120

쪽 「별을 새기다」 中).

"말의 속성이 입술의 성질을 닮은 것이라면 거울을 꼭 챙기고 다니면 큰 탈은 없으려니 싶다."(51쪽. 「입」 中)

가족을 위한 두 손. 병환으로 날로 쇠약해져 홀로 걸을 수 없는 아버지에게 커플 댄스를 추듯 걷자고 손을 내민다. 한 쌍의 두루미가 춤을 추면 주변의 다른 녀석들도 춤추게 만들듯 잿빛 병실에 손을 잡고 군무를 이루도록 그녀는 자꾸만 「춤을 추겠소」 한다. 병간호가 삶의 일부인 이들은 가족이기에 감당해야 하는 삶의 무게를 부단히 지고 가는 「간병 일기」의 주인공이다.

"나는 오래전 내가 돌아가고 싶었던 집이 되어 있었다. 익숙한 냄새를 풍기며 주문하지 않아도 입맛 당기는 밥상이 알아서 나오고 마음이 놓여 절로 잠이 쏟아지는 그런 터가 되었다."(13쪽. 「집이 되다」 中)

이웃을 향한 눈빛. 꼬리부터 먹을지 머리부터 먹을지 찬바람 가르며 고민하던 붕어빵을 구워내던 동네 맛집 「황금마차」가 돌아오지 않음이 애석하다. 허전한 속을 삼각김밥으로 달래는 입시지옥의 학생, 직업훈련 중인 아이, 립스틱 짙은 친구는 모두 같은 거리 「삼김시대」를 살아가는 동네 아이들이다. 더불어 살아가야 하는 일상 안에 우린 함께 서 있다.

"누군가의 절실함을 바로 앞에서 외면하기가 쉽지 않아서 그렇다. 중학교 때 짝꿍이 노동시장으로 내몰렸다는 소식을 들은 후로 시위대 중간에 그 애가 낀 것 같아서 더 그렇다."(153쪽. 「건너편에 서 있다」 中)

느리게 읽자. 한 번에 다 읽기보다 한 편 읽고 음미하고 또 하나 보고 생각에 잠기길 바란다. 화장실이나 식탁, 자동차 어딘가에 두고 잔잔한 쉼표 한 잔 마시고 싶을 때 꺼내 들면 좋겠다. 기계같은 일상에서 나와 우리에게 다가설 수 있는 따스한 바람 한 줌 선사하고 남을 터이다.

모든 것은 지나간다
『인간실격』, 다자이 오사무, 김춘미 옮김, 민음사

김광웅

'실격'의 사전적 의미는 '기준미달이나 규칙 위반으로 자격을 잃음'입니다. 그러면 인간실격은 인간으로서의 자격을 잃는 것입니다. 그렇다면 어떠한 인간이 그 자격을 잃는 것일까요?

작가는 요시모토 바나나와 무라카미 하루키가 가장 존경하는 일본 작가인 다자이 오사무입니다. 본명은 쓰시마 류지. 1948년 인간실격을 완성하고 그 해 39세 나이에 자살로 생을 마감합니다. 이 작품은 전후 일본의 우울한 시대상을 잘 묘사한 일본 실존주의 문학의 대표작이면서 작가의 자전적 소설입니다.

작품은 '나'라는 화자가 서술하는 서문과 후기, 주인공인 오바 요조가 쓴 세 개의 수기로 된 액자식 구조로 되어 있습니다. 어렸을 때부터 다른 인간들을 이해할 수 없어 융화되지 못했던 요조는 타인의 평가가 두려워 익살꾼을 자처하지만 근본적인 해결책이 될 수 없기에 번번이 좌절하면서 술과 마약에 중독되고, 자살을 시도하기까지 이릅니다. 하지만 자살 또한 성공하지 못하고 믿었던 사람들에 의해 정신병원에 감금되면서 자신을 인간실격자라 여기고 결국 외딴 시골집에서 쓸쓸히 죽음을 기다립니다.

"부끄럼 많은 생애를 보냈습니다."(13쪽) 너무나 유명한 첫 문장입니다. 가슴이 먹먹합니다. 많은 것을 생각나게 합니다. 누가 이 문장에서 자유로울 수 있을까요? 바로 이어지는 문장. "저는 인간의 삶이라는 것을 도무지 이해할 수 없습니다."(13쪽) 굳이 인간의 삶을 이해할 필요가 있을까요? 인간은 죽을 때가 되어야 철이 든다고 하는데, 요조의 불행은 이로부터 시작된 것은 아닐까요? 억지로 삶의 본질을 탐구할 필요 없이, 우리가 사는 공동체의 규범 테두리 내에서 각자 마음이 움직이는 대로 살면 족할 것 같습니다. 거기다 양보, 배려, 협동까지 하면 금상첨화겠지요.

인간과 세상에 대해 더 보겠습니다. "인간은 서로를 전혀 모릅니다. 완전히 잘못 알고 있으면서도 둘도 없는 친구라고 평생 믿고 지내다가 그 사실을 알아차리지 못한 채 상대방이 죽으면 울면서 조사弔詞 따위를 읽는 건 아닐까요."(92쪽) "세상이라는 것이 개인이 아닐까 라고 생각하기 시작하면서 저는 예전보다는 다소 제 의지대로 움직일 수 있게 되었습니다."(93쪽) 결국 불특정하고 추상적인 개념인 세상보다 구체적인 개인이 중요하며, 그 개인조차 서로를 잘 모른 채 살아간다는 사실을 알아야만 세상의 비난으로부터 자유로울 수 있습니다.

마지막 문장입니다. "모든 것은 지나간다는 것. 제가 지금까지 아비규환으로 살아온 소위 '인간'의 세계에서 단 한 가지 진리처럼 느껴지는 것은 그것뿐입니다."(134쪽) 그렇습니다. 모든 것은 지나갈 뿐만 아니라 변합니다. 작가가 진정으로 하고 싶은 말은 결국 이것이 아닐까요? 현재 고통스러운 시기를 보내고 있는 세상의 모든 요조들에게 '당신만이 힘든 게 아니야. 모두가 힘들어. 그러니 조금만 참아. 이 또한 지나가리라.' 라고 말입니다. 방황하는 청춘의 한 시기를 통과의례처럼 잘 묘사한 작품으로 서양의 『호밀밭의 파수꾼』이 있다면 동양에는 『인간실격』이 있습니다. 주인공의 성격이 닮았고, 내용 또한 비슷한 부분이 많습니다. 같이 읽어 보시기를 권합니다.

장밋빛 미래라는 완벽한 환상

『멋진 신세계』, 올더스 헉슬리, 안정효 옮김, 소담출판사

정종윤

경자년 새해가 밝았다. 이 때쯤이면 신문이나 TV에서는 한해의 전망이 쏟아져 나오고, 새로운 기술과 트렌드에 대한 언급도 이루어지기 마련이다. 새로운 기술로 이루어진 약속된 미래. 말만 들어도 근사하지 않은가. 그만큼 '기술'과 '미래'라는 단어 조합에는 뭔지 모를 기대와 소망을 품는 힘이 있다. 어쩌면 예지 능력을 가지지 못한 인간의 한계가 잉태한 욕망일지도 모르겠다. 하지만 멋진 기술과 희망찬 미래에 대해 회의적인 목소리 또한 존재했다.

"나는 안락함을 원하지 않습니다. 나는 신을 원하고, 시를 원하고, 참된 위험을 원하고, 자유를 원하고, 선을 원합니다. 나는 죄악을 원합니다." 올더스 헉슬리의 『멋진 신세계』에서 과학문명의 정점을 경험한 야만인의 외침이다. 그의 결론은 의문을 자아낼 수밖에 없을 것 같다. 소설 속에서 인류는 문명의 혜택을 만끽한다. 나이가 들었어도 젊은 체력과 외모를 유지할 수 있으며, 심리적 고통에 시달릴 경우 부작용 없는 약도 제한 없이 사용할 수 있다. 결혼제도에 얽매일 필요도 없으며 자유로운 성관계는 널리 권장된다. 물론 성병이나 AIDS와 같은 질병은 말끔히 퇴치되어 그와 관련된 어떤 염려도 할 필요조차 없다. 사회제도나 정부기구의 운영이 불합리하냐면 그렇지도 않다. 땅은 효율적으로 사용되고 모든 공장에는 알맞은 인원이 배치되어 있다. 실업으로 고통 받는 일

도 없으며 법은 공정하게 집행된다. 이렇게나 완벽한 세상, 어찌 보면 환상적인 유토피아가 도래한 것인데 야만인은 왜 모든 것을 거부한 것일까?

"쉽고 피곤하지 않은 일을 7시간 반 정도 하고 난 다음에 알맞게 처방된 약과 놀이, 자유로운 성관계, 재미있는 영화를 누립니다. 더 이상 무엇을 요구하나요?"

야만인의 거부에 대한 정부기구 통제관의 반문은 적나라한 만큼 날카롭다. 그의 대답은 우리의 기대와 욕망, 과학기술 간의 관계에 대한 중요한 지점을 드러낸다. 끊임없는 기술의 발전은 과연 무엇을 위함인가. 그 미래의 종착지에서 인류를 기다리는 것은 무엇인가. 욕망의 충족과 쾌락이 전부는 아니라고 나는 믿고 싶다. 욕망이 일상 너머에 존재하는 어떤 곳으로 향하지 못한 채 주저앉아 버리면 어떻게 되는지 작가는 '멋진 신세계' 전편을 통해 치밀하게 드러낸다.

소설 속 야만인도 과학문명을 떨쳐버리고자 도시를 떠났지만 어떤 곳을 향해야 할지 찾아내지는 못한다. 결국 쾌락 대신 의미를 추구하고자 하는 자신의 삶조차 한낱 볼거리로 취급하는 문명인들의 행태에 절망하며 스스로 생을 마감한다. 공중에서 불안정하게 흔들리는 시신의 모습을 건조하게 묘사함으로써 헉슬리는 야만인의 절망과 인류의 방향감각 상실을 동시에 표현한다.

'멋진 신세계'를 향하는 목적이 오로지 욕망의 충족일 뿐이라면, 인류는 야만인이 말한 대로 한심한 존재가 될 뿐이다. 중요한 것은 과학기술이 삶을 편리하게 해주는 도구일 뿐 우리를 근본적으로 바꾸지도 못하고 나아가야할 방향을 지시하지도 못한다는 점이다. 새로운 한 해를 시작하면서 새로운 기술, 트렌드에만 열중할 것이 아니라 삶의 올바른 방향과 자세를 가다듬는 것이 더 필요하지 않을까.

예쁘지는 않지만 사랑스러워!

『빨강 머리 앤』, 루시 모드 몽고메리, 더스토리

최유정

1월의 새벽. 유리창 너머 푸른빛이 서서히 채도를 높이며 아침을 알려 올 때, 어디선가 음성이 들려온다. 저기 유리창을 봐. 하얀 눈꽃이 온통 수놓았어. 눈의 여왕의 숨결이 닿았나봐. 지금 여왕의 숨결이 녹아 고귀한 눈물방울로 바뀌고 있어. 그 아름다움을 시기한 아침요정이 비춘 빛 때문일 거야! 너무 낭만적이지 않아? 덕분에 눈물방울은 세상에서 가장 찬란하게 반짝이고 있잖아! 앤이 지금 내 옆에 있다면 창에 맺힌 서리와 이슬방울을 보고 흥분하며 분명 이렇게 말했을 것이다. 처음엔 거창한 표현들에 눈살을 찌푸릴지 몰라도 어느새 그녀를 따라 세상이 주는 아름다움을 만끽하는 법을 배우게 될지도 모른다. 그녀의 이름은 앤 셜리. 누구냐고? 그럼 이렇게 말해보자. 주근깨 빼빼 마른 빨강머리 앤. 1970~1980년대에 유년기를 보낸 사람이라면 자신도 모르게 만화주제가를 흥얼거릴 것이다. 어른이 돼서 제대로 만나게 된 엉뚱하지만 강렬한 그녀는 많은 것을 남겼다. 어린아이의 천진난만한 상상력, 그동안 보면서도 보지 못했던 것들의 아름다움을 경이롭게 받아들일 수 있는 눈, 그리고 삶을 뜨겁게 대할 펄떡이는 심장.

책의 저자 '루시 모드 몽고메리'는 1874년 캐나다의 프린스에드워드섬에 있는 클리프턴 마을에서 태어났다. 생후 21개월 만에 어머니를 잃고 캐번디시에서 우체국을 경영하는 외조부모의 손에 맡겨져 자랐다.

'앤' 이야기 속 시골 마을의 서정적인 묘사와 표현들은 이때의 경험에 기반한 것이다. 11살에 이웃 독신 남매의 집에 어린 조카딸이 와서 사는 것을 보고 짧은 글을 썼던 것이 훗날 '빨강 머리 앤'의 모티브가 되었다. 『빨강머리 앤』은 1908년 미국에서 출간된 후 세계적인 인기를 끌었고 『에이번리의 앤』 등 10여 편의 속편을 발표했다.

프린스에드워드섬의 시골 마을 에이번리에 사는 매슈 커스버트와 마릴라 커스버트 남매는 농장 일을 거들 남자아이를 입양하려 했다. 뭐가 잘못된 걸까? 남자아이가 아닌 빼빼 마른 빨강머리 소녀의 등장! 앤은 "아저씨가 오늘 밤까지 데리러 오시지 않으면(중략) 나무에 올라가서 밤을 보내려고 마음먹었거든요.(중략) 하얀 벚꽃이 활짝 핀 나무 위에서 달빛을 받으며 잔다니, 굉장히 멋질 거 같지 않으세요?"라거나 "제 진짜 이름은 아니지만, 코딜리어라고 불러 주시면 좋을 거 같아요. 정말이지 우아한 이름이잖아요."(45쪽)라며 엉뚱한 소리를 쉴 새 없이 늘어놓는다. 앤은 넘치는 상상력으로 몽상에 빠져 일을 망치기 일쑤여서 늘 마릴라에게 혼이 났지만, 특유의 긍정 에너지로 주변 사람들의 마음을 훔쳤다. "앞으로 알아야 할 온갖 것을 생각하면 신나지 않으세요? 그럼 살아 있다는 게 정말 즐겁게 느껴지거든요."(29쪽), "예쁘다고요? 예쁘다는 말로는 모자라요. 아름답다는 말도요. 그런 말로는 한참 부족해요. 아, 황홀하다, 황홀하다는 말이 좋겠어요."(35쪽) "내일을 생각하면 기분 좋지 않으세요? 내일은 아직 아무 실수도 저지르지 않은 새로운 날이잖아요." (292쪽)

그녀를 보고 있자니 만화 주제가 속 한 구절이 계속 떠오른다. '예쁘지는 않지만 사랑스러워!

뇌과학자가 조심스레 내딛는 열두 발자국

『열두 발자국』, 정재승, 어크로스

이수진

"열두 발자국은 인간이라는 경이로운 미지의 숲을 탐구하면서 과학자들이 내디딘 열두 발자국을 줄인 것입니다."(11쪽)

저자는 책 제목을 정한 이유를 이와 같이 말했다. 제목을 고민하다가 소설가 움베르토 에코의 『소설의 숲으로 여섯 발자국』을 연상했다고 했다. 저자는 '백인천 프로젝트'라는 야구 프로젝트부터 르완다 IT 기술 사업, 미래세대 행복위원회, 건축가들과 함께 하는 '마인드 브락 디자인 랩' 활동 등 다양한 분야의 사람들과 협업하면서 과학으로 소통하고 있다. 이러한 저자가 '뇌과학의 관점에서 인간은 어떠한 존재인가?'를 주제로 삶에 대한 성찰과 사유를 한 권의 책에 담았다.

1부에는 '더 나은 삶을 향한 탐험'이라는 소제목을 달고, 뇌과학을 통해 얻은 삶의 성찰을 중심으로 여섯 편의 이야기를 담았다. 2부는 '아직 오지 않는 세상을 상상하는 일'이라는 소제목으로 뇌과학을 통해 발견하는 미래의 기회를 주제로 여섯 편의 글을 엮었다.

글의 내용은 의사결정, 창의성, 놀이, 결핍, 습관, 미신, 혁신, 혁명 등의 다양한 내용을 뇌과학적 원리를 통해 해석하고 있다. 우리가 익숙하게 사유하던 것들을 뇌과학의 관점에서 다르게 해석하는 것이 신선해서 읽는 내내 흥미진진하다.

"젊은 시절 지도 그리기를 게을리 하면, 여러분만의 시각이 담긴 지도를 그들에게 보여줄 수 없습니다. 지도를 그리는 빠른 방법이란 없습니다. 길을 잃고 방황하는 시간만이 온전한 지도를 만들어줍니다."(60쪽)

타인의 욕망을 자신의 욕망으로 착각하고 사는 청춘들에게 하고 싶은 말이라는 생각이 든다. 나이가 들수록 대부분의 사람들은 고정관념이 강해져서 자신의 좁은 잣대로 판단하는 경우가 많다고 한다. 그런 사람들에게 저자는 유치원생의 마음으로 미친 듯이 세상을 탐구하라고 뇌과학의 원리를 근거로 들어 말한다.

책의 부록에는 리더십과 창의성에 대해 인터뷰한 내용이 실려 있다.

"창의성은 학습에 의해 증진될 수 있는가?"라는 질문에 저자는 "당연히 그럴 수 있다."라고 답하면서 창의성에 대한 생각을 다음과 같이 덧붙였다.

"창의성이라는 것은 내가 어떤 사람과 대화를 나누는가, 누구의 영향을 받는가, 누구의 책을 보는가, 어떤 경험을 쌓는가에 따라 길러지는 것이 아닌가 싶어요."(386쪽)

인터뷰를 진행한 일러스트레이터 김한민은 '스티브 잡스는 천재가 아니라 집요했을 뿐이다.'라는 글과 천동설이 난무할 때 지동설을 발표한 코페르니쿠스의 '견디는 힘'을 예로 들며 저자의 생각에 적극 동의했다.

나는 이 책을 읽고 올해 신수를 보지 않기로 결정했다. 그동안 불안한 마음에 미래를 점쳐서 알고 싶을 때가 많았다. 하지만 모든 일은 내가 만들어낸 생각들로 인해 일어난다는 것을 책을 통해 확신하게 되었다. 복잡해 보이는 광활한 우주도 단순한 뇌과학적 원리들이 얽히고 설키어 복잡해 보이는 건지도 모른다.

유쾌하고 명석한 뇌과학자의 생각을 엿보고 싶은 분들에게 이 책을 강력히 추천한다.

고리오 영감의 비문
'사랑하였으므로 행복하였노라'

『고리오 영감(Le Pere Goriot)』, 오노레 드 발자크, 민음사

나진영

숨 가쁘게 읽은 흥분을 잠시 가라앉힌다. 마치 '고리오 영감' 이라는 한 편의 영화를 본 듯하다. 나는 아직도 깜깜해진 영화관에 앉아 있다. 심장은 뛰고 여러 가지 생각들이 튀어나온다. 죽어가는 고리오 영감은 불쌍했다. 그 곁에 두 딸은 없었다. 무엇이 고리오 영감을 저토록 비참하게 만들었을까. 왜 이 소설의 마지막 대사는 "이제부터 파리와 나와의 대결이야!" 라는 라스티냐크의 말이었을까. 영화 '나이브스 아웃' (2019.12)의 '할런' 도 고리오 영감과 닮았다. 부모의 끝없는 지원은 부모의 죽음 앞에서도 죽음 후에도 적나라한 그들의 모습을 드러낸다.

프랑스의 소설가 오노레 드 발자크(Honore de Balzac, 1799~1850)는 1834년 12월부터 《파리 평론》에 「고리오 영감」을 연재하기 시작했다. 그는 진한 커피를 엄청 마시면서 하루에 많을 때는 18시간, 평균적으로 12시간씩 글을 썼다. 고리오 영감을 집필하면서 '인물 재등장' 의 기법을 사용하고, 19세기 프랑스 사회의 모든 것을 소설을 통해 그려내려는 뜻을 품는다. 발자크 작품에는 그리스로마 신화나 호메로스 등 고대의 흔적이 없다. 그는 자신이 속한 당대와 그 속에서 서로 영향을 주고 살아가는 동시대 사람들에게 눈길을 쏟았다. 발자크는 그 당시의 파리 사회를 자신의 언어로 그려냈다. 이런 점이 2020년을 사는 우리에게 19세기 소설을 읽고 공감하며, 할 말이 많아지게 하는 건 아닐까.

고리오 영감은 파리의 싸구려 하숙집 '보케르 집'에 살고 있다. 으젠 드 라스티냐크라는 이름의 학생도 하숙하고 있다. 고리오 영감은 제면업으로 큰돈을 벌었지만 두 딸의 행복을 위해 거액의 결혼 지참금을 지불하고 지금은 거의 무일푼 상태이다. 아버지를 창피하게 여기는 딸들을 위해 싸구려 하숙집에 살면서도 두 딸이 낭비한 돈을 메워 주고 있다. 학생 라스티냐크는 가난한 지방 귀족의 후계자로, 영화로운 생활을 꿈꾸는 야심가이다. 고리오 영감의 둘째 딸인 델핀 드 뉘싱겐 남작부인과 사귀게 된다. 고리오 영감은 무일푼이 되고, 딸들이 싸우는 것을 본 후 마음이 아픈 나머지 병으로 쓰러진다. 두 딸은 병문안조차 오지 않는다. 고리오 영감은 라스티냐크와 그의 친구의 간병을 받으며 딸들의 이름을 허망하게 부르기도 하고 저주와 축복의 말을 번갈아 내뱉기도 하다가 두 청년을 딸들로 착각한 채 숨을 거둔다.

죽기 직전, 그가 중얼거리던 말은 "아! 내가 만일 부자였고, 재산을 거머쥐고 있었고, 그것을 자식에게 주지 않았다면 딸년들은 여기에 와 있을 테지. 그 애들은 키스로 내 뺨을 핥을 거야!"(368쪽). 부모 자식 간에 돈보다 더 중요한 것은 무엇일까. "사랑하는 방법은 사람에 따라 각자 다른 법이요. 내 방법은 아무에게도 폐를 끼치지 않소. 그런데 왜 세상 사람들은 나에 대해 말이 많은지 모르겠소."(162쪽) 안타깝다. 고리오 영감, 두 딸을 사랑하였으므로 행복하였나요. 누군가 고리오 영감을 읽는다면 나보다 하고픈 말이 더 많을지도 모른다. 아직 남은 할 말들은 나 자신에게 할 것이다. 나 또한 누군가의 부모이고 자식이므로.

반려목伴侶木을 갖고 싶다

『나는 나무에게 인생을 배웠다』, 우종영, 메이븐출판

박기범

나무, 인간보다 더 오래 지구를 지켜 온 생명체다. 사람마다 자신만의 개성이 있듯, 이 땅에 존재하는 모든 나무도 각자만의 성품을 지니고 있다. 나무는 나무이고, 인생은 인생이지. 정말, 나무로부터 배울 삶의 지혜가 있는 것일까? 나무 의사의 억지 논리가 아닌지? 하지만, 철학자인 샤르트르가 한 말 중에 "자연은 늘 우리에게 말을 걸어온다. 그 말을 번역하는 것은 인생의 경험이다. 나무를 바라볼 때도 단순히 특성보다는 그 품성을 이해하려고요"를 접하고는 생각이 달라졌다.

저자는 30년 경력의 나무 의사다. "내가 정말 배워야 할 모든 것은 나무에게서 배웠다" 지금까지 쓴 책으로는 『나는 나무처럼 살고 싶다』, 『바림』, 『풀코스 나무 여행』 등이다. 세상에서 가장 나이 많고 지혜로운 철학자, 나무로부터 배우는 단단한 삶의 태도를 더 많은 사람들과 나누고 싶어한다.

나무에게서 배우는 인생철학이다. 막 싹을 틔운 어린 나무가 생장을 마다할 이유가 있다. 따뜻한 햇볕이 아무리 유혹해도 생장보다는 뿌리에 온 힘을 쏟는다. 땅속 어딘가 있을 물길을 찾아 더 깊이 뿌리를 내린다. 나무 키우기와 아기 키우기의 공통점은 '최대한 멀리 떼어놓기'다. 자신의 그늘 밑에서 절대로 자식들이 큰 나무로 자랄 수 없다는 사실이다. 보호라는 미명 하에 곁에 두면 결국 어린 나무는 부모의 그늘에 가

302

려 충분한 햇빛을 보지 못하고 죽고 만다. 나무 의사로서 깨달은 것이다.

"사람들이 나무를 심을 때 흔히 저지르는 실수가 뭔지 아나? 자기가 좋아하는 나무를 눈에 잘 보이는데 심을 생각만 한다는 거야. 나무가 어딜 좋아하는지는 전혀 생각 안 하고 말이지."(98쪽) 적지적수適地適樹다. 나무와 더불어 사는 즐거움을 사람들은 일기 또는 자서전 등을 통해서 기록으로 남기게 된다. 나무 역시 나이테에 자기의 생장기록을 고스란히 남긴다. 나이테가 간격이 넓고 연한 색이면 당시 환경이 풍족했다는 뜻이고, 반대로 나이테가 간격이 좁고 색이 짙으면 그만큼 열악한 환경에서 시련을 겪었다는 뜻이다.

나무는 빛이 디자인하고 바람이 다듬는다고 했던가. 잎을 모두 떨군 겨울 팽나무를 보자. 거친 바람이 만들어 낸 기하학적인 모양새에 할 말을 잇는다. 흔들림의 미학이라고 할까. 인간사라고 다를까? 공자는 마흔이 되면 더 이상 흔들리지 않는다고 했지만 오히려 흔들리며 사는 법을 배우는 것이 더 현명한지 모른다.

저자는 인간은 언제 죽음이 찾아올지 모르니까 평소 죽음에 대비해야 한다고 말한다. 우리는 자주 아무런 준비 없이 우왕좌왕하며 삶을 잘 마무리할 기회를 잃어버린다. 하지만 나무는 터럭 하나 남기지 않고 흙으로 돌아가 또 다른 생명을 살리는 지혜를 보여준다. 아무것도 남기지 않은 그래서 미련 없이 시간의 흐름에 자신을 맡길 수 있는 온전한 비움이기를 전한다.

울창한 숲속을 걸으면서 깨달은 인생의 진리가 있는가? 늘 우리와 함께하지만 알아채지 못하는 나무와 따뜻한 대화를 나누고 싶다. 곧 식목일이 다가온다. 한평생 친구가 될 나의 반려목木 하나쯤은 있어야 하지 않을까?

아름다운 죄가 있을까?

『주홍글자』, 너대니얼 호손, 곽영미 옮김, 열린책들

여숙이

헤스트 프린, 청교도의 엄격한 윤리가 지배하던 시대에 간통이라는 죄를 짊어지고 살아가는 여인의 이름이다. 가슴에 간통을 뜻하는 'A' 자를 달고, 부정으로 갖게 된 딸 펄을 키우며 살아간다. 고위 인사들이 그녀를 처형대 앞에 세워두고 온갖 모욕을 주며 펄의 아버지를 밝히라고 하지만, 헤스트는 끝내 말하지 않는다. 이러한 광경을 지켜보는 군중들 속에서 지켜보는 늙은 의사 한 사람이 있었다. 그가 바로 펄의 아버지인 딤즈데일이다. 그는 벌을 받고 있는 여인이 헤스트라는 것을 알아보고, 헤스트도 군중 속에 있는 그를 발견한다.

헤스트 프린의 삶, 그것을 상징하는 'A'와 펄은 소설 속에서 이렇게 묘사된다.

"그녀는 여전히 갓난애를 품에 안고 금실로 화려하게 수놓은 주홍글자 A를 가슴에 단 채 처형대에 서 있었던 것이다. 이것이 현실이란 말인가? 그녀가 꽉 껴안는 바람에 아기가 울음을 터뜨렸다. 그녀는 눈을 내리 깔고서 주홍글자를 보았고 아기와 그 치욕이 진짜인지 확인하기 위해 손가락을 만져보기까지 했다."(77쪽)

형을 마친 헤스트는 자신의 죄를 속죄하며 꾸준히 선행을 하고, 그녀에 대한 사람들의 평판도 좋아진다. 가슴에 단 주홍빛 글자 A 글자 장식의 의미에 대한 해석이 adultress(간통한 여인)에서 able(유능함)이나 천사인 angel로 변한다.

헤스트 프린, 그 얼마나 많고 깊은 치욕을 느끼며 살아가야 했을까. 그것을 어찌 상상이라도 할 수 있을까. 그런 가운데에서도 한 아이의 엄마로서 최선의 노력을 다했다. 어린 딸은 그의 죄가 낳은 고통의 실체이면서도 그가 겪는 모든 수모를 견디게 하는 삶의 이유이기도 했다. 온갖 일에 정성을 다해 살면서 자기보다 못한 처지에 있는 사람들을 배려하고 가진 것을 나누는 그녀의 삶을 주홍글자 A와 어떻게 연결시켜야 하는가.

유혹을 뿌리치지 못한 그녀에게 연민이 느껴지는 것은 무슨 이유일까? 사랑의 행동에는 분명 책임이 따르는 것이지만, 유혹을 뿌리치지 못한 잘못의 대가는 참으로 엄청났다. 이 시대의 윤리로는 이해하기 어렵지만, 성경중심의 신앙과 금욕주의, 향락을 엄격히 제한하던 청교도의 시대적 배경에서는 피할 수 없었던 일이기도 하다. 4살 때 아버지를 여의고 스펜스와 버니언의 책을 탐독하며 어린 시절을 보낸 저자 호손이 이런 시대적 가치를 비판한 것인가? 옹호한 것인가? 굳이 판단하고 싶지 않다.

다만 어느 시대나 어느 곳에서나 어떻게 살고, 어떻게 살아갈 것인가 하는 고민은 가지고 있어야 한다는 판단에 이른다. 그 고민이 삶을 바로 이끄는 정신이 될 수 있으니까. 살아가면서 인간의 힘으로 어쩌지 못하는 타고난 운명 같은 그 무엇이 있지 않을까 하는 생각을 떨치기 어렵다. 그와 함께 아름다운 죄가 있을까? 생각해본다. 누구나 아름답고 행복한 삶을 꿈꾸는 게 인간의 욕구지만, 그 꿈에 다가서기가 결코 쉽지 않은 것이 우리네 인생이다.

위기의 순간에 빛나는 자기성찰

『명상록』, 마르쿠스 아우렐리우스, 박문재 번역, 현대지성

최성욱

코로나19의 창궐은 대한민국이 유사이래 처음 접해보는 엄청난 시련이다. 많은 사람들이 두려움과 공포 속에서 하루하루를 보내고 있다. 특히 대구·경북은 더 심한 고통을 받고 있다. 위기가 극에 달하는 순간 우리는 또 다른 세상의 문 앞에 서게 된다. 그 문을 열고 나가는 우리의 모습은 이 고통을 어떻게 받아들이고 극복해 가느냐에 달려있다.

이런 공동체적 삶의 위기에 직면한 때에 『명상록』을 만났다. 『명상록』은 아우렐리우스 황제가 로마의 최고 통치자이면서 평생 전장을 누빈 장수로서, 또한 철학자로서 스토아 사상을 지키고 실천하기 위한 고민과 자기성찰이 담긴 짧은 글들을 모은 책이다. 저자인 마르쿠스 아우렐리우스는 로마의 오현제五賢帝 중 마지막 황제였다. 그는 12세 때부터 철학에 깊은 흥미를 보여 유니우스 루스티쿠스의 지도 아래 스토아 철학에 심취했다. 에픽테토스의 담화록은 그의 사상에 많은 영향을 주었는데 그가 노예였다는 사실은 매우 놀라운 일이다. 후에 로마 황제가 된 사람의 사상적 스승이 노예 출신이라는 점은 로마의 포용성과 합리적 사고의 힘을 여실히 보여준다.

스토아 사상은 헤라클레이토스의 로고스(이성)를 계승하였다. 최고의 선을 덕이라 하였고 아파테이아를 지향하였다. 스토아 사상에서 말하는 덕(내면의 힘)이란 용기와 불굴의 의지를 통해서 의무에 충실하고, 자신

을 절제하며 유혹에 빠지지 않으며, 세상사에 일희일비하지 않고 타인에 대해서 자비심과 동포애를 가지는 것을 뜻한다. 아파테이아란 어떤 것에 의해서도 마음이 움직이지 않는 부동심의 상태를 말한다. 짧은 시간에 스토아 사상을 다 이해하기란 무척 어려운 일이지만 우리 삶 곳곳에 스토아 사상이 스며들어있는 점을 발견하게 되면 '명상록'을 좀 더 편하게 읽을 수 있을 것이다.

"이성적이고 보편적이며 공동체적인 정신을 소중히 여기는 사람은 다른 것들에는 전혀 눈을 돌리지 않고, 오로지 자신의 정신과 그 활동이 늘 이성적이고 공동체적이 되게 하는 것, 그리고 그러한 목적을 위해서 자기와 같은 부류의 사람들과 협력해서 일하는 것에만 몰두한다."(112쪽)

'명상록'에 수없이 등장하는 공동체를 위한 헌신을 강조하는 부분은 지금의 우리 사회에 큰 울림이 될 듯하다. 주어진 상황에 불평하지 않고 최선을 다해 공동체를 위해 헌신하는 삶이야말로 '명상록'의 핵심이다. 공동체를 안전하고 소중하게 지켜내기 위한 대구경북 시민들의 노력에 아우렐리우스 황제도 감탄하리라는 생각이 든다. 초유의 코로나19 사태를 슬기롭게 극복하고 새로운 문을 나서는 우리의 모습은 이전과는 확연히 다를 것이다.

오랜 시간이 흘러도 계속해서 읽혀지는 고전은 삶의 보편적인 내용을 담고 있다. 1800여년의 시간을 넘어 읽혀지는 '명상록'도 그런 책이다. 삶과 공동체에 일어나는 위기의 순간을 극복한 통찰의 힘이 담겨있다. 지금의 위기가 처음이 아니었으며, 그 고난을 이겨낼 지혜와 용기가 우리 안에 있음을 깨닫게 된다. 고전古典은 오랜 시간의 강물 저편에 있는 깊은 성찰과 마주하게 해 준다. 지금의 두려움은 잠시 내려놓자. 그리고 조용히 눈을 감고 우리의 '명상록'을 적어 봄이 어떨까.

자연, 정복의 대상 아닌 근본적인 공동체

『육식의 종말』, 제레미 리프킨, 신현승 옮김, 시공사

이동근

이밥에 고깃국, 그것은 옛날 가난한 사람들의 최대 소원이었다. 하지만 이제 쇠고기는 부유한 자들만이 먹는 특별한 음식이 아니라 누구나 쉽게 먹을 수 있는 음식이 되었다. 우리나라의 육류 소비량이 세계 14위라는 사실은 더 이상 놀랄만한 일도 아니다. 제목과 달리 이 책은 '소의 종말'에 관한 이야기이다. 그럼 저자 제레미 리프킨은 왜 육식의 종말, 엄밀히는 소의 종말을 이야기하고 있을까? 거기에서부터 책읽기는 시작된다.

이 책은 크게 6부로 구성되어 있다. 서양 문명 속에서 소는 어떤 존재였는지, 역사적인 관점에서 시작된 이야기는 영국의 소가 어떻게 신대륙 미국 서부로 옮겨갔는지, 그리고 쇠고기 산업화는 어떻게 진행되었는지를 전반부에 들려준다. 후반부에는 소를 배불리 먹는 사람들이 있는 반면 굶주린 사람들의 이야기, 대규모 소 사육이 환경에 미치는 영향, 육식을 즐기는 사람들의 의식구조는 어떠한지를 이야기하며 마지막으로 저자가 왜 육식의 종말을 이야기 할 수밖에 없는지를 조곤조곤 들려준다.

동물 학살과 화려한 고기 만찬을 즐겼던 켈트족 전통을 이어받은 영국인은 쇠고기를 대량으로 섭취하는 것을 엄청난 힘과 남성다움을 획득하는 것으로 여겼다. "고기를 맘껏 먹는 사람들이 좀 더 가벼운 음식을

먹는 사람들보다 더 용감하다는 사실은 두말하면 잔소리다." 미국 독립 전쟁 직전, 한 영국인이 적은 글이다.

유럽에서 가장 육식을 즐기는 영국인은 스코틀랜드와 아일랜드 식민지로는 날로 증가하는 쇠고기 수요를 감당하기 부족하여 결국 새로운 쇠고기 공급 기지를 찾아 남북 아메리카로 눈길을 돌린다. 북아메리카에서는 버펄로와 인디언을 몰아내고 축산단지를 만든데 이어 중앙 및 남아메리카도 육우 사육을 위한 목초지로 전환한다.

공정 여행이 지역 경제와 환경을 보호하고 지역민과 소통하는 새로운 여행의 트렌드를 만들 듯이 우리의 식습관도 조금은 환경을 생각하고 사회적 약자와 함께 할 수 있는 소비가 되어야 한다. 굶주리는 10억 인구를 위해서라도 육식을 고민해야 한다.

"육식의 종말은 곧 자연을 대하는 적절한 태도에 관한 우리의 사고방식을 변화시키는 것이다. 다가올 새로운 세상에서는 시장의 인위적인 명령만큼이나 자연의 고유한 번식력에서 지침을 얻을 것이다. 자연은 더 이상 정복되고 길들어야 할 적이 아니라 우리가 거주하는 근본적인 공동체로 간주될 것이다."

최근 채식주의자에 대한 관심이 증가하는 것은 좋은 징조이다. 학교나 군대, 교도소 같은 공공 급식에서 채식 선택권을 주장하는 시민단체나 채식주의자들의 주장을 공허한 메아리로 흘려들어서는 안 된다. 그들의 주장이 곧 저자가 육식의 종말에서 가장 하고 싶어 하던 핵심일지도 모른다.

"육식 문화를 초월하는 것은 우리 자신을 원상태로 돌리고 온전하게 만들고자 하는 징표이자 혁명적인 행동이다."

고전의 향기를 퍼뜨리고 싶다

『베르메르 VS 베르메르』, 우광훈, 민음사

이은영

오십에 가까운 나이가 되니 내 삶을 뒤돌아보게 된다. 나는 내 인생을 잘 살았을까? 나는 나를 완성하기 위해 최선을 다한 것일까? 생각해보니 고개가 휘저어진다. 『베르메르 VS 베르메르』라는 책에는 진짜 삶을 동경하다 가짜 인생을 살다 간, 기구한 운명의 이야기가 펼쳐진다. 우리 인생에 관한 이야기이며 우리 고민에 관한 이야기이다.

이 책은 좀 묘하다. 책의 형식이 순수 소설이면서도 20세기 미술사 현장에 있는 듯 근대 미술사에 대한 해박한 지식을 펼치는 미술사 전문 책이며, 가브리엘이라는 주인공의 성장소설이면서, 마지막 비밀을 다 펼쳐놓지 않는 미스터리 소설이다. 한마디로 스펙터클한 소설이며 여러 요소의 재미를 모두 충족시켜 준다. 책의 구성에 있어서도 시대가 17세기와 20세기, 21세기를 오가고 공간도 한국, 네덜란드, 프랑스, 미국을 오간다.

소설가이자 시인인 작가 우광훈은 독자들이 긴장을 놓지 않고 책에 몰두하게 한다. 책의 문체와 표현 또한 눈여겨 볼만하다. 책의 시작과 끝까지 단정하게 잘 정돈된 문장들, 창의적이고 시적 표현들도 녹아 있다. 또 베르메르 작품을 위조한 반 메헤렌의 실제 사건을 모티브로 하였고, 반 메헤렌을 가브리엘 이벤스라는 소설 주인공으로 재탄생시켜 더욱 실제 이야기 같은 느낌 속에 빠져들게 한다.

이야기는 위작과 함께 가짜 인생을 산 가브리엘의 이야기이다. 가브리엘은 진정한 화가를 꿈꾸는 가난하고 순수한 화가 지망생 소년이다. 그는 암스테르담 국립미술학교에 입학하게 되고 파리 몽마르트에 진입하지만 데생과 고전주의 화법을 고수하고 있었기에 20세기 유행하던 초현실주의(고흐, 쇠라, 모네, 피카소 등)의 흐름을 따라가지 못했고, 실력에 비해 인기도 성공도 얻지 못한 채, 현실과의 괴리 속에 빠지게 된다.

화상 만시즈는 가브리엘에게 현재 유행하는 화풍의 유화를 그리라고 종용했고 가브리엘은 오랜 고민 끝에 변화를 시도하지만 과거의 완벽했던 데생도 무너지고 유행을 쫓던 새로운 그림은 아류작이 되어버린다. 사랑하던 요한나도 가난과 가브리엘에 지쳐 자살하고, 가브리엘은 모든 것을 잃어버린다.

그때 고향에서 화상인 사이먼이 유명한 화가의 가짜 그림을 그려서 팔자는 제안을 하고 가브리엘은 그리웠던 고향으로 가서 베르메르 그림을 위작하기 시작한다. 악마에게 영혼을 팔고 재능을 얻은 파우스트처럼 가브리엘은 베르메르의 그림을 비슷한 화풍으로 그리면서도 자신만의 독특한 부분을 가미하여 베르메르 작품이면서도 새로운 베르메르의 작품을 탄생시킨다. 그 속에서 희열을 느끼면서도 진정한 예술과 멀어지는 자신을 본다.

그러던 어느 날 적국인 독일 괴링에게 베르메르의 작품 '그리스도와 간음한 여인'을 밀매한 죄로 붙잡혀 사형에 이르게 되고 그 뒤로 절체절명의 사건들이 이어진다. 화가가 자신의 화풍을 찾지 못하고, 작가가 자신의 작가 정신을 갖지 못하고, 사람이 자신이 원하는 삶의 방향을 찾지 못하면 그것은 위작이 된다. 그래도 제 삶의 방향을 직시하는 사람만이 행복을 누릴 수 있다. 나도 그런 길을 가고 싶다. 그리고 내 곁의 사람에게도 같이 가지고 권한다.

위기 속에서도 희망은 빛난다

『정민 선생님이 들려주는 고전 독서법』, 정민, 진경문고

이금주

어떤 책이 좋아요? 고전은 뭐예요? 하루에도 여러 번 받는 질문이다.
이 책이 대답해 준다. 좋은 책은 매일 읽어야 하고, 가볍게 읽고 지나가
는 것이 아니라, 되풀이해서 읽고 또 읽는 것. 그런 책이 고전古典이다.
책을 읽는 내내 좋은 문장과 감탄사로 '아하~ , 오호~' 라며 무릎을 치게
한다. 그래서 고전은 어렵고 힘들다는 편견을 깨끗이 날려준다. 옛 성인
들의 독서법을 구수한 이야기로 들려주는 『정민 선생님이 들려주는 고
전 독서법』이 그렇다.

정민(鄭珉 1961~)은 고등학교 시절 한시의 매력에 빠져, 교과서와 참고
서에 나오는 한시는 무조건 외우고 다녔다. 그 시절의 공부가 지금의 한
시를 분석하고 읽는 데 큰 힘이 되었다고 한다. 특히 조선 시대 박지원
과 정약용의 방대한 자료를 연구하여 10권이 넘는 책을 집필했다. 한양
대 국문과 교수로 어려운 고전 문헌의 내용을 시원스레 풀어주며 성실
과 열정으로 과거와 현재를 이어가고 있다

이 책은 조선의 학자 퇴계 이황과 성호 이익, 연암 박지원과 다산 정약
용 등 위인들의 독서법과 공부 방법을 알려준다. 오랜 시간이 흘렀음에
도 더욱 빛나는 힘으로 다가오는 책이다. 다산의 문장 속에 풍~덩 빠지
는 순간 그윽한 매화 향기가 퍼진다. "공부머리란 말을 '문심혜두文心慧
竇' 라고 표현했다. 문심은 글을 읽는 마음이야, 혜두는 슬기구멍이란

뜻. 열심히 익히고, 외우다 보면 어느 순간 내 마음을 움직여서 슬기구멍이 뻥 뚫리게 된다는 거야."

"책은 많은데 읽은 것은 적다. 이전에 배운 것은 몸에 익숙하지가 않고, 새로 배운 것은 아직 낯설다. 책장을 펼치기만 하면 게으른 마음이 생긴다."(171쪽) 정신이 번쩍 들면서 맑은 물밑을 보고 있는 모습이다. 부끄러웠다. 대충 읽고 스치는 독서로는 남는 것이 없었다. 한 글자마다 뜻을 알고 의미를 따지며 읽어야 한다고 배웠다. 한 권의 책을 소화시키려면 베껴 써야 완전한 것이라고도 한다. 그렇게 보면 지금까지 내가 읽은 책은 한 권도 없다. 오늘부터 첫 페이지를 시작한다.

주변을 둘러보니 2만여 권의 눈이 지켜보고 있다. 나는 학교도서관에서 책의 안과 밖을 지키는 문지기이다. 하지만 책 속에 눈들과 진실한 마음으로 마주보기 한 적은 드물었다. 그럼에도 저자들은 책 속에서 빛나는 글들을 펼쳐달라고 아우성이다. "일단 책을 펼치고 보면, 그 속에 담긴 세상은 끝도 없이 넓고 아득했다. 넘실넘실 바다를 건너고 굽이굽이 산맥을 넘는 기분이었다."(21쪽)

나는 그 고전의 길을 함께 걸으며 행복한 꿈을 꾼다. 도서관에서 해마다 단풍잎 곱게 물드는 가을이면 고전서가를 만들어 고전의 향기를 퍼트리려 한다. 조선 선비들의 거처에서 자주 볼 수 있는 책가도冊架圖를 도서관에 오는 친구들과 함께 꾸미는 것이다. 왁자지껄하던 아이들이 책을 고르고, 시간을 정해 책을 읽으며, 책 읽기를 멀리하던 아이들도 친구들과 손잡고 또는 혼자 와서, "선생님, 고전은 옛사람과 미팅하듯이 설레요."라는 반갑고 예쁜 말을 한다. 그 말을 또 듣고 싶다. 2020년 '책가도'는 어떻게 꾸밀까? 벌써 콩닥콩닥 설렌다.

위기 속에서도 희망은 있다

『페스트』, 알베르 카뮈, 김화영 옮김, 민음사

정윤희

"그들은 자신들이 자유롭다고 믿고 있었지만 재앙이 존재하는 한 그 누구도 자유로울 수 없는 것이다."(55쪽)

지금 세계적으로 확산되고 있는 코로나19로 인해 페스트를 읽게 되었다. 코로나19가 계속되는 지금의 현실과 많이 닮아 있는 모습에 대하여 적잖이 놀랐으며 페스트로 인해 고통 속에 있는 그 당시 상황들이 마음에 그대로 전해졌다.

알베르 카뮈는 1913년 알제리의 몽도바에서 태어나 가난하게 자랐다. 대학 재학 시에는 유명한 철학 교수 장 그르니에를 만나 그의 사상에 깊은 가르침을 받았다. 많은 작품과 연극 등 활발한 활동을 통하여 자신의 실존주의 세계관을 넓혀 나갔다. 1947년 『페스트』로 비평가상을 수상하고, 1957년 노벨 문학상을 받았다. 이 책의 배경은 프랑스령 알제리의 작은 도시 오랑에서 시작된다. 의사 리유가 자기의 진찰실을 나서다가 층계참 한복판에서 죽은 쥐 한 마리를 발견한다. 이후 도시 곳곳에서 피를 토하며 죽은 쥐들이 목격되면서 페스트가 발병한다. 의사들은 예방조치를 신속히 취해야 함을 도청 회의에서 의견을 제시하지만 지사의 머뭇거림으로 인해 전염병이 급속도로 확산하게 된다. 결국 죽어가는 사람들의 숫자가 늘어나게 되자 페스트 사태를 선언하고 도시를 폐쇄하라고 한다. 들어오는 것은 자유지만 다시 나가지는 못하게 되면서 사람들은 사태의 심각성에 점점 두려워하며 인간의 가장 기본적 욕구에 민감하게 된다. 식량보급의 제한과 휘발유의 배급제가 실시되고 물가가 폭등하고 거짓 정보에 현혹되어 알코올이 균을 죽일 수 있다는 말에 술로 병을 낫게 하려고 술에 취하는 자들이 늘어난다.

"처음에는 외부와 차단당하는 것을… 임시적인 불편으로 받아들이는 정도로 알고 감수했는데 하늘 솥뚜껑 밑에 자신들이 감금된 것이나 다름없음을 의식하자, 그들은 막연하게나마 그 징역살이가 자기네 삶을 송두리째 위협하고 있다는 것을 느꼈다."(135~136쪽)

공감하지 않을 수 없는 말이다. 늘어나는 환자들로 인해 피로가 누적되고 일손이 턱없이 부족하게 되자 리유와 장타루를 중심으로 민간자원 보건대가 조직된다. 취재차 오랑에 왔다가 봉쇄로 발이 묶인 랑베르와 오랑시의 하급관리인 그랑, 파늘루 신부도 함께 한다. 이처럼 다양한 직업군에 속한 사람들의 헌신적인 노력으로 페스트가 서서히 물러가는 희망을 보게 되지만 장타루와 파늘루 신부, 의사 리샤르 등 많은 사람들이 페스트와 싸우다 목숨을 잃는다. 그러나 전염병이 소멸되지 않기를 바라며 돈벌이에 수단과 방법을 가리지 않는 코타르 같은 추악한 인간의 모습도 보게 된다. 그러나 "인간에게는 경멸해야 할 것보다는 찬양해야 할 것이 더 많다."고 하며 재앙을 겪은 후 긍정적인 희망의 메시지로 이 책은 끝을 향해 간다. 반면에 균이 소멸하지 않고 어디엔가 살아 있다가 언제 불청객으로 다시 나타나게 될 지도 모르는 페스트에 대하여 경종도 울리면서 끝을 맺는다. 결국 페스트가 인생이라고 말하는 해수쟁이 영감의 말처럼 누구에게나 마음속에 꽁꽁 숨겨놓은 나쁜 균을 찾아서 청소하는 것과 의사 리유와 그와 함께 한 사람들이 맡은 바 임무를 충실하게 감당했던 것처럼 현재의 위치에서 주어진 직분에 성실하게 임하는 것이다.

다모클레스의 칼 아래서 행복을 만나다

『나무동네 비상벨』, 박승우, 브로콜리숲

최중녀

2020년 4월 6일 화요일 현재. 세계가 코로나19 공포에 떨고 있다. 그리스 신화에 나오는 '다모클레스의 칼'은 머리 위 천장에 가느다란 한 가닥 말총에 매달려 있다. 만약 그 가닥에 조그만 균열이라도 생기면 칼은 언제든 우리들 머리 위로 떨어질 것이라는 재앙 속에 있다. 팬데믹 상황 속에서도 우리는 사소한 일에 기쁨을 발견하고 행복을 느낀다. 그리고 불행이라고 느끼는 시간들을 재창조하여 희망을 꿈꾼다.

박승우 시인의 네 번째 동시집 『나무동네 비상벨』은 짧고 간략한 '소품' 동시지만 언어의 온도로 따스함을 준다. 우리는 문학 작품을 읽기 전에 제갈량이 적벽대전을 앞에 두고 동남풍이 불기를 기원하는 심정으로 첫 장을 펼친다. 하지만 박승우 시인의 『나무동네 비상벨』의 첫 장을 열 때는 그럴 걱정을 할 필요가 없다. 이미 위에서 언급한 것처럼 그의 약력이 작품의 수준을 보장하기 때문이다. 시인은 보편타당하고 일상적인 것을 형상화하면서 삶에 대한 철학적인 울림을 주고 있다. 그러면서 고정화 된 준거의 틀 밖에서 생소하게 남겨지지 않도록 한다. 짧게는 2연, 길게는 6연의 소품 동시로 우리의 준거 틀 안으로 이끌어 준다. 즉 눈이 아닌 마음으로 동시를 읽게 하는 마력을 지니고 있다.

"소풍 가고 싶거든/ 옆구리 조심해라/ 터지면 못 간다."(「김밥」)

이 시를 읽는 순간 웃음이 빵 터졌다. 탐험적이고 전문적 지식을 가질 필요가 없다. 시인이 의도했든 아니든 우울한 현실을 잠시라도 잊고 재미있다는 생각을 하게 한다. 그래서 되뇔수록 미소가 번진다. 우리의 삶이 고정불변이 아니고 언제든지 새롭게 정의될 수 있는 가능성 있는 삶이라는 희망을 준다.

"퐁, 빠질 텐데/ 그래도 물 위를 뛰어갈 거니// 아니, 빠지지 않고/ 저 강을 건너볼 테야// 통, 통, 통, 통…"(「물수제비」)

코로나 바이러스로 인해 펜데믹 상황에서 그 누구도 예외가 없다. 특히 최일선에서 고군분투하고 있는 의료진들은 더 극한 상황이다. 그들은 감염의 위험에 힘들고 두렵지만 "저 강을 건너볼 테야"처럼 의지를 불태우고 있다. 그들을 보면서 "그러면 우리는 무엇을 할 수 있을까?" 질문을 던지게 된다. 이 시는 그들의 옆에서 함께 환난을 극복하자며 "통, 통, 통, 통…" 응원이라는 해답을 준다.

"꺾으면/ 꺾은 사람 손잡고 있지만// 그냥 두면/ 지구와 손잡고 있다"(「들꽃」)

환난을 극복하기 위한 방편으로 '사회적 거리 두기'가 장기화 되고 있다. 일상이 무너지고 삶이 균열하는 현실과 대면하고 있다. 밀물처럼 밀려오는 폭풍에 하루하루가 만만하지 않다. 어쩌면 폭풍이 더 거세질지도 모른다. 그러나 우리는 곧 승전가를 부를 것이다. 나는 혼자가 아니고 '마음의 거리는 0m'인 '우리'라는 존재와 손잡고 있기 때문이다. 다시 말해서 우리는 "지구와 손잡고 있"기 때문이다.

이처럼 박승우 시인의 『나무동네 비상벨』은 다모클레스의 칼 아래 서 있는 독자들에게 화수분 같은 행복을 만나게 해 준다.

조금 낯선 봄, 조금 다른 거짓말

『거짓말을 먹는 나무』, 프랜시스 하딩, 알에이치코리아

서미지

"난 7살 때 해변에서 화석 하나를 발견했어. 아버진 날 아주 자랑스러워하셨지. 적어도… 난 그런 일이 일어났다고 생각했어. 하지만 그건 아버지가 만든 가짜 화석이었어. 아버지는 '순진무구한 아이가' 발견하면 더 설득력이 있을 거라고 생각한 거야. 그래서 내가 찾을 수 있게 그 화석을 거기 놔둔 거야."

14살 소녀 페이스 선더리는 오랫동안 숨겨왔던 비밀을 고백한다. 페이스가 화석을 발견한 그 해 아버지 선더리 목사는 학계를 떠들썩하게 하며 명예를 얻었다. 그러나 존경받는 자연과학자가 사실은 화석 개조자라는 스캔들이 터진다. 하루아침에 사기꾼이 된 아버지가 가족을 데리고 도망친 곳이 베인 섬이다. 그런데 섬에 온 지 몇 일만에 선더리 목사는 의문의 죽음을 맞는다.

이 책 『거짓말을 먹는 나무』는 페이스가 아버지를 죽인 범인을 찾는 미스터리이다. 영국 작가 프랜시스 하딩은 14살의 소녀가 혼자 살인자의 흔적을 찾는 과정에서 겪는 심리를 속삭이듯 들려준다. 아버지와 살인자에게 죽음의 대가를 부른 '거짓말을 먹는 나무'를 발견한 뒤부터 페이스에게 나무가 속삭이는 것처럼. 만약 네가 가려진 진실을 얻고 싶다면 거짓말을 먹여달라며 계속 페이스를 끌어당긴다.

거짓말을 속삭이자 나무는 동굴을 울창한 숲으로 만들었다. 거짓말을

먹이면 거짓말은 불처럼 번졌고 홀로 생명력을 키워나갔다. 대가로 진실을 보여주는 환상을 보여주는 열매를 줄 때까지. 마침내 열매가 아버지가 살해되는 환상을 보여주자 페이스는 살인자를 추리해 나간다. 길고 복잡했지만 과학과 판타지가 잘 얽힌 탄탄한 미로를 따라가는 동안 전혀 지루하지 않았다.

페이스가 거짓말을 선택해 나무에게 먹이면 마을 사람들이 욕망에 사로잡혀 서로를 파괴시키는 장면은 마치 바이러스가 번져가는 것 같았다. 사람들 사이에 믿음과 정의가 사라지면 어떻게 될까라는 질문을 작가가 슬쩍 던져둔 것일지도 모른다. 그렇게 작가는 독자로 하여금 생각하게 만드는 문장을 여기저기 뿌려두었다.

"거짓말은 불과 같다는 걸 페이스는 알게 됐다. 처음에는 보살피고 연료도 줘야 하지만 아주 조심스럽고 부드럽게 해야 한다. 살짝 부드럽게 부쳐주면(중략) 더 이상 연료를 줄 필요가 없다. 하지만 그 거짓말은 더 이상 내가 처음에 퍼뜨린 거짓말이 아니게 된다. 그 거짓말은 나름의 생명력과 형태를 가지고 홀로 커져가면서 아무도 통제하지 못하게 된다."

휴지대란이 올 것이라는 가짜 뉴스가 세계로 번져나가는 속도에 놀랐고, 또 우리가 얼마나 거짓에 잘 속아왔는지 깨달았다. 누군가 정보를 제한하거나 숨길 때, 특히 그 누군가가 힘을 가졌을 때 한 사회가 어떻게 붕괴되어 가는지도.

4월이 시작되고 온라인 개학이 시행되었다. 아이들은 생각보다 잘 적응하고 있다. 새로운 궤도에 적응하는 속도가 놀랍다. 이 놀랍고 씩씩한 아이들에게 조금 다른 거짓말을 들려주고 싶은 부모님께 이 책을 권한다.

스스로에게 주는 위로

2020년 5월~2021년 4월

희망이 차려진 식사

『우리 가족 최고의 식사』, 신디위 마고나, 이해인 엮음, 샘터

남지민

사회적 거리두기로 학교를 가지 않고 집에 머무르고 있는 우리 집 아이들은 둥지 속 아기새다. 아침, 점심, 저녁 아이들을 거둬 먹여야하는 나는 참 부담스러웠다. 하지만 종일 집안에 머문 아이들은 퇴근을 하는 나를 반갑게 맞아준다. 나를 반기는 건지 특별한 저녁 식사를 기대하는지 조금 헷갈리긴 하지만.

저녁 무렵 식구들이 둘러 앉아 밥을 먹을 때면 생각나는 책이 있다. 표지에 요리를 하는 누나 둘레에서 신나하는 모습의 아이들이 그려진 『우리 가족 최고의 식사!(The Best Meal Ever!)』이다.

글쓴이 신디위 마고나Sindiwe Magona는 남아프리카공화국에 있는 코사족의 자치국이었던 트란스케이에서 1943년 태어났다. 남아프리카공화국 대학교와 콜롬비아 대학교에서 공부했다. 1990년부터 책을 발표해왔고 UN에서 오랫동안 일하다가 2003년 은퇴 후 어린이들을 위한 책을 쓰고 있다. 2006년 이 책을 발표했고 이후 꾸준하게 작품 발표를 하고 있다.

이 책의 배경인 구굴레투 마을에는 인종분리 정책으로 수도인 케이프타운에서 살지 못하고 이주한 흑인들이 살고 있다. 이 마을은 멀리 일하러 간 어른들이 많아 아이들은 이웃, 친척이 서로 돌보는 경우가 많다고 한다. 책장을 넘기면 쌍둥이가 소파에 누워서 '도대체 밥은 언제 먹느

322

냐' 고 기다리고 있고, 누나 시즈위는 호롱불 앞에 고민에 빠져 있다. 이 아이들의 엄마는 편찮으신 할아버지를 돌보러, 아빠는 일하러 바다에 나갔다.

첫째 시즈위, 떼쟁이 룬투, 여동생 린다, 쌍둥이 노씨사와 씨사와 강아지 상고까지 이들이 먹을 수 있는 것이라곤 아무것도 남아 있지 않았다. 동생들은 배고프다고 축 늘어져 있거나 떼를 쓴다. 시즈위는 그 순간 주방으로 가면서 저녁을 준비할 테니 동생들에게 밥 먹고 난 후 바로 잘 수 있도록 씻으라고 한다. 숨겨둔 비상 양식이라도 내놓으려는 걸까?

시즈위는 냄비에 물을 붓고 끓이기 시작한다. 들떠있는 동생들이 욕실에서 나오자 후추와 소금을 뿌린다. 기대에 찬 동생들의 눈망울, 그러나 그 눈망울은 요리가 다 되기 전 감기고 꿈나라로 하나둘 떠난다. 동생들이 모두 잠들자 버너의 불은 아주 낮게 조절되어 있고 냄비에는 김이 올라오지만 시즈위는 버너를 끈 후 먹을 생각도, 쳐다볼 생각도 하지 않는다.

다음 날, 엄마 친구 마날라 아줌마가 먹을 것을 가득 가져온다. 그리고 돈 봉투도 건넨다. 시즈위는 신나게 아침을 준비했고 동생들은 아침식사를 덮치듯 먹으면서 '최고의 식사'라고 말한다. 하지만 시즈위는 어제 차리지 못한 저녁 식탁이 '최고의 식사'라고 되뇌인다.

혹자는 시즈위의 행동을 '희망 고문'이라고 말할 지도 모른다. 하지만 동생들이나 그 이야기를 전해들은 사람들은 그날의 식사를 희망의, 전설적인, 아름다운 식사였다고 추억한다.

이야기 장면마다 아이들의 감정이 표정에 잘 드러난 그림도 이 책의 또 다른 매력이다. 위기의 고개를 넘는 지금, '우리 가족 최고의 식사!'를 통해 서로를 보듬으며 마침내 오늘이 아름다웠다고, 전설이라고 기억할 수 있도록 사랑과 지혜를 배워보면 어떨까?

5월을 반기는 이유

『그때에도 희망을 가졌네』, 신중현 엮음, 학이사

서강

3개월여 경주의 정신건강팀 재난심리대응 활동을 떠올려보았다. 24명이 모인 자원봉사자들은 카카오채널 모바일 상담을 시작했다. 800여 청년연합회원들은 현장으로 코로나19대응지침 전단지를 실어 날랐고, 가족들과 실천할 수 있는 마음방역 카드뉴스를 부지런히 친우들과 나누었다. 직접 만나는 일이 어려운 감염병 대응에서는 심리적 재난상황이 길어지는 것이 더 두렵다. 사소한 일에도 심리재난 상황에서는 보건소와 정신관련 시설, 민간상담자 등 비상대기조의 필요성이 더 많아진다.

경주에 코로나19 첫 환자가 생겼다. 선별진료소가 설치되고 24시간 전화 민원응대팀으로 교대근무에 나선 지 이틀만이다. 두 번째 환자는 사후에 확진되었다. 코로나19 동선 공개에 따른 시민들의 불안이 실시간으로 전해져왔다. 경북지역 환자라 예약되었던 암 수술이 취소되었다는데 목소리로만 위로를 해야 하는 암담함에 밀려오는 슬픔과도 마주했다. 4월 중순부터 현재까지도 정신과 응급 입원이 줄을 잇고 있다. 코로나19 재난상황은 지난번 지진과는 다르게 직접 만나지 못하는 갈증을 알게 했다. 마음을 말과 글로 전하는 일에 열중하던 사이 우리에게도 5월은 희망이 되고 있기에, 『그때에도 희망을 가졌네』를 정말 반갑게 읽고 또 읽었다.

이 책은 아직 끝나지 않은 세계적 재난상황인 코로나19의 생생한 현장 기록이다. 대구 시민의 독서운동에 앞서 온 지역 출판사인 학이사 신중현 대표가 각기 다른 분야에 종사하는 대구시민 51명의 코로나19의 아픔을 엮은 기록서이다.

"코로나19, 그것은 어두운 터널이었지만 그때 기적이 일어났다."(서문에서)

단순히 어려움만을 토해낸 글이 아니다. 각자가 있는 자리에서 할 수 있는 일이 있었다고, 그로 인해 희망을 보았노라고, 누가 더 많이 아파했는가가 아닌 희망을 이야기하고 있어 특별하다. 엮은이와 글쓴이들은 하나같이 그 끝나지 않을 것 같던 어둠을 함께 걷어내 준 모두에게 감사를 전한다. 1부 '대구의 봄을 기다리며'는 코로나에 빼앗긴 봄을 희망으로 맞고자, 멈춘 대구시가 일상으로 돌아가는 선봉에선 스물다섯 편의 이야기이다. 2부 '대구의 희망을 보듬다'는 '새순을 내는 버드나무처럼 꿋꿋하게 이웃을 향해 팔을 벌리는 마음들이 가득한 스물여섯 편이 담겼다. '코로나에 빼앗긴 봄'편에서 코로나19 대응기간 동안 꾸준히 식당을 열어 주신 주변 사장님들께 대한 고마움을 다시 느꼈다. "당신들이 이상화고, 유관순이고, 안중근입니다" 시민들의 뜨거운 사랑이 담긴 커피폭탄은 전국 곳곳의 코로나19 현장에도 끊임없이 투척되었다. 더운 차에서 차가운 음료가 필요한 5월까지도.

마음은 무거운데 대구 시민의 그때를 떠올리면 기운이 난다. 보건소가 일상으로 되돌아오기는 아직 멀었다. 학생들이 학교에 가는 일이 이렇게 어려운 시기에, 작은 부분부터 조금씩 그때가 가까워지고 있기를 기대한다. 보건증도 안 되고 약 처방도 안 된다는 대답을 하려면 최대한 부드러운 목소리가 필요하다. 여전히 보건소 정문에는 선별진료소가 운영되고 일상은 닫혀 있지만, 그래도 11일에는 간호학생들의 실습도 시작이다.

책의 끈을 풀다

『책을 지키려는 고양이』, 나쓰카와 소스케, 이선희 옮김, arte

정화섭

레드우드라는 나무는 보통 2000년을 산다고 한다. 우리 인간은 100년도 채 살지 못하지만 살면서 크고 작은 어려움을 많이도 겪는다. 매순간 변화무쌍한 생의 리듬을 탄다. 삶을 지탱해주는 힘은 어디에서 얻어야 할까? 희망의 부추김은 어디에서 받을까? 그중에서 가장 큰 버팀목이 책이란 생각이 든다. "좋은 책을 읽는다는 것은 과거의 가장 훌륭한 사람들과 대화하는 것이다." 르네 데카르트도 말하지 않았던가.

누구나 책에 대한 저마다의 정의가 있을 것이다. 여기 또 하나의 책의 끈을 풀어 본다. 저자 나쓰카와 소스케는 1978년 일본 오사카에서 태어났다. 2009년 『신의 카르테』로 제10회 쇼각칸문고 소설상을 수상했다. 『책을 지키려는 고양이』이는 나쓰카와 소스케의 첫 번째 판타지 소설로 '은하철도 999'의 모티브가 되었던 『은하철도의 밤』의 21세기 판이라는 평가를 받으며 큰 화제가 되었다.

책에도 여러 번 읽게 되는 책이 있고, 대충 가볍게 읽는 책이 있고, 삶을 송두리째 바꿔놓는 책도 있으며, 읽고 나면 내용조차 밋밋해서 시간이 아까운 책도 있을 것이다. 이 책은 프롤로그를 시작으로 1장 첫 번째 미궁 '가두는 자', 2장 두 번째 미궁 '자르는 자', 3장 세 번째 미궁 '팔아치우는 자', 4장 마지막 미궁, 에필로그로 사건의 끝을 맺으며 책을 대하는 다양한 부류의 모습을 접하게 된다.

고등학생인 나쓰키 린타르는 할아버지와 단둘이 산다. 할아버지가 세상을 떠나자 마을 한 구석에 '나쓰키 서점'이 유산처럼 남겨진다. 팔리지 않는 중후한 책들이 산더미처럼 쌓여있는 고서점이다. 이때 사람처럼 말을 하는 얼룩고양이가 나타난다. 린타로에게 '너는 책을 좋아하잖아.' 책을 좋아한다는 이유만으로 도움을 청한다. 얼룩고양이가 안내하는 미궁들, 린타로는 어려움에 처할 때마다 할아버지가 하신 말씀을 떠올린다.

"책을 읽는다고 꼭 기분이 좋아지거나 가슴이 두근거리지는 않아. 때로는 한 줄 한 줄을 음미하면서 똑같은 문장을 몇 번이나 읽거나 머리를 껴안으면서 천천히 나아가기도 하지. 그렇게 힘든 과정을 거치면 어느 순간에 갑자기 시야가 탁 펼쳐지는 거란다. 기나긴 등산길을 다 올라가면 멋진 풍경이 펼쳐지는 것처럼 말이야."(124쪽) 속독이나 줄거리만 읽는 방법이 책이 가지고 있는 힘을 잃어버리게 한다는 것을 알 것 같았다.

부조리에 가득 찬 세상에서 살아갈 때 가장 좋은 무기는 논리나 완력이 아니라 유머라고 한다. 남을 배려하는 마음을 가진 친구 유즈키 샤요, 품위 있고 자신감이 넘치며 조금은 오만한 얼룩고양이가 내뱉는 말들은 가슴 먹먹한 감동을 준다. "책에는 마음이 있지, 소중히 대한 책에는 마음이 깃들고, 마음을 가진 책은 주인이 위기에 빠졌을 때 반드시 달려가서 힘이 되는 법이야."(228쪽) 시간의 벽과, 언어의 벽을 뛰어넘은 책은 늘 우리 곁에서 위로와 힘이 된다.

인간에게는 죽음이 있어 우리의 삶을 비춰보며 돌아보게 한다. 그 가운데는 사람을 생각하게 하는 책의 힘이 있다. 미궁 속에서 느낄 수 있는 것은 진실의 힘이었다. 우리가 왜 고전을 읽어야 하는지도 생각하게 된다. 그리고 책을 대하는 자신도 점검하게 한다.

사람이라는 행성을 탐구하다

『자기 인생의 철학자들』, 김지수, 어떤 책

김남이

어떻게 살아야 할까. 이것은 청춘에게도, 중년에게도, 노년에게도 때와 장소를 가리지 않고 수시로 다가오는 물음이다. 답을 찾느라 사람들은 자신을 밀어내며 낯선 시간을 보내기도 하고, 자기 속으로 침잠하여 타인에게 마음의 문을 닫아버리기도 한다. 때로는 여행이나 책에 몰두하며 힌트를 구하지만, 상황에 따라 매번 변할 뿐 정답은 어디에도 없다. 다만 그렇게 뒤척이는 사이 제 안에서 고개 드는 대답들이 있을 것이다.

이러한 스스로의 질문과 대답으로 자기 삶을 단단하게 지켜온, 이 시대 어른 16인을 담은 책이 『자기 인생의 철학자들』이다. 저자는 '자아의 달인'을 찾아 인터뷰한 글들을 '김지수의 인터스텔라'라는 타이틀로 《조선 비즈》에 연재했는데, 그 중 SNS에서 반응이 뜨거웠던 편들을 묶었다. 저자가 자기감정의 거장들을 만나며 본인 발밑도 단단해졌다고 밝혔거니와, 그들의 말은 문득문득 누군가의 삶에 참고서로 작용할 것이다.

저자 김지수는 패션지 《마리끌레르》, 《보그》 에디터를 거쳐 조선일보 디지털 편집국에서 문화 전문 기자로 일하고 있으며, 『나를 힘껏 끌어안았다』, 『도시의 사생활』 등 다수의 책을 짓기도 했다. '거대한 자가自家 에너지로 반짝이는, 사람이라는 행성을 깊이 탐구해 보고자' 인터뷰를 시작한 저자는 최선을 다해 정중하게 들었고, 서사의 무게가 독자들의 삶과 시간을 압도하지 않도록 싱싱한 수다의 리듬을 살려 기록했다 한다.

배우 윤여정, 일본인 변호사 니시나카 쓰토무, 디자이너 노라노, 동물행동학자 최재천, 요리 블로거 정성기, 배우 이순재, 재일 정치학자 강상중, 바이올리니스트 정경화, 일본인 디자이너 하라 켄야, 재독 화가 노은님, 기업가이자 목회자 하형록, 미술사학자 유홍준, 시인 이성복, 평창 올림픽 개폐회식 총감독 송승환, 철학자 김형석, 노인의학자 마크 E. 윌리엄스. 이들이 평균 나이 72세인 이 책의 주인공들이다.

90세 현역 디자이너 노라노는 "직업은 소중하되 사람을 구속하니, 스스로 인간으로 살기를 멈추지 말아야 한다."는 당부를 했고, 최재천은 "자세를 낮추고 지루함을 견뎌야 비로소 보인다."라며, 글을 쓸 때도 사랑을 할 때도, 아이를 키우거나 사업을 시작할 때도 가만히 오래 지켜보라고 했다. "진실할 수 없어도 진실해지려는 노력, 책임을 자신에게 돌리는 노력, 그게 사람이 할 수 있는 것의 다가 아닐까요?", 이는 이성복의 말이다.

"뛰어난 것은 반드시 발견된다.(하라 켄야)", "본 만큼 겪은 만큼 느낀 만큼 나와요.(노은님)"…. 이처럼, 다 열거할 수 없는 각 행성들의 빛과 무늬가 책 속에서 함께 반짝인다. 펼쳐 읽는 동안 이들의 공통점을 발견하며, 누구라도 각자 인생의 철학자로 조금 환해질 것이다. 큰 활자와 컬러면과 사진을 삽입한다거나, 책장마다 해당 인물의 이름을 적어 두는 배려로 독자의 독서욕을 자극하는 책이기도 하다.

습관을 위한 습관 만들기

『습관의 말들』, 김은경, 유유

습관은 무의식적으로 행하는 후천적인 행동으로 심리학에서는 규칙적으로 되풀이되는 행동을 일컫는 말이다. 따라서 습관이 유용한 경우도 있지만 일상을 틀에 박히게 할 수도 있다.

'단단한 일상을 만드는 소소한 반복을 위하여' 라는 부제가 붙은 이 책은 스티커 붙이기에 좋은 표지 디자인에 먼저 눈이 간다. 90개의 사과 모양에 스티커를 다 붙이고 나면 어떤 습관이든 하나는 습관으로 굳어지지 않을까? 습관에 관한 짧은 단상 100가지 역시 책 읽기에 도전하는 사람이 읽기 좋다. '습관에 관해 짧게라도 언급한 책이 이렇게 많았어?' 라는 생각과 함께 저자의 습관 몇 가지를 덤으로 알고 나면 당장 눈앞에 없지만 저자와의 거리가 훨씬 가까워진 듯하다.

책이나 영화, 유명인 말 등에서 습관과 관련해 발췌한 짧은 구절을 짝수 쪽에 제시하고 홀수 쪽에는 저자의 습관이나 단상에 살을 덧붙이는 형식이다. 이 책을 낸 저자는 자신을 '책 만드는 사람' 으로 소개하는데 출판사에서 일한 경력이 10년 넘은 편집자다. 프리랜스 편집자로 일하면서 대구 MBC에서 뉴스 운행 PD일을 보고 있다. 지은 책으로 『어쩐지 그 말은 좀 외로웠습니다』가 있다.

"여유로움과 늘어짐은 한 끗 차이다. 그래서 거실의 작업 공간과 방이라는 휴식 공간을 확실하게 구분 짓자는 프리랜서 생활의 첫 결심에 부수적인 결심을 하나 더 덧붙였다. 작업복을 정하자는 것. 매일 다른 옷으로 갈아입을 필요까지는 없으니 유니폼을 하나 정해 두면 좋을 것 같았다."(27쪽)

저자는 프리랜스로 편집 일을 하는 자신을 '거실생활자'라고 소개한다. 작장에 출퇴근하는 사람처럼 시간을 안배해 보려고 하지만 생각만큼 쉽지 않다. 잠깐 봐야지 하던 유튜브가 몇 시간이 되기도 하고 일 하는 공간인 책상이 어느 날은 식탁이 되기도 해 공간 구분이 모호해질 때도 더러 있는 걸 보면서 나와 다르지 않음에 위로를 받는다.

"나쁜 습관은 생기기는 쉽고 이전으로 되돌리기는 죽도록 어렵다. 그러니 아예 만들지 않는 것이 상책이다. 한번 즐거움을 맛본 뇌는 여간해선 그 맛을 놔주지 않는다. 또 내 뇌가 내 마음 같아질 일은 대체로 요원하기 때문이다."(81쪽)

허리가 좋지 않아 허리 근력운동을 매일 하라는 병원 처방을 여러 번 받았다. 당장 아플 때는 몇 번 하는데 그러다 조금 덜 아프면 그런 처방을 받았는지조차 까맣게 잊고 산다. 하루 1리터 정도의 물을 마시려고 마음을 먹었는데 참 쉽지 않다.

"말세네, 말세야. 세상이 온통 엉망이군. 끔찍한 일이야. 이건 또 무슨 말이야" 같은 혼잣말들을 쏟아냈다. 나는 그것이 아침에 일어나자마자 뉴스와 신문을 읽는 할아버지의 습관 때문이라는 생각에 피식 웃고 말았다.(『나는 그것에 대해 아주 오랫동안 생각해』, 김금희, 171쪽)

『습관의 말들』을 읽고 나서부터 다른 책을 읽다가도 습관을 언급한 부분이 나오면 눈이 한 번 더 가서 피식 웃는다.

소소한 반복이 습관을 만든다는 저자의 말처럼 자신의 습관을 자의든 타의든 자주 점검하는 습관을 가져야겠다. 그 시작을 『습관의 말들』에서 아이디어를 얻는다면 좋은 습관을 가질 확률이 훨씬 높아지지 않을까?

그럼에도 불구하고 사랑해야 한다
『자기 앞의 생』, 에밀 아자르, 용경식 옮김, 문학동네

최지혜

코로나19 확진 환자에 관한 뉴스가 하루도 빠짐없이 나온 게 넉 달이 넘었다. 계단을 오르내리는 생이나, 초고속 엘레베이터 타는 생이나 코로나19의 위협에 속수무책으로 당하고 있는 것이다. 이렇게 예기치 않게 내 일상을 바꾸어 놓은 삶 앞에서 『자기 앞의 생』이란 책 제목을 보고 지나치기 어려웠다. 내 앞에 놓인 생이 어떤 것인가를 알고 싶고 어떻게 대처해야 되는지에 대해 가르쳐줄지도 모른다는 기대를 가지지 않을 수 없기 때문이다.

로맹 가리는 러시아에서 태어나 14살에 어머니와 단 둘이 프랑스에 정착했다. 그는 1934년 단편소설 「소나기」로 등단했다. 단편 「새들은 페루에 가서 죽는다」를 썼으며, 에밀 아자르라는 필명으로 「자기 앞의 생」을 써 콩쿠르 상을 받았다. 에밀 아자르가 로맹 가리라는 사실은 1980년 그의 유서를 통해 밝혀졌다.

작가는 『자기 앞의 생』 첫 장 첫 줄에 "엘리베이터 없는 건물의 칠층에 살고 있었다"를. 마지막 장 마지막 줄은 "사랑해야 한다"로 끝을 맺었다. 엘리베이터도 없는 건물의 7층. 아우슈비츠의 기억에 시달리는 로자 아줌마와 맹랑한 아랍인 꼬마 모모가 함께 사는 곳이다. 늙고 병들어 치매기까지 있는 로자 아줌마는 창녀의 자식들을 키우며 근근히 생활을 이어가는데, 이 소설의 주인공 모모는 그 아이들 중 하나이다.

부모에게 버림받은 열네 살 모모가 길거리 여자들이 낳은 아이들을 몰래 봐주는 일을 하는 로자 아줌마와 변두리 생이지만 정이 넘치는 이웃들과 함께 지냈던 자신의 생, 한 시기에 관한 이야기다. 어떤 작가의 작품이든 작품 속에 작가의 생이 스며들어있다. 이 책 속에 소외, 고독, 전쟁, 불평등이 그려진 것 또한 작가와 무관하지 않으리라.

"하밀 할아버지, 하밀 할아버지!"

"내가 이렇게 할아버지를 부른 것은 그를 사랑하고 그의 이름을 아는 사람이 아직 있다는 것, 그리고 그에게 그런 이름이 있다는 것을 상기시켜주기 위해서였다."(174쪽) "완전히 회거나 검은 것은 없단다. 흰색은 흔히 그 안에 검은 색을 숨기고 있고, 검은 색은 흰색을 포함하고 있는 거지"(93쪽) 이 말들에 밑줄을 그었다.

마스크를 벗어 던지고 "모모, 모모!"를 불렀다. 세상의 모든 모모들이 다 들을 수 있게. 쉽지만은 않은 생, 타인에게 관심을 가질 여력이 없었다는 구차한 변명을 숨기면서. 내가 잘 났다. 네가 잘 났다. 목청 돋운 게 창피하다. 대구에 코로나 19확진 환자가 기하급수적으로 증가했을 때, 공포감과 불안감이 엄습했다. 전국 각지에서 의료인들이 도움의 손길을 마다하지 않고 대구로 달려 와 주었을 때 "사람은 사랑할 사람 없이는 살 수 없다."라는 용기를 주는 사랑 앞에 고개 숙였다.

"할아버지, 사람은 사랑 없이도 살 수 있나요?" 이 세상에 단 한 사람이라도 자신을 사랑해주는 사람이 있다면, 또 자신이 사랑할 사람이 있다면 계속 살아갈 수 있다는 것. 생은 누구에게나 주어지는 것이며, 누군가가 나를 보아주는 사람이 있는 한 그 삶은 의미를 갖는다는 대답을 들을 수 있었다. 책 제목 『자기 앞의 생』, 어떻게 살아가야 하는지에 대한 기대를 갖게 했는데 배신하지 않았다.

타자에게 눈감은 우리들

『눈먼 자들의 도시』, 주제 사라마구, 정영목 옮김, 해냄

배태만

보이는 대로 보는 것이 아니라 보고 싶은 것만 보는 인간의 한계성을 들추어내는 소설을 만났다. 바로 포르투갈 출신의 작가 주제 사라마구가 쓴 『눈먼 자들의 도시』이다. 포르투갈 원제인 'Ensaio sobre a cegueira'를 해석하면 '눈멂에 관한 수필'이라는 뜻이다.

저자인 주제 사라마구는 마르케스, 보르헤스와 함께 20세기 세계문학의 거장으로 꼽히며 환상적 리얼리즘의 대표적인 작가이다. 사라마구 문학의 전성기를 연 작품은 『수도원의 비망록』이다. 이 작품으로 유럽 최고 작가로 주목받고 1998년에 노벨문학상까지 받았다. 그는 개인과 역사, 현실과 허구를 가로지르며 우화적인 비유와 신랄한 풍자, 경계 없는 상상력으로 자신만의 독특한 문학세계를 구축했다. 저자의 문체는 쉼표와 마침표 이외의 문장부호를 사용하지 않는 것으로 유명하다. 대화와 대화 사이, 대화와 해설 사이 등에서 줄바꿈을 하지 않고, 장마다 소제목이나 일련번호 등의 표시도 없어 형식에 있어서도 기존의 다른 소설과 차이가 난다.

이 소설은 '우유의 바다'라고 표현한 비현실적 백색 실명이 일어나는 상황으로 시작된다. 곧이어 원인 모를 백색 실명이 급속히 확산되자 보건 당국은 실명자와 보균자를 별도로 마련한 공간에 강제 격리하기로 한다. 백색 실명 환자를 최초로 진료한 안과의사도 곧이어 실명자로 분

류되어 격리된다. 안과의사의 아내는 비록 눈이 멀지 않았지만 그러한 사실을 숨긴 채 남편과 함께 격리 공간으로 들어간다. 격리된 실명자들은 안과의사의 아내가 보여준 희생과 노력의 영향으로 동물적 본성과 야만적 폭력이 난무하는 가혹한 환경을 꿋꿋이 헤쳐 나간다. 안과의사의 아내는 처음에는 눈먼 자신의 남편을 돌보기만 하다가 격리된 공간에서 자신이 돌봐야 할 대상의 범위를 점차 넓혀 나간다. 이러한 행동은 자신의 우월을 드러내지 않고 현장에서 묵묵히 실천하는 지식인의 바람직한 모습으로 느껴진다.

"내가 무슨 생각을 하는지 알고 싶어요. 응. 알고 싶어. 나는 눈이 멀었다가 다시 보게 된 것이라고 생각하지 않아요. 나는 우리가 처음부터 눈이 멀었고, 지금도 눈이 멀었다고 생각해요. 눈은 멀었지만 본다는 건가. 볼 수는 있지만 보지 않는 눈먼 사람들이라는 거죠." (461쪽)

위의 대사처럼 타인의 눈을 더 이상 의식하지 않아도 되는 상황에서 인간은 어떻게 해야 할까? 눈먼 사람들은 자신이 볼 수 없다는 사실에 공포를 느끼다가 함께 있는 다른 눈먼 사람들도 볼 수 없다는 사실을 알고 자신의 욕망을 억제하지 못하는 모습을 보인다. 철학자 미셸 푸코가 '개인의 윤리란 타인이 나를 보고 있다는 사실을 내재화한 결과' 라고 말한 것이 떠올랐다. 느닷없고 당혹스러운 상황 속에서도 이기심에 머무르지 않고 타인의 고통에 시선을 돌리는 데는 문학적 상상력이 도움이 된다. 이것은 타인의 감정에 공감하도록 이끌고 개별적인 나 자신을 사회적으로 점차 확장하도록 만든다. 소설 속 상황과 비슷하게 요즘 하루하루가 원치 않는 격리로 지루하게 이어지고 있다. 문학적 상상력으로 이러한 시간을 채워가며 힘든 나와 타인을 바라볼 수 있는 여유를 가져보길 나 스스로에게 우선 권한다.

유인원부터 인간까지, 그리고 500년 뒤의 미래

『사피엔스』, 유발 하라리, 조현욱 옮김, 김영사

신호철

사피엔스. 과거 교과서에서 보았던 원숭이부터 두발로 걷는 인간까지의 그림이 머릿속을 지나간다. 한동안 잊고 지내던 단어를 어느 날 책장에서 만났다. 인문학 분야 창의성과 독창성에 대한 폴론스키 상을 수상한 역사학자 유발 하라리가 쓴 이 책은 전 세계적으로 주목받고 있다.

책은 1부 인지혁명에서 4부 과학혁명에 이르기까지 유인원에서 현생인류까지의 진화과정을 설명한다. 책의 시작이 주는 이미지는 과격하다. 우리 인간이 형제 살해범의 후손이라는 것이다. 7만 년 전 지구에는 최소 6종의 인간이 같이 존재했지만, 그 경쟁에서 승리한 것이 호모사피엔스라는 것이다. 그 승리를 가져다준 가장 큰 이유를 '뒷담화 이론'이라고 주장한다.

"뒷담화는 악의적인 능력이지만, 많은 숫자가 모여 협동을 하려면 사실상 반드시 필요하다. 현대 사피엔스가 약 7만 년 전 획득한 능력은 이들로 하여금 몇 시간이고 계속해서 수다를 떨 수 있게 해주었다."(47쪽)

인간은 모든 동물 중 유일하게 상상을 할 수 있는 동물이라 한다. 그것으로 인해 보이지 않는 것들을 믿을 수 있게 되었고, 허구를 믿었으며, 다른 인간과 같은 목표를 가지고 협력할 수 있게 되었다. 이것이 호모사피엔스가 모두를 제치고 만물의 영장이 된 이유라 주장한다.

인간은 유목민적 생활에 익숙하고, 그에 맞춰 진화했던 농업혁명을 통해 정착생활을 하게 되어 쉴 새 없이 일하게 되었다. 인구 또한 폭발적으로 증가하여 결국 열악한 환경에서 살아가게 된 것이다. 곡물만을 섭취하는 제한된 식사로 인해 면역력이 떨어졌고, 농경을 위해 키우던 가축들에게서 발생하는 질병이 인간에게 퍼져나갔다. 그렇게 인간은 나약해졌고 돈과 제국, 종교로 통합되어갔다.

저자는 제국주의를 양날의 검으로 표현한다. 역사를 좋은 쪽과 나쁜 쪽으로 이분법으로 나눈다면 제국을 나쁜 쪽으로 두고 싶다는 유혹을 느낀다고 한다.

"인도라는 현대 국가는 대영제국의 자식이다. 영국인들은 인도 아대륙의 거주자들을 살해하고 부상을 입히고 처형했지만, 왕국과 공국 그리고 부족들이 서로 전쟁을 하며 혼란스럽게 뒤섞였던 것을 하나로 통일하여 공통의 민족의식을 가지고 어느 정도 하나의 정치 단위로 기능하는 국가를 창조해냈다." (292쪽)

종교 또한 실존하지 않는 신을 향한 사피엔스의 믿음이라 표현한다. 모든 사회 질서와 위계는 상상의 산물이기 때문에 모두 취약하기 마련이라면서 사회가 크면 클수록 더욱 그렇다고 한다.

저자는 책의 마지막에서 말한다. "우리는 머지않아 스스로의 욕망 자체도 설계할 수 있을 것이다. 그러므로 아마도 우리가 마주하고 있는 진정한 질문은 우리는 어떤 존재가 되고 싶은가가 아니라 우리는 무엇을 원하고 싶은가?"라고.

지금 현재도 인류의 탄생부터 15만 년일 것이고, 500년이 지나도 15만 년일 것이다. 우리는 상상을 할 수 있는 동물이고, 500년 후의 삶도 상상할 수 있다. 초등학교 때 했던 공상 과학이 현실이 되었고, 지금 하는 상상도 현실이 될 것이다. 코로나로 힘든 요즘, 500년 뒤의 미래를 상상해보는 것도 재미있을 것이다. 우리는 인간이니까 말이다.

삼독의 승화

『리큐에게 물어라』, 야마모토 겐이치, 권영주 엮음, 문학동네

김서윤

리큐利休. 그는 일본의 다성茶聖이라 불린다. 도요토미 히데요시의 다두茶頭로 활약한 센 리큐(센노 리큐라고도 한다)의 일대기를 소설로 풀어 엮은 『리큐에게 물어라』. 일본에서 가장 사랑받는 역사 소설가로 꼽히는 야마모토 겐이치는 이 책으로 제140회 나오키 상을 수상했다. 천황에게 하사받은 법호인 리큐의 리利는 날붙이의 날카로움을 의미하고, 큐休는 그 날카로움이 둥글둥글 무딘 경지에 이르라는 뜻이다. 다이토구 사(大德寺)의 고케이 소친이 지어 천황에게 바쳤다 한다. 센 리큐의 미적 안목이 얼마나 예리했는지를 짐작케 하는 대목이다.

"아름다움은 결코 얼버무릴 수 없습니다. 도구든, 행다든, 다인은 항상 목숨을 걸고 절묘한 경지를 추구합니다. 찻숟가락에 박힌 마디의 위치가 한 치라도 어긋나면 성에 차지 않고, 행다 중에 놓은 뚜껑 받침의 위치가 다다미 눈 하나만큼이라도 어긋나면 내심 몸부림을 칩니다. 그것이야말로 다도의 바닥없는 바닥, 아름다움의 개미지옥. 한번 붙들리면 수명마저 줄어듭니다."(288쪽)

센 리큐의 대사다. 아름다움을 위해 목숨을 걸 만한 각오로 정진하는 그의 삶이 탕관의 물처럼 뜨겁게 끓어오른다. 그의 마음은 시골 정취의 소박함을 추구하는 와비 차의 표면과 달리 관능과 열정의 이면으로 가득 차 있다. 열아홉에 마음 깊이 품은 조선 여인을 차 한 잔으로 죽음에

이르게 하고 평생을 가슴에 담았다. 그 여인의 유품인 녹유 향합이 센 리큐 할복 이후에야 부인 소온의 손에서 산산조각 나는 마지막 장면은 리큐의 뜨거웠던 일생을 관통하는 다심이 생사일여의 연심과 맞닿아 있는 것으로 그려진다.

본래 건어상이라는 가업을 잇던 리큐는 다인이 된 이후 타고난 심미안으로 다기를 감식하고 와비 차를 정립했다. 오다 노부나가를 섬긴 후 뒤를 잇는 도요토미 히데요시의 다두가 되었으나 관백(히데요시)의 눈 밖에 났다. 할복 명령이 떨어진 이유에 대해 여러 설이 있는데, 센 리큐가 딸을 관백에게 바치지 않았기 때문이라는 설, 리큐가 조선 침략에 반하였기 때문이라는 설, 그리고 다이토쿠 사 산문 누각에 리큐의 목상이 안치되어 관백이 그 밑으로 지나다니게 한 불경죄 설 등이 있으나 명백한 죄목은 있지 않았다. 소설 속 센 리큐는 시종일관 위풍당당하고 열의에 가득 차 있으며 탁월한 다도에서의 품격과 예리한 심미안이 강하게 묘사된다. 그는 일본의 정신문화를 지탱하는 힘이기도 하다. 그가 할복 명령을 받아들임으로써 다도의 정신은 일본에서 더 널리, 더 깊이 퍼지게 된다.

다도에 대한 센 리큐의 집착에 가까운 애정은 독으로 비유되기도 한다. 삼독三毒. 번뇌를 일으키는 세 가지 독이라 욕심, 노여움, 어리석음일진대, 리큐는 이를 다음과 같이 풀어낸다.

"중요한 것은 독을 어떻게 지志로 승화시킬 것인가. 높은 곳을 지향하며 탐하고, 범용한 것을 노여워하고, 어리석으리만큼 노력하면 어떠하겠습니까." (274쪽)

모든 이의 삶이 이와 같아서 탐진치에 빠져 허우적대지만 삶을 고苦의 바다로 여기지 아니하고 부단한 생명의 과정으로 생각하면 삼독도 지로 승화되리라는 희망이 있지 않겠는가 말이다.

또 다른 내일을 꿈꾸며

『아홉 살 인생』, 위기철, 청년사

우남희

앞만 보고 숨 가쁘게 달리는데 코로나가 브레이크를 걸었다. 갑작스런 브레이크에 멘붕이 왔지만 쉬어가라는 뜻으로 받아들이며 천천히 숨고르기를 한다.

끝자리가 아홉수인 나이다. 살아갈 날보다 살아온 날이 더 많지만 또다른 시작을 꿈꾸는 변곡점에 서 있다. 그 꿈을 위해 밑그림을 그리다가 만난 책이 위기철의 『아홉살 인생』이다. 이 책은 MBC 느낌표 도서에 선정되었으며 영화로도 제작된 베스트셀러다. 인문과학분야의 『반갑다, 논리야』, 『철학은 내 친구』뿐만 아니라 『무기 팔지 마세요』, 『신발 속에 사는 악어』등 어린이를 위한 책과 장편소설 『고슴도치』, 『껌』을 쓴 작가가 스물아홉 해를 살아오면서 느끼고 배웠던 인생 이야기를 아홉 살짜리 여민의 눈을 통해 정리한 성장소설이다.

아홉 살, 열아홉 살, 스물아홉 살과 같이 끝수가 아홉인 수는 십년을 정리하고 또 다른 십년을 준비해야 하는 경계의 숫자다. 그래서 이 숫자에서 자유롭지 못하고 민감하게 받아들이는 사람이 적지 않다.

작가가 아홉 살이었던 60년대가 아니어도 좋다. 독자들의 기억 속에 남아있는 아홉 살 무렵의 흔적으로 무엇이 있을까. 필자는 마을에 한 대뿐인 텔레비전을 보기 위해 20원의 시청료를 주고도 주인공인 여민이가 그랬던 것처럼 주인집 아들의 눈치를 보며 가진 자의 거드름에 서러움을 느꼈던 기억이 난다.

여민은 아빠 친구의 집에 얹혀살다 산꼭대기 집으로 이사 온다. 서양의 어느 작가가 "지나치게 행복했던 사람이 아니라면 아홉 살은 세상을 느낄만한 나이"(12쪽)라고 했듯 주워온 강아지로 얹혀사는 삶의 비애와 더 이상 눈치를 보지 않아도 되는 우리 집의 의미를 알게 되며, 사전적 의미가 아닌 아홉 살의 눈높이에 맞는 뜻풀이로 단어들을 습득하며 세상을 알아간다.

자상하면서도 슬기롭고 모범적인 아빠와 당당하면서도 따뜻한 마음을 지닌 엄마, 허풍에 공상을 잘하지만 외로움이 내면 깊숙이 자리 잡고 있는 기종, 다양한 등장인물을 통해 사랑과 이별, 불공평함이 존재하는 세상을 알고 느낀다.

"죽음이나 이별이 슬픈 까닭은 그 사람에게 더 이상 아무 것도 해 줄 수 없게 손길이 닿지 못하는 곳에 있기 때문"(173쪽)이다. 세상을 살아가면서 우리를 힘들게 하는 여러 적敵들 중 하나가 외로움이 아닐까 싶다. 인간은 혼자서는 살 수 없다. "서로 만나고 힘을 보태면 강해진다. 그러한 세상살이 속에 살면 외톨이도 고독한 존재도 되지 않는다. 서로가 서로에게 힘이 되고 위안이 되며 인생은 아름다워진다."(223쪽)는 진리 아닌 진리를 하상사의 입을 통해 전한다.

『아홉살 인생』은 가난하지만 따뜻한 마음들이 씨줄과 날줄로 엮인 산동네 사람들의 이야기로 가난을 부정하지 않고 있는 그대로 받아들이면서 더 나은 내일을 꿈꾸는, 희망을 노래하는 책이다. 오랜 세월이 흘렀음에도 불구하고 여전히 독자들로부터 사랑받는 까닭이 여기에 있지 않나 싶다.

찔리다

『선량한 차별주의자』, 김지혜, 창비

강여울

뜨끔했다. 이 사회에 대한 사랑과 관심은 있는가? 내 안 깊숙이 자리한 혐오와 차별을 들킨 기분이다. 차별을 하지 않는다고? 너도 마찬가지라고 다소 도발적인 지적을 부정할 수 없다. 마음 무거워서 나선 산책길에 만난 개망초꽃이 반갑다. 뿌리내린 곳에서 성심껏 살아내는 무리의 힘이 빛난다. 밭에서 밀려난 설운 풀꽃이지만 아련한 눈길로 바라보는 작품이 되었다. 개망초꽃밭에서 재잘거리는 아이의 숨소리가 들리는 듯하다. 혐오와 차별이 없는 흙의 품에서는 잡초도 무리로 꽃피어 한 폭의 그림이 되고, 시가 되고, 노래가 된다.

여러 종이 섞여서도 자기의 빛깔과 모양으로 활짝 웃는 풀꽃들이 평화롭다. 사람들은 왜 차별을 할까. 다양한 소수자, 인권, 차별에 관해 가르치고 연구하는 김지혜 교수가 쓴『선량한 차별주의자』는 여름 한낮의 땡볕처럼 양심을 찌른다. 저자는 혐오표현에 관한 토론회에서 재미있게 한 '결정장애'란 말이 장애인에 대한 차별적 표현이란 것을 한 참석자의 지적으로 깨닫게 되었다고 이 책의 집필 계기를 밝혔다. "누군가를 정말 평등하게 대우하고 존중한다는 건 나의 무의식까지 훑어보는 작업을 거친 후에야 조금이나마 가능해질 것 같았다."(10쪽)

얼마 전 인권위가 '차별금지법' 입법 추진을 진행하고 있다는 뉴스를 봤다. 처음 입법 추진을 한 게 2007년이라니 이번에도 입법화가 될지는 미지수다. 소수자에게 혐오와 차별적 발언을 일삼는 다수의 반대자들을 보면 평등한 사회는 아직 멀다. 차별을 하지 않는다고 믿었던 나도 작은 차별은 무시하고, 다수에게 유리한 차별은 합리적이라고 여겼던 게 아닌가 싶다. 소수자의 차별을 직접 목격하고도 방관한 나를 반성한다. 종종 전동휠체어를 탄 장애인과 동행하여 지하철 엘리베이터를 탈 때면 이 사회의 차별과 불평등을 체감하곤 한다.

대구 지하철2호선 청라언덕역에서였다. '집에 있지 뭐 하러 나와서~, 바빠서 그러니 뒤에 타소' 하고 지하철에서 내린 사람들이 휠체어를 앞질러 엘리베이터를 탔다. 우리 앞에 기다리고 있던 전동휠체어 장애인은 우리 앞 차에서 내렸다고 했다. 우리는 다음, 또 다음 엘리베이터를 하염없이 기다렸다. "소수자의 '말 걸기'에 다수자가 어떻게 화답하느냐에 상황은 크게 달라질 수 있다. 시위를 비난할 수도 있지만, 그 이야기에 귀를 기울이고 시위에 동참해 함께 변화를 요구할 수도 있다. 당신이라면 어떻게 화답하겠는가?"(168쪽)

이 책은 주장하지 않고 평등한 세상을 어떻게 만들 수 있을 지에 대해 논의해 보자고 한다. 행동하지 않는 선량한 마음만으로는 평등이 이뤄지지 않는 것이니 함께 만들어보자고 제안한다. 한마디로 마음을 불편하게 하는 책이다. 그렇지만 지적이고 재치 있는 토론식 서술이 흥미로워 끝까지 쉽게 읽힌다. 의견을 듣고, 질문에 답을 고민하다 보면 세상 사람들에 대한 관심과 사랑이 커진다. 은밀하고 사소한 일상 중에 혹여 불평등에 동조하게 될까 스스로 경계하게 하게 된다. 평등한 세상의 꽃밭을 거닐고 싶으면 내가 먼저 꽃피어야지 않겠는가.

불안한 안정보다 자유로운 결핍을

『기억 전달자』, 로이스 로리, 장은수 옮김, 비룡소

정순희

검은 표지에 The Giver란 제목이 강렬하다. 텁수룩한 수염과 주름투성이의 남자가 고뇌에 찬 눈빛으로 오른쪽을 바라본다. 무겁고 비밀스러운 표정이다. 호기심을 품고 책장을 넘기다 보면 어느새 이야기의 중반을 훌쩍 넘길 정도로 가독성이 있다.

로이스 로리는 미국 청소년문학을 대표하는 작가이다. 책을 열자마자 나타나는 생소한 단어들을 따라 가면 묘한 긴장감이 인다. 기초가족, 대체아이, 이름받기, 공개기록보관소, 임무 해제, 열두 살의 기념식 등등.

열두 살의 기념식은 각자 미래의 할 일을 결정하는 직위를 받는 날이다. 조너스는 자신이 어떤 직위를 받을지 기대와 두려움으로 그 날을 기다린다. 조너스가 사는 세상은 어떤 오류도 없이 질서 정연하고 조직적인 커뮤니티다. 이들을 움직이는 원로회의는 태어나 12년 간 그 사람을 면밀히 살피고 특성을 파악한 뒤 가장 적합하다고 판단되는 직위를 준다. 그리고 나이가 들어 쇠약해지면 임무 해제를 시킨다.

"모든 사람이 기억을 품을 수 없나요? 모두 조금 기억을 나눈다면 일이 쉬울 거라 생각해요. 모든 사람이 이 일에 참여한다면 기억 전달자님과 제가 그렇게나 고통을 떠맡을 필요가 없잖아요." (193쪽)

모두의 고통을 덜어주기 위해 오직 기억 전달자 혼자만 과거를 기억하고 있다는 것은 견디기 힘든 일이다. 그러나 이 일은 감내해야만 하는 규칙이다. 그리고 새로 정해진 기억 보유자에게 그 기억을 전달해야 한다. 그러나 커뮤니티의 실상을 알게 된 조나단은 기억 보유자의 명예를 버리고 완전한 이곳으로부터 탈출을 꾀한다.

공포와 상처와 욕망을 지우고 최상의 의식주와 미래의 안위까지 책임져 주는 삶이라면 더 바랄 게 무엇이 있겠는가? 그러나 인간의 삶이 그렇지 않다는 것을 이 책은 말한다.

조너스는 곧 임무해제를 당할 위기에 처한 가브리엘을 자전거에 태우고 오직 자신의 힘으로 이곳을 탈출하는데 성공한다. 이것은 자유의 표현이고 인간다운 외침이다. '이제 그 빛이 무엇인지 확실히 알 수 있었다. 빛은 유리창 너머에서 번져 나왔다. 가족들이 함께 기억을 만들고 간직하며 사랑을 축복하는 방안의 나무에서 반짝거리는 빨강 노랑, 파랑의 빛이었다.'

설산에서 썰매를 발견한 조너스는 고통스러운 순간을 지나 드디어 희망을 만난다. 모든 색깔을 빼버린 무채색의 커뮤니티, 불평할 것도 그렇다고 의욕적으로 도전할 일도 없었던 불안한 안정보다 자유로운 결핍의 세계를 선택한 그의 용기가 놀랍다.

우리는 무엇을 원하는가?

갈등과 분열, 뜻밖의 재앙으로 얼룩질 미래를 생각하며 차라리 우리의 자유를 다 주고서라도 안전한 세상을 갖고 싶은지, 아니면 조너스가 색색의 빛깔을 아름답게 여긴 것처럼 어둠과 밝음이 공존하는 현실의 이곳을 사랑할 것인지….

고양이와 메꽃이 사는 집

『빈집』, 이상교, 시공주니어

추필숙

빈집은 사람을 비운 집이다. 제목에서도 알 수 있듯이 이 책은 사람들의 이야기가 아니다. "오막살이여도 내 집이어서/ 제일 좋은 우리 집" 이라며 시간과 공간을 함께 했던 사람들이 떠난 후, 버려진 집의 이야기다. 다락, 툇마루, 아궁이, 댓돌이 서로 서운하다며 눈물바람을 한다. 그후, 그 곳에 고양이와 새와 풀이 살러온다. 자연이 들어와 산다. 그래서 "빈집이어도 비어 있지 않은 집"(뒤표지)이 된다.

이 책은 시 그림책이다. 이상교 시인의 시 「빈집」이 글 텍스트의 전부다. 시인은 사람이 살지 않는 집을 지키고 있는 가을볕과 달개비, 메꽃 등이 눈부시게 아름다워 이 시를 썼다고 한다. 여러 권의 동시집, 동화책, 그림책을 펴냈고, 세종아동문학상과 권정생문학상 등을 수상하였다. 그림을 그린 한병호 작가는 한국의 대표 일러스트레이터로서 브라티슬라바 일러스트레이션 비엔날레(BIB)에서 황금사과상을 받았다. 강원도 홍천 미산 계곡 부근의 빈집을 생각하며 작업했다고 한다. 연필과 오일 파스텔, 수채화, 콜라주 등을 활용하여 찬찬하게 펼쳐놓은 그림을 보고 있으면 대청마루에 걸린 액자처럼 정겹고 뭉클해진다.

표지에는 문이 활짝 열린 집안을 캄캄하게 칠해 놓았다. 까만색이 무겁고 어둡다는 생각보다 선뜻 문지방을 넘어 들어가 보고 싶을 만큼 호기심을 불러일으킨다. 속표지엔 가로로 긴 집을 단색으로 배치했다. 왼

346

쪽 면 끝에서 시작한 그림은 오른쪽 면 중간쯤 경계선을 넣어 싹둑 자른 것처럼 보인다. 이는 시간의 경과와 이야기의 배경, 그리고 시점을 암시하고 있다. 예전부터 이어온 집의 내력이 현재에 이르렀음을 보여주는 것이다.

본문의 그림텍스트는 열네 장면으로 이루어져 있다. 시 한 편을 이렇게 나누다 보니 시 감상에는 상당한 방해가 되었으나, 전문을 따로 실어 독자를 배려하고 있다. 시구 혹은 시행을 어떻게 나누느냐에 따라, 또는 행간과 연의 바뀜에 따른 여백을 풀어내는 과정에서, 일반 그림책보다 더 세심한 접근이 필요했음을 알 수 있다. 네 번째 장면에서 사람들이 떠난 빈집은 색이 듬성듬성 옅게 칠해져 쓸쓸하고 휑하다. 열두 번째 장면에서 다시 등장하는 빈집은 이제 화면 전체로 커졌고, 생명과 온기가 차고 넘친다.

마지막 장면에는 글 없이 그림만 배치함으로써 여운과 감동을 준다. 비우면 채울 수 있다. 난 자리는 든 자리가 된다. 고양이도 풀도 집 한 채 생겼다. 이 장면이야말로 표지와 대응하는 최고의 압권이다. 어떤 독자라도 눈을 동그랗게 뜨고 이 장면을 바라볼 것이라고 장담한다.

그림은 시의 이해를 바탕으로 조화를 이루고 보완과 확장을 추구한다. 한마디로 시어의 의미와 그림의 능동적 해석이 상호작용하여 독자의 감수성을 자극하고 문학적이면서 동시에 심미적인 감각을 일깨우는 데 적절하게 개입하고 있다. 글 텍스트에서는 언급되지 않은 고양이를 그림 텍스트의 화자로 내세워 시의 이면을 통찰하고 이를 새로운 차원으로 풀어냄으로서 빈집의 변화를 따스하고 흥미롭게 전달하고 있다.

여력이 된다면 2007년 출판된 미세기 판본도 찾아보자. 그림책에 있어서 출판사와 편집자의 역량에 따라 책의 모양새가 어떻게 달라지는지 비교해보는 것도 좋을 것이다.

2030년 대구

『수축사회』, 홍성국, 메디치미디어

김준현

수축사회, 사회가 쪼그라든다? 달갑지 않은 말이다. 출산율이 낮다는 말은 자주 듣지만, 사회가 줄어든다···. 그러나 잠시 생각해 보면 일리 있는 이야기다. 사람이 모여 사회를 이루는데 인구가 준다면 사회도 줄어들겠다. 언제부터 어떤 모습으로 축소될까?

『수축사회』는 21세기 초반 우리가 직면한 사회·경제 현실을 드러내고, 바뀐 사회에서 구성원이 지향할 가치를 제시한 책이다. 팽창사회에서 수축사회로 가는 과정과 전환 시대에 필요한 생존 전략, 한국의 현시점을 중심으로 내용을 펼친다. 책은 저성장 시대를 이해하는 새로운 '프레임'을 보여 준다.

저자는 '팽창'과 '수축' 개념으로 사회를 고찰한다. 최근까지 인류는 인구가 늘면서 사회 규모와 경제 역량이 커지는 장기 팽창사회였으나, 2008년 세계 금융 위기를 기점으로 수축사회로 진입한다. 사회 대부분에서 팽창이 정점을 찍고, 흔히 말하는 '파이'가 줄어들기 시작한다. 파이가 작아지는 사회에서는 어떤 현실을 볼까?

"인구구조 전환, 과학기술 발전, 개인주의 환경이 신자유주의, 세계화, 4차 산업혁명과 만나면서 역사상 최고 수준의 공급과잉과 부채, 양극화를 만들어 내고 있다." 책이 진단하는 수축사회다. 공급이 지나친 상태에서 생산성이 계속 증대된다면, 한정된 재화를 놓고 '제로섬'형태의 갈등이 첨예화된다. 커피 가게 한 곳이 문을 닫으면 다른 커피 가게가 옆 건물에 생기는 현실이 우리가 주위에서 가끔 보는 제로섬 갈등 양상이다.

수축사회에서 개인은 어떻게 행동할까? 타인과 공동체보다 자신의 삶에만 집중하며, 인간의 이성보다 생존을 위한 본능이 앞선다. '급여가 적어도 생활비만 나오면 직장에 다니는 생존 방식'이 세계 차원에서 일반화될 가능성이 커 보인다. 저자가 전망하는 개인 삶의 양상은 다소 어둡다.

수축사회로 들어갈수록 문제가 하나둘씩 생기지만, 근본 대안은 마련하지 못하고 눈앞의 성장에만 급급하다. 근시안적 해결책을 제시할 수밖에 없는 이유는 팽창사회에 기반을 둔 과거형 조직과 인재들이 과거 경험과 지식으로 문제를 해결하려고 접근하기 때문이다. 사회 구조와 경제가 재편되는 과정을 총체적으로 관리하고, 나아갈 방향을 제시할 사람이나 조직이 없다. 책이 보여주는 최근 세계 각국의 현실이다.

경제에 기반한 해법만으로는 수축사회를 돌파할 수 없다. 홍성국은 새로운 차원의 접근 방식을 제시한다. 그가 강조하는 대안은 선거·인권·시장경제에서 선진국이 채택하는 여러 제도의 바탕인 사회적 합의, 즉 '사회적 자본'이다. 저자는 팽창사회를 기반으로 한 사회 구조를 수축사회에 맞게 재구성하고, 사회 구성원의 생각이 근본부터 바뀌기를 희망한다.

미래를 낙관으로 바라보는 '장밋빛 전망'도 불안을 조성하는 '10년 주기 위기설'도 나름대로 근거를 가지지만, 앞날을 예측하기는 어렵다. 분명한 사실 하나는, 인구가 준다. 2020년은 우리나라 인구가 줄어드는 첫해가 되리라고 여기저기서 예상한다. 2030년, 대구 사회는 어떤 모습일까? 『수축사회』를 권한다.

물가에 살 곳을 마련하니

『자전거 여행』, 김훈, 생각의나무

장창수

　최근에 안동으로 거처를 옮겼다. 흔들리는 차로 막걸리를 옮길 때 생긴 부유물처럼 마음이 들떠 있다. 알갱이 하나하나 침잠하려면 며칠이나 더 걸릴는지. 늘 쓰던 가구들까지 제자리에 놓았는데도 창밖 풍경의 변화를 능히 감당치 못한다. 마음의 소요는 읽던 책들을 가져와 책장에 꽂음으로써 종결되었다. 변화를 다독이며 마음에 평화를 주는 것, 책이다. 전에 읽던 김훈 작가의 『자전거 여행』을 펼친다.

　이 책은 그간 많은 사람이 소개했고 작가 또한 설명이 부언이 될 정도이다. 시간이 증명해 준 양서랄까. 『자전거 여행』은 2000년에 1권의 초판이 나왔으며 2004년에 2권이 나왔다. 이후 수도 없이 중쇄되었다. 김훈 작가는 자전거 풍륜風輪을 이끌고 전국의 산천을 누빈 다음 늙고 병든 말이 된 자신의 탈 것을 폐하였다. 그리고 새 자전거를 장만하면서 머리말에 이렇게 써 놓았다.

　"이 책을 팔아서 자전거값 월부를 갚으려 한다. 사람들아 책 좀 사가라."

　월부는 족히 갚았으리라 짐작된다. 그보다는 출간 20년이 지난 이 책을 다시 추천하는 이유가 중한 게 아닐는지. 2020년은 코로나19라는 감염병이 사회 전반을 강타했다. 사람들은 사회적으로, 생활 속에서 거리를 두기 시작했고 안전을 위해 기꺼이 불편을 감수하고 있다. 개인에게는 처음 겪어 보는 격리된 시간이 주어졌다. 이는 자칫 정신적 피폐로 이어질 염려가 있다. 여름 휴가철, '자전거 여행'을 읽고 자전거 여행을 떠나면 어떨까. 나름의 해법이 될지도 모른다. '자전거 여행'과 자전거 여행의 이중적 묘미를 느낄지도….

1권에는 프롤로그와 에필로그 외에 31꼭지의 에세이가 실려 있다. 김훈 작가, 이강빈 사진가가 팀을 이뤄 전국을 자유롭게 휘저었다. 여수 돌산도 향일함에서 시작된 여정은 남해안, 광주, 구례, 화개면을 거쳐 강원도 고성으로 갔다가 다시 여수로 간다. 이런 식이다. 몸으로 체험한 것을 글로 쓰고, 고증을 거쳐 진중한 역사를 언급한다.

"시냇가에 비로소 살 곳을 마련하니 흐르는 물가에서 날로 새롭게 반성함이 있으리."(127쪽)

퇴계 선생이 낙동강 상류 물가에 도산서당을 지은 다음 쓴 시다. 김훈 작가의 자전거가 안동 지역에 도착했을 때 도산서원과 퇴계에 대해 힘주어 서술했다. 김훈 작가는 퇴계의 생각보다는 행동에 방점을 두었다. 도산서원의 도산서당은 맞배지붕에 홑처마 집인데 그것은 한옥이 건축물로서 성립될 수 있는 최소한의 조건이라는 것이다.(122쪽) 선인의 검소한 생활에 작가가 깊이 감동하였음이 글 곳곳에 배어 있다.

퇴계의 생활 태도에 대해서도 소개했다. 자리에 앉을 때 벽에 기대지 않고 음식을 먹을 땐 소리를 내지 않으며 반찬은 세 가지를 넘지 않았다. 70세에 병이 깊어졌을 때 제자와 빌려온 책들을 가만히 돌려보냈다. 검소히 장례를 치르라 일렀으며 아끼던 매화나무에 물을 주라 당부한 다음 세상을 떠났다. 그날 눈이 내렸다고 김훈 작가는 덧붙였다.

최근에 필자가 거처를 옮긴 곳도 물가이다. 낙강과 동강이 합쳐져 낙동강 본류가 시작되는 안동시 용상동. 그곳에 새로이 살 곳을 마련하였으니 날로 스스로를 돌아보리라.

기다림…

『딜쿠샤의 추억』, 김세미·이미진, 찰리북

권영희

기다림은 설렘이다. 언젠가 찾아올 만남을 생각하며 한껏 설렌 마음을 추슬러 간다. 기약 없는 기다림일수록 그 농도가 짙어진다. 서울시 종로구 행촌동 1번지에 가면 농도 짙은 기다림을 간직한 특별한 집이 있다. 지은 지 한 세기가 지난 2017년 8월 문화재청 등록문화재 제 687호로 등록된 그 집엔 긴 기다림 만큼이나 특별한 이야기가 담겨 있다. 1917년 미국인 앨버트 테일러와 메리 테일러 부부가 권율 장군이 심은 은행나무에 반해 그 곁에 집을 지었다. 은행나무 마을인 그곳에 부부가 집을 지으며 특별한 집의 길고 긴 기다림의 역사가 시작되었다.

"건축가가 집을 지어도 하느님이 짓지 않으면 헛되고 파수꾼이 성을 지켜도 하느님이 지키지 않으면 헛되도다."(11쪽)

1923년 완성된 집에는 이 성경 구절이 새겨졌다. 그리고 '기쁜 마음의 궁전'이라는 뜻의 산스크리트어인 '딜쿠샤'라는 이름이 붙여지며 그 집만의 특별한 추억을 담기 시작했다.

매 시기마다 우리 민족의 역사와 함께한 딜쿠샤를 만날 수 있다. 우리 민족을 아끼던 메리와 앨버트는 우리 역사에 한 획을 긋는 일도 했다. 1919년 3·1 운동 하루 전에 태어난 아들 브루스 침대에 숨겨진 종이뭉치. "조선이 독립국임과 조선인은 자주민임을 선언하노라!"(16쪽) 바로 '독립선언서'였다. 딜쿠샤에 숨겨진 독립선언서를 전 세계에 알리면서 그로 인해 3·1운동이 세상에 알려지게 됐다. 딜쿠샤에서 나고 자란 브루스가 군에 입대하기 위해 집을 떠나야 했다.

"브루스야, 네가 어디를 가더라도 언젠가는 꼭 돌아와야 할 너의 집은 바로 이곳이란다."(20쪽)

메리는 딜쿠샤를 떠나는 브루스에게 이렇게 말했다. 그날 이후 딜쿠샤의 기다림은 시작되었다. 떠나간 브루스가 돌아올 그날을. 그리고 얼마 있다 추방당한 메리와 앨버트를. 그렇게 긴 기다림 속에서 딜쿠샤는 수많은 우리 민족의 이야기를 담았다. 오랜 세월 우리의 근현대사를 한 세기 동안 지켜본 딜쿠샤. 일제강점기, 8·15광복, 한국전쟁, 하루가 다르게 변화하는 서울의 모습. 딜쿠샤는 지나간 우리의 역사를 기억했다.

한때는 모두가 떠나가고 텅 비어 새들만 잠시 쉬어가기도 했고, 어떤 때는 곳곳에 사람들이 모여들어 방마다 꽉 차기도 했고, 또 어떤 때는 폭격 소리에 놀라 내려앉기도 하고, 그리고 어떤 때는 갈 곳 없는 사람들의 보금자리가 되기도 하고, 그렇게 딜쿠샤는 100여 년의 세월을 은행나무 아래서 기다리고 기다렸다.

2016년 2월 28일 드디어 브루스가 영원히 딜쿠샤로 돌아왔다. 비록 주머니 속 작은 가루가 되었지만 약속을 지켰다. '네가 어디를 가더라도 언젠가는 돌아와야 할 너의 집', 브루스는 드디어 딜쿠샤에서 평화를 찾았다. 딜쿠샤의 짙게 익은 기다림이 마무리되었다. 그리고 은행나무 골 딜쿠샤는 지금도 우리와 함께하고 있다. 우리가 보지 못했고 겪지 못했던 일들을 오롯이 간직한 딜쿠샤. 그 추억 속에서 기나긴 우리의 역사를 만났다.

시선이 머물다

『집을 짓다』, 왕수, 김영문 옮김, 아트북스

하승미

"산은 움직일 수 없다. 산은 우리보다 먼저 도착했으므로 우리는 산을 존중해야 한다."(296쪽)

저자 왕수는 문인이면서 건축가, 중국미술대학교 교수로 건축계의 노벨상인 프리츠커상을 2012년 중국인 최초, 최연소로 받았다. 대학 수업에서 배울 수 없는 것들을 독학으로 터득하며 미국식 공동화 현상에 직면한 중국 건축을 비판한다. 근대 건축의 차갑고 형식적인 성격을 넘어 자신 내면의 진실을 견지하는, 하나의 세계를 만드는 건축을 하고자 한다.

건축 수필집인 『집을 짓다』는 '건축을 마주하는 태도'를 부제로 왕수의 인문 깊이와 건축 향기가 오롯이 담긴 책이다. 3차원인 건물을 1차원 글과 2차원 사진으로 버무려 의식, 언어, 대화 세 장으로 펼쳤다. 저자는 책에서 건축이 아닌 영조營造, 설계보다는 흥조興造 즉 중국 전통 속에서 가져온 용어를 즐긴다. 공간의 정취를 통해 시간의 전통을 보존하려는 시선으로 집을 짓고자 하는 그만의 철학이다.

의식. 자연에서 정취를 배우는 중국인의 삶에 원림(집안 정원)은 일상이다. 자연 형태의 생장을 모방한 원림은 인공화된 도시에 자연의 생명을 살아 숨 쉬게 한다. 이에 왕수는 서구화된 건축 시스템을 과감히 던지고 집짓기를 한 편의 산수화에 빗대어 일상의 정취를 최고로 삼는다. 이웃한 건축 간의 거리를 고려하고, 수목 위치에 따라 집을 짓고, 잣나무를 따라 정자를 만들며 울타리는 만들지 않고 원림을 대중에게 개방한다.

"사람이 살아있으면 원림도 살아있고 사람이 죽으면 원림도 황폐해진다."(33쪽) 언어. 왕수의 대표적인 건축물을 사진으로 만날 수 있다. 자연 환경에 대한 장기적인 영향이 적고 설계가 아닌 수공 작업에 의해 전체 건조 과정의 수정과 변경과정에 따라 지어진 샹산캠퍼스. 대중 만족, 전문가 만족, 리더 만족, 갑 측의 만족이라는 찬사보다 '유일하게 내 과거 생활의 흔적을 찾아주는 건축' 이라는 관객의 고백이 더 벅찬 닝보박물관. 이미 잊힌 구역에 새롭고 오래된 풍경이 엇섞여서 지방색 가득한 거리로 탈바꿈한 중산로.

"이곳이 역사구역이기 때문에, 피폐했기 때문에, 관광객이 없기 때문에 개조해야 하는 것이 아니라 이곳을 도시의 훌륭한 간판으로 간주하고 이곳을 활성화하기 위해 개조해야 한다."(264쪽)

대화. 그는 좋은 건축을 탄생시키기 위해서는 처음부터 순수하고 이상적인 생각을 가질 것을 강조한다. 학교에서 배운 것을 망각하고 흔히 할 수 있는 방법을 거부한다. 자연이 건축보다 더 아름답다고 인식하는 중국인다운 미학과 관념을 담은 살아 숨 쉬는 실물을 건조한다. 시골에서 진실한 어떤 것을 찾는다.

"역사가 이미 사라졌으므로 우리는 최소한 인간의 흔적이라도 남겨놓아야 한다."(320쪽) 집을 짓는다는 것은 단순히 형태가 생겨나는 것을 넘어 시간과 공간을 초월하는 경험의 공유다. 개발이라는 미명 아래 파헤쳐지고 높아져만 가는 건물들 사이로 우리의 기억은 허물어진다. 비단 건축만 그러랴. 글로벌 물결로 나라마다 거리마다 같아지는 모양새는 저마다의 역사를 가진 우리의 삶을 한낱 기성품으로 만든다. 인공지능의 위협까지 가세한 현대 사회에, 인간의 시선이 머무는 삶을 꿈꾸는 모두에게 추천하고 싶은 책이다.

바이러스가 폭로한 자본주의 중독

『팬데믹 패닉』, 슬라보예 지젝, 강우성 옮김, 북하우스

정종윤

　우리 일상은 확실히 달라졌다. 어느샌가 뉴스 검색창에서 하루 확진자 숫자를 확인하고 질병관리본부의 발표를 살펴보는 것이 당연한 일과로 자리 잡았다. 지인이 확진자 판정을 받았다거나 접촉했다는 이야기도 종종 듣는다. 놀란 가슴을 붙들어 놓고 좀처럼 줄어들지 않는 확진자 숫자를 불안스레 세어 보며 떠올리는 질문은 오직 하나일 것 같다. 도대체 언제 끝나나?

　현 시대 최고의 지성에게도 이런 의문이 드는 것은 마찬가지리라. 하지만 그가 궁금한 것이 종식 날짜만은 아니다. 21세기 구루의 날카로운 시선이 살피는 것은 응답 없는 질문이 드러내는 어떤 균열이다. 바이러스는 일상을 기이한 작동 불능 상태로 빠트렸다. 우리는 마음 편하게 여행을 떠날 수도, 마스크 없이 사랑하는 사람과 식당에서 밀착하여 앉을 수도 없다. 일상을 되돌리기는 난망하고 '언제 끝나나?'만 반복한다는 것은 증폭된 공포감으로 우리의 사유에 미묘한 틈새가 생겼다는 징후다.

　저자 지젝은 균열에서 어른거리는 혼돈을 놓치지 않는다. 정치가들은 대중의 불안감에 편승해 난민을 쫓아내는 것을 방역으로 정당화한다. 평소 같으면 국수주의적 차별에 대해 반대와 우려의 목소리가 나왔겠지만 패닉에 빠진 사람들은 포퓰리스트들에게 은근히 동조한다. 방역 조

치를 공포만 조장하는 '과도한 대응'이라 치부하여 불필요한 통제로 환원한다. 차별을 방역으로 정당화하는 입장이든, 방역을 통제로 보고 거부하는 입장이든 어딘가 사유의 공백이 느껴지는 것은 분명하다.

클럽을 가득 메운 청춘남녀들과 플로리다 해변에 꽉 찬 인파를 바라보며 나오는 한숨은 사유의 공백을 넘어 중독으로까지 느껴지는 맹목성 때문이리라. 생명을 잃어버릴 수 있는 위험을 감수하면서 풍요로운 일상을 포기할 수 없는 것은 술이 자신을 갉아먹는 것을 알고 있으면서도 알코올을 포기할 수 없는 중독자들과 대체 무엇이 다르다는 말인가. 더구나 차별과 배제를 정당화하고 필요한 방역 조치를 무력화하기 때문에 마냥 방치할 수만도 없는 노릇이다.

이처럼 바이러스는 풍요로운 일상에 중독된 우리의 일그러진 민낯을 폭로한다. 지젝은 여기서 한 걸음 더 나아가 전염병이 자본주의 체제에 근본적 반론을 제기했다고 주장한다. "코로나19는 지구적 자본주의 시스템에 가해진 사형선고다."(57쪽) 안락하고 풍요로운 일상을 누리고 싶은 마음이 나쁘기만 한 것은 아니리라. 하지만 자본주의가 직조한 생활양식에 길들여져 풍요로움만을 삶의 최우선 좌표로 삼는 맹목성은 화근이 되리라 보는 것이다.

바이러스로 인해 돌출된 우리 민낯은 탐욕스럽고 편협하다. 따라서 지젝이 보기에 빨리 끝내야 할 것은 전염병이 아니다. 일상과 물욕에 중독되어 생명조차 경시하도록 만드는 자본주의 체제다. 생식능력이 없기 때문에 생물이라 부르기도 민망한 생물학적 유사체가 무슨 잘못이 있겠나. 오직 주어진 운명대로 움직이고 증식할 뿐인 바이러스의 진중한 메시지를 놓치지 않아야 호미로 막을 일을 가래로 막지 않고 마무리할 수 있지 않을까.

더 나은 세계로

『21세기를 위한 21가지 제언』, 유발 하라리, 김영사

김광웅

하찮은 유인원이 어떻게 지구의 지배자가 되었는지를 살펴보면서 인류의 '과거'를 개관한 『사피엔스』, 어떻게 인간이 결국에는 신이 될 수 있을지를 추측하며 생명의 장기적인 '미래'를 탐색한 『호모데우스』에 이어 이 책은 여러 위기에 직면한 인류의 '현재' 문제에 주목하고 있어 인류 3부작의 완결판이라 할 수 있다. 저자는 예루살렘 히브리 대학교 교수이며 현재 가장 핫한 역사학자인 '유발 하라리'다.

21가지 테마를 5부로 구성하였다. 1부에서는 환멸, 일, 자유, 평등을 통해 우리가 직면한 기술적 도전들을 개관하고, 2부에서는 공동체, 문명, 민족주의, 종교, 이민을 통해 정치적 도전들을 개관한다. 3부는 테러리즘, 전쟁, 겸허, 신, 세속주의를 다루어 인류의 절망과 희망을 보게 하고, 4부에서는 무지, 정의, 탈진실, 공상과학 소설을 통해 탈진실의 개념을 살펴본다. 마지막 5부에서는 교육, 의미, 명상을 통해 혼돈의 시대에 처한 우리의 삶을 살펴보면서 불확실하고 복잡한 세계의 위기를 극복하고 더 나은 세계를 만들기 위한 새로운 청사진을 제시한다.

저자는 서문에서 더 많은 사람이 우리 종의 미래에 대한 토론에 참여할 힘을 얻는다면 내 소임을 다한 것이며, 나 같은 역사학자가 할 일이란 경고음을 내고 치명적인 잘못을 유발할 모든 가능성에 대해 설명하는 것이라고 밝힌 것처럼 다양한 현실적인 문제를 제시한다.

우선 지난 수십 년간 세계를 지배했던 자유민주주의가 고장났다는 것이다. 자유민주주의는 공산주의, 파시즘과의 체제 경쟁에서 이긴 뒤 인류에게 평화와 번영을 약속하는 만병통치약으로 여겨졌지만 2008년 글로벌 금융위기로 모순과 한계가 드러나면서 신뢰가 추락했다. 또한 정보기술과 생명기술의 혁명이 많은 사람들을 고용시장에서 밀어내고 자유와 평등까지 위협해 삶의 기본구조마저 바꿔놓을 것으로 전망한다. 기술혁명이 모든 부와 권력을 극소수 엘리트에게 집중시키고 대다수를 쓸모없는 계급으로 전락시켜 인류를 전례 없는 불평등 사회로 이끌 수 있다고 한다.

그렇다면 우리는 어떻게 이를 극복할 것인가? 저자가 던지는 해법이 흥미롭다. 외부에서 구하지 않고 나에게서 찾는다. 사실 21개의 개별 테마에 대해 자세히 알고 싶으면 관련 서적을 읽는 것이 나을 만큼 대부분 익히 접한 내용들이다. 그러나 마지막 20, 21장인 의미와 명상에서 우리를 둘러싼 모든 것은 허구적인 이야기이기 때문에 내가 어떤 존재이며 어떤 존재가 될 것인지 자문해야 한다고 하며 그 방법으로 '명상'을 제시한다. 다소 싱거울 수 있지만 저자의 통찰력이 돋보이는 결말이다.

부록으로 '한국 독자를 위한 7문 7답'을 수록하여 독자들이 저자의 책을 읽으면서 갖는 의문에 대한 개괄적인 답변을 덧붙였다.

화려한 역사적 서사 대신 현실적이면서 철학적인 테마를 다루어 전작에 비해 흥미가 덜할 수도 있으나 현재를 살아가는 인류가 한 번쯤 고민해야 하는 문제이고, 단순명료한 해답을 제시하지 않고 독자 스스로 생각해 보도록 자극하기 때문에 하나씩 곱씹으며 읽기를 권한다.

당신의 책 읽기 회로는 안녕하신가요?

『다시, 책으로』 매리언 울프, 전병근 옮김, 어크로스

나진영

아홉 통의 편지를 받았다. 진심을 담은 다섯 통, 마음을 담은 한 통, 충심을 담은 한 통, 더할 수 없이 다정한 생각을 담은 한 통 그리고 성공을 빌며 보낸 마지막 한 통! 이 편지들은 매리언 울프(인지신경학자, 아동발달학자, 읽는 뇌 분야의 세계적 연구가)가 보냈다. 꼭 끝까지 읽어 주기를 당부했다. 나는 한 통의 편지마다 밑줄을 가득 그어가며 읽고 또 읽었다. 왜? 나의 고민을 알고나 있는 듯 '디지털 시대-책 읽기'에 대해 조근조근 과학적으로 설명해 주었기 때문이다.

디지털 시대에 전자책을 읽고 인터넷으로 기사를 보고 메일을 주고받는 일상은 자연스럽고 어쩌면 당연한 일들이다. 그럼에도 나는 스크린 읽기보다 종이책 읽기가 더 좋음을 주장했다. 손으로 느껴지는 촉감, 책장을 넘기는 소리, 종이책을 보는 눈, 책 냄새를 '이유 없이 좋음'이라고 했다. 가만 생각해 보면 전자책도 좋은 점들이 있다. 나무를 보호할 수 있고, 간편하게 들고 다닐 수 있고, 가격도 저렴하고 집 안에서 공간을 차지하지도 않는다. 종이책 읽기와 전자책 읽기 사이에서 설득력 있는 이유는 없을까 고민했다.

여기 『다시, 책으로(Reader, Come Home)』에 그 이유가 있다. 읽는 동안 뇌 회로의 변화를 과학적으로 설명해 주고, 그 근거를 제시했다. 많은 실험들을 해왔고 지금도 진행되고 있다는 사실이 놀라웠다. 첫 번째 편

지에서 "인간은 읽는 능력을 타고난 것이 아니라는 사실입니다. 문해력은 호모사피엔스의 가장 중요한 후천적 성취 가운데 하나입니다."(22쪽) 두 번째 편지에서 "유전적으로 결정된 읽기의 청사진은 없다는 것입니다."(45쪽) 인간은 읽기를 습득하여 뇌에 새로운 회로를 다양하게 만들고, 사고의 본질에 변화를 준다. 우리가 어디서 무엇을 어떻게 읽는가에 따라 사고방식이 달라진다. 지금은 모든 문화가 디지털로 옮겨가면서 읽는 뇌도 변하고 있다.

네 번째 편지에서 "리우는 디지털 읽기에 관한 한 '훑어보기'가 새로운 표준이라고 말합니다."(123쪽) 디지털 읽기의 문제점은 원하는 정보만 읽기, 짧은 글, 지그재그로 읽기 등이다. 그것은 사고의 방식에도 변화를 준다. 깊이 읽기가 되지 않으므로 타인에 대한 공감이 어렵고 비판적 사고가 일어나지 않고 우리의 반성적 사고가, 민주 사회가 위협을 받는다. 『멋진 신세계』에서 최고 계급인 알파만 책을 읽을 수 있었던 사실이 이 순간 떠오른다.

"사용하라, 그렇지 않으면 잃는다."(103쪽) 요즘 내가 읽고 있는 책들과 나의 읽기 방식을 돌아봤다. 읽고자 선택한 책들의 종류가 변했고, 읽기 방식은 필요한 부분만 메뚜기처럼 건너뛰며 읽고 주의 집중 없이 쓱 읽어 내려가고 잠시의 침묵도 없었음을 알아차렸다. 어느새 나의 읽기 회로가 퇴화하고 있었다. 매리언 울프가 말하는 인지적 인내를 잃어버리는 중이다. 이 부분에서 침묵했고 나의 머릿속은 번쩍했다. 그렇다면 어떻게 읽어야 할까? 매리언 울프는 칼비노의 '페스티나 렌테-천천히 서두르기 혹은 천천히 재촉하기'(288쪽)가 길들여진 축소된 읽기 방식에서 풀려나도록 한다고 말한다. 페스티나 렌테는 읽기를 자유롭게 하고 디지털 시대에 읽기 균형을 제시한다.

세상에서 가장 아름다운 사람꽃

『모든 사람에게 좋은 사람일 필요는 없어』, 김유은, 좋은북스

여숙이

우리는 일생을 살아가면서 가족의 인연, 사회의 인연으로 서로가 다른 환경과 성격으로 만남을 이룹니다. 평범하면서 우리 주위에서 흔히 있을 수 있는 일상의 이야기들이 이 책에 고스란히 담겨있습니다. 가족 관계에서 부모 자식 간의 사랑 이야기, 남녀 간의 사랑 이야기, 친구 간의 우정 이야기. 이것은 누군가에겐 평범한 일상으로 펼쳐지고, 누군가에겐 파도가 일렁이듯 태풍처럼 다가오기도 합니다. 우리는 이처럼 수많은 인연과 사연을 가지고 이 시대를 살아갑니다.

작가의 말처럼 모든 타인에게 나를 맞출 수는 없겠지요. 금슬 좋은 부부를 볼 때면 그러지 못한 후회와 부러움이 생깁니다. 서로의 배려와 사랑이 세월을 지탱하듯 배려와 사랑의 노력이 없다면 아픔을 안고 살아갈 수밖에 없는데 그것은 참 불행입니다. 가까이하기엔 먼 당신이 있는가 하면, 멀리 있어도 언제든지 내게 달려와 에너지를 줄 수 있는 인연도 분명히 있습니다. 이성이 아닌 우정 사이에도 위로가 되고 위안이 되는 그런 인연 말입니다.

"행복은 배달되는 것도 아니고 나에게 저절로 찾아오는 것도 아니다. 단지 내가 발견하는 것이었다. 숨은 그림 찾기와 비슷한 게 일상의 행복이다."(18쪽) 행복은 저절로 오는 게 아니라는 걸 강조합니다. 내가 만들어가고 내게로 찾아오게 하는 것이 행복이겠지요. 살아가다 보면 힘들

고 지치고 좌절하고 아픔을 느낄 때가 많습니다. 많은 노력을 기울여 그 아픔을 안으려 하지만 결코 그것이 모두일 수는 없습니다. 놓아야 할 때가 있습니다. 그 아픔을 세월과 함께 흘려보내 주어야 할 때가 분명 있는 것입니다.

"어떤 위로의 모습도 모두 포근하고 따뜻하다는 것도 변함이 없지만 그래도 그중 가장 좋은 위로는 잘 들어주는 것이라 생각한다."(58쪽) 그렇습니다. 누구의 인생을 대신 살아줄 수는 없습니다. 다만, 들어만 줘도 그 위로에 상처를 씻으며 삽니다. "바람이 불면 흔들리고 비가 오면 땅이 젖는 것처럼 단지 지나간 존재 때문에 다가올 인연을 무조건 두려워할 필요는 없다. 상처 받지 않겠다는 이유로 두려워할 필요는 없다. 상처 받지 않겠다는 이유로 지난 상처 안에서만 머물러 살아가는 것은 안타까운 일이다. 아프지 않고 싶다는 이유로 아팠던 흉터만 계속 매만지며 있지 않아야 한다. 이제는 한 발자국 용기를 내어서 걸어 나와야 한다. 당신을 닮아서 예쁜 사랑하기 참 좋은 계절이다."(138쪽)

"세상에서 가장 아름다운 꽃이 사람꽃"이라고 했습니다. 사랑도 하고 지우기도 하고 쉽지 않은 선택을 해가며 곱게 살아야겠습니다. "가수 김광석의 노래 제목처럼 너무 아픈 사랑은 사랑이 아니었음을 인정해야 한다. 굳이 참지 않아도 되는 슬픔을 참으며 지내야 하고 견뎌야 할 게 너무 많은 사랑이라면 그 사랑이 진짜 사랑인지 한 번은 되돌아보는 것이 필요하다. 든든한 배로도 거대한 망망대해를 지나가기란 어려운 일이다. 물 몇 모금에 쉽게 떨칠 쓴맛의 사랑이 아니라면 그 사랑은 하루 빨리 뱉어야 한다."(183쪽)

사랑이라는 단어를 다시 한번 생각하게 하는 책입니다. 깊어가는 가을 속에서, 가을 속에서 읽으면 사랑이 열매처럼 익을 것 같습니다.

묘산이 답하기를!

『묘산문답』, 문상오, 밥북

서미지

책을 덮는다. 나는 아니야! 그런 인간이 아니라고 조금 억울해했다. 인간에 대해 증오와 복수심을 갖는 동물들에게 가닿지 않는 변명을 하고 싶기도. 하지만 당치 않은 일. 나도 인간이기 때문에 동물의 입장이 되어 생각한다고 해도 그뿐이다. 그들의 육을 먹고 살고 있다. 약육강식?! 동물에게 얼마의 타협할 바늘구멍 하나 없는 무논리의 인간논리.

책을 다시 편다. 묘산문답을 읽는다. '읽었다' 라는 과거형이 아니라 현재형을 가져온 이유는 한두 번 읽은 것으로 감정을 추스려내기 어려워 다시 읽어야 할 것 같은 부채감 때문이다. 이 책은 '철저히 동물의 처지에서 인간을 고발하는 동물문학의 신기원' 이라는 소개대로 인간에게 핍박받은 동물들의 이야기이다.

저자는 "생명과 존재의 본질을 사유하고 탐구하여 이를 작품으로 해소해 온" 문상오 작가로 『묘산문답』에서도 인간 잔혹사를 고발하고 생명존중 문제제기를 위해 동물들을 앞에 내세운다. 고양이 '방울' 은 주인의 손에 새끼를 잃었다. 함석지붕 아래에서 진돗개 '새복' 과 수고양이 '삭' 을 인연이 엮어준 가족으로 여기며 살아가고 있었다.

어느 날 늙은 쥐 황종을 만나고, 고라니 가족의 억울한 죽음을 듣는 순간 다시금 인간에 대한 적의가 끓어오르게 된다. 방울은 늙은 쥐 황종에게 자신이 지켜줄 테니, 인간에게 분풀이라도 하자며 설득한다. 그렇게 한 지붕 아래 인간에게 핍박받은 동물들이 가족으로 묶인다.

주인의 손에 개장수에 팔려갔다가 도망친 진돗개 새복, 어린 새끼들이 기름가마에 던져진 것을 본 고양이 방울, 인간의 총에 부모를 잃은 고라니 은돌 형제, 동물들의 죽음을 애도하는 늙은 쥐 황종과 형제들. 이들은 인간의 잔혹함에 치를 떨며 복수를 꿈꾼다. 그리하여 천문지리에 능한 구렁이 묘산을 찾아가 방울이 질문한다.

"인간은 짐승에게 그 어떤 만행을 저질러도 되고, 짐승은 그런 인간에게 잠자코 있어야만 한다? 그게 대지의 뜻이라면 자기모순 아닐는지요."

이때 묘산이 방울에게 내린 답은 '섭리'였다.

"대지의 뜻은 무얼 받은 만큼 되돌려 준다든지, 돌려준 만큼 무얼 기대한다든지 하는 그런 게 아니네. 섭리에 따라 굴러가는 거지. 거기 어디에도 작위해서 된 것, 될 것도 없다네. 인간이 짐승이 짐승에 대한 해악이 극한에 다다르면 그게 짐승이 인간에게 할 수 있는 최상의 보복인 게야."

방울이 무리는 인간에게 보복을 하는 일이 자신들을 파멸로 몰고 가는 일이라는 것임을 이해한다. 그러나 누룩뱀 칠점이 묘산의 신물을 훔쳐내 "자신이 호신으로 있는 인간들을 돕자고" 동물들에게 해를 끼치게 되자, 동물들은 새복을 우두머리로 뽑아 누룩뱀을 응징하기로 한다. 하지만 이야기의 흐름은 방울과 삭의 살인행동, 새복과 황종의 구조행동으로 방향이 갈린다.

독자는 새끼를 잃은 방울에게 연민을 느껴 따라다니다가 새복과 황종의 덕과 지혜를 만나게 될 것이다. 지극히 개인적인 평은 여기까지이다.

스스로를 믿어라

『나미야 잡화점의 기적』, 히가시노 게이고, 양윤옥 옮김, 현대문학

정소현

갈림길에 서있을 때에는 많은 생각을 하게 되고 지금 선택하고자 하는 길이 옳은 길인지 누군가에게 간절히 묻고 싶어진다. 덤불같이 엉킨 인생길에서 우리를 저 너머로 무사히 가게 해줄 혜안을 가진 누군가를 찾으려 해보지만 그런 조언자를 만나는 일은 너무나도 드물고 어렵다.

『나미야 잡화점의 기적』은 누구나 꿈꾸는 조언자를 품은 공간이자 과거와 현재 그리고 미래가 교차하는 공간인 '나미야 잡화점'에서 일어난 기묘한 이야기를 풀어낸 소설이다. 세월을 뛰어넘어 상담자와 조언자가 절묘하게 얽혀 서로를 따뜻하게 감싸 안고 성장하는 이야기를 담고 있다. 이 소설은 일본의 대표적인 추리소설가인 히가시노 게이고의 작품으로 2012년에 국내에서 번역 출간된 이래, 연속적으로 베스트셀러 순위 상위권을 차지하며 서점가에서 "21세기 가장 경이로운 베스트셀러"라고 불리고 있다.

나미야 잡화점의 원래 주인 나미야 씨는 사려 깊은 성품과 연륜으로 상대방을 배려하는 위트 있는 답변을 해 주며 살아생전에 '나미야 잡화점'을 고민상담해결소로 유명하게 만든다. 나미야 씨는 '공부하지 않고 백점을 맞으려면 어떻게 해야 하는지'라는 초등학생의 질문에 선생님께 부탁해 당신에 대한 시험을 치게 해달라고 하라며, "당신에 관한 문제니까 당신이 쓴 답이 반드시 정답이니 백 점 만점을 받을 수 있어요"

라고 답하고, 처자식이 있는 사람의 아이를 임신해, 낳아야 할지 지워야 할지 고민하는 여성에겐 "중요한 것은 태어나는 아이가 행복해질 수 있느냐 하는 점이며, 반드시 부모가 다 있어야만 행복해진다고 할 수는 없다. 아이를 행복하게 해주기 위해서라면 어떤 어려움도 견뎌내겠다는 각오가 있어야 한다"라며 따뜻한 조언을 건넨다.

나미야 씨가 세상을 떠나고, 30년이 지난 후 나미야 잡화점은 단 하룻밤뿐이지만 시공간을 연결하는 기묘한 공간으로서 존재하게 되었고, 그때 마침 이곳에 숨어들어 얼떨결에 하룻밤을 묵게 된 삼인조 도둑은 예전 주인 앞으로 도착한 고민 상담 편지를 발견하고 상담자들의 안타까운 사연에 진심을 담은 답장을 보내게 된다.

상담을 통해 인생이 변화되는 이야기들을 지켜보며, 인생을 이끄는 것은 결국 누구인지 생각하게 되었다. 소설 속에서 나미야 씨는 아들에게 상담을 해 주며 깨닫게 된 사실에 대해 이렇게 말한다.

"대부분의 경우, 상담자는 이미 답을 알아. 다만 상담을 통해 그 답이 옳다는 것을 확인하고 싶은 거야."

그리고 소설의 마지막은 인생의 지도조차 없어 갈 길을 잃어, 막막해져 있는 세 명의 도둑이 '백지'를 우편함에 넣은 것에 대한 진짜 나미야 잡화점 아저씨의 답장으로 마무리된다.

"지도가 백지라면 난감해하는 것은 당연합니다. 누구라도 어쩔 줄 모르고 당황하겠지요. 하지만 보는 방식을 달리해 봅시다. 백지이기 때문에 어떤 지도라도 그릴 수 있습니다. 모든 것이 당신 하기 나름인 것이지요. 모든 것에서 자유롭고 가능성은 무한히 펼쳐져 있습니다. 부디 스스로를 믿고 인생을 여한 없이 활활 피워보시기를 진심으로 기원합니다." 선택 앞에서 우리에게 진정으로 필요한 것은 사실은 조언자가 아니라 스스로를 믿는 마음이 아닐까?

행복으로 가는 공정의 차표

『산 자들』, 장강명, 민음사

이은영

"사람은 대부분 옳고 그름을 분간하고, 그른 것을 옳게 바꿀 수 있는 능력이 있다. 그러나 모든 사람이 그 능력을 실제로 사용하는 것은 아니다. 그들은 날지 않는 새들 같았다. 마지막으로 날아 본 게 언제인지도 모를 비둘기들이었다. 나는……." (378쪽)

공정의 개념에 대해 생각해 보았다. 공정公正은 공평하고 올바름이다. 우리가 살고 있는 사회는 공정하게 돌아가야 한다고 학교에서 배웠던 것 같다. 하지만 나는 어느새 공정의 개념을 잊고 살아가는 듯하다. 불이익에 익숙해진다고 해야 할까? 학연, 지연, 사회적 관계 등에 내세울 것 없는 우리는 어느덧 누군가에게 밀리고 또 밀리고, 때로는 밀리는 것조차도 모르게 밀리면서도 그 체념을 조용하게 잘 삭이는 것이 나의 자존심이고, 세련된 방식이라고 생각하게 된다.

우리는 이미 공정사회 개념에서 벗어나 버린 걸까? 장강명의 『산 자들』을 읽으면서 뜨거운 눈물이 흘렀다. 현재 우리 사회 곳곳에서 비상을 꿈꾸지만 오히려 불이익을 당하는 약자들의 이야기이다. 그 약자는, 약자로 자리 매겨져 있는 사람들이 아니라 때로는 나의 이야기, 아니면 너의 이야기, 그래서 우리들의 이야기다.

이 책은 자르기, 싸우기, 버티기 세 단락으로 나뉘어 있다. 1부 자르기는 '알바생 자르기' (해고), '대기발령' (구조조정), '공장 밖에서' (해고, 구조

조정, 노조)로 구성되어 있고, 2부 싸우기는 '현수동 빵집 삼국지' (자영업, 경쟁), '사람 사는 집' (재건축), '카메라 테스트' (취업), '대외 활동의 신' (지방대, 취업)으로 구성되어 있다. 3부 버티기는 '모두, 친절하다' (고단한 셀러리맨들의 일상 모습), '음악의 가격' (예술노동자의 애환과 구조적 문제), '새들은 나는 게 재미있을까' (급식 비리와 맞서는 학생들)로 구성되었다.

10편의 단편 중 특히 감명 깊었던 이야기가 있다. '모두, 친절하다' 는 주인공이 살면서 가장 운이 없었던 날에 대한 이야기이다. 하지만 오늘 하루 동안 만난 모든 분들은 자신의 일에 최선을 다하는 친절한 분이셨고, 바쁘고 짜증 나 있었던 건 주인공이었을 뿐이었다. 관점에 따라 가장 운이 없던 날이 가장 행복한 날인 것이다.

'새들은 나는 게 재미있을까' 는 급식 비리에 맞서는 학생들의 이야기다. 기준, 주원, 제문은 급식 비리 학교를 상대로 학교에 전단지도 뿌리고 언론 인터뷰도 하고 교감 선생님의 협박에도 맞선다. 결국 중, 고등학교 교장 선생님이 뒤바뀌는 것으로 수습되었지만, 기준은 끝까지 변화를 위해 버티고 있다.

장강명의 소설은 어렵지 않다. 내 이야기나 주변 이야기를 듣는 것처럼 현실감 있게 빠져들었다가 어느덧 사회문제에 대해 깊이 고민하게 된다. 내 삶이 나에서 끝나는 것이 아니라 바로 내 삶이 사회적이라는 걸 알아차리게 한다.

마이클 샌델의 『정의란 무엇인가』에서는 정의란 미덕美德과 공동선共同善으로 향해 가는 것이라고 했다. 정의와 공정은 서로 배려하고 공동의 행복으로 나아가는 것이다. 2010년, 20년대의 대한민국을 그린 장강명의 소설 '산 자들' 에서는 이렇게 소외되고 아픈 일들이 많았다. 그렇지만, 우리들의 미래는 배려와 공동 행복 지향으로, 공정하고 행복한 사회가 되길 바란다. 그 행복으로 가는 길에는 공정이라는 차표가 있다.

파랑새를 만나서 마음에 품다

『아기 새를 품었으니』, 김현숙, 국민서관

최중녀

행복은 뭘까? 행복의 실체가 있다면 어떤 모양을 하고 있을까? 형태는 알 수 없지만 행복은 우리들 삶 속에 늘 어딘가에 '끼어' 있다고 생각한다. 내 마음과 또 다른 내 마음 사이, 너와 나 사이, 어제와 오늘 사이, 오늘과 내일 사이에 끼어있다. 끼어있으므로 찾아내기가 쉽지 않지만 갈망하며 가까이 가고 싶고, 갖고 싶은 것이 행복이다. 어쩌면 우리 삶은 '행복'을 찾아 떠나는 여정의 연속이 아닐까?

김현숙 시인의 동시집 『아기 새를 품었으니』를 펼쳐 든 순간 모리스 마테를링크의 '파랑새'에 나오는 틸틸과 미틸이 된 기분이었다. 행복의 파랑새를 찾아 갖은 모험을 하지만 행복은 먼 곳에 있는 것이 아니고 가까이에 있다는 사실을 깨닫게 된 것처럼.

김현숙 시인은 "시를 읽고서 우리 주변 어디에나 있는 작은 존재들의 소중함을 생각해 준다면 좋겠다"고 서문에 밝히고 있다. 작가의 바람은 성공한 것 같다. 왜냐하면 시인은 스스로 생각하는 '행복'을 한 편의 아름다운 노래처럼 곳곳에 배치하여 행복을 품게 했기 때문이다. 시어들은 오래도록 곱씹어도 변하지 않는 행복이었다.

"버려진/ 고무신에/ 팬지꽃 피었다// 신발 신은 팬지꽃/ 행복하겠다// 걷고 싶겠다"(「팬지꽃 신발」)

우리는 일상에 쫓기어 소소한 행복들을 모르고 지나가기도 하고, 일상을 헤매다 놓쳐 버리기도 한다. 하지만 시인은 현재 내가 찬란하지 않아도, 빛이 나지 않아도 '버려진 고무신'과 '팬지꽃'을 통해 행복과 희망을 노래하고 있다. 우리에게 행복을 멀리서 찾지 말고 삶 곁에서 행복을 키워 나가라고 말한다.

"잎 한 장 없이/ 줄기만/ 쭉/ 쭉/ 뻗어 내린다/ 땅에/ 닿아서야/ 비로서/ 핀다// 톡"(「비꽃」)

'이름'은 특정한 고유한 이미지라는 속성을 가지고 있다. '비'는 긍정적 이미지도 있지만 부정적인 이미지가 더 많다고 생각한다. 그런데 시인은 '비'를 아름다움의 상징인 '꽃'으로 승화시켰다. 비가 내리면 궁상맞게 바라보던 나에서, 앞으로는 '비꽃이 내린다'고 읊조릴 것 같다. 그리고 그 비꽃을 바라보며 행복해할 것 같다.

"민들레 씨앗처럼/ 바람에게 힘을 빌리지 않을 거야(중략) 멀리 가지는 못하더라도/ 내 힘으로 갈 거야// 톡 톡 톡// 내 길을 갈 거야"(「봉숭아 씨앗」)

우리는 삶이 힘들어지면 회피하고 싶어한다. 그리고 다른 사람을 통해서 행복을 찾으려고 한다. 다른 사람은 나와 행복을 나누는 사이라는 것을 간과한 채 말이다. '봉숭아 씨앗'은 힘들지만 그 삶을 마주하고 행복을 위한 여행을 결심한다. 시인은 우리에게 '봉숭아 씨앗'을 통해 행복은 비밀의 문이 아니라 마음만 열면 언제나 열려있는 문이라고 말하고 있는 것 같다.

행복은 추억에도 있지 않고, 미래에도 있지 않고, 현재에 있다고 생각하는가? 행복을 찾는 사람이 아닌 행복을 만드는 사람이 되고 싶은가?

그렇다면 김현숙 시인의 '아기 새를 품었으니'가 파랑새를 만나고 그 품에 안기는 길로 인도할 것이다.

부자 되는 비결을 알려주는 책

『리딩으로 리드하라』, 이지성, 차이정원

최성욱

세상 사람들은 부자를 꿈꾼다. 어느 날부터 사람들은 덕담으로 "부자 되세요.", "대박 나세요."라고 말하기 시작했다. 자본주의 사회에서 부자가 되는 것은 행복한 삶과 밀접한 연관이 있어 보인다. 그런데 많은 사람들이 부자가 되고 싶어 하지만 막상 부자가 되는 방법을 물으면 열심히 살다 보면 될 수도 있다는 흐릿한 대답을 한다. 진짜로 부자가 되고 싶은 것인지 의문이 든다. 자신이 원하는 것이 부자가 되는 거라면 부자가 될 수 있는 방법을 적극적으로 찾아보아야 할 일이 아닌가. 이런 질문에 예상치 못한 이상한 답을 하는 사람이 있다. 바로 이지성 작가이다. 그의 대답을 듣기 위해서는 『리딩으로 리드하라』를 읽어 보아야 한다.

'리딩으로 리드하라'는 왜 인문고전을 읽어야 부자가 될 수 있는지, 성공적이고 행복한 삶을 살 수 있는지 차근차근하게 설명해 준다. 총 6장으로 구성되어 있으며, 1장 인문고전 독서의 힘, 2장 리더의 교육, 팔로어의 교육, 3장 리딩으로 경쟁하고 승리하라, 4장 인생경영, 인문고전으로 승부하라, 5장 인문고전 세계를 여행하는 초보자를 위한 안내서, 6장 세상을 지배하는 0.1% 천재들의 인문고전 독서법으로 이루어져 있다. 부록으로는 부모와 아이를 위한 인문고전 독서교육 가이드 등 추천 도서도 실려 있다.

저자 이지성은 치열한 독서를 통해 베스트셀러 작가의 꿈을 이루었다. '만일 소크라테스와 점심을 먹을 수 있다면 우리 회사가 가진 모든 기술을 그와 바꾸겠다'고 말할 정도로 소크라테스광이었던 스티브 잡스도 인문고전 독서광이었다. 저자의 경험과 자료 수집을 통해 인문학과 인문고전 독서가 가진 숨겨진 비밀을 알기 쉽게 풀어놓았다.

하지만 무조건 인문고전을 지식으로만 배우고 익히는 것을 경계한다. 저자는 "인문학의 기본 정신은 낮은 자리에 있는 사람들을 어떻게 도울 수 있을까, 어떻게 행복하게 만들어줄 수 있을까를 생각하는 것"이라고 말한다.

이 책에서 소개하는 여러 글 중에서 가장 인상 깊었던 말은 중국 송나라 사람 왕안석王安石이 지은 권학문勸學文에 나오는 이 글귀였다.

"貧者因書富 富者因書貴 빈자인서부 부자인서귀"

가난한 사람은 책을 읽음으로써 부자가 되고 부자는 책을 읽음으로써 귀한 사람이 된다.

필자도 이 책을 읽고 나서 인문고전 도서 100권 읽기를 버킷리스트에 추가했고 책을 구입하여 사무실 한쪽 벽을 채워두었다. 인문고전 독서 토론회에 참여하여 매달 한권씩 읽고 있다. 그리고 놀라운 일이 일어났다. 인문고전을 읽기 시작한 지 2년 만에 공동 저자로 책을 출간하는 꿈을 이루게 되었다.

이 책을 덮고 나면 인문고전을 읽어야 하는 이유가 너무도 분명하게 이해된다. 책을 항상 곁에 두고 자투리 시간에 휴대폰을 들기보다 책을 들어보자. 사람이 책을 만들고 책은 사람을 만든다는 말이 가슴에 와닿는 순간이 온다. 수천년을 축적해 온 인간의 지혜에 귀 기울여 보자. 내가 원하는 삶을 살 수 있는 길이 보일지도 모른다.

친구 사귐부터 술 마시는 법도까지

『유배지에서 보낸 편지』, 정약용, 박석무 편역, 창비

김남이

우리 역사를 접해본 사람이라면 어린아이들도 들어보았을 이름, 그는 다산 정약용이다. 조선 후기 실학자로 『목민심서』, 『여유당전서』 등을 지은 인물이라는 것, 문장과 경학에 뛰어났고, 훌륭한 목민관이었고, 도르래를 이용한 거중기를 만들어 화성 건축에 처음으로 사용했다는 것을 우리는 충분히 많이 들어왔다. 그 외에도 천문지리와 교육과 농업과 자연 과학 등의 여러 분야에 박식하기 이를 데 없는 그는 역사 속의 위인일 뿐, 현재의 일상에서 그다지 호기심 당기는 인물은 아니다.

그럼에도, 『유배지에서 보낸 편지』라는 책 제목은 이 거장에 대한 일말의 궁금증을 유도한다. 제목에 일견 애잔한 서정성이 엿보이는 것이다. '두 아들(학연, 학유)에게 보낸 편지, 두 아들에게 주는 가훈, 둘째 형님(정약전)께 보낸 편지, 다산의 제자들에게 당부하는 말'이라는 4부로 엮여진 이 책에서 다산은 자신이 알고 있거나 생각하는 모든 것을 얘기한다. 서정성과는 좀 거리가 있지만, 편지 형식은 다행히 독자에게도 친근감을 주므로 그 세세함에 귀 기울이지 않을 수 없다.

그는 두 아들에게 어떤 책을 어떻게 만들 것이며, 독서는 어떤 것을 어떻게 하며, 시詩의 근본은 무엇이며, 일본과 중국의 학문 경향은 어떠하며, 선비의 마음씨와 사대부의 기상이 무엇인지 들려준다. 또한, 거짓말과 무리 짓기에 대한 경계, 친구 사귐과 벼슬살이와 임금 섬김의 태도,

뽕나무와 아욱의 효능, 옛 인물의 국량과 청렴에 대해 들려준다. 둘째 형님과는 중국 요순시대의 고적법이나 수학과 음악 등에 대해 토론하고 제자들에게는 각자에게 요긴한 조언을 내려준다.

그의 수많은 고언은 더러 요즘 세태와 맞지 않는 부분도 있지만, 최근 만취나 SNS 활동에 따른 사회 문제와 관련하여 깊이 와닿는 대목이 있다. "참으로 술맛이란 입술을 적시는 데 있다. 소 물 마시듯 마시는 사람들은 입술이나 혀에는 적시지도 않고 곧장 목구멍에다 탁 털어넣는데 무슨 맛을 알겠느냐?"(94쪽)라는 부분이다. 나라와 가정을 파탄시키는 흉패한 행동은 모두 술 때문이라며, 더 옛날에는 뿔이 달린 술잔을 만들어 조금씩 마시게 하였다고 한다. 절제하는 음주의 멋을 새겨볼 만하지 않은가.

또한, 편지 쓸 때는 "이 편지가 사통오달한 번화가에 떨어졌을 때 나의 원수가 펴보더라도 내가 죄를 얻지 않을 것인가, 또 수백 년 동안 전해져서 안목 있는 많은 사람들의 눈에도 조롱받지 않을 편지인가를 생각해 본 뒤에 비로소 봉해야"(174쪽) 함을 명심토록 하였다. 매체가 급변한 오늘날에도 의미 있는 통찰이라 여겨진다. 이렇듯 비범한 아버지를 두지 못한 우리 모두는 두고두고 그의 편지 구절들을 읽으며 내 아버지의 말인 듯 고맙게 지혜를 구할 수도 있을 것이다.

마음 둘 곳 없어 술이나 SNS 댓글에 매달린다는 이들에게 다산은 오직 독서만이 살 길이라 한다. "나는 천지간에 의지할 곳 없이 외롭게 서 있는지라 마음 붙여 살아갈 곳으로 글과 붓이 있을 뿐"(38쪽)이라며.

시인이 시조로 불러낸 한글 자모 55자

『가나다라마바사』, 문무학, 학이사

김용주

우리 고유의 문자 한글이 만들어지기 전에는 일반 백성들은 문자로 할 수 있는 권리를 제대로 찾지 못했다. 어려운 한문을 배울 수 없었기 때문에 편지는 물론, 간단한 기록조차 할 수 없었다. 그래서 세종은 이를 안타깝게 여겨 누구나 쉽게 자신의 의사를 문자로 표시할 수 있도록 하기 위해 세상에서 가장 과학적이고 아름다운 한글을 창제했다.

이런 한글의 자모를 시로 쓴 시집이다. 지금까지 어느 누구도 시로 표현하지 않은 소중한 한글의 자음과 모음을 시로 표현한 시집이다. 시인은 "우리 한글 자모는 패션과 디자인, 그림과 무용, 영화의 소재가 되기도 했지만, 정작 문학에서는 우리 말 자모를 시로 쓰지 않았기 때문에, 한글자모를 시화하는 작업을 감행했다."고 했다.

문무학 시인은 지금까지 여러 권의 시조집을 통해 그의 정체성을 확인해 주었으며, 최근 낱말에 대한 근원적인 원리를 찾아가는 그의 시적 행보는 문단에서 큰 주목을 받고 있다. 그 결과가 낱말과 홀소리 글자를 통해 삶을 바라본 시를 담은 시집 『낱말』과 『홀』을 통해 낱말의 의미와 세상을 통찰하는 시세계를 선보인 것이다.

이 시집에서는 한글 자모를 바라보고, 써보면서 느꼈던 감정들을 아름다운 시로 표현한다. 그 위에 새로운 상상력을 더해 읽는 재미를 더한다. 총 5부로 구성된 이 시집에서는 닿소리 14자와 모음인 홀소리 10자,

복자음인 겹닿소리와 이중모음인 겹홀소리 16자, 사라진 자모 4자, 겹받침 글자의 풍경을 그린 겹받침 11자 등 55자를 소재로 한 시조 55편을 담았다. 수록된 시를 읽으면 그 누구도 발견해 내지 못한 우리 한글의 또 다른 아름다움을 발견한 시인의 시각에 감탄하게 된다. 또 한글 자모를 시의 주제로 끌어와 우리 인간사의 기쁜 삶을 자모 속에 담아내고 때로는 가슴이 저미도록 아픈 삶을 자모 속에 녹여내어 3장의 행간 속에 담백하게 풀어냈다.

"'ㄴ은'은 한글 자모 두 번째 자리지만/ 세상 제일 먼저인 '나'를 쓰는 첫소리/ 첫자리 비워주고도 첫째가 될 수 있다"(닿소리 ㄴ)

이 시집에서 느낄 수 있는 것은 단순한 한글 자모의 나열이 아니라 삶의 철학을 담고 있다는 사실이다. 시인이 즐기는 언어의 유희 속에는 단순한 유희가 아닌 우리말의 깊은 어원을 찾아가는 길을 안내하고 있다. 즉 '나'라는 1인칭이 될 수 있다는 메시지 속에는 최고만을 고집하는 우리들에게 그 어떤 것도 최고가 될 수 있다는 삶의 철학을 가르쳐준다.

이처럼 시인은 한글과 언어를 다채롭게 변주한 실험적인 시집을 발표해 주목을 받아 일정한 문학적 성취를 이뤘음에도 교만하지 않고, 몸을 더욱 낮춰 "삶의 바다에서 낚싯대 하나 걸쳐놓고 괜찮은 시 한 편 낚아 올리려 아등바등하고 있다."고 '시인의 말'에서 말한다. 유네스코문화유산에까지 등재된 한글의 귀함이 이 시집으로 더욱 빛나기를 기대한다.

그림으로 떠나는 삶의 여행

『웬디 수녀의 나를 사로잡은 그림들』, 웬디 베케트, 김현우 옮김, 예담

정화섭

"홀로 기도하는 고독한 생활에서 벗어나 떠난 이번 여행에서 나는 영국 내 여섯 군데의 훌륭한 미술관을 방문했다. 그동안 복사화로만 볼 수 있었던 작품의 진면목을 그곳에서 직접 확인했으며, 그 순간의 기쁨을 이 글을 통해 다른 이들과 함께 나눌 수 있으리라 기대해 본다." 책장을 넘기면 첫 페이지에 오롯이 적혀있는 문장이다.

웬디 수녀는 BBC 방송의 텔레비전 시리즈 〈웬디 수녀의 모험〉과 〈웬디 수녀와 함께 떠나는 미술 여행〉을 통해 잘 알려져 있으며, '예술에 관한 한 최고의 이야기꾼' 이라는 찬사를 듣고 있다. 저자는 《현대 여성 예술가》, 《예술과 신성》을 비롯한 예술잡지와, 《인디펜던트》, 《선데이 타임스》 등의 일간지에 글을 쓰고 있다.

웬디 수녀는 "예술에 대한 애정은 나에게 있어 신을 사랑하는 한 방법"이라고 했다. 리버풀, 케임브리지, 옥스퍼드, 솔즈베리 근교의 윌턴하우스, 버밍엄, 에든버러로 걸음을 옮기며 자신의 생각을 피력한다. 작품을 감상하는 데는 시간과 소박함과 개방적인 마음이 필요하다고 한다. 이기적이지 않은 삶의 태도 '삶 한 잔에 예술 한 조각' 감미로운 차 향기와 같은 살뜰한 이야기가 펼쳐진다.

니콜라 푸생의 〈포키온의 재가 있는 풍경〉에 잠시 머문다. 전쟁에서 졌다는 이유만으로 부당하게 화형을 당했던 아테네의 장군. 영혼마저

쉴 수 없게, 시신을 묻을 수 없게 했으므로 아내는 죽음을 무릅쓰고 재를 모으고 있다. 그렇게 모은 재를 물에 타서 마셨고, 포키온은 무덤을 가지게 되었다. 아내의 몸이 그의 무덤이 된 셈이다.

진정한 자유는 어디에 있는가? 창살보다 더 지독하게 우리를 가두는 것은 바로 스스로가 부여한 욕망의 감옥이 아닐까? 구에르치노의 〈감옥에 갇힌 성 요한을 방문한 살로메〉 그림을 보고 있으면 커다란 재앙만이 두 사람 앞에 남아 있음을 느낀다. 책장을 좀 더 넘기니 오귀스트 르누아르의 〈바람〉이 흐르는 시간 속에 사라지지 않고 영원히 불고 있다. 이 작품은 인상주의가 무엇인지 완벽하게 보여준다.

15세기에 발견된 원근법은 실로 새로운 것이었다. 파울로 우첼로의 〈숲속의 사냥〉, '새'라는 의미를 가진 우첼로라는 작가의 이름도 깊은 뜻을 지녔다. 우리 눈에는 보이지 않지만 그 새만 볼 수 있는 사슴, 그것이 바로 이 작품의 소실점이다. 삶 속에 숨겨진 고요하고 비밀스러운 중심을 뜻하는 것은 아닐까? 한곳을 향해 달려가는 그림 속 다양한 표정들이 흥미롭다.

사볼드의 〈피리 부는 소년〉은 "소년이 불고 있는 피리는 키츠Keats의 시 '아무 음조도 없는 소곡에 맞추어'를 생각나게 한다. 들리지 않는 피리소리를 배경으로 누군가를 응시하는 소년은 지나가는 우리를 붙잡고 삶에 대해 의문을 던지는 듯하다."(101쪽) 웬디 수녀는 어디에서 주워들은 말들은 염두에 두지 말고 솔직하게 작품을 대하라 한다.

이 책은 삶과 예술에 관한 이야기가 충만하다. 예술을 감상한다는 것은 마음 벅찬 일이다. 한 폭, 한 폭의 그림들이 현실 너머의 무한한 곳까지 데려다 준다.

미래의 파도, 그 너머를 보자!

『2030 축의 전환』, 마우로 F. 기옌, 리더스 북

서미지

『2030 축의 전환』은 국제 비지니스 분야에서 세계적인 전문가로 불리는 마우로 F. 기옌이 쓴 10년 후 세계에 관한 7년간의 연구를 모은 저서이다. 사회학과 정치경영학을 연구하고 국제경영학을 강의하고 있는 저자는 2030년을 모든 변화의 물결이 응집해 폭발할 시기로 예측하고 있다. 말하자면 '2030년이 되면 세계의 지각변동은 어떻게 될까?' 라는 질문에 대한 해답을 구해 '다음 세대' 앞에 미리 그들이 짊어지고 가야 할 것들을 내보이는 예견서이다.

'새로운 부의 힘을 탄생시킬 8가지 거대한 물결' 이라는 부제대로 총 8장으로 나눈 뒤 각 장에 8가지 물결을 그려낸다. 제1장 '출생률을 알면 미래가 보인다' 에서 20세기 이후 급진적인 인구 증가와 대륙별 인구수 변화가 미래 사회에 가져다줄 변화에 대해 먼저 이야기한다. 제2장 '밀레니얼 세대보다 중요한 세대' 는 밀레니얼 세대와 실버 세대가 주축이 될 새로운 세대가 가져올 사회적 흐름을 분석하였다.

제3장 '새로운 중산층의 탄생', 제4장 '더 강하고 부유한 여성들에서는 강하고 부유해진 여성들에게 많은 기회와 선택의 자유가 주어진 이후 시작된 인구의 축 변화에서부터 세계 경제 변화를 논한다. 이어 출생률 감소와 인구 고령화, 밀레니얼 세대와 실버 세대가 주도하게 될 가까운 미래 2030년 세계의 중심축을 이동시킨다.

제5장 '변화의 최전선에 도시가 있다'에서는 유럽으로 온 이민자들의 부상, 사회적 흐름에 의한 세대구분의 변화를 차곡차곡 쌓고, 제6장 '과학기술이 바꾸는 현재와 미래', 제7장 '소유가 없는 세상', 제8장 '너무 많은 화폐들'에서 과학이 바꿀 미래, 공유 경제가 가져올 사유 재산의 부재, 연결의 힘, 네트워크 효과, 임시경제, 블록체인 기술, 디지털 화폐 등으로 현재와 미래의 간극을 세밀하게 좁혀 설명한다.

이와 같이 8가지의 거대한 물결을 넘은 뒤 저자는 처음의 질문, '중심축이 이동하고 세계의 질서가 재편되는 앞으로의 10년을 어떻게 준비할 것인가?'에 저자는 2030년 다가올 새로운 물결의 흐름을 놓치지 않도록 '멀리 보기'와 '다양한 길 모색하기'를 조언한다. 이른바 수평적 사고 7가지를 통해 물결의 흐름을 놓치지 않고 그 흐름에 올라타기를 권고하고 있다.

저자의 철저한 경제적인 관점, 돈의 흐름과 부의 재분배 중심의 해석은 멀게 느껴지고, 코로나19 이후 덧붙인 듯한 부분은 어쩔 수 없이 엉성해 보인다. 그럼에도 우리가 이 책을 한 번쯤 읽어야 할 목적과 이유는 분명 있어 보인다. 바이러스를 대하는 동서양의 차이! 마스크처럼 아주 작고 보잘것없는 안전핀을 갖고서라도 어떻게 대비하는가에 따라 결과가 달라지는 것을 배운 2020년이니 말이다. 너울처럼 덮쳐올지 모를 미래, 그 파도 너머를 볼 수 있었던 책이라고 기억될 것 같다.

정원의 소리, 함께 들을까요?

『소박한 정원』, 오경아, 궁리출판

서강

봄부터 시간의 흐름은 구부러져 지나갔다. 여름과 가을이 휘달려 지나고, 겨울이 눈앞이다. 계절이 바뀌었다. 깔깔대며, 매 순간을 기쁘게 맞던 때가 언제였던가! 아득하다. 『소박한 정원』 속으로 급한 걸음으로 들어섰다. 정원의 동물과 식물이 내는 소리에 푹 잠기고도 싶다. 봄 그리고 여름, 가을에서 겨울, 겨울에서 봄날마다 정말 행복한 종소리가 들릴까, 귀가 저절로 쫑긋 기대에 부푼다.

『소박한 정원』은 정원 설계 회사를 설립, 가든 디자이너로 속초 '오경아의 정원학교'를 통해 다양한 가드닝과 가든 디자인을 전파 중인 저자의 개정판 정원 에세이다. 『정원의 발견』과 『영국 정원 산책』 등 정원에 관한 책을 많이 저술한 저자는 영국 에식스 대학에서 조경학을 공부하고, 영국 왕립식물원 큐 가든의 인턴 정원사를 지내기도 했다.

무심코 걸어간다. 포플러 나무 앞에 선 정원사와 눈을 맞춘다. 오래 묵어 비에 부러진 버드나무를 손보는 정원사 곁에서 가지를 함께 잡아주었다. 가든 센터에서 정원용 삽을 흔드는 정원사와도 스쳐 지났다가, 문득 무릎 보호 방석이랑 실용적인 예쁜 장갑을 끼고 곁에 쪼그려 앉아보았다. 유채꽃 향기가 바람에 실려와 속삭였다.

"정원은 단순히 예쁜 꽃을 심어놓고 그걸 보는 재미를 느끼는 공간은 아니다. 무얼 심을까 상상하는 즐거움, 심어놓은 식물이 잘 자라는 것을 지켜보는 시간의 즐거움, 흙을 일구며 땀 흘릴 수 있는 노동의 즐거움, 식물과 자연이 내게로 뭔가를 꾹꾹 넣어주는 충만의 즐거움, 정원은 그 모든 것을 즐기고 누리는 공간이다."(87쪽)

저자는 '흙과 식물의 타고난 품성과 본성, 그 선량함을 이해하고 그들 스스로 잘 살아갈 수 있도록 돕는 것이 바로 정원사의 일'이라 한다. 식물을 키우고 관리하는 일에 중요한 Garden Tips는 저자의 정원에 뜬 가로등 같기도 하다. 그래서 "지금도 각박한 지구 환경에 적응해야 하는 식물은 부단히 노력하는 중이다. 거저 오는 삶은 없다. 다 힘들고 어렵다."(57쪽)고 한다. 식물의 질병을 고치려고 며칠을 고민하는 정원사가 지치지 않기를 바라본다. 삼백예순다섯 번째 날을 여러 번 돌아서라도 이겨내기를 마음으로 응원한다. 꼭 함께 이겨나가야 할 고통을 겪어 본 같은 마음들을 모아 응원하자. 소박한 정원이 어느 순간 우렁찬 함성으로 나를 그리고 우리 모두를 불러 준다면, 정원사의 꿈속 사계와 함께 식물들의 소리로 가득 찬 잔치를 축하해 주자. 바람이 라벤더를 훑고 내 곁에 머물러 준다면 내가 만난 인연들에게 서로 인연의 향기를 입히는 노력 정도는 할 수도 있으니.

"딱 좋다. 삶의 온도도 이 갓 구운 빵의 온도만큼이면 충분하다 싶다. 세상이 아직 새벽의 쌀쌀맞음으로 손발 시리게 해도 딱 이만큼의 온기로 아직은 따뜻하다고 말해주는 무엇이 있다면 충분히 견뎌볼 만하겠다."(29쪽) 내년이면 코로나19는 일상적인 이름으로 불리게 될 것이다. 그러나 감염병 예방 수칙과 함께하는 많은 것이 이전과는 달라질 것이다. 우리의 선량한 본성이 앞으로의 삶 속에 등불이 되고 갈 길 제대로 가는 길잡이로 서기를 기대한다. 더 이상 마음 급한 정원사가 아니고 싶다. 충분히 스스로 무르익을 때까지 기다려 정원이 전하는 작은 소리를 제대로 들어줄 정원사라 불릴 수 있기를 바란다.

내가 남길 것은 무엇인가

『녹나무의 파수꾼』, 히가시노 게이고, 양윤옥 번역, 소미미디어

배태만

독특한 제목과 저자의 명성에 이끌려 집어든 『녹나무의 파수꾼』 표지에 시선이 붙들리고 말았다. 한 번 읽기 시작하면 끝까지 읽게 되는 소설의 특징 중 하나는 호기심을 자극한다는 것이다. 추리소설은 더더욱 그러하다. 저자인 히가시노 게이고는 스토리 전개의 느닷없음과 예측의 빗나감을 적절히 활용하여 독자를 사로잡는 남다른 능력의 보유자인 듯하다. 글을 읽다보면 자연스레 찾아오는 의구심이 결국 작가의 치밀한 구성력에 의한 덫이라는 걸 아는 순간, 탄성이 절로 나온다. 사람 간의 의사소통은 주로 언어로 이루어진다는 걸 당연하게 생각하다가도 자신의 마음을 언어적 표현으로 전달하는 데 한계가 느껴질 때가 있다. 나의 오롯한 마음을 진정성 있게 전달하려면 비언어적 요소가 때로는 필요한지도 모른다. 저자는 이런 생각을 녹나무라는 신비로운 자연물을 이용해 이야기로 풀어냈다.

히가시노 게이고는 책을 잘 읽지 않는 사람들도 한 번쯤 들어봤을 『나미야 잡화점의 기적』을 쓴 저자다. 올해로 만 62세인 그는 오사카에서 태어났고 오사카 부립대학 전기공학과를 졸업한 후 엔지니어로 일하며 틈틈이 소설을 쓰기 시작해 마침내 전업 작가의 길로 들어섰다. 이런 이력이 우리 보통 독자들도 작가가 될 수 있다는 부푼 희망을 준다. 그는 작품을 통해서도 우리에게 또 다른 희망을 준다. 사회문제를 다루는 추

리소설을 쓰면서도 인간에 대한 따뜻한 시선을 잃지 않았기 때문이다.

주거침입, 기물파손, 절도미수 혐의로 유치장에 수감된 나오이 레이토, 그 위기상황에서 그가 알지도 못하는 이모님이 보낸 변호사가 찾아와 느닷없는 제안을 한다. 감옥에 가지 않도록 해 줄 테니 그 대신 녹나무 파수꾼을 맡으라는 거였다. 그 나무는 지름이 5미터, 높이도 20미터가 넘고 옆구리에 거대한 구멍이 나있는데, 영험한 능력을 지니고 있다고 다들 믿고 찾아온다. 녹나무 파수꾼을 맡은 첫날 밤에 중년의 사지 도시아키가 기념을 하려고 나타난다. 그를 몰래 뒤밟아 온 딸 유미와 레이토가 마주치고 둘이 의기투합하여 함께 유미 아버지의 비밀을 파헤치기로 한다.

"지금까지 한 번도 만난 적이 없는 친척이 갑자기 내 인생에 뛰어들었다."(225쪽)

녹나무를 찾아오는 사람들은 녹나무에 소원을 비는 게 아니라 기념이라는 특이한 의식을 치른다. 레이토가 유심히 관찰한 결과, 기념은 주로 그믐날과 보름날 밤에 이루어지고 그 둘 간에 어떤 연결고리가 있다는 것이 밝혀진다.

소설 속 곳곳에서 스마트폰, L사이즈 카페라테, 내비게이션과 같은 현대를 상징하는 단어와 녹나무 파수꾼, 기념과 같은 과거를 대표하는 단어가 함께 등장하여 과거와 미래 사이에서 헤매는 우리의 현재를 나타내는 듯하다. 히가시노 게이고는 앞선 세대에게는 자신의 모든 것이 드러난다고 하더라도 떳떳하도록 살아가라는, 다음 세대에는 앞선 세대의 지혜에 온 마음을 열고 경청하라는 제안을 한 것으로 여겨진다. 세상을 떠난 후에 일방적으로 전달하기보다는 살아있을 때 서로 소통하여 사랑을 확인하기를 덧붙여 권하고 싶다.

엄마께 바칩니다

『순태』, 권영희, 학이사어린이

정순희

『순태』는 참 따뜻하고 고운 그림동화책이다.

『네가 정말 좋아』, 『사파리를 지켜라』 등의 동화를 쓴 권영희 작가는 코로나19가 대구를 꽁꽁 묶었던 지난 3월 이 책을 발간했다. 작가는 요양병원에 계신 엄마한테 제일 먼저 이 책을 보여 드리며 "엄마, 귀엽고 사랑스런 이 아이가 바로 엄마야!"라고 말하고 싶었지만 아직도 직접 만나지 못했다고 눈시울을 붉혔다.

눈구름이 찾아와 잠자던 순태를 깨운다. 눈을 비비며 의아한 듯 하얀 눈이 소복소복 쌓인 바깥 풍경을 바라보던 순태는 분홍 장갑을 끼고 빨간 털신을 신고 마당에서 폴짝폴짝 뛰기 시작한다. 사랑스러운 순태를 따라가다 보면 어느새 순태 볼에 눈송이 하나가 내려앉아 영롱한 눈물방울로 변하는 장면을 만난다. 그 다음부터가 심상찮다. 다시 눈길을 뛰어가는 순태, 멍멍이도 함께 달린다.

어느덧 시간이 흘러 병상에 누운 백발의 할머니가 눈 내리는 창밖을 하염없이 바라보고 있다. 희미하게 붙은 환자의 이름 '정순태'가 눈에 띈다. 이제 병원이 집이 되어버린 노쇠한 순태는 오늘도 병상에서 바깥만 하염없이 바라본다. 누구를 기다리는 걸까? 무엇을 바라보고 있는 걸까? 산 너머 무지개처럼 아련한 어린 시절을 보는 건지….

다음 페이지는 어린 순태와 할머니 순태가 분홍 장갑을 한 짝씩 끼고 같으면서도 다른 모습으로 연결되어 있다. 그 아래 한 줄 작가의 말에 눈물이 고인다.

"순태는 요양병원에 계신 제 엄마입니다. 다시 엄마가 어릴 때처럼 눈 위를 폴짝 뛸 수 있을까요?"

여기에서 누구나 엄마를 생각하지 않을 수 없다. 나 역시 그랬다.

오랫동안 병상에 누웠던 팔순의 엄마가 무대로 천천히 걸어 나왔다. 나는 마치 연극을 관람하듯 멀리서 그 모습을 보며 '아, 이제 엄마가 많이 나았구나!' 감격스러워했다. 그때 반대편에서 젊은 엄마가 다가와 팔순의 엄마를 업더니 뚜벅뚜벅 걸어 무대를 빠져나갔다. 화들짝 놀라 눈을 떴을 땐 그게 꿈이란 걸 알았다. 그리고 일주일 만에 엄마는 세상을 떠났다. 벌써 강산이 변할 만큼 세월이 흘렀지만 그날 그 생생한 꿈을 잊을 수 없다. 허약한 엄마를 병상에 둔 채 우리는 일상생활을 할 수밖에 없었다. 일주일마다 돌아가며 형제들이 엄마를 찾아갔지만 결국 엄마는 마지막 가는 길에 젊은 엄마를 불러 함께 가기로 했는지도 모르겠다.

권영희 작가의 『순태』는 우리 엄마였다. 귀엽고 사랑스런 아이였던 엄마, 외할머니의 든든한 딸이었던 엄마, 가난한 농사꾼과 결혼해 줄줄이 낳은 자식 뒷바라지하며 밤낮을 모르고 일했던 엄마는 마침내 모든 걸 내어주고 마른 작대기가 되어 병상에 누워 버렸다. 그동안 잃어버렸던 엄마의 이름은 마지막 병상에 가늘게 붙어 있었다. 우리 곁을 떠나던 그날, 그마저도 사라져 버렸다. 엄마한테 미안하고 죄스러웠다.

사랑하는 모든 엄마께 『순태』를 바치고 싶다. 그리고 도란도란 읽어 드리자.

톨스토이의 인생수업
『살아갈 날들을 위한 공부』, 레프 톨스토이, 조화로운삶

김서윤

얼마 전 문무학 시인의 독서코칭강연에서 충격적인 말을 들었다. "우리는 그동안 독서를 잘못 가르쳐왔습니다." 무조건 많이 읽는다고 좋은 것이 아니다, 한 권을 읽어도 제대로 읽도록 가르쳤어야 한다는 말이다.

필자는 대학 시절, 프란츠 카프카의 『단식광대』를 읽고 '단독斷讀하는 세대'에 대한 문제의식을 표명한 짧은 글을 썼던 기억이 난다. 단독과 폭독暴讀…. 그렇다. 어떤 독讀은 독毒이다. 이는 필자의 말이 아니라 세계인이 가장 좋아하는 작가라 일컬어지는 레프 톨스토이의 말이다.

"독자적으로 생각할 수 있다면 쓸데없는 독서를 줄일 수 있다. 너무 많이 읽는 것은 해롭다. 내가 만나본 위대한 사상가들은 적게 읽는 이들이었다. 나쁜 책은 아무리 조금 읽어도 해롭다. 좋은 책은 아무리 많이 읽어도 부족하다. 나쁜 책은 정신의 독약이나 다름없다."(73쪽)

톨스토이는 82세로 영면에 들기 전 2년에 걸쳐 잠언집을 집필했다. 바로 그의 마지막 저서로 알려진 『살아갈 날들을 위한 공부』다. 몇 해 전에 읽은 적이 있고, 지난해에도 읽었지만 이 책을 연말연시에 즈음하여 재차 펼쳐보았다. 문장이 간결하여 술술 읽혀 내려가는데 그 내용을 삶 속에서 실천하기는 결코 만만치 않다. 예컨대 그가 쓴 다음의 구절을 보자.

"불교에서는 살인, 도둑질, 정욕, 거짓말, 음주를 다섯 가지 죄로 여긴

다. 이들 죄를 피하는 방법은 자기 절제, 소박한 삶, 노동, 겸손, 믿음이다."(68쪽)

오계(五戒: 불살생不殺生, 불투도不偸盜, 불사음不邪淫, 불망어不妄語, 불음주不飮酒)의 실제에 대한 톨스토이의 해석이 불교의 계율과 본질상 다름이 없는 듯하다. 문제는 덜 움직이고 더 가지며 더 먹고 싶은 욕심과, 성경의 가르침인 '나보다 남을 낮게 여기' 지 않고 오히려 남보다 나를 낮게 여기는 마음가짐이다. 최근 어느 강좌에서 모 교수도 고백하기를 "해가 가고 나이가 들수록 느는 것은 참회요, 주는 것은 겸손이다."고 하였으니, 동시대 석학의 겸허한 성찰도 110여 년 전 톨스토이의 잠언과 세대 공감을 이루고 있음을 본다.

서문에서 톨스토이는 이 책이 논리적 체계를 갖추었다고 말하고 '인생의 손님들인 사랑, 행복, 영혼, 신, 믿음, 삶, 죽음, 말, 행동, 진리, 거짓, 노동, 고통, 학문, 분노, 오만' 등의 주제들이 반복되도록 했다고 설명하고 있다. 그리고 서문 말미에 "이 책은 인류에 대한 나 자신의 가장 큰 사랑의 표현"이라고 했으니 그가 스스로 쓰고 반복해서 읽으며 경험한 이 책의 감동을 얼마나 함께 나누고 싶어 했는지 그의 문장으로, 독자의 심장에 느껴진다.

그의 명저 『전쟁과 평화』와 『안나 카레니나』에 비해 덜 알려져 있고 그 내용이 다소 교조적이다. 그러나 생의 끝자락에 남긴 대문호의 잠언집 『살아갈 날들을 위한 공부』를 가벼이 여길 수 있는 것은 아니다. 인류의 삶이 겉모습은 몰라보게 달라졌어도 내면의 가치는 변함이 없다. 정교회에서 파문당하면서까지 그가 말하고자 했던 그의 사상과 인류애, 삶을 바라보는 관점이 담백하게 서술된 이 책은 개개인의 독법에 따라, 또한 반복해서 읽을 수록 그 깊이와 넓이를 더해갈 것이다.

기다림

『버스 정류장』, 가오싱젠, 오수경 옮김, 민음사

최지혜

즐거운 기다림이었다. 드디어 첫눈이 내렸다. 길거리에 눈발이 흩날린다. 앙상한 가로수에 눈송이가 맺혔다. 가게 앞 버스정류장 부스 안이 사람들로 북적인다. 눈을 터는 사람, 버스가 오는 쪽을 보며 발을 동동거리는 사람, 휴대전화기를 보는 사람….

"아지매, 황금동 가는 버스 여 서는 거 맞능교?"

버스정류장에서 우왕좌왕하던 할머니가 초조한 눈빛으로 물었다. 할머니는 원하는 답을 못 듣자 상심한 얼굴로 버스정류장에서 서성인다.

저자 가오싱젠은 중국 강서성 간저우에서 출생하였다. 1979년부터 소설과 평론을 발표하였고, 1981년부터는 베이징인민예술극원 소속 극작가로 희곡 「비상경보」, 「버스 정류장」, 「야인」 등을 발표했다. 그의 희곡 작품은 중국 고대 연극의 표현 양식인 제의적 탈놀이, 민간의 설창, 만담과 겨루기, 인형극, 그림자 인형극, 마술과 잡기를 기초한 새로운 현대극을 창출하였다는 평이 있다. 2000년 소설 『영혼의 산』으로 중국인 최초로 노벨 문학상을 받았다.

『버스 정류장』은 세 편의 희곡으로 구성됐다. 버스 정류장을 읽는데 사무엘 베게트의 『고도를 기다리며』가 떠올랐다. 두 작품 속 등장인물들은 하염없이 고도를 기다리고, 버스를 기다린다. 지루하고 고통스런 기다림의 나날이다. '독백'은 남자 배우 한 사람이 무대에 등장해 연기를 펼친다. 이 작품은 배우 자신과 역할과 극 중 인물의 관계를 모색하고 표현의 의미를 탐색하고 있다. '야인'은 3장으로 되었는데, 각 장을 전통의 노래, 무술, 동작으로 표현해 중국 전통극의 연극 개념을 회복하고자 했다.

"안경잡이: 여러분 못 들었어요? 그 사람은 이미 시내로 갔어요. 우린 더 이상 기다릴 필요가 없어요. 아무 소용없이 뭔가 기다리는 고통….

노인: 그 말이 맞아. 난 한평생을 기다렸어.

아이엄마: 길 떠나는 게 이렇게 어려울 줄 알았으면.

아가씨: 나도 너무 피곤해요. 모습도 아주 초췌하겠지.(42~43쪽)

끝이 없는 기다림에 본능이 드러난다. 치고받고 싸우고 절망하고 위로한다. 그래도 얼마나 다행인가? 혼자 기다리지 않는 게.

생태학자:(중략) 사람과 새는 친구야, 알겠니?

세모: 알았어요.

생태학자: 사람과 나무도 역시 친구란다. 숲이 있는 곳이라야 사람도 편안하게 살 수 있거든.

세모: 사람과 야인은요?

생태학자: 물론 친구지."(191쪽)

사람과 사람 사이의 부조화를 극복하는 길은 순수한 우정에 있으리라. 사람은 자연의 일부인 터, 자연과 인간 사이의 부조화에 대해 깊이 생각하게 하는 대목이다.

나는 어떤 모습으로 코로나19가 사라지길 기다리고 있는가? '버스 정류장'을 읽으며 나를 되돌아보는 시간을 가졌다. 그대, 책 속에서 기다림의 미학을 찾아보시길.

세월이 흘러도 빛나는 이름 '난설헌'

『난설헌』, 최문희, 다산책방

손인선

　재작년 11월, 강릉에서 군 생활을 하던 아들의 부대개방 행사가 있었다. 가기 전에 검색을 통해 아들과 좋은 추억을 쌓을 몇몇 곳을 알아보고 갔는데 그 중 한 곳이 허난설헌의 생가였다. 강릉에 가면 꼭 한 번 가봐야지 마음먹은 곳인데 아들 면회 핑계로 가 보게 되었다. 아마도 소설 『난설헌』이 이끈 게 아닌가 싶다. 소설 속에 자주 등장하는 솔밭을 걸으니 400여 년도 오래되지 않은 느낌이 들었다.

　요즘 말로 금수저를 물고 태어난 허난설헌은 남부러울 것 없이 자란 유년과는 반대로 험난하기만 한 결혼 생활을 했다. "여자로 태어난 것과 조선에 태어난 것, 성립의 아내가 된 것"을 후회한다는 말을 했을 정도다. 스승 이달에게서 시를 배워 천재라는 소리까지 들었지만, 김성립과의 원만하지 못한 결혼 생활과 시어머니 송씨와의 고부갈등 등으로 그의 천재성은 결혼 생활에 아무런 도움이 되지 못했다.

　" '소헌이도 나와 같은 삶을 이어 받겠구나…' 차별받아야 하는 여자의 운명을 걸머쥐고 나온 소헌이 그미는 한없이 가여웠다. 눈에 보이지 않는 하늘의 벽이, 어둠의 벽이, 남편의 벽이, 법도의 벽이 그미를 향해 점점 좁혀 들어오는 것만 같다. 뜨거운 눈물이 볼을 타고 흘러내려 젖을 빨고 있는 소헌의 이마에 툭 떨어진다." (201쪽)

　남성 중심의 제도권 안에서 여자로 살아가는 일이 얼마나 힘든지를 온몸으로 경험하고 있기에 딸인 소헌을 안고 눈물을 흘린다. 조선은 똑똑한 며느리를 원하는 시대는 아니었다. 오히려 너무 똑똑하면 남편의 앞길을 막는다고 생각하던 시대였다. 내세울 것도 잘난 것도 없는 김성립이 시대를 잘 만난 덕분에 그나마 결혼도 하고 가정도 꾸렸단 걸 400여 년 전에는 상상도 못 했을 것이다.

"백일홍은 맨살이다. 그래서 꽃 색깔이 저다지 진분홍인가. 있는 그대로 발가벗고 서 있는 나무… 그미의 눈가에 눈물이 핑그르르 어린다. 겹겹이 감추고, 숨기고, 억압하고, 그것만으로도 부족해서 순수한 본성까지도 작은 틀 속에 가두려는 제도와 인습이 문득 진저리쳐진다. 내 어찌 이 땅에 아녀자로 태어나 이 작은 틀 속에 갇힌 신세가 되었던고, 죽어 다시 태어나면 저 너른 중원천지를 말 타고 달리는 남정네로 태어나리라."(245쪽)

이 책에서는 여러 대목에 걸쳐서 난설헌이 조선 땅에 아녀자로 태어난 것을 후회하는 장면이 나온다. 실제 남정네로 태어났더라면 동생 허균과 더불어 문장가로 이름을 날렸을 것이고 더 많은 작품이 전해졌을 것이다. 박지원의 열하일기에도 중국에서 조선의 허난설헌 시를 이야기하는 장면이 있다. 요즘으로 치면 작가와 작품을 해외에서 알아준다는 것이고 번역본까지 나온 경우가 아닌가.

지구촌 곳곳에는 아직 남녀차별이 아무렇지도 않게 일어나는 곳이 많다. 사우디에서는 최근에야 여성에게 운전면허를 허가해 주었고 아프가니스탄, 파키스탄, 인도 등의 나라도 아직은 여성이 살아가기에 척박한 환경이 많다. 시대를 잘못 타고 났다는 이야기를 대화 중에 하게 되는 경우가 있는데 어떻게 보면 행복한 시대를 살아가고 있는 게 아닐까 싶기도 하다. 남긴 작품보다는 생애 위주로 된 이 소설은 난설헌을 더 깊이 알고 싶은 사람이 읽어보면 좋겠다.

스스로에게 주는 위로

『라틴어 수업』, 한동일, 흐름출판

신복순

당신이 잘 계신다면, 잘되었네요. 나는 잘 지냅니다.

Si vales bene est, ego valeo.

라틴어인 이 문장은 로마인들이 편지를 쓸 때 애용한 첫 인사말이라고 한다. 코로나19로 사람을 만나기가 힘들어진 이 때 전하고 싶은 인사이기도 하다.

이 책의 저자는 한국인 최초이고 동아시아 최초라는, 바티칸 대법원 로타 로마나 변호사이다. 서강대에서 라틴어 강의를 진행했었는데 매우 인기가 좋아 다른 학교 학생들뿐 아니라 일반 청강생까지 늘 만원이었다고 한다. 한 신문에 소개돼 책으로도 출판되었는데 100쇄가 넘었다고 하니 그 내용이 무척 궁금했다.

지금은 잘 쓰이지도 않고 공부하기도 힘들다는 라틴어에 왜 그렇게 관심이 많을까? 책을 읽으면서 느꼈다. 단순히 라틴어만 가르친 게 아니라는 것을. 라틴어를 모어로 가진 많은 나라의 역사, 문화, 종교, 철학을 함께 다루며 무엇보다 인생에 대해 생각해 보게 하는 수업이었던 것이다.

"사실 언어 공부를 비롯해 대학에서 학문을 한다는 것은 단순히 지식을 양적으로 늘리는 것이 아니라 '틀을 만드는 작업'입니다. 학문을 하는 틀이자 인간과 세상을 보는 틀을 세우는 것이죠. 쉽게 말하면, 향후 자신에게 필요한 지식이 어디에 위치해 있는지 알고, 그것을 빼서 쓸 수 있도록 지식을 분류해 꽂을 책장을 만드는 것입니다." (28쪽)

라틴어 공부가 어려운 만큼 공부에 관해서도 상당 부분 써놓았다. 로마 유학 중에 겪었던 어려움이나 좌절, 또 자신과의 소통을 경험하며 이겨낸 과정 등을 적고 공부를 해야 하는 본질적인 목적에 대해서도 잊지 않고 일깨워 준다.

"학문을 한다는 것은 아는 것에서 그치지 않고, 그 앎의 창으로 인간과 삶을 바라보며 좀 더 나은 관점과 대안을 제시해야 합니다. 이 점이 바로 '우리는 학교를 위해서가 아니라 인생을 위해서 배운다' 라는 말에 부합하는 공부의 길이 될 겁니다." (56쪽)

배움에는 끝이 없다고 하는데, 나이가 들어도 여전히 이 글들은 필요하다.

책 마지막 부분에 제자들의 편지가 실려 있다. 라틴어만 배웠던 것이 아니라 인생을 되돌아보고 삶이 소중하고 가치 있다는 것을 배운 기회였다고 진심을 담아 감사함을 전했다.

이 또한 지나가리라!(혹 쿠오퀘 트란시비트!) 사람들이 특히 힘들 때 많이 떠올리는 문구의 라틴어 발음이다. 세상에 지나가지 않는 것이 무엇이고 변하지 않는 것은 무엇이냐고 물으며 사람은 유구한 시간 속에 잠시 머물다 갈 뿐이라고 저자는 말한다. 라틴어 명구 중에는 희망과 관련된 것도 많다. '삶이 있는 한, 희망은 있다' , '숨 쉬는 동안 나는 희망한다' 등.

로마법에 젊은이를 가리키는 나이대가 만 20세부터 만 45세까지라는데, 그 나이가 지났다 할지라도 배움과 희망은 여전히 추구해야 할 일이다. 어떻게 살 것인가라는 물음과 함께. 이 책은 스스로를 따듯하게 바라보도록 해준다.

희망을 버리지 않는다면

『희망의 이유』, 제인 구달, 박순영 옮김, 궁리출판

김정숙

전 세계를 공포의 도가니로 몰고 가는 코로나19의 원인은 인간이 자연에게 가하는 학대에 지친 지구의 반란이 아닐까 하는 의심을 자주 해보는 요즘이다. 이렇게 마음이 어수선한 날은 언젠가 감명 깊게 읽었던 독서의 기억을 떠올리게 한다. 슬기로운 집콕생활이다. 서가에서 저절로 내 손에 미끄러진 책, 20여 년 전 나의 심금을 강타했던 『희망의 이유』라는 제인 구달의 자전적 에세이집이다. 350쪽에 달하는 이 책은 시작, 준비, 아프리카로, 곰베에서 등 17장의 목록으로 구성된 저자의 연구과정과 제인 개인의 사랑과 이별, 치유, 희망에 대한 꾸밈없는 보고서다.

이 책의 저자인 제인 구달은 세계적인 동물행동학자이며 환경운동가이다. 침팬지의 대모이자 우리 시대 가장 선한 영향력을 펼치고 있는 인사이다. 1934년 영국 런던에서 태어나 남부 해안에 있는 본모스에서 성장했다. 어릴 때부터 아프리카 밀림을 동경해 타잔을 읽으면서 타잔의 애인인 제인보다 자기가 훨씬 잘할 수 있으리라는 생각을 했다고 한다.

"1957년 친구의 초대로 아프리카 케냐로 가게 된다. 그곳에서 저명한 고생물학자인 루이스 리키 부부를 만나게 되고 리키의 연구원으로서 침팬지 연구에 합류하게 된다. 제인을 연구원으로 선택한 리키 박사가 침팬지의 행동 양식을 연구하려 했던 것은 석기 시대에 살았던 인류 조상의 행동 양식을 추론하는 데 도움이 될 것이라 생각했기 때문이었다.”
(83~84쪽)

1960년 혼자 곰베로 가서 야생 침팬지 연구에 착수했다. 1965년 케임브리지 대학에서 동물행동학 박사학위를 받았다. 1975년 야생 침팬지 연구를 계속하기 위해 〈제인 구달 연구소〉를 세웠다. 1995년 엘리자베스 여왕이 대영 제국의 작위를 수여했으며, 탁월한 연구자에게 주어지는 내셔널 지오그래픽 소사이어티의 허바드상을 받았다. 탄자니아 정부는 외국인 최초로 구달 박사에게 킬리만자로상을 수여했다. 저서로는 『희망의 자연』, 『희망의 씨앗』이 있다.

저자의 지칠 줄 모르는 탐구심은 인간과 동물의 경계를 천천히 허물었다. 저자는 곰베의 침팬지들로부터 새로운 사실들을 발견해 학계를 놀라게 했다. “침팬지는 도구를 사용하고, 일을 계획하고, 기쁨과 슬픔을 표현한다. 우정관계를 맺거나, 싸우거나, 갈등을 벌이는 등 인간과 너무도 비슷한 사회생활을 하고 있다.”(111쪽)

침팬지에게서 얻은 인지도를 오로지 동물복리를 위해 쓰고자 헌신한다. 아흔을 바라보는 나이지만 지구의 미래가 어린이들의 어깨에 달려 있다고 믿는 구달 박사는 〈뿌리와 새싹〉이라는 친환경 동아리를 설립한다. 120개국을 누비며 조직의 선봉장으로 수많은 사람들의 마음에 희망의 바이러스를 침투시키고 있다.

그가 꼽는 ‘희망의 이유’는 무엇일까? 그는 말한다. 인간의 두뇌, 자연의 회복력, 젊은이들의 열정, 불굴의 인간정신이 희망의 이유가 될 수 있다는 것이다. 우리가 희망을 버리지 않는다면 인류 전체의 생존을 위협하는 각종 문제들을 해결하기 위해 힘을 모을 것이라고 보는 것이다. 동의하며 결심한다. 1회용품 줄이기에서부터 가까운 곳 걷기까지.

산다는 건 배우는 일이다

『100 인생 그림책』, 하이케 팔러, 김서정 옮김, 사계절출판사

권영희

"이제는 세상에 무심해졌구나. 달 한번 제대로 올려다보질 않네."(56쪽)

지금의 내 상황이다. 하늘을 올려다본 적이, 달빛을 고스란히 받아본 적이, 천천히 내 뒤를 돌아본 적이 언제였던가.

산다는 건 그저 신나는 일만도, 그저 기운 빠지는 일만도 아니다. 또한 언제나 입 꼬리를 올리고 살 수만 있는 일도 아니다. 한 번쯤은 내가 살아온, 우리가 살아온 길을 더듬어 보게 하는 그림책이다.

『100 인생 그림책』은 말 그대로 우리가 하나하나 배우며 살아가는 이야기다. 우리가 살아왔던 시간과 앞으로 살아가야 할 삶의 이야기를 보여준다.

독일 시사 잡지《차이트》의 편집자인 하이케 팔러는 갓 태어난 조카 파울라와 로타를 보면서 이 책의 아이디어를 떠올렸다고 한다. 앞으로 이 아이가 살아가야 할 인생에 대해서, 세상에 대해서 얘기하고 싶었기에.

때론 힘들고, 때론 행복해하며 우리는 살아왔고, 살고 있다. 또 새로운 누군가가 태어나서 살아가야 하는 것이 인생이다. 나이에 따라 배우고 익히고 아파하는, 우리 모두의 이야기가 들어있다. 무심코 살아왔던 날들이 어쩌면 이 책을 읽음으로써 하루하루의 의미를 가지게 될 것이다.

0세부터 100세까지, 다양한 사람들이 만들어가는 인생을 이탈리아 일러스트레이터 발레리오 비달리의 상황에 맞는 그림과 함께 펼쳐 보인

다. 나이에 맞게 조금씩 성장해 가는 이들의 모습에서 나를 만나고, 우리의 아이들을 만나고, 많은 그들을 만난다. 이 책을 통해 많은 이들의 웃음과 아픔, 눈물과 성장을 함께할 수 있다.

"살면서 무엇을 배웠을까?"(99쪽)

우리들의 인생이 서서히 저물어 갈 때쯤에 작가가 마지막 글귀로 남긴 말이다. 책에서는 처음부터 끝까지 우리에게 이 질문을 던진다. 곰곰이 생각해 본다. 나는 이만큼 살아오면서 무엇을 배웠는가? 거창한 성과와 화려한 업적을 바라지 않는다.

지금 이 순간의 내 모습을 좋아하며, 작은 것에도 행복할 수 있다는 걸 배우기도 하고, 모든 일이 힘겨울 때가 있다는 걸 깨닫기도 한다. 그렇게 서서히 놓는 법도 배워가면서 인생을 살아간다.

산다는 건 다 그런 거다.

이 자리에서 나의 인생을 담담히 살필 수 있는 『100 인생 그림책』을 보고 있는 이 순간. 이게 살면서 내가 배웠던 건 아닐까. 우리가 누리고 있는 이 일상이야말로 진정 바라는 삶이 아닐까.

"빈 나무딸기 잼 병을 지하실로 가져다 놓으면서 너는 생각하지. 누가 알겠어, 이게 또 필요할지?"(94쪽)

인생을 살아감에 늦은 때는 없는 것 같다. 늘 새로운 삶을 기다리며 만들어가는 이들의 여유로움이다.

"인생에는 두 가지 큰 힘이 있어. 누군가 너를 끌어주고 있니? 누군가 너를 밀어주고 있니?"(50쪽)

어느새 우리들 곁을 떠날 준비를 하는 아이들에게 이 책이 전하는 또 하나의 선물이다.

다름을 단절이 아닌 통로로

『우리는 코다입니다』, 이길보라·이현화·황지성, 교양인

하승미

"응애응애"

내 아이의 울음소리를 들을 수 없는 부모의 마음은 어떨까? "엄마, 엄마" 차마 부를 수 없는 아기의 눈에는 무엇이 담겨 있을까? 농인(청각장애인 중 수화언어를 제1 언어로 사용하는 사람) 부모 사이에서 태어난 청인을 코다(Children of Deaf Adults: CODA, 농부모의 자녀)라 부른다. 그들은 경계에 서 있는 존재다. 소리의 세계와 침묵의 세계 사이, 음성언어와 시각언어(수화언어) 사이, 청聽문화와 농聾문화 사이. 이 책은 소리를 듣고 침묵을 읽으며 사이를 살고 경계를 잇는 코다들이 들려주는 이야기다.

「너의 이야기를 우리가 듣고 있다고」의 화자인 이현화는 수어통역사이자 언어학자다. 농부모를 통해 공기처럼 마셔온 수어로 국립국어원에서 한국수어사전을 편찬하고 있다. 음성언어만 통용되는 사회에서 그녀는 보호받는 보호자다. 육체노동이 유일한 밥벌이인 부모님의 주머니 사정을 일찌감치 알아차리고 가정사 구석구석은 그녀의 입과 귀를 통한다. "너는 두 살 때부터 밖에 누가 와 있는 걸 내게 알려줬어."(25쪽)

세계의 각자 지붕 아래에서 홀로 견디던 같은 처지의 사람들이 모여 스스로를 CODA라 명명한 코다 인터내셔널이라는 조직에서 그녀는 코다 코리아다. 청인 사회를 만나는 순간 장애가 되는 농인과 장애와 비장애 세상을 매일 넘나드는 농부모의 자녀는 아직 그들만의 세상에 서 있

다. "농인이 농인으로 살아갈 수 있도록 하는 데 사람들이 그다지 관심이 없는 거죠."(82쪽)

「침묵의 세계를 읽어내는」의 화자 이길보라는 농인 부모에게서 태어난 것이 이야기꾼의 선천적인 자질이라고 믿으며 글을 쓰고 다큐멘터리 영화를 찍는다. 엄마에게서 수어를 배우고 세상으로부터 음성언어를 배운 그녀는 사회의 몫을 개인에게 돌리는 세상을 향해 소리친다. "나는 '통역사'로 태어난 것이 아니라 '나' 자신으로 태어난 것인데 어딜 가나 통역사가 되어야 했다."(143쪽)

이름조차 생소한 소수자의 위치에서 그녀는 소수자의 이야기를 다양한 매체로 전한다. "우리는 코다야 우리가 자랑스러워/ 함께 모여 소리를 높이자/ 우리 부모님은 농인이고 우리는 그게 좋아/ 우리는 소통하려고 늘 수어를 해/ 청사회에서는 재잘거리는 소리를 들어/ 그런데 그게 뭐 어때?"(152쪽)

이길보라의 영화 〈반짝이는 박수 소리〉를 통해 코다라는 이름을 얻은 그는 우리가 돌아가야 할 집을 안다. "우리는 정상성 세계에서 오래전 탈락했지만 비정상인 서로를 그대로 인정하고 의존하고 돌보는 공동체로 이미 살아가게 될 것이다."(328쪽)

우린 모두 각자 다른 방식의 몸으로 산다. 수많은 차이가 엮여 우리가된다. 다름을 단절이 아닌 통로로 만들어가며 경계에 오롯이 마주 선 코다들의 삶을 응원한다. 그들의 이야기가 부서지지 않고 고유한 자산과 다문화적 정체성으로 온전히 받아들여질 수 있길 기도한다.

자신의 다름이 버거운 이들, 타인의 다름이 불편한 이들이 보면 좋겠다. 역시 다른 우리도 읽으면 좋겠다.

유기체는 알고리즘이다

『호모 데우스』, 유발 노아 하라리, 김명주 옮김, 김영사

김준현

"유기체는 알고리즘이다." 참 어려운 말이다. 유기체는 그럭저럭 알겠는데, 알고리즘은 또 뭔가? 호모 데우스? 이쯤 되면 설상가상. 이래저래 세상을 따라가기가 버겁다. 그러나 한편 생각해보면 앞서가는 시대 담론을 언제까지 보고만 있을 수는 없다. 옛말에, '궁하면 통한다'고.

『호모 데우스』는 역사학자 유발 노아 하라리Yuval Noah Harari가 '사피엔스'에 이어 인류의 과거와 현재를 아우르고, 미래를 언급한 책이다. 인류가 세상을 정복하고 삶에 의미를 부여하지만, 결국 지배력을 잃는 과정으로 나누어 3부로 구성했다. 저자는 자신의 주장을 논증하기 위해 인류사 곳곳에서 사례를 가져온다. 평범한 독자가 읽기에 생소한 용어가 가끔 나오지만, 끊임없이 질문하고 대답하는 저자를 따라가다 보면 어느새 마지막 장에 다다른다.

기아, 역병, 전쟁을 극복한, "인류의 최상위 의제는 무엇일까?", "이제 우리는 무엇을 할 것인가?" 이 둘이 책의 화두다. "번영, 건강, 평화를 얻은 인류의 다음 목표는 불멸, 행복, 신성이 될 것이다." 유발 하라리는 이렇게 예측하고, 그 이유와 배경을 500여 페이지에 걸쳐 검토한다.

인간이 신성(divinity)을 획득한다? 무슨 근거로 이렇게 맹랑하게 주장할까? 저자가 말하는 신성은 기독교의 전지전능한 하나님이 아니라 그리스 신화에 등장하는 신, 또는 힌두교 천신에 해당하지만, 그래도 그의

주장에 선뜻 동의하기는 어렵다.

책은 말한다. "호모사피엔스의 생명, 행복, 힘을 신성시하는 인본주의가 300년 동안 세상을 지배해 왔다. 불멸, 행복, 신성을 얻으려는 시도는 인본주의가 품어 온 오랜 이상의 논리적 결론일 뿐이다." 일리 있는 의견이다. 신이 권위의 원천이던 중세사회에서 인간 중심의 근대사회로 인류는 오래전에 넘어왔다. 신기술을 등에 업은 현대 과학이 인간의 욕망을 충동질하면 불멸, 행복, 신성은 호모사피엔스에게 안성맞춤 프로젝트가 되겠다. 이렇듯 책은 다소 난감한 의견을 제시하지만, 저자가 펼치는 논증을 함께 검토하다 보면, 어느새 수긍한다.

인간이 신성을 가질 때 결과는 어떨까? 유발 하라리는 다시 한 번 과감하게 예측한다. "신기술로 인간의 마음을 재설계할 수 있을 때 호모사피엔스는 사라질 것이다. 그렇게 인류의 역사가 끝나고 완전히 새로운 과정이 시작될 것이다." 황당하기 그지없이 들리지만, 앞서 말했듯이 책이 밝히는 논증을 천천히 따라가 주기 바란다.

『호모 데우스』는 독자에게 무엇을 말하고 싶을까? "이 책 곳곳에 등장하는 예측들은 모두 현재의 딜레마에 대해 논의해 보자는 시도이며, 미래를 바꿔 보자는 제안일 뿐이다." 유발 하라리 말처럼 책 내용을 예언이 아니라 예측, 혹은 가능성으로 받아들이는 유연한 태도를 지녀보자. 마음에 들지 않는 가능성은 실현되지 않도록 다른 방식으로 생각하고 행동하면 된다.

미래를 쓴 책을 읽을 때면, 저것이 조만간 현실로 나타날까 꺼리는 마음이 들 때도 있고, 때로는 무조건 거부하고 싶은 심리도 올라온다. 그렇지만 불편한 마음으로 미래를 볼 수는 없다. 낯선 말에 괜스레 주눅 들지 말고 한 발 접근해 보자. 궁하면 통한다. 지금보다 더 창의성 있는 방식으로 가능성을 현실로 만들고 싶은 독자에게 『호모 데우스』를 권한다.

공부 때문에 아프고 상처 받은 아이들에게 건네는 위로

『공부 상처』, 김현수, 에듀니티

이수진

『공부 상처』라는 제목 앞에 작은 글씨로 '대한민국 교사·부모에게 드리는 메시지'라고 적혀 있다. 그래서인지 교직 경력이 20년에 가까운 내게는 이 책이 꼭 읽어야 할 편지처럼 여겨졌다. '공부'와 '상처'라는 말이 오묘하게 어울린다는 생각을 하면서 책장을 넘겼다.

저자 김현수는 의사다. 특이하게도 의사로서 첫 발령지는 병원이 아닌 소년교도소였다. 저자는 그곳에서 문제 행동은 '심리적 구조 신호'라는 것을 느끼게 되어 정신의학을 전공하게 된다. 정신과 전문의 자격을 취득한 그는 신경정신과와 지역주민상담센터를 열었고, 학업을 중단한 청소년들을 위한 대안학교 '성장학교 별'의 교장을 맡는다. 또한 학업 중단, 가출, 비행, 학교 폭력, 인터넷 중독, 은둔형 외톨이 등 어려움을 겪고 있는 수많은 청소년들을 꾸준히 돕고 있다. 이력만 살펴봐도 저자는 청소년에게 구세주와 같은 존재라는 생각이 든다. 책을 읽게 되면 청소년뿐 아니라 교사와 학부모들도 새로운 깨달음을 얻게 된다.

책의 내용은 크게 4부로 구성되어 있다.

1부 '공부에 흥미를 잃은 아이들'에서는 누가, 어떻게 아이들에게 공부 상처를 주고, 공부 상처의 결과로 이어진 학습 부진을 이야기 하며, 2부 '상처받은 아이에게 다가가기'에서는 공부 위기가 찾아오는 시기를 살펴본 후, 공부 동기를 발견하고 성공 계획을 세우는 방법을 살펴본다.

3부 '공부 상처의 유형 알기' 에서는 다양한 공부 상처의 유형들이, 4부 '아이에게 맞는 공부 돕기' 에서는 공부 상처의 원인을 찾아보고, 공부 동기를 강화하는 대화법 및 아이의 특성에 맞는 공부 방법을 제시한다.

목차만 살펴보면 학습 부진의 원인을 살펴보고 해결책을 찾아보는 것 같지만, 읽어나가다 보면 저자가 아이들의 마음을 이해하고 진심으로 응원하고 있다는 게 느껴진다.

"아이들에게 놀이는 그만하고 공부를 하라는 말은 그런 점에서는 모순이다. 아이들에게는 놀이가 공부인데, 현재 아이가 스스로 하고 있는 공부는 그만두고, 부모가 시키는 다른 공부를 하라는 말과 같기 때문이다. 여기서 아이들의 본성이 억압당한다." (33쪽)

"아이들은 자신을 바라보는 시선에 무척 민감해서 말로 듣지 않아도 느낌으로 자신들이 어떤 대우를 받는지 알고 있다." (45쪽)

"실패하면 아이들은 그 다음에는 안 하려고 든다. 성공했다고 자극해 주는 것이 중요하므로 무조건 성공하도록 이끈다. 작은 성공들이 모여야 자존감이 싹트고, 그래야 공부해야겠다는 의욕이 생긴다." (68쪽)

저자는 어른들에게 하소연한다. 아이들이 힘들고 아프다고. 그런데 들어주는 사람도, 도와주는 사람도 없고, 혼내는 사람들만 가득하다고. 배움에 상처를 받은 아이들이 불안과 강박 속에서 공부에 지쳐가고 있다고 한다. 학교와 가정에서 어른들이 만들어 놓은 유리 상자 안에 갇혀 있는 아이들의 모습이 떠올라 가슴이 너무 아프다. 이 책이 아이들과 어른들에게 배움의 본능을 회복시키는 지침서가 되어주리라 믿는다. 아이들이 닫힌 유리 상자에서 밖으로 나와 마음껏 웃고 배우며 성장할 수 있길 희망해 본다.

능력주의의 오류에 대한 빈약한 경고

『공정하다는 착각』, 마이클 센델, 함규진 옮김, 와이즈베리

정종윤

공정은 사회 현상을 넘어 이제 시대정신이라 불러야 할 것 같다. 차별이나 불평등 논란이 벌어지는 현장에 어김없이 구세주처럼 소환되니 말이다. 하지만 정의의 여신은 눈을 가리고 있지 않은가. 그의 한쪽 손에 쥐어진 칼날을 보며 우려했던 사람은 나만이 아니었던 것 같다. 『정의란 무엇인가』로 중요한 화두를 던졌던 센델은 『공정하다는 착각』에서 눈을 가린 여신, 즉 능력주의에 기반을 둔 공정의 결함에 대해 설파한다.

새 저서는 세계적인 유명세, 특히 한국에서 열광적인 명성을 안긴 『정의란 무엇인가』 와는 다소 결이 다른 책이다. 앞선 책이 주로 딜레마 상황을 언급하며 명확한 결론을 유보하는 반면, 『공정하다는 착각』은 분명한 논리와 결말을 전개한다. 특히 능력주의가 가진 위험성에 대해 센델은 무척 단호한 입장을 펼친다.

"능력에 따른 소득 불평등은 계층에 따른 소득 불평등보다 전혀 정의롭지 않다." (209쪽)

능력에 근거한 차등적 대우는 공정하다는 것이 상식일 터. 그런데 능력주의가 정의롭지 않다니 이 정치철학자는 대체 무슨 말을 하려는 것일까. 상식에 위반되는 것은 둘째치더라도 대안은 있기라도 한 것인지 우려스럽기까지 하다. 난감한 입장을 의식했는지 센델 또한 본인의 이론이라 고집하지 않고 선배 학자이자 정의론 대가인 롤스의 입을 빌려

간접적으로 주장을 펼친다.

핵심은 이렇다. 소득이 높은 것은 수요와 공급이라는 경제적 이해관계에 우연히 맞아떨어진 것이지, 정의라는 덕목과는 무관하다는 것이다. 센델은 교사와 마약 상인의 소득을 이야기하면서 논의를 보강한다. 마약 딜러가 훨씬 많은 돈을 벌지만 교사보다 더 의미 있는 일이라 말하기는 어렵다. 따라서 시장 수요에 맞추어 높은 소득을 올리는 능력은 공정과는 아무런 관련이 없다는 것. 문제는 자본주의 체제가 '능력주의가 공정하다'는 심각한 오류에 토대를 두고 있기 때문에, 빈부 격차를 사실상 방치할 수밖에 없다는 것이다. 다시 말해 양극화는 능력주의의 필연적 결말이다. 얼핏 꼰대 철학자의 진부한 훈계 같지만 능력주의의 순진한 확신이 양극화를 심화시킨다는 이야기는 흘려듣기 어렵다.

빈부 격차가 능력주의 자체의 오류에서 비롯되었다는 센델의 논의는 일리가 있다. 대안으로 제시한 공동체주의와 시민들의 연대도 수긍은 간다. 문제는 이걸 어떻게 이루냐는 것. 능력주의가 도덕적 결함을 가진다 한들 중세와 같은 계급 사회로 회귀하거나 고대 아테네 시대처럼 제비뽑기로 지도자를 뽑을 수는 없는 노릇이다. 구조적 문제를 도덕적 문제로 환원시킨 빈약한 논의라는 지적을 피하기 어려운 것도 이 때문일 것이다.

플라스틱을 대량으로 사용하면 여러 문제가 생긴다는 것을 모르는 사람은 없다. 그렇다고 인류문명이 플라스틱을 당장 포기할 기미를 찾기도 어렵다. 플라스틱을 줄일 수 있는 구조적이면서도 현실적인 해결책이 필요하지 않을까. 그토록 많은 논란과 후폭풍을 일으켰지만 아직 우리의 유토피아적 상상력은 애덤 스미스나 칼 마르크스를 넘기는 어려운 것 같다. 언제쯤 이상향의 청사진은 자본주의나 공산주의를 넘어설 수 있을까.

코로나19, 과연 무엇이 진실일까

『코로나 미스터리』, 김상수, 에디터

이동근

'먹고 마실 땐 말없이! 대화는 마스크 쓰GO'

한글과 영문이 섞인 국적 불명의 선전물이 도시 곳곳을 채우고 있다. 하지만 어느 누구 하나 반론을 제기하지 않는다. 더군다나 확진자가 몇 명 생겨났다는 문자메시지는 수시로 휴대폰을 울린다.

만 1년이 넘게 이어지는 통제된 생활로 사람들은 지쳐가고 있다. 우리가 즐겨 찾던 식당과 술집, 노래방도 가기 힘들어졌고, 5인 이상 모임 금지, 이동 제한, 집회 결사의 자유까지 제한하면서 정부에 대한 불만의 목소리를 내는 것도 어렵게 되었다. 하지만 과연 이것이 개인의 사생활을 침해하고 자유권을 제한할 만큼 중대하고 위험한 질병인가 하는 의심은 사람들의 가슴 한편에서 스멀스멀 피어나고 있다.

저자는 호흡기질환을 주로 진료하는 한의사다. 다년간 신종 플루와 메르스를 경험하며 질병에 대한 언론 보도와 보건 당국의 대처가 일반 상식과는 다르게 전개된다는 것을 깨닫고 의학적 근거자료를 찾아 대중들에게 제대로 알리고자 이 책을 썼다.

"코로나19 바이러스는 감기를 일으키는 바이러스 중 리노바이러스 다음으로 많이 검출되는 아주 흔한 바이러스다. 주변에 감기 환자가 있다면 열 명 중 둘은 이 코로나 바이러스에 걸린 환자라고 할 만큼 아주 흔한 바이러스라는 뜻이다."

이 흔한 감기에 왜 팬데믹(전염병의 대유행)이라며 시끄러울까. 아마도 사망자가 많이 발생해서일 것이다. 하지만 저자가 조사한 통계자료는 이와 다르다. "이탈리아의 코로나19 양성 사망자는 3천200명이었고 사망자의 평균 연령은 78.5세였다. 사망자의 98.8%는 기저질환을 앓고 있었다." 우리도 이와 별반 다르지 않다.

무증상 감염자는 이번 코로나19로 가장 주목받은 단어가 아닐까 싶다. 감염은 되었는데 증상은 없다? 그럼 질병이라고 할 수 없는데도 확진자와 똑같이 동선을 파악하고 접촉자는 검사를 받게 하는 이런 일들을 과연 이해할 수 있을까.

마스크를 쓰지 않고서는 이동할 수도, 건물에 들어갈 수도 없다. 심지어 자기 집에 들어가는 순간까지도 남들의 이목을 의식하며 2m 거리를 유지하고 신체 접촉을 피해야 한다. 한 집에 사는 부모 자식 간에도 마스크를 쓰고 서로를 감염자로 의심하며 대화도 줄이는 것이 지금의 모습이다.

"평소 건강했던 환자들이 위험에 빠지는 이유가 이 바이러스에 대한 치료제가 없어서가 아니라 감염 초기부터 환자들에게 사용했던 약물들과 스스로 숨 쉴 수 있는 사람들에게 억지로 씌웠던 산소마스크 때문이라고 말한다면 나는 그 의료인을 신뢰할 수 있을 것이다. 하지만 현대의 의료 시스템과 지금의 팬데믹 상황에서 그런 얘기를 할 수 있는 의료인이 과연 몇 명이나 될까?" 마지막 책장을 덮으면서도 지금의 미스터리가 풀리지 않는다. 결국, 예방이 최선의 치료라는 말을 되뇌며 나는 다시 마스크를 집어 든다.

콜리를 아세요?

『천 개의 파랑』, 천선란, 허블

나진영

미래 사회는 암울할까, 암울하지 않을까.『멋진 신세계』에 그려진 미래 사회는 우울했다.『21세기를 위한 21가지 제언』에서 유발 하라리는 AI가 지금 우리가 하고 있는 많은 일을 대신할 것이고 인간은 새로운 일, 고도의 전문성을 필요로 하는 일을 할 가능성이 높다고 했다.

인류는 빠른 속도로 발전, 변화해 왔다. 그 변화와 발전의 기술적인 측면은 적은 수의 인간들이 이루어낸 것이라고 생각한다. 그 속도를 따라가지 못하는 사회와 사람들이 지구에서 함께 살아간다. 누군가는 AI에게서 수술을 받을 것이고 또 다른 누군가는 그런 선택을 할 수 없을 것이다. 빠른 속도를 따라갈 수 없는 인간들, 그리고 동물들은 이 지구에 어떤 희망을 가져야 할까.

작가 천선란은 이렇게 말한다. "'우리는 모두 천천히 달리는 연습을 해야 한다.' 언제 써놨는지도 기억나지 않지만, 언제나 이 문구를 보며 지구가 변해가는 속도와 놓치고 가는 사람, 그리고 동식물에 대해 생각했다. 그래서『천 개의 파랑』을 썼다." 뛰는 발걸음에 지나가던 개미가 밟히지 않도록, 천천히 걷는 연습 중이라고 한다.

『천 개의 파랑』에서 콜리는 경주마 '투데이'의 기수 휴머노이드다. 투데이는 인간의 재미를 위해 달리다 관절이 다 닳아 안락사를 앞두고 있다. 콜리는 주로에 선 투데이를 멈추기 위해, 살리기 위해 낙마했고 하반신이 부서진 채로 폐기를 앞두고 있었다. 이때 연재를 만났고 콜리와 투데이는 삶의 2막을 연다. 연재는 고등학생이고 로봇영재다. 콜리를 고친다. 콜리는 연재에게 친구 지수와의 관계 회복을 가져다주고, 연재의 엄마-보경과 대화하면서 그녀에게 깔려있던 부정적 감정들의 표피를 벗겨준다. "행복만이 그리움을 이길 수 있다고 했잖아요. 아주 느리게 하루의 행복을 쌓아가다 보면 현재의 시간이, 언젠가 멈춘 시간을 아주 천천히 흐르게 할 거예요."(286쪽) 콜리는 따뜻한 휴머노이드다. 콜리와 같은 휴머노이드를 만들 수 있는 인간이라면 우리의 미래도 우울하지 않다. 그 속에서 희망을 본다.

경주마 투데이를 둘러싼 인물들도 많다. 은혜는 투데이의 안락사를 막기 위해 작전을 짜고 성공한다. 수의사 복희는 경주마들을 돌보고 안락사를 시키기도 한다. 복희는 케냐에서 상아 아주 천천히 흐르게 할 거예요."(286쪽) 콜리는 따뜻한 휴머노이드다. 휴머노이드는 인간이 만들었다. 콜 없이 태어난 아기 코끼리를 만났고, 얼룩말들의 집단자살을 목격했다. 도대체 인간은 이 지구에 어떤 존재인지 생각이 많아진다. 천선란 작가는 동식물이 주류가 되고 인간이 비주류가 되는 지구를 꿈꾼다고 했다. 나도 그런 지구를 생각해 본다. 꿈이 이루어진다면 지구는 어떤 모습일까.

"그렇다면 인간은 함께 있지만 모두 같은 시간을 사는 건 아니네요."(284쪽) 이 문장에 밑줄을 그었다. 콜리는 천 개의 단어만으로 이루어진 짧은 삶을 살았지만, 모든 단어들이 전부 다 천 개의 파랑이었다. "마지막으로 하늘을 바라본다. 파랑파랑하고 눈부신 하늘이었다."(354쪽) 이 책을 덮으며, 나는 오른쪽 눈을 꾹 누른다. 왼쪽 눈에서 눈물이 주르르 흘렀다. 『천 개의 파랑』이다.

코로나와 구보

『소설가 구보씨의 일일』, 박태원, 문학과 지성사

김광웅

누군가는 코로나로 인한 우울함을 노래로 떨쳐내는가 하면 누군가는 걷는 것으로 마음을 달래기도 한다. 사회적 거리를 유지하며 운동하기에는 산책만 한 것이 없다. 걸으면서 사람들은 정서적 안정을 찾고 고민을 해결하기도 한다. 일제 강점기 때 구보 즉 걷는 것을 즐긴 한 사람이 있었으니, 박태원의 소설에 나오는 구보씨다. 『소설가 구보씨의 일일』은 하루 동안 서울 거리를 다니면서 풍경과 사람들을 관찰하며 생각한 것을 적은 작품이다. 일상 생활을 기록하여 소설로 만든 것이다.

구보는 일제 강점기 때 동경 유학까지 한 지식인이나 글만 쓰고 있는 백수다. 정오에 집을 나와 서울 거리를 배회하다가 신경쇠약 증상을 보이고 다방에는 자신과 같은 우울한 룸펜 젊은이들이 득실거리는 것을 본다. 사회부 기자 친구를 만난 구보는 소설 주인공이 작가보다 늙었다는 평을 듣는다. 모더니즘을 추구하는 작가이지만 땅을 디디면서 걷다 보면 식민지 사람들의 모습이 나오지 않을 수 없다. 식민지 시대 취직되지 않는 지식인, 즉 채만식의 소설처럼 팔리지 않는 기성복 같은 레디메이드 인생들. 그러기에 우울하고 나이보다 늙은 주인공이 등장하는 것이다.

구보가 떠올리는 생각이 의식의 흐름에 따라 기술되고 있어 이야기가 유기적 연관성 있게 전개되는 것은 아니다. 약동하는 무리들이 있는 경성역에 가면 행복해질까 싶었으나 군중 속의 고독만 느낀다. 문인들조차도 황금에 미쳐 있는 황금광 시대. 구보는 냉소적이고 열등생이었던 중학 동창이 금시계를 자랑하는 모습에 물질 만능주의에 젖은 현실을 비판한다. 1930년대는 식민지 근대화가 진행되고 있어 비인간화, 자본주의 현실이 나타나고 있다.

"지금부터 집엘 가서 무얼 할 생각이오?" 그것은 어리석은 물음이었다. '생활'을 가진 사람은 마땅히 제 집에서 저녁을 먹어야 할 게다. 벗은 구보와 비겨 볼 때 분명히 생활을 가지고 있었다. 구보는 기자 친구와 헤어지며 친구의 생활 있음을 부러워한다. 구보는 진정 인생에서 원하는 것이 무엇일까를 생각해 본다. '이제 나는 생활을 가지리라. 내일부터, 내 집에 있겠소, 창작하겠소' 땅을 디디고 거리를 걸어다니며 생각을 했기에 고독한 구보가 생활을 하리라는 힘찬 결말을 얻어낸 것이 아닐까 한다. 우울한 코로나 시대에 우리도 소설 속 구보가 되어봄 직하다.

이 소설의 작가 박태원은 1930년대 이상과 함께 구인회의 일원이며 모더니즘 소설 분야를 개척한 소설가이다. 구보가 단장과 공책을 들고 거리를 나와 관찰하는 것은 작가의 창작 방식을 보여주는 것이다. 또한 소설 창작 과정이 바로 작품이 된 작가의 자전적 소설이라 할 수 있다. 이 소설은 평범하고 사소한 그의 일상이 소설이 될 수 있음을 보여주고 있다. 이 작품을 읽고 우리도 구보처럼 우리의 일상을 소설로 그려내는 소설가가 될 수 있지 않을까 하는 용기를 내어본다. 코로나로 인해 매일 매일의 사소한 일상이 더 소중하고 그리워지는 요즘이다.

새로운 마케팅 전략, 고전에서 답을 찾다

『털 없는 원숭이』, 데즈먼드 모리스, 김석희 옮김, 문예춘추사

최성욱

인간의 마음이 움직이는 곳으로 관심과 부가 모인다. 따라서, 치열한 비즈니스의 세계에서는 어떻게 하면 인간의 마음을 움직일 수 있는지가 주요 관심사가 된다. 문명과 문화가 발달한 현재 상태에서 인간을 바라보면 인간은 고상하고 아름다운 모습을 하고 있다. 이러한 생각에 충격적인 화두를 던진 책이 50여 년 전에 출간되어 세계적인 반향을 일으켰다. 바로 인간을 '털 없는 원숭이'라 선언한 발칙한 책이다.

데즈먼드 모리스는 영국 출신의 세계적인 동물학자이자 생태학자이다. 이러한 이력만 볼 때 인간에 대한 탐구서를 쓴다는 건 전공과 전혀 맞지 않은 듯 보인다. 하지만 그의 탁월한 관찰력은 인간도 동물의 한 種이며 매우 특별한 種일 뿐이라고 말한다. 데즈먼드 모리스의 대표작인 이 책은 1967년 출간되었고, 『이기적 유전자』, 『사피엔스』 등에 많은 영감과 영향을 주었다고 한다. 이러한 인간 탐구에 대한 새로운 흐름은 인간이라는 실체를 더 완전하게 알도록 해주었다.

이 책은 인간의 기원과 섹스, 아이 기르기, 탐험, 싸움, 먹기, 몸 손질, 다른 동물과의 관계 등으로 구성되어 있다. 각각의 장에서는 우리가 전혀 생각지도 못하고 있었던 인간의 적나라한 모습을 모리스와 함께 관찰자의 입장에서 바라보게 된다. 그러면서 무릎을 탁 치는 깨달음의 재미를 자주 맛보게 될 것이다. 이 책을 관통하는 통찰은 다음의 문장에 함축되어 있다.

"공중도덕이라는 짙은 색의 니스를 말끔히 닦아내면, 오늘날의 사회에서 얻을 수 있는 증거는 선사시대의 유물에서 얻은 증거와 기본적으로 거의 같은 모습을 우리에게 보여준다.(중략) 문명의 사회적 구조가 동물의 생물학적 본질을 만들었다기보다는 오히려 동물의 생물학적 본질이 문명의 사회적 구조를 만들었다."(126쪽)

이러한 새로운 관점은 인간을 대상으로 한 새로운 비즈니스와 마케팅 전략을 수립하는 데 큰 도움이 될 수 있다. 한 예로 최근에 반려동물과 관련한 시장이 매우 커지고 있는데 이 책에서는 털 손질을 해주는 동물들처럼 인간이 다른 동물의 털을 만지고 보살피는 것을 '털 없는 원숭이' 시절부터 해 왔던 몸 손질의 연장으로 이해하며 이러한 생물학적 본질은 변하지 않는다고 주장한다. 이러한 통찰은 새로운 비즈니스의 개발에 중요한 단초를 줄 수 있다.

모리스는 "동물을 동물이라고 부르는 데 익숙해져 있는 동물학자들조차 인간을 연구할 때는 주관을 개입시키는 오만함을 피하기 어렵다."(44쪽)라고 하면서 편견 없는 관찰자가 되기를 촉구한다. 이러한 생각들이 비단 비즈니스 세계에서만 유용한 것이 아니라 인간관계에서 일어나는 다양한 행동들을 이해하고 삶을 더 편안하고 행복하게 사는 데도 도움이 된다. 결국 본성대로 살아가려고 하는 삶이 더 자연스럽고 행복하지 않겠는가?

고전은 항상 읽기에 부담스럽고 재미가 없다는 선입견이 있다. 하지만 큰 성공을 거둔 사람들의 특징 중 하나가 고전읽기에 있다는 사실은 많은 시사점을 준다. 고전은 생각의 씨앗이며 이 씨앗은 얼마나 큰 나무로 성장할지 아무도 모른다. 이 생각의 씨앗을 마음속에 심기 위해서는 고전 읽기가 제일이다. 『털 없는 원숭이』부터 시작해 보면 어떨까?

건축이 들려주는 이야기

『세상을 바꾼 건축』, 서윤영, 다른

장창수

　시절이 수상하여 여행을 떠나지 못하는 이들이 많다. 비대면 권하는 시대는 여행조차 랜선으로 권하니, 차라리 책을 반려 삼아 통찰 여행을 떠나는 건 어떨까? 건축 칼럼니스트 서윤영이 쓴 『세상을 바꾼 건축』은 건축에 대해 이야기하는가 싶더니 어느새 역사와 문화를 엮어서 들려준다. 서윤영은 건축에 관한 사회, 문화, 역사 이야기를 주로 쓰는 칼럼니스트다. 건축을 벽돌의 물성物性으로 풀지 않고 이야기와 맥락으로 짚어 주니 무릎을 치며 고개를 끄덕이게 된다.

　이 책은 일곱 개의 장으로 되어 있는데 장별로 당시의 권력 주체를 함께 짚어 준다. 1장은 '신들을 위한 건축: 고대', 2장은 '제국을 위한 건축: 로마 시대'이다. 3장은 '영토와 신을 위한 건축: 중세', 4장은 '왕을 위한 건축: 절대왕정 시대', 5장은 '산업을 위한 건축: 산업혁명 시대', 6장은 '민중을 위한 건축: 현대'를 이야기한다. 마지막 7장은 '공간을 위한 건축: 미래'로 맺는다.

　고대 이집트의 파라오는 왕이자 신이었다. 당시엔 왕이 죽으면 수호신인 오시리스가 된다고 믿었기에 살아 있는 왕의 궁전보다 피라미드 짓는 일에 더 전념하였다. 작은 도시국가였던 그리스에선 지도자가 투표로 선출되었기에 절대 권위가 신에게 있었다. 그리스인들은 사회 통합을 위해 파르테논 같은 신전을 지었다.

　르네상스 시대에 이르자 저자는 시대를 통시적으로 고찰하였다. "신의 시대인 고대 그리스 시대, 민중의 시대인 로마 시대, 신의 시대인 중세를 거쳐 다시 인간의 시대가 되었다."(89쪽) 이어 17세기 절대왕정 시대가 되자 왕은 절대적인 권력을 바탕으로 화려한 궁전을 지었다. 가장 유명한 궁은 베르사유라고.

궁전에는 '호기심의 방'이 있었는데, 약소국의 보물을 빼앗아 전시해 둔 곳이었다. 이 방은 왕실의 보물 수장고였다가, 혁명으로 절대왕정이 무너지자 박물관이 되었다. "박물관은 제국주의 국가들이 식민지에서 약탈한 미술품과 보물을 전시하여 권력을 과시하던 수단이었다."(101쪽) 이 대목에선 아픔이 느껴졌다. 우리나라 최초의 박물관이 일제가 창경궁 안에 지은 '이왕가박물관'이라니 더더욱.

오늘날 우리나라의 대표적인 주거 형태는 아파트이다. 이는 산업혁명 시대 공장 노동자의 숙소에서 연유했다니 건축의 스토리가 씁쓸함마저 전해 준다. 책의 결미에 이르러 저자는 현재와 미래 건축의 화두를 세 가지로 요약하였다. 높이 경쟁, 기둥 사이 간격을 넓히는 초경간, 지하로 파고드는 심층화이다. 이러한 건축의 경쟁이 지구인의 환경엔 어떤 영향을 미칠지….

수상한 시절을 타고 한국은 문화적으로 재평가되고 있다. 시절의 어려움을 극복하기 위해 힘을 모으고 타자를 배려하는 마음은 소중하다. 빼앗아 온 유물을 전시하는 서구의 박물관과 자국의 문화유산을 전시하는 아시아의 박물관은 태생적으로 다르다는 저자의 지적은 그대로 울림이 된다. 반려도서 여행으로 건축물을 관찰하고 시대를 통찰해 보고 싶은 이들에게 이 책을 권한다.

내가
읽은 책